Kahraman Tazeoğlu'ndan

YARALI

BAZI YARALAR SARDIKÇA KANAR

DESTEK
yayınları

DESTEK YAYINLARI: 487
EDEBİYAT: 173

YARALI / KAHRAMAN TAZEOĞLU

Genel Yayın Yönetmeni: Ertürk Akşun
Editör: Kemal Kırar
Yayın Koordinatörü: Erol Hızarcı
Kapak Tasarım: İlknur Muştu
Sayfa Düzeni: Cansu Poroy

Destek Yayınları: Eylül 2014 (100.000 Adet)
Yayıncı Sertifika No. 13226

ISBN 978-605-4994-90-8

© Destek Yayınları
Harbiye Mah. Maçka Cad. Narmanlı Apt. No. 24 K. 5 D. 33 Nişantaşı / İstanbul
Tel.: (0) 212 252 22 42
Fax: (0) 212 252 22 43
www.destekyayinlari.com
info@destekyayinlari.com
facebook.com/ DestekYayinevi
twitter.com/destekyayinlari
bambaska.sayfa@gmail.com

İnkılâp Kitabevi Baskı Tesisleri
Matbaa Sertifika No. 10614
Çobançeşme Mah. Altay Sok. No. 8
Yenibosna – Bahçelievler / İstanbul
Tel.: (0) 212 496 11 11

YARALI

Kahraman Tazeoğlu'ndan

DESTEK
yayınları

Bazı yaralar sardıkça kanar.

Kiminin çöle döner yüreği, kimi içinde bir yanardağ saklar.

Terk edip gitti sanmıştım. O da böyle biliyordu. Ayrıldık, o kadar. Onun için buydu yaşanan... Meğer içindeki çöllerin kum fırtınasında savrulup gitmiş. Ardında için için yanan bir yanardağ bıraktığını bilmeden... Söndüğünü sandığım an yeniden patlıyor. Bu patlayış ikincisiydi, ikinci kez kanadı yaram. İki yıl sonra yeniden. Tam şuramda. Hiç beklemediğim, tümüyle unuttuğum bir anda!

Yüreğinde çöl taşıyana seraplar düşer. Gördüğünün büyüsüne kapılır, bir su pınarı gördüğünü sanır, ancak kana kana içmek için avuçladığı sular elini yakınca kum olduğunu anlar. Bir yalana kanıp sahte dünyaların yaldızlarına kapılmıştı. Ben de onun aşkına kanmıştım. Yalan değildi, ikimiz de çok acemiydik sadece. Ben ona kendimi vermiştim, o da bana bir serap. Bana bakarken ışıldayan gözleri ruhumu kamaştırırdı, güneş kadar gerçekti ama onun bir çöl güneşi olduğunu nereden bilecektim! O kendi çöllerine savruldu, güneşi bende kaldı. İçimde gizli bir yanardağ vardı.

Onu kum fırtınaları kasıp kavurmuş, ben de hiç doğmayan güneşinden yanıp kavrulmuştum. Beni görünmez bir ateşle içten eritiyordu. Kendi elimle açtım yolunu. Yaraladım kendimi öldüresiye, ölmek istedim. Benim yıldızım kayarken o güneş doğacak, kimsenin görmediği mezar taşım olacaktı. Ama tekrar açtım gözlerimi, bileğimde derin bir yarayla. İki kez unuttum, iki kez bir tene dokundum, kıskanç bir âşık gibi yeniden patladı. Neye uğradığımı şaşırdım!

İçimde patlamaya hazır bir volkanla yaşıyorum. Biri beni saracak olsa, yine patlayacak ve onu da yakacak. Böylesi bir güneş tutulmasındayım. Yüreğim tutsak, elim kolum eskimeyen bir aşkla bağlı. Hani olur ya, yüreğine bir hançer saplanır da hiç kanamaz, ama hançeri çektiğinde öleceksindir. Öyle bir yarayla yaşıyorum. Hançer yerinden birazcık oynasa, kan dökülüyor. Hiç kimse anlayamaz benim çektiğimi. Öyle suskunum ki, yazmaktan başka çare yok.

***

Acılar olgunlaştırır, derler. Demek ki, insan aldığı yaralardan öğreniyor hayatı ve kendini. Aşk yarası taşımayan aşkı bilmez. İnsan yaralanınca, yarasını saracak birini arıyor. Aşkın ikinci acemilik evresi bu... Oysa aldığın yara seni hakiki aşka götürüyor, acı, yol gösteriyor. Yaran kapanmadan bunu bilemiyorsun.

Aynı kaderin farklı yaralarıydık onunla. Her şey bir cümleyle başladı. Bizi kelimeler buluşturdu. Bazen bir cümle hayatı baştan aşağı değiştirmeye yetiyor. Yaradan fışkıran bir cümle başka bir yaralıyı sana çekiyor. O da seni arıyor bilmeden. Ama yarasına bağlanıp öyle sırt çevirmiş ki aşka, bulduğunda bile inanmıyor.

Beni yaram bırakmıyor, yeni bir aşka yelken açtığımda yeniden kanıyordu. O, yarasına sadıktı. Aşk, insanı açtığı yarayla sınar. Karşına iki engel çıkarır, biri kendinde diğeri onda. Bu ikisini aşmadan, hakiki aşka varılmıyor. Aşk yarası, aşkın pusulasıdır. Yaraya değil, yarayı açana değil, yalnızca aşka bak. Bir yara kapanmadan yeni bir sayfa açılmıyor. Ne başkasıyla sarmayı dene ne de onu bile bile yeniden kanat. Her yara bir geçittir. İki kişinin geçemeyeceği kadar dar bir kapıdır. Tek başına geçmelisin kendi yarandan.

BİRİNCİ BÖLÜM

Eve dönüyordum ama hangi yoldan gittiğimi bilmiyordum. "Ayaklar kendiliğinden götürür" gibi sürüyordum arabayı. Gözüm yolda değildi, aklım başka yerdeydi. Tekrar tekrar geriye sarıyor ve aynı yerde duruyordu. Sol elim kan içindeydi. Direksiyona bulaşmış, döşemeye ve pantolonuma damlıyordu... Peçete ıslaktı kandan, bileğime yapışmıştı. Kırmızı ışıkta durdum. Peçeteyi değiştirdim. Yeşil ışığı beklerken, benim de bir kırmızı ışığım var, dedim kendi kendime. Hayatın sarı ışığında hüznümle bekliyor, yeşil yanınca tekrar yola çıkıyor, kırmızı ışığın geride kaldığını, hayatın bana bütün yolları açtığını sanıyordum ama tekrar bir kırmızı ışık çıkıyordu karşıma. İşte yine böyle olmuştu. Hande'den kalan aşk yarası, yeni bir aşka yelken açarken tekrar kanamıştı.

Hani bir oyun vardı çocukluğumuzda: Tilki tilki saatin kaç? Ebe duvara yaslanırdı, biz de böyle sorardık ona: "Tilki tilki saatin kaç?" Bir derse bir adım, iki derse iki adım yaklaşırdık, bazen atlayarak, uçarak, ebeye dokunabilmek için... "Kazandibi" derse başa dönerdik. Ebe dokundurmak istemiyorsa, yaklaşana böyle söylerdi. Ben de dokunacak oldum Hande'den sonra iki başka kişiye. Dokunur dokunmaz kazandibi oldum, başa döndüm. Hande'nin beni terk ettiği güne...

Beni hayata bağlayanla, ölüme gönüllü gönderenin aynı kişi olması kaderin garip bir cilvesiydi. Aşk, bir hüzünden bin umut doğurmak olsa da, insan sevince koşar adım gidemiyormuş sevdanın dar sokaklarında. Sonra bildiğin yolda tökezliyor, düşüyorsun. Yaran yeniden kanıyor. "Bu benim yaram" diyor, öpüyorsun, geçmiyor. Kabuk bağladığını sanıyorsun, acısı dinmiyor.

"Acı ruhun fiyakasıdır" derler ya hani... Gerçekten öyleymiş. Fiyakalı bir acıya sahibim nicedir. Kalbim sıkışıyor aklıma geldikçe. Kapısı olmayan bir kafeste kuş beslemeye çalışmakmış onu sevmek. Ardında bir tüy bile bırakmadan uçup gidince anlıyor insan. O meğer geri dönüşü olmayan en güzel eksikliğimmiş... Beni mutlulukla cezalandıran pişmanlığımmış...

İnsan bazen bir şey için her şeyini verecek kadar cömert, her şey için hiçbir şey vermeyecek kadar cimri olabiliyormuş. Onun bana ne vermediğine bakmak için eğildim içimin boşluğuna. Gördüm ki kendisinden başka hiçbir şey bırakmamış orada. Bana hiçbir şeyini vermiş ve çekip gitmiş. Küçücük kalbimden çıkan bu kocaman "hiçbir şey" ne kadar da ağır gelmiş hayatıma. İçime bakınca kendimi incittim.

Biz onunla yan yanayken birbirinin imkânsızı olan insanlar gibiymişiz. Gidişine değil de hâlâ ayakta kalışıma şaşıyorum. Dünya talihsizler için yuvarlak bir cehennemmiş, şimdi daha iyi anlıyorum. Yol aldıkça başa dönmem bundan. Dünyanın yuvarlak olduğunu unutmamdan.

***

Yeşil yanmış, arkamdan kornaya basıyorlar. Mecburen gaza basacak ve yola devam edeceğim. Hayat buna zorluyor.

Ecel almamıştı beni, belki hiç çıkmayacaktım kabuğumdan. Herkes yalnız, ancak bu yalnızlar kalabalığı illa ki çekiyor kendine. Arkamdan kornaya basanlar gibi, açılan yollardan devam etmeye zorluyor. Bir daha asla diyorum sayıklar gibi, ama aynı anda tekrar gaza basıyorum. Ben şimdi eve dönüyorum, her gün döndüğüm evime... Ama başka biri gibiyim. Bileğimdeki yarayı açarken hissettiklerim hiçbir yere gitmemiş.

Edip Cansever, çocukluğu gökyüzüne benzetmiş, çünkü hiçbir yere kaybolmuyor. Bazı anlar, bazı duygular o gökyüzü gibi. Boynunu büküyor, başın eğik, gözlerin yerlerde geziyorsun. Sonra unutuyorsun boynunu neden büktüğünü, çukurlara baka baka yürürken gökyüzünü unutuyorsun ve başını tekrar kaldırır kaldırmaz onu görüyorsun. Yıldızın kayana dek orada duracak ve gören çocuklar ardından bir dilek tutacak. Sevenlerimiz gözyaşı döker, mezar taşımıza bakanlar Fatiha okur, sadece çocuklar ve çocukluğunu kaybetmeyenler dilek tutar. Hande çocukluk arkadaşım, gençlik aşkımdı, birlikte büyümüştük. Benim tek dileğimdi. Birden yıldız gibi kayıp gitti. Gökyüzü aynı ama bir yıldız eksik, hiçbir dileğim yok artık. Ecel beni almadı ama tekrar tekrar öldürüyor.

Lisedeyken Hande'ye anlattığım bir hikâye durup durup aklıma geliyor. Bir adamı taşlıyorlar ama hiç yara açılmıyor. Sonra bir kadına ilk bakışta âşık oluyor ve taşların çarptığı her yerde yaralar açılıyor, kanlar içinde kadının ayaklarına yığılıp ölüyor. Ne kadar sevmişti bu hikâyeyi. Dilden dile bu zamana kadar geldiğine göre, hakikatin bir parçası. Ona âşık olduğumu bu hikâye ile anlatabilmiştim. Ben de çok taş yemiştim ama hiçbirini hissetmemiştim. Hande'ye bakarken her yanım tatlı tatlı sızlardı. Şimdi ben bir hikâye gibiyim. Hande için açtığım yara, başkasıyla kanıyor. Bir rüya gibi geliyor bu bana, inanmakta zorlanıyorum. Bu yarayı açtığımda rüyaların kapısı açılmıştı bana, ama geçemedim.

***

Birden tuhaf bir ürperti hissettim ve gözlerim karardı. Hızlı gitmiyordum ama o kadar dalmışım ki, az kalsın bir çocuğu eziyordum! Yola kaçan topu gördüm ama ardından bir çocuğun koşarak gideceğini düşünüp yavaşlamadım. Çocuğu görür görmez, buz gibi ter dökerek frene bastım. Çocuk donup kalmış, bana bakıyordu. Neyse ki çarpmadım. Yarım metre bile değildi aradaki mesafe araba durduğunda... Kendime gelememiştim hâlâ. Derin bir nefes verdim. Kapıyı açtım, indim. Kanayan elimi arkamda sakladım.

"İyi misin" diye sordum.

Çocuk, "Korkma, bir şey olmadı" dedi.

Üstünde bir deniz şortu vardı, ayakları çıplaktı.

"Dikkatli ol. Az kalsın seni ezecektim" dedim.

"Ben zaten boğuldum" dedi!

Şaştım kaldım söylediğine. Dar sokakta yolun iki yanına arabalar sıkış tepiş park etmişti. Yola kaçan renkli topu bir arabanın altına dayanmıştı. Topu aldım, ona verdim. Fakat anlamadığım bir şey vardı. Çocuğun topu, her yerde görmeye alıştığımız, küçük çocukların mahalle aralarında oynadığı toplardan değildi. Bir deniz topuydu bu...

"Eline ne oldu" diye sordu.

"Kanadı" dedim.

"Bazı yaralar sardıkça kanar" dedi.

Elinde deniz topuyla iki arabanın arasından kaldırıma çıktı, karanlık sokakta gözden kayboldu. Belki oradaki apartmanların birinde oturuyordu. Arabaların arkasından görünmeyecek kadar kısaydı boyu. Olduğum yerde kalmışım. Sanki onu görecekmiş gibi bakıyordum ama dalıp gitmiştim aslında. Ne kadar kaldım orada, bilmiyorum. Belki birkaç saniye, belki birkaç dakika... Hayat yolumun orada değiştiğini bilemezdim ama bir şey olduğunu hissetmiştim. Hayatın görünmez kapıları vardır. Dışarıyı içeriye, içeriyi dışarıya kapatsa da duvarların kendi inisiyatifinde olmayan delikleridir kapılar. Bilmeden gireriz bu kapılardan, girince hayatımız değişir, çünkü başka bir kader yoluna sapmışızdır ama fark etmeyiz. Kimisi hiç bilemez nasıl girdiğini, kimisi benim gibi sonradan anlar.

***

Sokak aydınlanmıştı. Bir araba geldi, korna çaldı. Benim arabamın farları açık değilmiş, o an fark ettim. Arabama bindim, farları yaktım ve yavaş yavaş çıktım sokaktan. Çocuğun sesi kulağımda çınlıyordu. Trafiğe takılmamak için girdiğim ara sokaklardan yola devam ettim. Park edecek bir yer aradım. Sokağın sonunda buldum bir yer.

Eve giderken dalgındım. Karşıdan gelenlerin yüzlerinde hep kaygı vardı, ruhumun aynasıydı bu yüzler. Ben de kaygılıydım demek ki. Kanlı peçeteyi hâlâ avucumda sımsıkı tutuyordum. Tekrar kanayacağını biliyordum ama beklemiyordum. Bilmekle beklemek farklıydı. Başına geleceği bilmek doğurgan bir tecrübe, gelmemesini beklemek kısır bir umuttu.

Eve yaklaşınca adımlarım hızlandı. Mis gibi çiçek kokuları yanaklarımı okşuyordu. Çiçek tezgâhının önünden geçerken, Necdet ağabey çiçekleri topluyordu. Başı öndeydi. Göz göze gelmemek, yanından hızlıca geçip gitmek istedim.

Selam vermeden geçmek olmazdı ama bu halde onunla konuşamazdım. Fakat unutmuşum! Necdet ağabey yere bakarken, özenle çiçek sararken bile gelip geçeni görebilirdi. Başka bir gözü vardı onun. Başını kaldırmadan sordu:

"Nereye böyle acele acele evlat?"

Yakalanmıştım. Utandım. Yavaşladım ve durdum. Tezgâha yaklaştım. Kanlı elimi gizleyerek öylesine bir cevap verdim:

"Hiç ağabey. Eve gidiyorum işte. İzin günümdü. Biraz dolaştım. Karnım çok aç. Bir an önce eve gidip karnımı doyurmak istiyorum."

İnanmayan gözlerle yüzüme baktı.

"Yüzündeki kaygı hiç öyle söylemiyor ama" dedi, bir açıklama bekler gibi.

Yıllardır tanıyorum Necdet ağabeyi. Mahallede benden eski. Ona hiç yalan söyleyemezdim zaten. Yalanı insanın gözünden okurdu o. Kimse onu kandıramazdı.

Yıllardır burada çiçek satar. Bütün gün tezgâhının başında, tentenin altında oturur. Gölgeyi sever. Bir gölge gibidir. O kadar sessizdir ki, sanki çiçeklerle konuşur. Bütün mahalleli onu tanır ve sever. Herkesin dert babası, delikanlıların aşk doktorudur. Mahallenin gençleri bir kıza çiçek hediye edecekse, ilk çiçeği parasız verir.

Kimi kimsesi yoktur. Sabah gelir, akşam gider. Geceleri ne yaptığını kimse bilmez, hiç kimse merak etmez. Oysa ben etmiştim, herhalde bir çiçek gibi kendine kapanıyordur, demiştim. Herkesin yardımına koşan biridir. Özellikle anne ve çocuklara karşı çok merhametlidir. Yeni gelenlere ve yolun sonuna varanlara yakındır. Bu yüzden ben onun sabahları başka bir dünyadan gelip akşamları güneş batınca geri döndüğünü düşünürüm. Yaz kış sırtından çıkarmadığı uzun pardösüsüyle tanınır. Biçimsiz uzayan sakalları onu biraz derbeder gösterse de her daim temiz ve çiçek kokuludur Necdet ağabey. Mahallelinin çiçek alma alışkanlığı pek yoktur ama herkes onunla sohbet etmek için gider tezgâhına. Bazıları akıl danışır. Mahallemizin bilgesidir aynı zamanda. Çiçek almayanların çiçekçisidir o. "Zararsız" denince bizim mahallede akla ilk o gelir ama herkes gözünün içine bakamaz, çünkü gerçeği şıp diye görüverir.

"Karnından önce kaygını doyur" deyince, irkildim birden.

Babacan bir edayla gülümsüyordu. Bir şeylerin yolunda gitmediğini anlamıştı. Elimdeki kanlı peçeteyi fark etmesinden çekinerek ben de ona gülümsedim ama tedirgindim, ondan kaçmazdı bu.

Geçiştirmek için "Eeee işler nasıl Necdet ağabey" diye sordum.

Öylesine sorduğumu biliyordu. Beni daha fazla sıkıştırmamak adına hemen cevap verdi. Ama bu sıradan soruya verdiği cevap hiç de öylesine değildi.

"İşler mi" dedi. "İnsanların yüzüne baksana Kaan... Kimse gülmüyor. Çiçek mi satılır!"

***

Eve girince kovuğuna giren bir sincap, kabuğuna çekilen bir kaplumbağa gibi hissettim kendimi. Bir an önce eve dönmek, kabuğuma çekilmek istemişim. Telaşım geçti ama dalgınlığım sürüyordu. Yaramın tekrar kanaması kadar, o yarı çıplak çocuğun söylediği söz de aklımı allak bullak etmişti.

Bazı şeyler var ki, insan yaşayınca normal geliyor ama

sonradan düşününce sımsıkı kilitli bir sır kapısı gibi kalıyor bellek denen çekmecelerden birinde. Öyle bir kapı ki, orada duruyor, aklını ne kadar zorlarsan zorla bir türlü açılmıyor. O günden sonra deniz topunun peşinden koşan çıplak çocuğu bir sır gibi sakladım, kimseye anlatmadım. Sihri kaçar diye mi anlatmadım, uydurdum sanılır diye mi çekindim, emin değilim. Belki her ikisi de. Yaramın nokta atışı yapar gibi başka zamanlarda başka kişilerle yaşadığım benzer anlarda tekrar kanamasını zamanla olduğu gibi kabullendim de, adını deniz çocuğu koydum o yumurcağın bir cümlesi benim mantram oldu. Tümüyle sana ait, hiç kimseye söylenmemesi gereken, söyledikçe seni kendi derinliklerine indiren tılsımlı bir cümle. Hayatımı değiştireceğini, bana başka bir hayatın kapısını açacağını bilmiyordum. Hiç kimse bilemezdi.

Kanlı peçeteyi çöpe atarken elim titredi. Sanki Hande'yi çöpe atıyordum. Sanki Hande'den sonra karşıma çıkan ve beni kabuğumdan çıkaran o iki kızı çöpe atıyor ve başa dönüyordum. Ben o an böyle düşünüyordum ama başa dönmek miydi gerçekten, emin değilim. Hayatıma son vermek için bileğimde açtığım o derin yara tekrar tekrar döndüğüm bir başlangıç mıydı?

Elim titreye titreye çöpe attım kanlı peçeteyi. Ruhum da titriyordu. Bir hatıra gibi saklamak geçiyordu içimden. Canıma kıymak zor gelmedi de, iki yıl sonra tekrar kanayan yarama bastığım son peçeteyi çöpe atmak acıttı içimi. İnsan bazen kuruyup solacak bir lekeye kendisinden daha çok değer verebiliyor. Terk edildiğimde kendimi çöpe atılmış gibi hissetmiştim, belki o yüzdendi elimin böyle titremesi. Âşık olduğum kızın bana yaptığını ben bir peçeteye yapmakta zorlanıyordum.

Bir gün bunları Necdet ağabeye anlattım. Deniz çocuğunu değil tabii, tekrar kanayan yarama bastığım peçeteyi çöpe atmakta zorlandığımı, mutfaktaki çöpe atıp üstünü diğer çöplerle örtüp geri döndüğümü, tekrar tekrar çöpteki kanlı peçeteye baktığımı anlattım.

"Hande beni bir çöp gibi attı ama ben o peçeteyi çöpe atarken bile elim titredi, içim yandı be ağabey" dedim.

"Yaralı olmak budur" dedi. "Acı tatlı demeden bir hatırayı bile incitmeye kıyamazsın. Canın ne kadar değerli olduğunu yaralılar bilir. Kalbin kırıksa kalbinin değerini bilirsin, kimsenin kalbini kırmak istemezsin. Ruhun yaralıysa bir ruh olduğunu idrak edersin. Ruh her yerdedir. Elinin değdiği, kanının lekelediği bir peçetede bile ruhunun izi vardır. İncinsen de incitmek istemezsin. Çünkü ruh dünyada fani olduğunu bilir. Ardında bırakacaklarını, kendisiyle gelecekleri ayırt edebilir. Dünya ardında kalır ama sevapların ve günahların seninle gelir. O peçete ardında kalacak ama hissettiklerin sende kalır. Senin başkalarına hissettirdiklerin, başkalarının da sana hissettirdikleri asla kaybolmaz. Kalbinde bir yerde saklı kalır. Fakat daima kendinden başlaman gerekir. İnsanın kendine hissettirdiği önemlidir. Bazı insanlar kendini sevindirmeyi, ödüllendirmeyi bilir, öyle yaşar. Bazıları kendini sevmez, sürekli kendine çektirir. Yaralılar sevincinde kederli, kederinde sevinçlidir. Kurtulurken bağlanırsın, birine bağlanırken kurtulursun. Ama bunları anlamak zordur. Yaşaman gerekir, yaşayarak anlayabileceğin şeylerdir bunlar. Gençlik duyguların, olgunluk tecrübelerin zamanıdır. Şimdi sen duygularının seline kapılmış gidiyorsun. Elbet bunlar da geçer."

"Peki, ben ne yapayım Necdet ağabey?"

"Kendinden kurtul. O zaman kendine bağlanır, kendinle

barışık olursun. Hayatla da barışırsın. Ne yöne adım atacağını başkasına sormazsın, içindeki ses bunu zaten sana söyler."

***

Necdet ağabeyin sözlerine değer verirdim, bana söylediklerinden etkilenmiştim ama bunlar bana hayatın gerçekleri gibi değil, bilgece sözler gibi geliyordu. Zaten yaşamadan anlayamayacağımı da söylemişti.

Onunla konuşmak, dertleşmek bana hep iyi gelirdi. İnsanın konuşmaya da dinlemeye de her zaman ihtiyacı var. Ben dinlemeyi severim, Necdet ağabey de öyledir. Bu yüzden sohbetlerimiz uzun sürer. Başkalarına pek anlatmaz, genellikle dinlemeyi tercih eder.

"İnsanın bir ağzı, iki kulağı vardır, o halde konuşmaktan çok dinlemek gerekir" demişti bir gün. "Dert babası olmak tabiidir. Çok konuşmak günahtır sözü boşuna değil. Çünkü insan tabiatına aykırıdır çok konuşmak. Hep dinle. Evdeyken evi dinle, sokaktayken sokağı dinle, arabadayken arabayı dinle ki, aklın yaşadığın andan uzaklaşmasın, alıp başını gitmesin. Sen de kaybolur gidersin."

Peçeteyi çöpe attıktan sonra banyoya gittim, önce ellerimi yıkadım. Kan durmuştu, ellerimi iyice temizledim. Yaraya baktım. Bana Hande'yi, daha doğrusu beni terk edişini, sonrasında geçen karanlık günlerimi, gecelerimi hatırlattığı için yarama bakmak istemezdim. O çizgiler kötü bir kaderin çizgileri gibi gelirdi bana. Bu kez baktıkça kendime acıdım. Yarama merhamet sürdüm. Bir derdim vardı. O da derdimin nişanesiydi. Onu görmek istememem, ondan utanmam, kendime sırt çevirmiş olmaktı. Ben kendime küsecek ne yapmıştım? İnsan tek başına da kalsa, kalabalıklara karışsa da hep yalnızdır. Bir de kendisine küserse, hayat nasıl yaşanır? Hande'nin açtığı yara yüzünden kendime sırt çevirmiştim. Yalnızca yazarken birbirimize yüzümüzü dönüyorduk. Hayat kendimle buluşturmuyordu beni. Bir tek yazarken el ele veriyorduk. Kendimle dertleşiyordum. Yazmak yaşamak, yaşamak yazmaktı benim için. Demek içimde yazarken dinlediğim bir ses vardı. İnsan dinlemeye kendinden başlamalıydı.

***

Gömleğimin manşeti kıpkırmızıydı. Pantolonum da lekeliydi. Üstümü çıkardım, soyunup duşa girdim. Bu küvette kesmiştim bileğimi. Parmağımın ucunu yaramın üstünde gezdirdim, hiç acımıyor, hatta hissetmiyordu. Doku şimdi yumuşak olmasına rağmen, nasır gibi hissizdi. Gözlerim doldu ama ağlamadım. Sadece yaşlar illegal bir eylemle döküldü yerlere. Sular delikten akıp gitti, küvette onlar kaldı.

Duru'yla da başlamadan bitmişti. El ele tutuştuğumuzda yaram son sözü söylemişti ama ben ne diyeceğimi bilememiştim. Yaramdan akan kan onun eline de bulaşmıştı. Utandım yaramdan, ben yine kendimden utandım. İçim sıkıldı. Ona, bunu yapmamalıydım. Ruhumu yıkamadan onu kendime heveslendirmemeliydim. Çok aptalım! Ona anlatmalıydım ama beceremedim. Ne yaptım peki? Öylece sustum. Anlatmak yerine sustum. Zaten anlatamazdım. Konuşarak anlatamadığını susarak nasıl ifade edebilirdi ki insan?

Keşke beni biraz anlayabilseydi. Ama ben söylemeden nasıl bilebilirdi! Yalnızlık da bu zaten, anlayamıyoruz birbirimizi. Kendimizi anlatmaya mecburuz, anlatmaya muhtacız ama kendimizi bile anlayamıyoruz, nasıl anlatabiliriz? İlk bakışta âşık olabiliyorken, bir bakışta anlayamıyoruz kimseyi. Birbirini çok iyi tanıyanlar yapabiliyor bunu. Bazen yaşlı çiftlere bakarken imrenirim, sessiz sedasız oturur, ara sıra birbirlerine bakıp gülümserler. O bakış, o tebessüm çok şey anlatır onlara. Yıllar yılı yaşanmış koskoca bir hayatı özetler bazen. Hiç kimsenin bilmediği gizli saklı köşelerinden bir hatıra fışkırır, bir bakışta o hatıra ikisi için canlanıverir, yeniden yaşarlar.

Bense ansızın terk edilmişim, bir daha kendime gelememişim. Hayatımı ortasından böler gibi bileğimi kesmişim. Tekrar tekrar açtığım yaranın kuyusuna düşüyorum. İki kez aşka heveslendim ve gönlümü açtım, açar açmaz yüzüme kapandı aşkın kapısı. Sevmek sevilmek bir yana, ben anlaşılmak isterdim. Beni anlamayan birinin yanında yok gibiyim.

Evet! Ona geldiğimde yaşıyordum ama canımı yitirmiştim. Nasıl da eksiktim. Onu azaltarak eksiklerimi tamamlamaya hakkım yoktu. Bu yüzden ilişkimiz başlamadan bitmeliydi. Ona bu haksızlığı yapamazdım. İçinde kaybolduğu bulutun yağmuru değildim. Vazgeçmeseydim belki de bir yanlışa âşık olacaktı.

***

Canım sıkılıyordu. Her zamanki gibi bir sıkıntı değildi bu. Ne yapacağını bilememekti. Tekrar başa dönmüştüm. Şimdi ne yapacaktım? Ne geçmişi ne de yarını düşünmek istiyordum. Yaramı sardım ve bilgisayarımın başına geçtim. Her akşam yaptığım gibi e-postalarımı kontrol ettim. İki yıldır süren bir alışkanlık... Bugün de bir mesaj gelmemişti Hande'den. Beni terk ettiği günden itibaren her akşam yapıyordum bunu. İlk zamanlar yalnızca ondan bir mesaj gelip gelmediğine bakmak için açıyordum. Şimdi öylesine açıyorum ama her seferinde o heyecan ve ardından hayal kırıklığını yine yaşıyorum. İçinde sönmemiş bir yanardağ taşımak böyle bir şey. Her an patlayabileceğini biliyorsun ama sönüp gitsin isterken patlamasını bekliyorsun. İki kez patladı işte, bugün ikinci kez patladı. Beklediğim gibi değildi tabii, sanki ilkinden ders almadığım için yinelenmişti.

Balkan dillerinden birinde unutmak ve bağışlamak aynı kelimeyle ifade ediliyormuş. Unuttum diyen aynı zamanda bağışladım demiş oluyor. Ben Hande'yi unutamamıştım, peki bağışlamış mıydım? Unutamadığıma göre, demek ki hayır!

Facebook'a baktım. Arkadaşlarımın profillerinde amaçsızca gezindim. Herkes ne kadar mutlu görünüyordu... Fotoğraflarda!

Fotoğraflara bakıyordum öylesine. Aklım başka yerdeydi. Bugünle geçmiş arasında bir dolmuş gibi gidip geliyordu. Bir süre sonra bileğimden yine kan sızdığını fark ettim. Bilgisayar başından kalkıp sargı bezini değiştirdim. Bu kez daha sıkı sardım. Çok yorgundum, içime çöken can sıkıntısı ruhumun yorgunluğuydu. Dinlenmeye ihtiyacım vardı. Yatağıma uzanmak ve farkına varmadan uykuya dalmak istiyordum. Bilgisayarımı kapayacaktım ki, deniz çocuğu geldi aklıma. Kendi derdime dalıp gitmiş, onu unutmuşum. Bir daha unutmamak için bana söylediği sözü profilime yazdım.

"Bazı yaralar sardıkça kanar."

***

Yatağıma uzandım. Uykunun huzurlu kollarına bırakmak istiyordum kendimi. Ama bir türlü uyuyamıyordum. Dağılmış odamda oraya buraya savrulmuş giysilerime, defterlerime, duvarlara yazdığım yazılara baktım. Kalkıp şiir yazsam sabahlardım, biliyorum. Hiç yeltenmedim. Kan lekesi bulaşmasın bu gece şiire.

Yaramı kontrol ettim. Artık kanamıyordu. Yaralı bileğimi göğsüme koyup gözümü tavana diktim. Artık bir marş gibi ezberlediğim Hakan Sarıca'nın o şarkısını mırıldanmaya başladım. "Bu yara senden kaldı..."

Evet, ondan kalmıştı bu yara. Kapanmak bilmeyen, sardıkça, sarmaya çalıştıkça yeniden kanayan bir yara. Bundan tam iki yıl öncesine denk geliyordu; onun belki de haberi bile yokken, gidişiyle açılan bu yaranın kimsenin gelişine izin vermemesi...

Yaram da ona sadıktı. Tıpkı benim gibi. Yaram da ondan vazgeçemiyordu. Ben gözyaşı, o kan döküyordu. O gittikten bir yıl sonra bir başkasıyla sarmayı denemiştim yaramı. Olmadı. Sessizce bir yıl daha geçti, bir yıl daha tükendi ömrümden. Bugün tekrar denedim. Yine olmadı. Sardıkça kanadı. Neler denemedim ki! Acımın orucunu uykularıma mı tutturmadım? Gözlerimden üstüne teselliler mi akıtmadım? Kendimi kendimde unutup, unutmanın hediyesini kendime mi sunmadım?

Kaç beden, kaç şehir, kaç sığınak terk ettim, yaram yarasını tanır diye... Gelmedi. Gelmedikçe yaram irinlendi. Gelseydi belki yaram yarasında iyileşirdi. Gelmedi. Gelemedi... Keşke gelseydi. Ve diyebilseydim ona: "Korkma yaralamaz yaram seni. Yaram tenimdeki kesiğe, kabuğu ise yarama âşık kaldı yâr... Ve benim yaram bir daha kimseyi yaralamadı. Sardıkça kendine kanadı..."

Ahh! Çare olmuyor yaraya zaman eklemek. Kendi yaram bana düşman. Aşkın kör bıçağıyla açılan... Aynalara bakıp bakıp kendi canlı yayınımı yapıyorum gözlerime. Gözlerim yanıyor. Gözyaşımın tuzu bile çare olmuyor. Failinin ilk değdiği yerde duruyor. Gelse, terinden bana biraz tuz bassa...

İşte böyle. Zamanın kapatamadığını umudumla kapatmaya çalışıyorum. Olmuyordu. Bir tarafımın öbür tarafıma yabancılaşması oluyordu yaram. Yılmaz Odabaşı'nın o şiiri geldi şimdi aklıma. "Bir yara bir ömrü nasıl kanatır..."

Belki de çoktan belliydi yaralayacağı. Ben onları taşımak için gönderilmiştim dünyaya. Ne kapanıyor ne de birinin kapatmasına izin veriyor bu yara. Ah! Hande... Ne yaptın sen bana böyle!

***

Uykum sanki yok oldu. Ruhum ağzımdan çıkacak gibi. Saate bakıyorum gece 03.00 olmuş. Yarın brunch var. Gitmeyeceğim. Bu halde gidemem. Uyusam iyi olacak. Ama bırakmıyor Hande! Gözleri hep gözümde...

Lise yıllarımız geliyor aklıma. Okuldan kaçışlarımız. Sınavlarda çektiğimiz kopyalar. Uslu değildik. Hiç olmadık. Ne kadar çok ortak yanımız vardı onunla. İkimiz de şiire sevdalıydık. Ben yazardım o okurdu, ben okurdum o susardı.

Seviyorduk. Birbirimizdeki tek doğru için onlarca yanlışı görmezden gelebilecek cesaretteydik. Lise yılları başkaydı. Çılgınlıkların ve yılgınlıkların yıllarıydı...

Hiç unutmuyorum, bir gün bir uçurum kenarında yürürken, "İnsanlar nasıl atabiliyorlar kendini aşağı" diye sormuştu. Sonra bana dönmüş ve "Sen benim için kendini buradan atar mıydın" demişti.

Çok şaşırmıştım. "Atabilirim tabii ki" dedim.

Ama bu cümle ağzımdan çıktıktan sonra inandım gerçekten atabileceğime. O güne kadar hiç böyle bir şey düşünmemiştim.

"At öyleyse" demişti kıkır kıkır gülerek.

Tedirgin adımlarla uçuruma yaklaşmıştım. Arkamdaydı. Sanırım ne kadar ileri gidebileceğimi test ediyordu. Kollarımı açıp, gözlerimi kapamıştım. Tam boşluğa bırakacakken bedenimi, tutmuştu beni.

"Bu kadarı yeter" demişti. "İnandım sana..."

Acaba, "Yeter" demese ne olurdu?

Sonra sıkıca sarılmıştık birbirimize. Başını göğsüme bastırmış, öylece dakikalarca kalmıştık. Hemen yanı başımızdaki uçuruma bakıyordu. Sonra "Bazı uçurumlar atlamak için değil, vazgeçmek için vardır" dedi. Ona bir kez daha âşık oldum.

Lise bitince aynı üniversiteyi yazmış ve kazanmıştık. Ne güzel günlerdi. Bazen kavgayla ama daha çok mutluluk içinde geçen dört koca yıl. Okul bitince evlenecektik. Hande ilk aşkımdı, kimseyi öyle sevmemiştim. O da sevmemişti. Benden önce hayatında hiç kimse olmamıştı. İkimiz de gözümüzü birbirimizde açmıştık. Aşk, bir keşif oyunu gibiydi bizim için. Hem öğreniyor hem yaşıyorduk.

Ben ona şiirler yazardım. O da bana aynı şekilde karşılık verirdi. "Gelişin bu hayattan gidişimi uzatır" derdi.

Ben de altta kalmazdım. "Bende bir sırrın var biliyor musun" derdim.

"Nedir" diye sorardı heyecanla.

"Sen" derdim, gülerdi.

Ne hiçbir şey eksik, ne her şey tamdı. Her buluşmamız ilk gibiydi. Ama o hep geç kalırdı. Alışmıştım onu beklemeye. Beklerken şiir yazmaya... Bir gün tahminimden daha erken gelmişti. "Seni daha geç bekliyordum. Erken geç kaldın" demiştim.

"Geri dönüp gecikebilirim" diye yanıt vermişti.

Sarılmıştım. "Hayır" demiştim. "Artık geç kalmak için çok geç."

Severdik kelime oyunlarını. O günlerden kalma bir alışkanlık olsa gerek. Şimdi ne zaman sloganik bir cümle kursam, kalkıp Facebook duvarıma yazıyorum. Sonra arkadaşlarımın yorumlarını okuyorum. Bunu neden yaptığımı bilmiyorum. Sanki, yalnızlığımın kederli sorularına teselli cevapları alıyormuşum gibi hissediyorum. Tatlı bir oyunken, kendimi ifade biçimine dönüştü bu eylem.

Geceleri saatlerce telefonda konuşurduk. Kapatırdık, mesajlaşmaya başlardık. Sabah okula geç kalırdık. Ama hiç suçluluk duymazdık. Biz hiç suçluluk hissedecek kadar yalnız bırakmadık birbirimizi. Şimdi o kadar yalnızım ki… Bugün ayrılığımızın ikinci yılı. Evet! Doğru ya… Bugün ayrılığımızın ikinci yılı. Nasıl da unutmuşum, kahretsin! Suçlu hissediyorum kendimi.

Yatağımdan fırladığım gibi bilgisayarımın başına geçtim. Duvarıma bir şey yazmalıydım. Belki görürdü. Belki gizliden takip ediyordu beni.

Cihazın açılmasını beklemek sanki saatlerimi aldı. Facebook'a girdim ve duvarıma yazdım. "Senede bir günse gidişinin yıldönümü, arada kalan bütün günler benim için yas dönümü…"

İçimden bir kez daha kalktı cenazesi. Ağlıyordum.

Ağlanacak kadar değerli hâlâ… "Gözler ıslanmadıkça gönüllere gökkuşağı doğmaz" derlermiş. "Dokunmayın gözyaşımla yıkanıyorum" diye bağıra bağıra, hıçkıra hıçkıra… Utana utana… Ağlıyordum işte. Sezen, "Ağlamak güzeldir", Nilüfer, "Erkekler ağlamaz" diyordu. Bense "Ağlayabiliyorsan hâlâ umudun var" diyorum.

Yaralanan kalbin kanı gözden çıkar. Erkekler böyle ağlar. İçimi ağlayarak konuşturdum bu gece. Anadilim oldu ağlamak, dilimin dönmediklerine… Kendisiyle derdi olana ne de kolay gelir ağlamak. Ama eğer gecede yalnızsan susmak ağlamaktan daha zordur. Çare yoktur. Çare de düşünülmez zaten, susulamadığı gibi, bir yaranın kanarken kabuk tutamadığı gibi... Kırık bir aşkın taneleri aktı gözlerimden, iç sızıntısı gibi. Onlar, ruhumun gözümden dökülen kelimeleriydi.

Çünkü ağlamak, dudakların diyemediğini gözyaşlarına söyletmekti; akardı sustukların gözünden... Çünkü ağlamak, sözsüz bir şiir yazmaktı; taşardı derdin gözünden... Bereketlenirdi hüznümüz... Özümüz... Ah! Özüm... Özyaşım benim... Yüzümde biriktirdiğim son çarem.

Çaresizliğiniz eyleme döner ağlarken. Kendi kendinden yardım diler insan. Duyguların tuzu göz suyuna karışır. Aktıkça temizler içini. Ama değiştiremez acıyı, şöyle bir tozunu alabilir ancak. Senden başka kimse bilmez damlaların sancısını. Bir cenin gibi kıvrılırsın kendine. Kıvrılırsın kaderine... Nasıl ağladığın değil, neye ağladığındır önemli olan. Ağlasan da ağlamasan da uğruna ağladığın insan değişmez; çünkü senden akan gözyaşı onda hiçbir şeyi temizlemez. Düştüğü yerde mucizeler yaratmaz ama ağlamak sadece seni yıkar, paklar. Ne gariptir, dışarı akan suların insanın içini temizlemesi...

Ağlarken çocukların ağzından düşen sakızlar vardır ya hani... İşte öylesi bir hüzün yüreğine yürür. Yine de içinden taşan seller, gözünden dışarı akmalıdır; çünkü gözyaşlarını içine akıtanın en çok ruhu çürür. Yanakları ıslanırken kalbi kurur.

Soyunmadan çıplak kalmaktır ağlamak. Gözünün yağmurunda açan kalp çiçeğidir o. (Ağlayabilseydiniz anlayabilirdiniz.) Islak bir sitemdir ağlamak. Gözünden akan insan yağmurudur. Acıyı inceltir. İçindeki cerahati akıtır. Kalbinin kırıklarını hıçkırıklara yamatır. Çaresizlik, ağlarken adını yutkunmaktır. Gözlerin tövbesidir ağlamak; her seferinde tekrar tekrar bozduğumuz...

Gözlerin ıslak ve sessiz çığlığıdır. Susmaz gözlerin. Kaçar gibi dökülür yaşlar. Fark edersin ama tutamazsın... Bakarsın ve "Hay Allah" dersin. "Nasıl da gözümden kaçmış!"

Yokluğun değil, umutsuzluğundur ağlatan belki de... Gözümde durmuyorsun. Ağlanıyorsun Hande...

***

Tam bilgisayarımın başından kalkarken, bir önceki yazımın altında bir yorum gördüm. Yazan kişiyi tanımıyordum ama ortak bir arkadaşımız vardı: Yasin.

"Bazı yaralar sardıkça kanar"ın altına, Lavin adında birinin yorum yazmış olduğunu fark ettim. Daha doğrusu paylaşımımla dalga geçmişti. "Tıp dünyasının dramı" yazıp gülücük koymuş. Hem içerledim hem de güldüm bu yoruma. Oysa biraz önce hıçkıra hıçkıra ağlıyordum. Kimdi bu Lavin?

Bende ekli olmadığı için sadece profilindeki fotoğrafını görebiliyordum. Sarışın bir kızdı. Arkadan çekilmiş bir fotoğrafı vardı. Geniş omuzlara sahipti. Üzerinde beyaz bir elbise, elbisenin üzerinde küçük kırmızı kalpler yer alıyordu. Belli ki kollarını önden birbirine kavuşturmuş, hafif sol tarafına doğru dönmüş yüzünü. Yüzünün yarısı belli belirsiz görünüyor. Kalkık bir burun, uzun kirpikler... Yüksek bir yerden bir şehre bakıyor gibiydi. Hayır! Daha çok birini bekliyor gibiydi.

Kısa bir süre inceledim fotoğrafını. Acaba yeni yapmış olduğum paylaşıma da yorum yazacak mı diye bekledim. Yazmadı. Bilgisayarımı kapatıp yatağıma döndüm. Bileğimi bir kez daha kontrol ettim. Kanamıyordu. Yorganın altında yarım bıraktığım anılar hâlâ pusudaydı. Yatağa girer girmez üstüme çullandılar.

İKİNCİ BÖLÜM

Üniversiteyi bitirdiğimizde, Hande hemen iş bulmuştu. Ben işsizdim o sıralar. Başvurularıma olumlu cevaplar gelmiyordu. Sıkıntıdaydım. Biraz içime gömülmüş, sessizleşmiştim. Okul yıllarında nerdeyse her günümüz birlikte geçmişti, özellikle üniversitedeyken. Hande işine başladıktan sonra eskisi kadar sık görüşemiyorduk. Onu özlüyordum. İlk zamanlar işini heyecanla anlatır, beni de ortak ederdi mutluluğuna. Fakat sonraları, işi onu benden uzaklaştırmaya başladı ve görüşmelerimiz seyreldi. Buluştuğumuz nadir zamanlarda da işinden hiç söz etmez oldu. Aylarca sürdü bu durum. Bunu işsiz olduğum için beni üzmemek adına yaptığını düşünüyordum.

Öğrenciyken harçlıklarımızla kafeye, sinemaya giderdik. Birbirimize kitap hediye eder, sırayla okur ve sonra kitabı konuşurduk. Hâlâ duruyor hediye ettiği kitaplar. Bazılarını tekrar tekrar okurdum, şimdi elim hiçbirine gitmiyor, gidemiyor. Üniversitedeyken ikimiz de aileden gelen parayla kıt kanaat geçinir, bunu hiç dert etmezdik. Zaman zaman birlikte anketörlük yapar, biraz para kazanır, gezmeye giderdik. Her şey çok kıymetliydi, her şeyin tadı vardı. Hande mezun olur olmaz bir iş bulunca, beni bir heyecan sardı. Çünkü okul bitince evlenmekti niyetimiz. Benim de hemen bir iş bulmam gerekiyordu. Bunca yıl evlilik hayali kurmuştuk, bundan sonra plan yapabilirdik.

Hande artık ailesinden hiç para almıyordu. Ben her zaman buluştuğumuz, birlikte gittiğimiz yerleri tercih ediyordum, o "Yeni bir yer keşfettim" ya da "Başka bir yere gidelim" diyordu. Ben önceleri bundan mutluluk duymuştum ama Hande'nin anılarımızın sindiği yerlere, o kuytu köşelere vefasızlığını da sezmiştim. Buluşalım dediği, gidelim dediği yerler artık parklar, deniz kıyıları değildi, kafeler ve restoranlardı. Giyim kuşamı da değişmişti, "İş hayatında böyle giyinmek şart" diyordu ama buluşmaya da yeni giyim tarzıyla geliyordu nedense... Ben de onun adına mutluluk duyuyordum bunlardan. Hayatında yenilikler vardı, kendim için de diliyordum bunu. Ne kadar saftım. Ondaki başkalaşımın sandığımdan çok farklı olduğunu görmezden gelmiş, hızla kabuk değiştirdiğini anlamamıştım. Artık hiç evlilikten söz etmiyordu ve ben bunu da henüz bir iş bulamadığım için özellikle açmadığını, benim incinmemden, sıkıntıya düşmemden çekindiği için yaptığını sanıyordum. Daha az görüşüyorduk ama hiç önemli değildi, ne de olsa evlenecektik, bir ömür boyu birlikte yaşayacaktık.

Sonunda başvurularımdan bir tanesi işe yaradı. Beni mülakata çağırdılar. Hem çok sevinmiş hem de çok umutlanmıştım. Hande'ye bundan hiç söz etmedim. İşim olmazsa üzülsün istemiyordum. Ne zaman ki işe girerim, müjdeyi o zaman veririm diyordum. Bir hafta sonra mülakata girdim. Çok iyi geçti. Üç gün sonra da telefonla arayıp işe başlayabileceğimi söylediler. Parlak bir iş değildi ama yine de bir işti işte. Mutlu olmama yetecekti.

Hemen Hande'yi aradım. Ama müjdeyi telefonda vermedim ona. Hemen buluşalım, dedim. "Çok meşgulüm. Hafta sonu buluşabiliriz" dedi. Pazar gününü iple çektim. O güne kadar telefonda veya mesajlarda bile ipucu vermedim. O pazar gününü hiç unutmuyorum. Eksik kalan, yarım kalan pazar günü. Ertesi gün işe başlayacaktım. Nihayet Hande'ye müjdeyi verecektim. Kalamış Parkı'nda eski bir balıkçı barınağına giderdik. Dalgaların masalara kadar geldiği, martıların cirit attığı bir yerdi. Özellikle kışları gelirdik. Tenha olurdu. Sonra müşterileri artmıştı, masaları çoğalmıştı.

Yine geç kaldı tabii. Beni asıl düşündüren geç kalması değil, yüzündeki anlam veremediğim ifadeydi. Buz gibiydi o gün Hande. Yine de üstünde durmadım. Ona vereceğim müjdenin sabırsızlığıyla sürüklendim o heyecan denizine. Ağzım kulaklarımda anlattım. Sonra bir yorum, bir tepki bekledim. Hiçbir şey söylemedi. Yüzündeki soğuk ifadeyle karşımda oturuyordu. Sevinmedi bile. Ne diyeceğimi bilemedim. Sustum kaldım, bir şey söylemesini bekliyordum. Gözlerime bakamıyordu.

Kısa çarpışmaların ardından kaçırıyordu bakışlarını. Gözlerim gözleriyle it dalaşına giriyordu ama kaçan hep o oluyordu. Şaşkına dönmüştüm. Ne olduğunu sordum. Cevap vermedi. Tek kelime etmeden sustu. Sanki karşımda bambaşka biri oturuyordu. En iyi tanıdığımken, şimdi yabancımdı. Onu böyle görmeye alışık değildim. Onu tanımak için tanışmak gerekmiyordu. O denli içiydi dışı da… Şimdi birbirini tanımayan ama asansörde bir araya geldiği için birbirine zoraki selam veren insanlar gibiydik.

"Hande, neyin var senin" diye sordum.

"Hiç" dedi.

Sonra ayağa kalktı. Titriyordu. "Hoşça kal Kaan. Ayrılıyoruz" dedi ve arkasına bile bakmadan gitti.

Dilim tutuldu. Heykel gibi kaldım. Gözlerim bile donmuştu. Gözden kaybolana dek arkasından baktım. Gözden kayboldu, hâlâ öyle bakıyordum. Hiçbir şey düşünmüyordum. Hissettiklerimi asla tarif edemem. Çünkü şimdi bile kelimelere dökülecek bir karşılığı yok bunun. Gözden ırak olan gönülden de ıraktır. Burnunun dibinde bile dursa, gönlünde olmayanı baksan da göremezsin. Benim gönlümde ayrılık yoktu, böyle bir Hande yoktu. Karaya vurmuş yaşlı bir yunus gibi kaldım orada.

Ardından ne kadar öyle baktığımı bilmiyorum. Bayılmışım orada. Başım masaya düşmüş, bardaklar devrilmiş, görenler bayıldığımı hemen anlamamışlar. Sonra beni içerideki sedire taşımış, oraya yatırmışlar. Hayal meyal hatırlıyorum birilerinin kolonya sürdüğünü, yanağımı tokatladığını. Gözlerimi açıyor, ah çekip tekrar bayılıyormuşum.

Kalkacak gücü nasıl bulduğumu, oradan nasıl ayrıldığımı hatırlamıyorum. Deniz kıyısındaki bir kayalıkta oturup ağladığımı biliyorum yalnızca. Bir de perişan halde eve döndüğümü ve bütün gece hıçkıra hıçkıra ağlamaya devam ettiğimi... Hayatımın hiç bitmeyen ama beni tek seferde bitiren gecesiydi. Sabah güneş doğarken gözyaşlarım kurumuş ve kalbim tükenmişti.

***

Günlerce kendime gelemedim, işe de başlayamadım. Bir kurşun yemiş gibiydim, can çekişiyordum. Defalarca aradım, çıkmadı telefonlarıma. E-postalarımı da engellemişti. İş yerine gittim. "Ayrıldı" dediler. Evlerine gittim. Annesi, kız arkadaşlarıyla Antalya'ya tatile gittiğini söyledi. Nedenini sordum, "Biraz kafasını dinleyecekmiş" dedi. Acıyan gözlerle bakıyor ve benimle konuşmak istemiyordu. Besbelli ayrılığımızı biliyor, halimi anlıyor ama benim için hiçbir şey yapmak istemiyordu. Başka bir şey soramadım. Sessizce ayrıldım oradan.

İçim ortalığa saçılmıştı. Dağılmıştı her tarafım. Sanki bir sakatlık vardı doğumumda. Yoksa bu kadar başkasının gibi durur muydu bu kalp göğüs kafesinde! Tutunabileceğim bütün şarkıları unutmuştum o günlerde. Haftalarca konuşmadım kimseyle. Canı yanan insanların can yakardı sözleri. Ağzımı açsam, bir avuç cehennem çıkacaktı dışarı. Konuşmadım. Yutkundum tüm sözlerimi... Sessizliğimde kurdum dünyamı. Cümleler kurulunca değil kuruyunca oluyordu bu.

Bir bataklığa dönüşmüştüm; kendi çamurundan kendini yaratan... Kederli gözlerle umut verici rüyalar bekledim, gelmedi. O da gelmedi. Yaşadığımdan daha fazlasına ölmüştüm. Herkesin yerine kırıldım hayata. Allah'ım nasıl bir denklemdi bu, beni insanların arasında tutanla insanların arasında yapayalnız bırakanın aynı kişi olması...

Hayattan harcadım durdum. "Üstü kalsın" diyebileceğim hiçbir şey kalmadı bende. Teselli sözleri bekledim durdum celladımdan; hangi söz bu kırgınlığı yapıştıracaksa...

Ömrünü birine adayınca, o gittikten sonra ömür tüketmek oluyor gerisi. Aşk, ecelinden önce öldürüyor insanı. Oysa kimsenin göremediği bir dövme gibi işlemiştim adını kalbime. Adı dövüyordu şimdi kalbimi... İçimde, elinde bıçakla bir çocuk bekliyordu beni sanki.

Masum bir aşk düetiydi ondan istediğim, bunu hain bir düelloya niçin çevirdi? Gönül yarasında kim kanıyordu şimdi?

Tamamlanmamış bir cümle gibi bıraktı beni. Böyle de apansız gidilir miydi? İnsan diliyle ettiği yemini kalbiyle bozar mıydı? Şimdi her yerde tanıyacaklardı beni. Onsuzluk sırıtacaktı yüzümde. Yıllar sonra, içimdeki aşkla yaşlanırken, başkasıyla mı yaşayacaktım?

Yıkılmıştım. Beni hayata bağlayan tek insandı o. Ama artık yoktu. Gitmişti. Demek, yanağımı öperken, kalbimi asıyormuş içinden. Yapayalnız kalmıştım. Neden gittiği ile ilgili hiçbir fikrim yoktu. Kollarımı koparmak istiyordum; onu saramadıkları için… Yaşamak istemiyordum artık. Hayattan soğumuştum. Her sabah yeni bir hayat başlasa da dışarıda, dünden kalan ne varsa derme çatma kuruluyordu içimde. Öyle hissediyordum. Her gün bir önceki güne benziyordu bu yüzden. Sanki yoktum da bir masalcı uydurmuştu beni. Sonra da bırakıp gitmişti. Eksik kalmıştım. Yarımdı kalbimin şarkısı. Belki bir yabancı gelip tamamlayacaktı.

Onun denizinde benim dalgalarım çırpınmıyordu artık. Geleceğimin geleceğinden emin değildim artık. Kalbim beynime sorup duruyordu: "Beni neden sevmedi? Bu roman sen, ben ve yalnızlığımız şeklinde bitmemeliydi…"

Hayat beni üzmeye başlayınca kitaplara sığınırdım. Artık buna bile mecalim yoktu. Ziyandan başka bir şey değildim. Bir ara memleketime, annemin ve babamın yanına gitmeyi düşündüm. Sonra vazgeçtim. Bu acıya tek başıma katlanmalıydım. Ama yapamadım! Demek bazı acılar tek başına çekilmiyormuş.

Yapacak son bir şey kalmıştı. Yaşamla aramda uzun bir mesafe vardı. Kendimi o mesafeden aşağı bırakacaktım. Herkesi hayal kırıklığına uğratıp gidecektim. Zaten hepimiz birilerinin hayal kırıklığı değil miydik?

Yaşama hevesim Hande tarafından bir cinayete kurban edilmişti. İntihar, ölümümün kılıfı olacaktı. Sevilmeyi öğrenemeden gidecektim bu dünyadan… Her şeyimi alacaktı ölüm. Onun dokunuşunu bile… Önce, Facebook duvarıma uzun bir veda yazdım:

"Aşk, hayallere tutunurken gerçeklerden düşmekmiş. Aşk, insanın kendisini başkasıyla yakmasıymış. Aşk, kederden gülüş beklemekmiş. Aşk, insanın karşısındakini sevmesinden çok, onun vereceği acıları sevebilme cesaretiymiş… Hepsine yeterdi yüreğim. Hepsine vardı cesaretim. El olup gitmeseydin…

Hiç gelmeyen gider mi bilmiyorum ama bazı şeylerin yokluğu, varlığından daha fazla hissettirir kendini. Tıpkı sen gibi, tıpkı sızın gibi… Sızı nedir bilir misin? Sızı, acı ve ağrının küçük kızıdır. Acının ve ağrının sessizcesidir. Ruhumuzun fark etmediğimiz bir yerinde açılan kâğıt kesiğidir. Sızı can yakmaz, canın yandığı için sızın olur. Sızı acımaz, yanar.

Aşk da kapısı örtük bir sızıdır. İçim sızınla yanıyor, anlıyor musun? Elimde olsa gitme diye gölgene bile sarılmak isterdim. Ama çok yalnızım. Aynaya bakarken bile yalnızım. Sen hiç dokunulmayı bile özleyecek kadar yalnız kaldın mı? Bir sese, bir söze hasret yaşadın mı? Sen giderken olduğum yerde çakılıp kaldım. Oysa biliyordum yürümeyi, peşinden gitmeyi… Terk edilmek olduğu yere çakıyormuş adamı, o an anladım.

Ayrılırken kulağıma tutuşturduğun o son sözlerin kaldı bende. Canımı kanattı, kalbimi yaktı. Eskiden sen konuşunca aşka dönerdi en sıradan cümlelerin bile. O cümlelerden kurulmuş uçurumlardan düştüğüme yanmıyorum; iten sen olduğun için kahroluyorum. Takılıp kalmışım geçmişe. Günler geçiyor ama dünler öylece duruyor. Seni unutmak kaç kalp alır şimdi?

Sen artık geçmişimde kalan gelmeyecek geleceğimsin. Sensiz nasıl yaşanır bilmiyorum, nasıl uyunur, nasıl kalkılır, nasıl şarkı söylenir… Hiçbir şarkıyı sensiz bir nota için harcamadım ki ben. Ama artık söyleyemediklerimde saklısın. Senli hayallerin sensizliği öldürüyor bak beni. Keşkesi olmayan cümleler kurmaktı hayalimiz; şimdi cümlesi olmayan, yalnız bırakılmış bir keşkeyim. Hiçbir yalnızlık sığmıyor hayatıma. Sensizken o kadar boş ki içim. Ne zaman adını ansam yankı yapıyor. Böyle yaşanmaz diyorum. Ama böyle de yaşanıyor. Azala azala, tükene tükene, öle öle… Belki de senin için vakti gelince unutacağın bir şarkıydım. Kimbilir kimlerin adını silmek için beni bu şarkıya yazdın!

Tüm bunlara rağmen diyorum ki keşke sana tekrar âşık olabileceğim başka bir hayat olsaydı. Ben aşkı arıyordum sende. İhaneti buldum! Keşke bulduğum gibi değil, aradığım gibi kalsaydın.

Gözlerin hâlâ buradayken sen neredeydin? Hangi sokağındaydın bu şehrin? Hangi çıkmazındaydın? Ve bilir misin, hiçbir sokak gözlerin kadar çıkmaz değil bu ülkede. Yarınım diye gördüklerimi dünlerimde yitirmeye alışık olsam da gözlerin olmadan göremem ben bu dünyada. Hadi gel! Gel hadi sencanisi! İnanacaklarımla bekliyorum seni. Biliyorum yine inciteceksin! Ama buna değersin…

Gelmezsin değil mi? Biliyorum. Arsız ayrılıkların kudurmuş yaralarıyla bekletirsin. Günler gelir, günler geçer sen gelmezsin. Burada günler en çok sen yokken birbirine benzer, bilir misin? Saatler düşüyor bileklerimden, ömrüm düşüyor ömrümden. Ben eksildikçe sen artıyorsun, hep ben çıkıyorum oyundan, sen kalıyorsun.

Hatırlar mısın bilmem, yanımda olduğun zamanlarda sana şiir yazamayacak kadar mutluydum. Şimdi seni anlatan şiirler yazıyorum ama sen yoksun. Yanlış bir savaşta, savaştan daha yanlış bir silah kullanıyorsun. Yani bekletiyorsun ama gelmiyorsun. Öldürmeden gidiyorsun. Son noktayı koyma-

dan gidiyorsun. Eksiğim işte görmüyor musun? Ama haklısın. Eksik bir cümle nokta koysan bile tamamlanmazdı değil mi? Sahip olamadıklarımın adıdır eksik kalan yanım. Olsun, sahip olabildiğim kadarı beni mutlu ediyordu ama onları sana vermek beni daha da mutlu edecekti. Bu yürek onu göremedi.

Artık çok geç demek için bile çok geç fakat yine de zamansız oldu. Bu aşk için ben zaten çok gençtim. 'Ayrılsak yaşım tutmaz' derdim. Ama şimdi sözün bittiği yerdeyim. Sözün bittiği yerde sözüm olur musun sevdiceğim? Yine saçma sapan hayallere kapıldım değil mi? Senden başka son bir şansım yok benim. Senden sonra bir başkası olmayacak. Başkalarının doğrusu olmaktansa senin yanlışın olarak kalmayı tercih ederim bil. Ve senin için yanlışsam, başkaları için doğru olmak umurumda bile değil. Yok yok… Hayır! Eksik yazdım. Senden sonra ben olmayacak…

Bazı insanlar bize kendileriyle tanışmadan önce yaşamadığımızı öğretir. An kadar kısa bir zamandır bu. O anlar, bize bir şeyi daha öğretir 'Onsuz yaşayamazdın zaten' diye fısıldar kulağımıza. Anda gizlidir tüm bunlar. Çünkü bazı anlar bizi anlar.

Taze açılmış bir yara gibi gülümseriz hayata. Öyle bir yara var ki bende, baktıkça acıyor. Hadi gel de kandır yaralarımı desem yine gelmezsin biliyorum. Susuyorum. Gözlerin diyorum susuyorum. Ellerin diyorum susuyorum. Acım diyorum susuyorum. Sense hayallerimden bana gülümsüyorsun. Kalbimi susturuyorsun. Sus sus bitmiyorsun.

Evet dostlar! Şimdiki satırlarım size. Ölümü sevecek kadar yalnızım artık. Kalbime bir çivi çaktım ve kendimi ölüme, onu kalbime astım. Kimseye elveda demiyorum, doğduğumda merhaba demediğim gibi. Doğdum ama çok büyüyemedim. Özür dilerim. Belki anlayamazsınız, belki hafif gelir size söylediklerim ama asıl ben bu hayata çok ağır geldim.

Hande! Ruhumun katili sen, bedenimin katili ben... 'Hayatın anlatamadığını ölüm anlatır mı acaba? diyorum ve gidiyorum. Acınla ölüyorum, gücenme bana... Kimseyi suçlamıyorum. Sadece hayata hiç dokunmadan, içinden kendimi çıkarıyorum. Hayat herkes için değilmiş. Gidiyorum!"*

***

Sonra yazıyı paylaştım ve kapattım bilgisayarı. Üzerimdekileri çıkarmadan banyodaki kırık dökük küvete girdim. Her iki musluğu da açtım. Suyun yavaş yavaş küveti dolduruşunu izledim. Bedenim sulara gömülüyordu git gide. Beni bırakmasına değildi incinmişliğim; giderken yanına almamasınaydı belki de... Ben de gidiyordum sonunda. Yıllar sonra, beni düşündüğünde hatırasını lekeleyen bir iz olarak kalacaktım onda. Elimdeki jiletle kestim bileğimi. Kaybediyordum her şeyimi. Zaten onsuzken kazandıklarım ne işe yarayacaktı ki! "Doğdum ve öldüm; şimdi içinde büyüyeceğim" mesajıydı bu ona.

Kanımın ağır ağır suya karışmasını izledim. Ruhumun kapılarını açık bırakarak gidiyordum. Üşüsündü benden... Bir ölüm sarhoşluğu yaşamaya başlamıştım. Küvetten taşan kanlı suların banyonun zeminine yayılışı, beni çocukluğumda dizlerim kanarken girdiğim süs havuzuna götürdü. Bir anda kıpkırmızı olmuştu sular. Sonra annem beni çekip almıştı içinden. Ağladığımı hatırlıyorum.

Çocukluğum bir film şeridi gibi geçiyordu gözlerimin önünden. Babamın aldığı ilk oyuncak, ilkokulda yediğim ilk tokat... Küçük kardeşimin bisikletten düşüşü... Mahalledeki taş savaşında dudağımın yarılması, annemin beni hastaneye götürüşü...

Lise yıllarım. Hande! Hande'yle sınıftaki bakışmalarımız. O bakışmaların en tatlı yerinde çalan okul zili... Ayrı sıralarda oturuyorduk. Teneffüslerde yan yana gelmek için zilin çalmasını beklerdik. Zil çalınca aşk saatiydi. Şimdi çınlıyordu kulaklarımda.

Sınıfı boşalttı herkes. Birden gece oldu. Hande, gözlerimi kapadı. "Gece daha çok genç" dedi. Ne demek istediğini anlamaya çalıştım bir süre. Gözlerim iyice ağırlaştı. Açamıyorum. Hande, bir şey fısıldadı kulağıma. Duyduğum son sözdü ondan. "Birbirimizle zaman kaybetmeyelim. Bir gün unutmak dileği ile" dedi ve gitti.

***

Okul zili olarak duyduğum aslında kapımın ziliymiş. Alt komşu gelmiş. Kapı zilime basıyormuş. Ben kendimden geçmişim. Küvetten dökülen sular alt kata inmiş. Daha önce de olmuştu bu. Suların kesik olduğu bir gün musluğu açık unutup çıkmışım, evi su basmış. Üniversiteye geldiğimden beri bu köhne çatı katında oturuyorum. Ne kadar mutluydum taşındığımda. Banyosunda bir küveti olduğunu görünce sevinmiştim. Bir gün bileğimi kesip intihar edeceğim hiç aklıma gelmezdi.

Gözümü açtığımda bir hastane odasındaydım. Serum bağlamışlardı. Annem, babam ve İrfan amcam yanımdaydı. Utancımdan yüzlerine bakamadım. Annemin ağlamaktan kan çanağına dönmüş gözlerinden kaçırdım gözlerimi. Babam, kızgınlıkla merhamet karışımı bir ifadeyle bakıyordu yüzüme. Hayatımda hiç bu kadar utandığımı hatırlamıyorum. Beni seven ve bana güvenen insanları mahcup etmiştim. Neyse ki küçük kardeşimi getirmemişlerdi. Ondan saklamışlardı intiharımı.

Annem boynuma sarıldı. Hıçkırarak ağlıyordu. Babam ve amcam onu dışarı çıkardı sonra. İrfan amcam tekrar odaya dönüp konuştu benimle. Çatı katımdan sular aşağılara doğru inmeye başlayınca alt komşum ve aynı zamanda ev sahibim olan amca, meraklanıp çıkmış yukarı. Yine bir musluğu açık unuttuğumu düşünmüş. Uzun süre zile basmış. Evde olmadığımı sanıp kırmış kapıyı. Beni kanlar içinde bulmuş. Hemen çıkarmış küvetten ve ambulans çağırmış. Sonra aileme haber vermişler. Babam İrfan amcamı aramış. O burada, İstanbul'da oturuyor. Anında gelmiş hastaneye. Telaşa kapılmasınlar diye "Durumu iyi, merak etmeyin" demiş. Annem ve babam ilk otobüse binip gelmiş İzmir'den.

Neden böyle bir şey yaptığımı sordu İrfan amcam. Ne diyeceğimi bilemedim. Bir suçlu gibi başımı eğip sustum. Evet! Sadece suçluluk hissediyordum. Bu suçluluk duygusu Hande'nin beni terk etmesiyle başlamıştı aslında. Sanki terk edilmek suçtu benim için. Eziklik duygusuyla birleşmiş ve benliğimi esir almıştı. Bu karmaşık yapı beni intiharın eşiğine getirmiş ve son vuruşu hiç düşünmeden yaptırmıştı bana. Hande, beni terk ettiği için ben de ilelebet herkesi ve her şeyi terk etmeye kalkışmıştım. İntihar girişimiyle suçumu daha da katlamış, bir utanç abidesi dikmiştim kendime. O abide, bileğimdeki kesik iziydi. Bu yaranın kabuğu bir utanç olarak kalacak, acısı içinde gizlenecekti.

Hiçbir şey söyleyemedim İrfan amcama. Ama o beni anladı. Odadaki sessizlik, suskunluğumuzun uzlaşmasıydı aslında. Bu olaydan yıllar sonra, hayatın onu tek başına yaşamak zorunda bıraktığı evinde intihar edeceğini bilerek mi söylemişti bilmiyorum ama gözleri boşluğa dalarak şöyle demişti hiç unutmuyorum...

"Hayat bazen üstüne yıkılıyor insanın. Her yıkılmışlığın

ardından onarmaya çalışıyorsun acıyan yanlarını. Tanıdık acılar tekrar tekrar gelip giriyor kırık hayatına. Sen, her seferinde ölmüş gibi oluyorsun ama nedense ölmüyorsun!"

***

İki gün sonra çıktım hastaneden. Annem ve babam bir hafta yanımda kaldı. Tek başıma kalmamdan korkuyorlardı. Uzun zaman sonra ilk defa evimde yemek yapıldı. Babam yaptı tüm yemekleri. İyi bir aşçıydı babam. Beni otel mutfaklarında sabaha kadar çalışarak okutmuştu. Annem bir hafta boyunca evi temizledi durmadan. Kanlı sularla renklenmiş bir evi temizlemek kolay olmadı. Her yeri sildi bastıra bastıra. Oğlunun, canının kanını temizlerken ağladı hep. Sonra döndüler İzmir'e... Dönmek zorunda kaldılar. İş güç bekliyordu onları.

Aslında beni de götürmek istediler yanlarında. Çok ısrar ettiler. Ama kabul etmedim. Arkadaşlarım vardı eve gelip giden. Zor günlerimde beni yalnız bırakmak istemeyen... Kimisi gerçekten de benim için öğütler verdi bana, kimisi ise kendi vicdanını rahatlatmak için. Beni onlara emanet ettiler. Çok fazla üzerime gelmek istemediler. Gönülsüz bir şekilde gittiler. Bedenleri orada, akılları ise bende kaldı.

Sağ olsun arkadaşlarım hiç yalnız bırakmadı beni. Yanımdaydılar. Ve hep aynı şeyi söylediler: "Değer miydi" ile başlayıp, "Kör müydü gözlerin" sorusuyla biten cümleler...

Hiçbiri yüzümün gülmesini, hayatla yaşam bağlarımın tekrar oluşmasını sağlayamadı bu yüzden. Onları da istemez oldum sonra. Hayata karşı kayıtsızlığım ve isteksizliğim daha da derinleşiyordu. Bir girdabın içinde gibiydim. Bu girdaptan beni yalnızca ben kurtarabilirdim.

Tam da o günlerde elinde bir demet çiçekle çıkagelmişti Necdet ağabey. Önce bana dışarıda akan bir hayat olduğunu ve benim de artık o devinime dahil olma vaktimin geldiğini anlattı uzun uzun. Sonra intihara sebep olan aşkımdan dem vurdu. Kurduğu bir cümle yaşadıklarımı tekrar sorgulamama sebep olmuştu. Bana insanların nasıl değişebileceğini ve en derin aşkların bile bu değişimden nasıl payını alacağını söyleyerek, "Önce bütün çirkinlikleri güzel gelir, sonra bütün güzellikleri çirkinleşir... Bunu bir gün karşı taraf için sen de yaşayabilirsin evlat" dedi. Haklıydı. Bir zamanlar önem sıram en öndeyken, zamanla en geriye düşebilirdi. Öyle de olmuştu zaten. İnsanoğlu "bir zamanlar" değerli gördüğü değerleri değersizleştirmede ustaydı.

***

İntihar sonrası, hayatı yeniden sorgulamaya başlamıştım. Bir günah işlemiştim. Allah katında suçluydum. Bu günahın azabı, bir yandan bana keder yüklerken diğer yandan da ruhumu temizliyordu aslında. İntiharla kesin bir dönüşüme uğramış, benim için neyin değerli neyin değersiz olduğunu daha iyi anlamıştım. Hayat dediğimiz zaten şımarık bir çocuk gibiydi. Bir zaman geliyor, senin yüzüne gülüyor, sana armağan ediyordu oyuncaklarını. Sonra birdenbire, "Ben oynamıyorum" diyor ve sırtını dönüp gidiyordu. Elinde, tek başına oynayamayacağın oyuncaklarla kalakalıyordun. Tam kendi yoluna gidecekken bir de bakıyorsun ki gelmiş paçalarından çekiştiriyor, "Hadi bir daha oynayalım" diyor, gülümsüyor sana. Ve anlıyorsun ki doğumla ölüm arasında küçük bir kandırıkçı hayat. Korkup kaçtığın her şeyi günün birinde başına saracak kadar da uzun. Oyalanma sanatının inceliklerini öğretiyor sana.

Bazen ne işe yaradığını hiç anlamıyorum bu hayatın. Ne veriyor bize? Ne alıyor karşılığında? Deneyimlediğimiz, adına tecrübe dediğimiz her şeye burnunu sokuyor. Tecrübelendirdikçe saflığımızdan uzaklaştırıyor bizi. Hayatın sırrına yaklaştıkça kendimizden uzaklaşıyoruz. Kendimizden uzaklaştıkça da saflığımızı, temizliğimizi yitiriyoruz. Umudumuz tükeniyor neticede. En umutlu insan saflığına en yakın durandır. Git gide uzaklaşıyoruz içimizden, kendimizden. Oysa ne olurdu sanki yanı başımızda dursaydı benliğimiz! Keşke, birikimsiz ama umutlu kalabilseydik biraz da... Tıpkı bir çocuk gibi.

***

Fakülteden arkadaşım Ayça, evime gelip gitmeye, benimle yakından ilgilenmeye başlayınca kendimi daha hızlı toparladım. Ayça, çok iyi bir dosttu. Okulda herkese yardım eder, kendi yaşıtlarına bile ablalık yapardı. Dört yıllık üniversite hayatımda bir tek kişinin Ayça için kötü bir söz söylediğini duymadım. Tam bir kara gün dostuydu o. Sadece arkadaşları değil, okuldaki hocalar da onu çok severdi. Geleceği parlak, başarılı bir öğrenciydi.

Hande ile Ayça okuldan tanışıyorlardı. Görüşmeseler de haberleşiyorlardı. Aslına bakılırsa o günlerde Ayça'yı Hande ile olan tek bağım olarak görüyordum. Ama ondan duyduklarım ilerde beni hiç de mutlu etmeyecekti.

Bana karşı çok anlayışlı ve yol göstericiydi Ayça. En zor anlarımda hep yanımdaydı. Beni hayata katmaya çabalıyor fakat Hande ile ilgili ser verip sır vermiyordu. Bir gün intiharımdan Hande'nin haberdar olduğunu ağzından kaçırdı. Evet! Haberi olduğu halde beni aramamış, sormamıştı. Bu benim için intihardan sonraki ikinci yıkımdı. Üçüncüsünden, daha haberdar değildim o günlerde...

Ayça, intihar deneyiminin bende çok şeyi değiştirmesi gerektiğini, artık hayatımdaki hiçbir şeyin eskisi gibi olmayacağını, olamayacağını söylüyordu. En büyük dileği yeni bir başlangıç yapmamdı. Bunun böyle olması gerektiğini ben de biliyordum ama tekrar hayata katılmaya güç yetiremiyordum. Hayatın girdabındaki yalancı huzura aldanıyordum her seferinde. Hayatın doğru ve yanlışları arasında kalan gri toprakların da olduğunu bilmek istiyordum. Beklediğimden fazla değil, beklediğimden farklıydı hayat.

Bileğimi kestiğimde küvetten dışarı akan kanlı sular gibi ölümüme doğru akmıştı ruhum. Bu sarhoşluktan çıkmak, ayılmak istemiyordum. Yeni bir güne uyanmak yerine geçmişin karanlık yalnızlığında uyumak istiyordum.

Günler sonra bileğimdeki kesik izini seyrederken buldum kendimi. Yanımda Ayça vardı. O da bileğimi izlememi izliyordu. Bu kesik, geçmişle arama bir çizgi çekmişti. Bütün bu yaşananları yazarak kusabilirdim ancak. Ayça bunu anlamış gibi tuttu bileğimi. "Hadi yaz" dedi bana. "Kendini ancak böyle arındırabilirsin sen."

O günden sonra hırsla yazmaya başladım. Terapi gibi geliyordu bana yazmak. Yazdıkça kendimi buluyor, ayağa kalkıyordum sanki. Kendi elimden tutup kaldırıyordum kendimi yavaş yavaş. İçine düştüğüm ve girdabında sürüklendiğim boşluktan hayat çalmak gibiydi yazmak. Anlaşılmak için mi yoksa daha çok gizlenmek için mi yazıyordum bilmiyorum ama sanki psikoloğum olmuştu kâğıt ve kalem.

Kendime olan suskunluğumu aşmaktı yazmak. Dilimin dönmediğine harf giydirmekti. İçimdeki yabancıyla ancak bu şekilde iletişime geçebiliyordum. Yazmadığım zamanlar-

da içimden atamadıklarımın gardiyanı, yazdıktan sonra öz-
gürlüklerinin bekçisi gibi hissediyordum kendimi. Yazmak,
imdat çekicini hep yanında taşımasıydı kişinin. Yazarak, di-
diklediğim kendimden kendime çareler çıkarıyordum. İçin-
den çıkamadıklarımın dışına çıkıyordum. Ancak yazarak
nefret ettiğim kendime libaslar giydirip tekrar sevebiliyor-
dum. Hem kendim hem de başkası olabiliyordum. Kâğıda
gömdüğüm her şeyin içinden kendimi çıkarıp, her seferinde
şaşırabiliyor ve mutlu olabiliyorum. Ne güzel şeydi insanın
kendine rağmen yazabilmesi...

Ayça, bendeki bu değişimi gördükçe mutlu oluyor, bana
olan inancı daha da kuvvetleniyordu. Yazmak artık benim
kurtuluşumdu. Bileğimdeki iz ise esin kaynağım...

Yazdıklarımı zaman zaman Facebook duvarımda paylaşı-
yordum. Arkadaşlarımın iyi yorumları, bana yazmak adına
daha da güç veriyordu. Haftalar ayları izledi. İyileşiyordum.
Kendime güvenim, yazdıkça daha da artıyordu. Bir gece sa-
baha kadar, ruhumu arındıran, beni kendimle yüzleştiren
ve beni bu hayatın ağırlığı altında ezilmekten çekip alacak,
kurtuluşa götürecek bir yazı yazdım. Sabah erkenden ara-
dım Ayça'yı. Zaten onun da bana söyleyeceği bir şey varmış.
Koşa koşa geldi. Heyecanımı anlıyordu. Önce o beni din-
lemek istedi. Artık atlattığımı, her şeyin geride kaldığını,
kendimi ve ruhumu arındırdığımı söyleyip okumaya başla-
dım beni benden arındıran yazımı:

*"O, noktasız bir yalandı ömrümde. Bense son noktası
unutulmuş bir cümleydim. Ne bitebiliyor ne devam edebili-
yordum. Gözleri 'Sev beni' dedi ama sözleri izin vermedi.
Hunharca, 'Ayrılıyoruz' dedi ve uzaklaştı yanımdan. Öylece
bakakaldım ardından. Geleceğim gidiyordu. Buldukça kaybet-*

tiğim, bekledikçe gelmeyenim olacaktı artık. Onu kendime ikna edemeyecektim. O uzaklaşarak gidiyordu, ben çakılıp kalarak. Durduğun yerde gidiyorsan terk ediliyorsundur. Terk ediliyordum...

Mahşere kadar atamayacağım bir çığlık gibi kaldı içimde. Benden başkasını yıkmayan bir fırtına gibi gitti. Acı, acıyla öğrenilecekti. Sanki dilime dünya oturmuştu. Sustum. Kana kana konuşamayan, kanaya kanaya susuyordu. Mutlu olma hakkımı bir 'Hoşça kal'a yedirtmiştim. Kendimi, gözlerinin içindeki ışıkta göremiyordum artık. Oysa ben hayatımın filminde figüranken, o beni başrol oyuncusu yapmıştı bir zaman. Şimdi beni hangi hikâyede bitirecekti?

Gözümde yaşını unuttu giderken. Aklımda kalbini. Onun aklında olmadığımı biliyordum, kalbinde ne kadar kalmıştım ki! Sevmesinden çok sevmeye değer bulması mutlu ederken beni, şimdi hangi sebebe sığdıracaktım bu gidişi! Hiç hazır değildim bu drama. Sanki hazır olsam ne olacaktı ki? Bir gün öleceğini bilmek değil, bunu değiştirememekti asıl yaralayan bizi...

Sonra, dört mevsim onu bekledim ama hepsi kıştı. Ona düşen kar taneleri en çok beni üşütürdü. 'Kış mıdır şimdi sevdiceğim, yaz gibi gelir diye beklediğim' diye başlayan bir şiir yazdım. Kırgındım. Kızgın olsam geçerdi ama kırgındım işte... Geçmedi. Arada bir karşılaştığımızda bakıştığımız bir yabancı olmasına bile razıydım. Yeter ki gitmesindi hayatımdan. Bir kenarında öylece kalsındı...

Yavaş yavaş delirecek kadar kalabalık, fark edilmeyecek kadar yalnızdım. Ölüme sığınacak kadar bitmiştim. Büyük yalnızlığımın yalın beyanıydım. Yoksa kaderin cilvesiyle yan yana gelen iki yanlış mıydık biz?

Ey sevgili! Kelimenin tam anlamıyla âşıktım sana. O kelimenin başka bir anlamı yoktu zaten. Senden sonra hayatıma kimler giremedi bir bilsen! İşte sevdanın sırtımdaki kamburu da bu yüzden...

Senin nasıl sevilmen gerektiğini bile bilmeden kendimi aşk ateşine gözü kapalı atacak kadar cesaretliydim. Öyle sevdim. Şiirler yazıyorum şimdi sana durmadan. Belki de kendimedir o satırlar. Merhem diye yaramı kandırdığım... İçim bu denli senle dolu olmasa, bu kadar kalır mıydım bensiz?

Bilmediğin kıymetimi, birine âşık olduğunda iyi, terk edildiğinde çok daha iyi anlayacaksın. Aşka çocuk gibi sevinen, ayrılığa da çocuk gibi ağlar. Ben artık ağlamıyorum. Acılara sırıttığım da yok ama... Düştüm ama ağlamıyorum işte. Düşmek ağlamayı öğretse de...

Gitmiştin... Kime gittiğin değil, ne için gittiğindi merakım. Boyu bosu için mi, kalbi için mi terk edildim? Ona nasıl gittin? Benden arta kalan kırıntılarla mı, benden aldıklarınla mı? Söyle ona ne kadar gittin? Yine de gücenmedim sana. Öyle ya, ayrılığın kuralıdır; sen özlersin ama başkası sarılır. Benim bakmaya kıyamadığıma şimdi kimbilir kim dokunuyor! Ben özlüyorum, o sarılıyor...

Kazanmanın ilk kuralı kaybetmeyi iyi bilmekti. Ya beni yeşertip yaşayacaktın ya benle kuruyacaktın. Kalbini çöle döndüren, kuraklığına katlanır. Hadi seç acını! Başka bir eli tutarken yaşayacağın huzursuzluğun olarak kalacağım sende. Unutamayacaksın beni. Özür dilerim, amacım canını yakmak değil seni öldürmekti!

Kötü bir son oldu biliyorum. Bir filmde duymuştum. 'Kötü bir son, sonsuz bir umutsuzluktan daha iyidir' diyordu. Umutsuzluğu hayallere yeğliyor ve bizi hayallerde yaşatmak adına yaşıyorum. Dualara ve şarkılara sığınıyorum. Hayaller senden daha gerçek biliyorum! Rabb'imden sahip olabileceğim değil, ait olabileceğim bir aşk diliyorum.

Artık hatırlanmaya değecek kadar bile kalmadın. Seni unutmak hakkım! Unutkan biri değilimdir ama sen bende hatırlanacak hiçbir şey bırakmadın. Benim unutulmuşum olmak bile güzeldir, bil. Aşk mı? Aramızda kaldı; içimizde değil...

Yanlış aşkta doğru aranmaz. Ama yine de oku istiyorum. Cümlelerimde gizlenmiş duygudan ne anladığını benim nasıl yazdığım değil, senin nasıl okuduğun belirler.

'Kör müydü gözlerin, nasıl göremedin' diye sordular senden sonra. Kör değildim. Ve hayatımda en çok iki kere parlamıştı gözlerim. Birincisi seni ilk gördüğüm, ikincisi giderken ardından baktığım gün. İlkinde aşkın ışığından, ikincisinde gözyaşlarımdan... O iki anın arasındaysa hep kapalıydı gözlerim. Aşkına inandığımdan.

Kör değildim, sadece güvenmiştim!

Not: Bugün seni düşünmeden yaşayabilmeyi başardığım ilk gün. Hadi topla seni benden. Kalbim seni uğurluyor. Al bu yara sende kalsın. Artık beni acıtmıyor."

***

Dalgın gözlerle dinledi beni Ayça. "Tebrikler" dedi. "Atlatmışsın." Yeni hayatım için umut diledi. Ama bir şey vardı söylemek istediği. Söylemek isteyip de nereden başlayacağını bilemediği. "Hadi anlat" dedim. Anlatmaya yeltendi ama biraz tereddüt etti. Tedirginliği yüzünden okunuyordu. Yine de son yazıma güvenerek ve gerçekten bu enkazın altından sağ salim çıkabileceğime inanarak söyledi. Hande patronuyla evlenmişti!

Üçüncü yıkım işte böyle geldi. Önce bir sarsıntı yaşadım içimde. Düşmemek için biraz önce okuduğum kelimelere ihtiyacım vardı. Ona galip gelişimin cümleleri, şimdi beni düştüğüm kuyudan kurtarmak için yeniden okunmalıydı. Ayça'ya uzattım yazıyı titreyerek. "Bana bunları oku" dedim. O okudu ben ağladım. Ben ağladım o sustu. Ama bu sefer daha dirayetliydim. "Hadi dışarı çıkalım biraz" dedi. Sahile indik beraber. Ne zaman kendimi kötü hissetsem Ayça beni sahile götürürdü. Sonra eve bırakıp gitti. İyiydim.

Necdet ağabeyin o meşhur "Genç adamsın çok uyuma. Öldükten sonra uyumak için çok vaktin olacak nasılsa" sözüne inat, bir zamanlar "Gece israfı" diye düşünmeme rağmen, günlerce uyudum. Kaçabileceğim tek hiçlikti uyku. Çeyrek ölümdü. Bir sonraki güne kısa yoldan ulaşıyordum böylece. Uykuyu acıma yorgan yapıp altına saklandım gecelerce. Gelir geçer umutların, kalıcı olmayan huzuruna ulaşmadaki uyuşturucusuz tek yoldu uyumak. Erteleyecekti beni bana. Uyku saklıyordu beni; içime kazdığım çukurda... Gariptir bu kaçış uykuları. Dünyanın dışına adım atarsın ama yine de yaşarsın. Hayatımın kısa bir dönemini yastığa feda edecektim. Beynimi bir süre rölantide tutacaktım. Biliyordum; bunu da atlatacaktım.

Sabah olmak üzere... Bileğime bakıyorum. Kanamıyor. Tekrar açıyorum bilgisayarımı. Yazdığım son sözün altına bu saatte bile birileri yine bir şeyler yazmış. Bir önceki paylaşıma yorum yazan Lavin, yine yeni bir yorumla burada. Ve aynı alaycı tavır...

"Senede bir günse gidişinin yıldönümü, arada kalan bütün günler benim için YAS dönümü" yazmışım. Birkaç yorumun ardından Lavin denen kız yine rahat edememiş, "Senin yasın kaç dönüm" yazmış. Eğer amacı ilgimi çekmekse evet! Bunu başardı, çünkü onu merak ediyorum. Bende ekli olmadığı için hakkında çok fazla bilgi edinemiyorum. Acaba bir arkadaşlık isteği göndersem mi? Neyse! "Boşver şimdi Kaan" diyorum kendi kendime ve tekrar yatağa dönüyorum.

ÜÇÜNCÜ BÖLÜM

Hande'nin patronuyla evlendiğini öğrendikten sonra yine yazmaya vermiştim kendimi. Ayça hariç kimseyle konuşmaz olmuştum. İşsizdim. Kira zamanı yaklaşıyordu. Evde annemlerin gönderdiği erzakla idare ediyordum. Bir iş bulup çalışmam gerektiğini biliyordum. Bir türlü kendimi toparlayıp iş aramaya başlayamıyordum. Evlilik olayını öğrendiğim günün ertesi, Ayça benimle uzun bir konuşma yaptı. Artık çalışmaya başlamam gerektiğini, kendime gelmem için bunun şart olduğunu söyledi. Çok haklıydı. Sonra günlerce aramadı beni. Ne telefon etti ne evime geldi. Ben de aramadım. O günlerde yazmaktan ve uyumaktan başka hiçbir şey doldurmuyordu içine düştüğüm boşluğu. Sonra bir sabah ansızın çıkageldi. Yüzüme sırıtarak bakıyordu. "Hayırdır Ayça" dedim. Gülümsemesine devam ederek…

"Sana iş buldum Kaan!"

"İş aramıyordum ki Ayça?"

Yüzüne alaycı bir tavır takınarak "İyi ya işte, aramadan buldun" dedi.

Sonra bir çırpıda anlattı beni aramadığı günlerde ne yaptığını... Benden habersiz benim adıma, çalıştığı işyerine CV'mi göndermiş, tanıdığı bir müdür aracılığıyla beni işe aldırmıştı. Bunları duyunca şaşırdım, çok sevindim. Ona sımsıkı sarıldım. Gözlerim doldu. Hâlâ iyi dostlar vardı bu dünyada. İşe ne zaman başlayacağımı sordum.

"Pazartesi" dedi.

***

Pazartesi, ilk iş günüm. Biraz stresliyim. Yeni insanlar, yeni mekân, yeni bir sorumluluk. Uyum konusunda problemler yaşayacağımı düşünüyorum. Ama hiç de öyle olmadı. Çok çabuk alıştım. Tabii Ayça sayesinde. Benimle yakından ilgilendi. Alışma evresini kolay atlattım. Hep yanımdaydı. Amerikan menşeili büyük bir lojistik firmasıydı. Birçok insanın çalışmak için can attığı, insan kaynakları biriminde yüzlerce iş başvurusunun bekletildiği bir firmaydı. Böyle bir şirkette çalışmayı kim istemezdi ki! Hayatım yavaş yavaş değişiyordu. Hatırı sayılır bir maaş ve iyi bir sosyal güvence…

Kısa sürede kendimi kabullendirdim. Hem başarılı hem de sevilen bir eleman olmuştum. Şirketteki bazı arkadaşlarla iş dışında da görüşmeye başlamıştık. Şiir ve yazıyla uğraştığımı bilen birkaç kişi yazılarımı profilimden takip etmeye başlamıştı bile. Yazdıklarımı beğeniyorlar ve onları bir kitapta toplamamı tavsiye ediyorlardı.

Bu duruma en fazla Ayça seviniyordu. Onun gayret ve teşvikiyle olmuştu her şey. Öğle yemeklerinde bir araya geliyor, sabah ve akşam servisinde aynı güzergâhta yolculuk ediyorduk. Hafta sonları diğer arkadaşlarımızla buluşup eğlenceli saatler geçiriyorduk. Artık atlatmıştım. Kötü günler geride kalmıştı. Bir tek bileğimdeki ize bakınca kalbim acıyordu, o kadar. Bir de bazı geceler yazıya oturunca.

İtiraf etmeliyim ki Ayça olmasa bu dönemi kolay kolay atlatamazdım. Birbirimizi çok iyi anlıyor ve anlaşıyorduk. O benim sırdaşım, dostum, kardeşim, en vefalı arkadaşımdı.

***

İşimi benimsemiş, iş hayatına iyiden iyiye alışmıştım. Tam da o günlerde şirkette bir hazırlık başlamıştı. Bir kokteyl düzenlenecekti. Bu tip kutlamalardan pek hoşlanmazdım ama Ayça ısrar edince gitmek zorunda kaldım. "Amaaan, boşver milleti! Biz kendi halimizde takılırız. Hadi yalnız bırakma beni" deyip ikna etmişti beni. Sandığım kadar kötü geçmedi. Şirketin diğer birimlerinin çalışanlarıyla bir araya gelip tanışma fırsatı bulduk. Bir ara kendimi hiç tanımadığım insanlarla eğlenirken bile buldum.

Yeni tanıştığım iş arkadaşlarımın arasında dikkat çeken uzun boylu güzel bir kız vardı. Diğerlerinden daha farklı yaklaştı bana. Daha tanıştırılır tanıştırılmaz sizli-bizli değil, senli-benli konuşmaya başladık. Sanki çok önceden birbirimizi tanıyormuşuz gibi rahattık. Bakışlarındaki davetkâr ışık, dikkatimden kaçmamıştı. Günün sonuna doğru telefon numarasını verdi. Çok şaşırmıştım. Samimiyetin bu kadar çabuk gelişeceğini tahmin etmemiştim. Niyetini tam olarak anlamadığımdan, sakınarak da olsa aynı şekilde ben de ona kendi numaramı verdim. Üç hafta boyunca mesajlaştık. Arada bir halimi hatırımı sormak için aradı. Ben biraz çekingen konuşuyordum. O hep sıcaktı. Genelde havadan sudan şeylerdi yazışmalar ve konuşmalar. Arada özel sorular soruyor, ben kaçamak yanıtlar veriyordum. Bana kalırsa beni bir maceranın içine çekmek istiyordu ama onu çok az tanıyordum, sıcaklığı ve rahatlığı yanıltıcı olabilirdi. Bu arada Facebook'ta da birbirimizi ekledik. Yazdıklarıma o da yorum yapmaya başladı. Her yorumda, her arayışında biraz daha samimi ve yaklaşmaya hazır bir tavır sergiliyordu. Onun çekmeye çalıştığı alana doğru gitmekte ayak diretiyordum. Nereye uçacağına bir türlü karar veremeyen bir kuş gibi hissediyordum kendimi.

***

Onun çalıştığı birim benimkine uzaktı. İş günleri bir araya gelebilme imkânımız yoktu bu yüzden... Yaklaşık bir ay sonra şirket bazı çalışanlarını "Şirket İçi Eğitim" için Antalya Tekirova'da büyük bir otele gönderince, o hafta sonum gerçekten çok renkli geçti. İkimiz de aynı otelde olacağımızı biliyorduk. Ve beklenen oldu.

Güral Primer'in lobisinde buluştuk. Ayça da bize katıldı. Ayça zaten neşelidir, Ece de ona ayak uydurunca keyfimiz iyiden iyiye yerini buldu. Sanki üçümüz birlikte hafta sonu tatili yapıyormuşuz gibi bir hava esti. O hava, hafta sonuna kadar hiç bozulmadı, bana çok iyi geldi. Eğitimde hep yan yanaydık. Zaman zaman kıkırdadık, havayı kaynattık. Ayça ve Ece aralarında sözleşmiş gibi dikkati üstümüze çekiyor, sonra topu bana atıyorlardı.

Güzel bir eğitim süreci olmuştu. Sayelerinde seminere katılan uzmanların ve şirket yöneticilerinin dikkatini çektim. Birkaç kere beni takdir ettiklerini açıkça söylediler ve bu beni gururlandırdı. Hâlâ içe kapanıktım, kendimi işe vermiş gidiyordum ama işimi ne kadar ciddiye alarak ve dikkatle yapsam da kendi halimde sürdürüyordum. Orada dışa açıldım. Seminere katılanlar benimle özellikle tanışıyor, sorular soruyordu. Ben de öyle yaptım. Kendime kapanık halimi bırakıp, başkaları gibi davrandım ve bu bana iyi geldi. Hayata adım attım.

Dersler ve toplantılar dışında kalan vakitlerde Ece ve Ayça ile birlikteydim. Biraz iş konuşuyor, sonra sohbete dalıyorduk. Otelin terasında ve havuz başında uzun vakitler geçirdik. Ece'de öyle güçlü bir enerji vardı ki, başkalarını yanımıza çekiyordu. Bununla birlikte, Ece istemediklerini uzaklaştırmak konusunda çok incelikli bir beceriye sahipti. Zengin bir ailenin kızı olduğu belliydi. Gezmeyi seviyordu, çok yer görmüştü, gezi anıları sabaha kadar bitmiyordu çünkü çok iyi anlatıyordu. Öyle ayrıntılara giriyordu ki, hem ilgi çekiyor hem de hayranlık uyandırıyordu. Anlatmayı sevdiği için dinletmeyi de biliyordu. Ben de iyi bir dinleyiciydim tabii. Yanımıza gelen birini uzaklaştırmak istiyorsa o kadar abuk sabuk bir şeylerden bahsediyordu ki, geleni anında yolluyor ve ardından muzip muzip sırıtıp hiçbir şey olmamış gibi eski konuya geri dönüyordu. Konuyu değiştirmeyi de çok iyi beceriyordu. Can sıkıcı ve insanı üzecek şeylerden hemen uzaklaştırıyordu. Beni iyi hissettiren bu yönüydü, Ece'nin yanında olmaktan keyif alıyordum. Keyfine düşkündü ama aynı zamanda keyif veren biriydi.

Ece'nin hoş sohbeti bana günlük sıkıntıları unutturuyordu. Onu daha çok tanımak istiyordum. Uzun boyunun yanı sıra kumral bir teni, kızıla çalan saçları ve aşka davetiye çıkaran bakışları vardı. Üstelik ne zaman isterse o zaman çıkarıyor, "Çağırıyorum ama kendimi kaptırmadım" mesajı veriyordu. Körkütük âşık olacak bir kız değildi yani...

Tam bir kentliydi. Zengin bir aileden geldiği her halinden belli oluyordu. Giyim kuşamına çok dikkat ediyor, bir giydiğini neredeyse bir daha hiç giymiyordu. Çok kitap okumamasına karşın, entelektüel birikimi oldukça iyiydi. Dışa dönük, çok sosyal, gezmeyi seven biri olduğu için kültürlüydü, ayrıca iyi bir çevresi olmalıydı. Anlattıklarının tümünde yanında mutlaka birileri vardı ve onları da anlatıyordu. Bense o kadar yalnızdım ki, Ece benim taban tabana zıddımdı ama gözlerime bir başka bakıyordu...

O hafta sonu, kalbimde yeni bir kıpırtıya yer açılmıştı. Uzun zamandır özlemini çektiğim bir histi bu. Ece'nin yanında mutluydum. Bir daha yaşayacağımı düşünmediğim duygular yavaş yavaş varlığını hissettiriyordu içimde.

Ece'nin benden hoşlandığı besbelliydi. Bense çok emin değildim kendimden. İçimde hâlâ birtakım korkular taşıyordum. Güral Primer'den ayrılacaktık ve gece yatmadan önce içimden biraz yazmak geldi. Kalemimden hiç tahmin etmediğim cümleler dökülüyordu. İlham perim yanımdaydı. Ve aşk bana göz kırpıyordu satır aralarımdan...

İstanbul'da görüşmek için sözleştik. Ayça bundan çok memnundu. Ona göre artık biz çıkmaya başlamıştık.

***

İstanbul'daki ilk buluşma yerimizi İstinye olarak belirledi. Benim tercih etmeyeceğim bir semtti. Ona bırakmıştım, orada buluştuk. Lüks bir arabayla gelmişti. Bense metroyla... Kendimi kırmızı rugan giyen bir kızın karşısında yalınayak bir sokak çocuğu gibi hissettim. İstinye Park'ta biraz işten, havadan sudan konuşarak dolaştık. Kendimi oraya yabancı hissediyordum. Oturup vakit geçirmek ve yemek için seçtiği mekânlar bana biraz fazla gelmişti. Belli ki ona ayak uydurmakta zorlanacaktım. Her şeye rağmen çok keyifli bir gün yaşadık. Ayrılık saati geldiğinde "İstersen gideceğin yere kadar seni bırakayım" demesi bana bir mahcubiyet yaşattı. Kendimi biraz ezik hissettim.

Yolda giderken ailesinden söz etti. Annesiyle babası boşanmış, ayrı yaşıyorlarmış. Annesi bir avukat, Şişli'de oturuyor. Babası sevgilisiyle Zekeriyaköy'de yaşıyormuş. Oradaki evleri biliyordum. Her biri servet değerindeydi. Parçalanmış bir ailenin zengin kızıydı Ece. Bunları anlatırken beni babası ile tanıştırmak istediğini söyledi. Ben gerildim, beni kim olarak tanıtacaktı? İş arkadaşı olarak mı, flört aşamasında olduğu erkek arkadaş adayı olarak mı? Bunları düşündüğüm için sessiz kaldım, ne diyeceğimi bilemedim.

"Başka bir zaman" dedim.

"Peki. Nasıl istersen" dedi.

Babasının reklam şirketi varmış. Reklam sektöründe metin yazarı olarak başlamış, sonra kendi şirketini kurmuş. Son zamanlarda iş dünyasıyla ilgili iki kitap yazmış, şimdi anılarını yazmaya başlamış. Benim Facebook'a yazdıklarımı beğendiği için babasıyla tanıştırmak istemiş.

"Teşekkür ederim ama ben yazdıklarımla ilgili konuşmaya utanırım" dedim.

"Gerçekten öyle mi, yoksa babamla tanışmak istemediğin için mi" diye sordu.

"İkisi de" dedim. Sonra yumuşatmak için, "Yani yazdıklarımla ilgili konuşmak için de babanla tanışmak için de çok erken" dedim.

"İyi o zaman, büyük bir yazar olmanı bekleyelim, babam senin ayağına gelsin" dedi, dalga geçerek.

"Hayır, öyle değil" dedim.

"Tamam tamam uzatmayacağım. Şaka yapıyorum, ben anladım seni" dedi, konuyu değiştirdi. Ama dönüp dönüp çekingenliğimle kafa buldu. Bari Facebook'tan bir arkadaşlık kurun falan filan…

***

Ece'yle birlikte sosyal bir hayata merhaba demiştim. Sürekli geziyor ve eğleniyorduk. Çok hareketliydik. Kısa sürede çok şey paylaşmıştık. Onun çevresiyle tanıştıkça, arkadaş grubum giderek büyüyordu. Her şey o kadar hızlı gelişiyordu ki ayak uydurmakta zorlanıyordum.

Bir gün bana yaşadığım evi merak ettiğini söyledi. Derme çatma bir öğrenci evi olduğunu, çatı katı basıklığıyla iç karartıcı bir yapıya sahip olduğunu söyledimse de illa görmek istedi. Gittik. İlk tepkisi "Hımm çok sevimli" oldu. Biraz da burun kıvırarak söylemişti bunu. Ya da ben öyle hissettim.

Ben çay içmek istedim, o kahve. Sıcak çikolatada uzlaştık. Uzun koltukta yan yana otururken, "Hadi bana geçmişini anlat" dedi. Ona geçmişimle ilgili hiçbir şey anlatmadığımı o an fark ettim. İzmirli olduğumu. Aşçı bir babayla ev hanımı bir annem, lisede okuyan bir kardeşim olduğunu, liseyi İzmir'de okuduğumu, daha sonra Yıldız Teknik Üniversitesi'ni kazanıp İstanbul'a geldiğimi anlattım. Hande'den hiç söz etmedim. Bunu bilinçli olarak yapmamıştım. Halbuki onunla aynı mahallede yaşadığımızı, liseyi beraber okuduğumuzu ve İstanbul'u beraber kazandığımızı da anlatabilirdim. Ama anlatmadım. Sanki anılarımın arasında, yeri daha da gerilere doğru gidiyor gibiydi. Hatırlamak istemediğim hatıraları, geçmişimin gerçekliği içinde silikleştirip, hatta belki de yok ediyordum. Ondan hiç bahsetmemem bilinçli bir tavır olsaydı, bu onu hâlâ unutamadığım anlamına gelirdi. Fakat bunu bilinçsizce yapmış olmam, gerçekten de onun hayatımdaki yerinin gerilere doğru gittiğini gösteriyordu.

Sessizce beni dinledi Ece. Arada bir can kulağı ile dinlediğini anlamamı sağlayacak küçük ve yerinde yorumlar yapıyor, sorular soruyordu. Fakat yine de benden esasen duymak istediği sözleri duyamamış havası sezinliyordum onda. Beni dinlerken gözlerini gözümden ayırmıyor ve giderek bana daha da yaklaşıyordu. Bense kendimi anlattıklarıma kaptırmış bir halde mahallenin Necdet ağabeyinden İrfan amcama kadar her şeyi anlatmaya başlamıştım. Bir ara mahalle takımında attığım gollere kadar gelince, heyecanıma yenilip elimi tuttuğunu bile anlamamıştım.

Nasıl olduğunu anlamamıştım ama eli elimdeydi. Birden sustum. Derin derin gözlerime baktı ve kibarca. "Ben bunları merak etmiyorum. Sana bunca şeyleri yazdıran kadını merak ediyorum" dedi.

Evin sıcak ortamı buza kesti bir anda. İçime bir sıkıntı çöktü. Gözlerimi gözlerinden çekip, anlamsızca odada gezdirmeye, dizimi bir aşağı bir yukarı hızlı hızlı oynatmaya başladım. Sıkıntımı anlamıştı. Uzun süre gözlerime baktı konuşmadan. Elimi öpüyordu. Sonra bana yaklaştı ve nefesimi kesti. Başım dönüyordu. Karşı konulmaz duygular içindeydim. Başını göğsüme koydu. Sol elimle yanağını okşadım. Ve o an elimin kan içinde olduğunu fark ettim. Bileğimdeki yara kanıyordu. Birden durdum, öylece kalakaldım. Ece yüzümdeki dehşet ifadesini fark etti. Ben ne olduğunu anlamaya çalışırken, "Kaan ne oluyor, neden yüzüme öyle bakıyorsun" diye sordu.

Yanağı kan içindeydi Ece'nin. O kan saçlarına da bulaşmıştı. Nefesim daraldı. Elimi hızla çektim yanağından. Ayağa kalktım. Kanayan bileğimi ondan saklayarak geriye doğru bir-iki adım attım. Elini yanağına götürdü Ece. Kana bulandı avuçları. Şaşırıp kalmıştı. Elini yanağında gezdirdi.

"Kaan, benim yüzüm kanıyor" dedi. Ben hiçbir şey söylemedim. Sesi titreyerek, "Kaan yüzüm kanıyor, neden söylemiyorsun" dedi. "Senin yüzün kanamıyor Ece. Benim bileğim kanıyor. Senin yüzüne elimden bulaştı."

Elimi gösterdim. Kan içindeydi. "Ne oldu bileğine" diye sordu. "Bilmiyorum, bir şey olmadı" dedim. Tabii bu yanıt onu tatmin etmezdi.

"Bileğimde eski bir yara var, o kanıyor."

"Ne oldu? Neden kanıyor?"

"Bilmiyorum dedim ya. Ben de şaşkınım."

"Yara eski dedin. Yeni olsa neyse… Durup dururken kanamaz ki!"

"Durup dururken olmadı. Sana dokundum" dedim.

Hiçbir anlam veremedi, boş boş baktı yüzüme. Söylediğim ona o kadar saçma geldi ki, beni yadırgadı ve benden tedirgin oldu. Ben de emin değildim, içimden öyle söylemek gelmişti. Bir aşk yarası olduğu için ona dokunmamla yeniden açıldığını hissetmiştim. "Gel yıkayalım" dedi ama sesi titriyordu. Benden ürkmüştü.

***

Birlikte banyoya gittik. Ece, alelacele yüzünü yıkadı, aynaya bakarak bir yara olup olmadığını yokladı. "Evet, bende yara mara yok" dedi. Sonra ben elimi ve bileğimi yıkadım. Yarama dikkatle baktı. Yaranın yerinden ve çizgilerden bir intihar teşebbüsünden kalmış olduğunu anlamış gibiydi.

"Ne yarası o" diye sordu. Banyo havlusunu bileğime sardım. "Birazdan anlatırım" dedim. "Bana o yazıları yazdıran kadını sormuştun. Gör işte" dedim. Anladı, başka bir şey sormadı. Yine de salona dönünce oturduk ve ona anlattım.

"Bak Ece, bir yıl önce intihar teşebbüsünde bulundum. Bileğimi kestim. Alt komşu beni buldu. Hastaneye kaldırdılar. Kurtuldum. Ama uzun süre kendime gelemedim."

"Ama neden? Senin gibi biri neden kendini öldürmek istesin ki?"

Ona her şeyi anlatmalıydım. Belki beni anlamayacaktı, belki dinlemek istemeyecekti ama şu anda neler olup bittiğini benden öğrenmezse, aklına kimbilir neler gelecekti! Doğrusu ben de şaşkındım ve aslında yalnız kalmak istiyordum ama onu rahatlatmalıydım, çok gerilmişti.

Hande'yi anlattım ona. Hande'den sonra hayatıma giren ilk kişinin kendisi olduğunu, geçtiğini sandığım yaranın neden kanadığını bilmediğimi, başıma ilk defa böyle bir şey geldiğini söyledim.

"Yaşadıklarına üzüldüm Kaan. Ama şimdi bu yara bana dokunduğun için mi kanadı? Sen böyle mi düşünüyorsun?"

"Bilmiyorum, daha doğrusu emin değilim. Durup dururken kanadı desem… Neden daha önce hiç olmadı da şimdi oldu!"

Bunları duymak hoşuna gitmedi, tersine onu ürküttü. Hem benden hem yaramdan ürkmüştü. Ece hayat doluydu, hayatın sillesini hiç yememiş, hiç darbe almamış bir kızdı. Hayatın acılarını belki de hiç bilmiyor, bilse bile yok saymayı tercih ediyordu. Bir süre sessiz kaldık. İki üç kez iç geçirdi. Sıkılmıştı, gitmek istiyordu, anlamıştım bunu.

"İnsan neden ölmek ister? Ben bunu anlayamam Kaan" dedi.

Haklıydı, anlayamayacaktı asla. Onun için ölüm, salt korkuydu. Benim içinse saklı dünya, gizli sıla…

"Yanında biraz daha kalmamı ister misin" diye sordu. Kibarca müsaade istiyordu.

"Hayır, teşekkür ederim. İyisi mi sen git, biraz açıl. Zaten benim de yalnız kalmaya ihtiyacım var" dedim.

Aslında kalmasını isterdim ama aklı da yüreği de gitmişti bile. Bana güle güle demek düşerdi. Hemen çantasını alıp çıktı evden. Aşağı kadar geçirmeme bile izin vermedi.

Peşimi bırakmayan geçmişim, bir geleceği daha kopardı benden. Bir daha aramaz sanmıştım. Ama hemen terk etmedi beni. Yavaş yavaş çıktı hayatımdan. Gerçekten iyi bir insandı Ece. Zarifçe, kırmadan, incitmeden, usulca çıktı hayatımdan. Ben de gönüllü olarak müsaade ettim bu gidişe. Biraz kırılmıştım aslında ama bu kırgınlık Ece'ye değildi.

Çok şey bırakmıştı giderken. Sosyal bir insan olmayı öğretmişti bana. Bu güzel bir alışkanlıktı. Ece'den sonra da devam etti bu alışkanlığım. Bana bıraktığı en güzel armağan da bu olmuştu. Hayatın güzelliklerinin kıyısında yürürken, aynı zamanda tam ortasında olmak…

***

Hayatla aramızdaki barış devam ediyordu. Kimsenin beni üzmesine izin vermiyordum artık. Kendime daha çok zaman ayırıyor, yaşadığım son olayın izlerini belleğimden silmeye çalışıyordum.

Her fırsatta gezip yeni yerler keşfetmeye, yeni alışkanlıklar edinerek paslanan duygularımı yeniden parlatmaya başladım. Kendimi daha fazla işe verdim. Bu da beraberinde daha büyük başarıları getirdi. İş hayatım mükemmel derecede iyiydi. Arık her şey geride kalmıştı.

Hande'yi de unutmuştum ve bunu Ece'ye borçluydum. O gece yaramın kanamasını, içindeki zehrin boşalması ve arınma olarak görüyordum. Ancak böyle düşününce kendimi iyi hissediyordum. Yeni hayatımda mutluydum. Biraz daha büyümüş ve olgunlaşmış hissediyordum kendimi. Tüm kırgınlıklarımı bir kenara koyup yoluma devam ettim.

Geceler, bana yazmam için sunulan bir lütuftu. Bu, bende eski dünyamı unutmadan o dünyadan uzak durmamı sağlıyordu. İçimde, ulaşamayacağım ancak unutmamam gereken tecrübeler vardı ve oraya ancak yazarak dokunabiliyordum. Kalemimdeki fırtınaya beyaz kâğıtlar yelken oluyordu. Ve kelimelerim duygularımın kâğıt üzerindeki fotoğrafıydı sanki. Kamera olmadan film çekmekti artık benim için yazmak...

Geçtiğim yollarda ve çektiğim dertlerde ayak izimi bırakmak için yazdım. Benim kalemimden damlasa da başka yaralara merhem olsun diye yazdım. Yazmak rahatlatıyordu; yara vardı ama acı yoktu sanki. Suç değildi yazmak, suça ortak olmaktı belki. İntihar duygusu da çok gerilerde kalmıştı. Hayatla barış imzalamıştım. Hayatı seviyordum artık. Ve sanırım o da beni...

***

Aradan bir koca yıl daha geçti. Ayça yine yanımdaydı ama ben yine yalnızdım. Ta ki Duru'ya rastlayana dek... Bir tiyatro oyununda tanıştık onunla. Yanımdaki koltukta oturuyordu. Kucağında kitaplar... Siyah kot pantolonu, siyah hırkası, boynuna doladığı siyah fuları, siyah kalın çerçeveli gözlükleri, siyah saçları, siyah kirpikleri, siyah ojeleri ama bembeyaz bir teni vardı. Sanırım en sevdiği renkti siyah, kendi beyazlığına inat...

Onu ilk gördüğümde, siyah gözlerinden içime yansıyan ışığın kalbimde bir odanın aydınlanmasına sebep olacağı hiç aklıma gelmezdi. O da benim gibi yalnızdı. Bu daha ilk bakışta anlaşılıyordu. Dupduru bir yüzü vardı. Adı gibiydi.

İkimiz de nasıl olduğunu anlamadan konuşmaya başlamıştık. Ortak zevklerimiz vardı. Aynı kitapları okumuş, aynı oyunları izlemiş, aynı filmleri seyretmiştik. Bir keresinde bana "Kitap okunmaz, kitapla konuşulur" demişti. Çok hoşuma gitmişti bu söz. O da benim gibiydi. Hayatın bazen kıyısında, bazen tam ortasında... Konuşkan şiirlerin suskun şairleri gibi...

Onunla saatlerce, günlerce, hatta aylarca konuşsam sıkılmazdım. Dopdolu biriydi. Hande ve Ece'den çok farklıydı. Onlarla kıyaslamıyordum da zaten. Şahsına münhasır biriydi Duru.

Yaşlarımız birbirine denk olsa da o daha olgun duruyordu sanki. Kafa yapısı olarak benden büyüktü evet. Ama bu bende bir tedirginlik duygusu oluşturmamıştı. Tam tersi onun gürül gürül akan bilgi ırmağından faydalanmak istiyordum.

Diplomat bir ailenin kızıydı Duru. Babasının görevi sebebiyle birçok ülke değiştirmişti. Tanıştığımızda, ailesi dış görev için Almanya'ya gitmişti. Teyzesiyle birlikte kalıyordu.

Ayça'ya hep Duru'dan bahsediyordum o günlerde. Kafasını Duru'yla şişiriyordum resmen. Sabırla dinliyordu beni. Heyecanıma ortak oluyordu. Onunla tanışmadan tanımıştı onu sanki.

Beraber konsere, tiyatroya, sinemaya gidiyorduk. Aramız-
da romantik bir arkadaşlık başlamıştı. Çok şey paylaşıyorduk
ama daha çok o anlatıyordu. Anlatacak anısı o kadar çoktu
ki… Başka ülkeler, farklı şehirler gezmişti. Bu yüzden anılar-
la yüklüydü kervanı. Ben daha az konuşuyordum. Genelde
dinlemeyi tercih ediyordum. İntiharımdan ve Hande'den
hiç bahsetmedim ona. Ayça'yı çok anlatıyordum. Biraz da
Ece tabii… Bir keresinde unutmakla ilgili konuşmuştuk.
Açıkça söz etmesem de sadece o gün bahseder gibi olmuş-
tum geçmişimden. Ona geride bıraktığım şeyler olduğunu,
bana biraz pahalıya mal olsa da atlattığımı, unutmanın kay-
pak hafızasına zaman zaman güvenmek gerektiğini, bazı anı-
ların başka türlü olması gerektiği yerde bırakılamayacağını
söylemiştim. O zaman şöyle bir soru sormuştu bana:

"Hangi anıyı silerek başlar insan unutmaya? En acı olanı
mı yoksa unutması en kolay olanı mı?"

Bu soru biriktirdiğim unutulanlarımı yeniden sorgu-
lamama sebep olmuştu. En çabuk unutulanlar, her zaman
unutulması en kolay olanlardı. Ama hiçbir zaman onlardan
başlamazdı insan unutmaya. Çünkü onlar baş belası değildi.
En zor olandan, en acı olandan başlamak isterdi insan unut-
maya. Yani en hızlı kaçtığından… Zordur o anıları silmek
hafızadan. Hızlı kaçtığın hızlı kovalar seni.

Önce zoru kolaya dönüştürmek gerekirdi rahat unutabilmek
için. Zaman isterdi bu. Sabır isterdi. Bir de kötü bir geçmiş…

Cevap vermedim yine de… Konuyu kapatmak, belki de
kaçmak istiyordum. Hızlıca kaçmak!

Günler geçtikçe daha da yakınlaştık birbirimize. Bu sefer
tutulan ben oldum. Fakat ona açılma konusunda tereddüt
yaşıyordum. Her şeyi bir anda berbat edebilirdim. Güzel
başlayan bir arkadaşlığı tarihe gömebilirdim.

Duygularımdan haberdar olması gerekiyordu. Çok fazla belli etmese de geçmişimdeki karanlığı merak ediyordu. Anlatmak istememiştim. Ama o geçmişi tarihe gömdüğümü anlatan bir yazımı onunla paylaşmıştım:

"Boş bir odada yalnızlığımla oturuyoruz. Artık beni acıtmıyor. Arkadaşız. Yalnızlığında yanında olduğum, yalnızlığımda yanımda değil. Belki de buna çok ağlarım. Ayıp mı? Yenilgi mi? Öyle olsaydı 'ağlamak güzeldir' der miydi şarkılar?

Her gözyaşını onun için kaldırıp şerefine ağladığım gecelerim de oldu, yağmura saklandığım da... Yalan değil. Bazı yağmurlar ağlamaktan utananlar için yağar bilirsin.

Sabah olduğunu anlamamak için perdeleri açmadığım günlerim oldu sonra... Sabah demek, yeni günün sızıları demekti. Özlemek yasadışı gibiydi. Zordu evet. Ama bitti. Daha da eskimem. Kaderime keder bulaştı az biraz... Hepsi o kadar.

Alev alevmişim ve sönmek için başkalarına sarılmaya kalkmışım. Kendi alevinden bile habersiz bir yangın neyi söndürebilirdi ki! Az daha onları da yakacakmışım... Aslında canımı yakmayacağını bilsem, daha da çok yanarmışım.

Şunu bir kez daha anlıyorum ki aşk yeni bir şey öğretmiyor; bilinenin üzerinden tekrar geçiriyor ama sonuç her seferinde bAŞKa çıkıyor. Sonrasında karşına çıkan insanları tedirgin seviyorsun. Hep yanlış insanlara ağlayınca doğrusunda da rahat gülemiyorsun.

Değersiz insan yoktur, değerini düşüren insan vardır. Bu sebepten, şimdi kimbilir avuçlarında ne acılar yanıyordur onun. O beni çok üzdü Allah'ım... Ama sen yine de ona yardım et.

Nasılsın sorusunu 'sormak için' soranlara hep 'iyiyim' denir... Ama ben artık gerçekten iyiyim. Biraz eksiğim... Biraz fazla olsam ne fark eder? İyiyim işte. 'Boşver' diyorlar ya...

Bir tek o lafı kaldıramıyorum. Çünkü ben artık boşverme-mek istiyorum. Yine de böyle uzakta bırakılmak iyi. Uzaktan bakmak güzel... Neden mi bu kadar uzaktayım ona? Onunla mutlu olmanın başka yolu yok da ondan...

Onda kaybettiğim aşkı kimsede bulamayacağımı biliyo-rum. Onsuzluğa alışıyorum. Onsuzluğa alışmak, onu unut-mak demek değil, onunla onsuz yaşamayı öğrenmek demek. Gecelere sığınmak... İnan kendisinden daha uzak değildi beni gönderdiği geceler.

Çok seversin az kalır... Hep seversin hiç sanır. Sessizce ağ-lanır. Bazıları da ağladığını sanır. Çünkü onların ağlaması bir iç kanamadır. Yaşadıklarından öte yaşayamadıklarının izi kalır. Bel-ki de yaşayamadığımız aşkların ayrılığını çekiyoruz. Olamaz mı?

Ayrı ayrı yaşasak da aynı şarkılarda yaralanıyoruz. Birbi-rimizi birbirimizin gözünden düşürüyoruz. Sonra aynı gözler-le birbirimizi yaralıyoruz. Derken sözler yetişiyor imdada... Gözlerle açılan yaralara sözlerle müdahale ediyoruz. 'İyiler dürüst sever' diyor, iyileşiyoruz...

Dünyanın en öldürücü silahı yalandır. Umarım kandırılma-mışımdır. Umarım severken de giderken de dürüsttür. Nedenler ve sonuçlar aramıyorum bu gidişe, çünkü her şeyin bir nedeni yoktur. Ama her sonuca mutlaka bir neden bulunur. Çırpınacak kadar vakti var; çünkü denize düşen değil, çıkamayan boğulur..."

Bu yazıyı okuduktan sonra bana karşı davranışları değişti. Sanki o ana kadar duygularını açıkça ifade etmesini engel-leyen, görünmez çitler vardı da aramızda, o yazıdan sonra o görünmez çitler kalkmıştı. Gözlerinde karşılık bekleyen bir aşk vardı sanki. Böyle düşünmek beni cesaretlendirmişti. Ona karşı ne hissettiğimi tüm çıplaklığıyla anlatmalıydım.

Bir gün onu, her zaman tek başıma yürümeyi tercih ettiğim Yıldız Parkı'na çağırdım. Kalbimin ona aktığını bilmeliydi. Buluşma saatimiz geldiğinde heyecanım bir kat daha artmıştı. Bana yaklaştı, yüzüme baktı ve şöyle dedi: "Biliyor musun Kaan, bana anlatmak istediğin her şey yüzünde duruyor." Utanmıştım. Ne yapacağımı, ne söyleyeceğimi bilemedim. Konuşsam sesim titreyecekti. Elini uzattı. Ürkekçe tuttum. Söze gerek kalmamıştı. Tüm gün el ele dolaştık. Geçmişte yaşadığım her şeyi unutmuştum. Vaktin nasıl geçtiğini anlamadık.

Akşamdı. Tam doğru yolda olduğumu düşünürken, avuçlarımızda bir ıslaklık hissettik. İkimiz de aynı anda, "Ne bu" diye bakınca, "Kaan bileğin kanıyor senin" dedi Duru! Korktuğum başıma gelmişti. Dehşetle akan kanıma baktım. Rengimin sarardığını hemen fark etti Duru. Telaşlandı. En yakın banka oturduk. Bir yandan yarama çantasından çıkardığı kâğıt mendiller bastırıyor, diğer yandan neden böyle kanadığını soruyordu. Ona bahsetmekten sakındığım geçmişimi anlatmak zorunda kaldım. Kendimi yeni bir kırgınlığa yelken açarken suçüstü yakalamıştım.

Hoşgörü ve olgunlukla dinledi beni. Birtakım tavsiyelerde bulundu, hiç unutmuyorum:

"İnsan, yarası varsa insandır Kaan. Sana yaranı yok say demiyorum. Yara senin yaran. Onunla yüzleş, onu benimse, sev… Hayat azla yetinmez. Daha çok yaralanacaksın, kanayacaksın. Bazen kendi yaranı, bazen başkalarının yarasını taşıyacaksın. Belki seninkiler iyileştikçe onlarınki kanayacak. Ama sabredeceksin. Hiçbir yara kanla temizlenmez. Bekleyeceksin. Geç olacak belki ama bir gün iyileşeceksin. Çünkü kanında aşk taşıyanın yarası çabuk iyileşmez. Sonra o yara kabuk bağlayacak, biraz da çürümedir bir yaranın kabuk bağlaması. Sırrını açığa verecek ama sonunda çürüyüp düşecek. Düşecek ki sen iyileşesin. Çürüyerek büyür bazen insan.

Ama bu yara kapanmadan yeni bir gönül macerasına girme Kaan. Yaralar yalan söyleyemez. Açığa verir seni. Belki de keskin bir aşk, bıçak gibi geçer üstünden ve sandığın gibi olmaz, yaran çiçeklenir. Sen bahara yetişmeyi bilememiş bir kış gibi durursun. Oysa bahar senin içindedir ve sen bilmeden onunla uyuyorsundur?"

Güç vermişti bana bu sözler. Neredeyse yaramın kanadığını bile unutmuştum. Sözleri bitince birkaç peçete uzattı. "Seni eve kadar götüreyim istersen" dedi. Eve yalnız gitmek istediğimi söyledim. Orada vedalaştık. Sarıldı bana ve kulağıma şöyle fısıldadı: "Sakın yanlış anlama beni. İntihar teşebbüsünü aşağılık bir hareket olarak görmüyorum. Bence asıl aşağılık olan, seni intihar noktasına getirecek kadar canını yakmak…"

Aracıma doğru yürürken Duru'nun söylediklerini tekrar tekrar düşündüm, tiz bir acı yerleşti içime.

Arabayı kullanırken hâlâ kan kaybediyordum. Gözlerim karardı birden ve o çocuk fırladı önüme. Yola kaçan deniz topunun peşinden koşarken az kalsın arabamın altında kalacaktı. Az daha bir çocuğu çiğneyip geçecektim. Elimi gördü, sakladığım halde yarayı fark etti, "Bazı yaralar sardıkça kanar" dedi bana. Bu cümleyi Facebook duvarıma yazıp uykuya çekildim ama uyuyamadım. Güya ertesi gün Duru ve ben Ayça'yı yanımıza alarak brunch'a gidecektik. Öyle sözleşmiştik. Hayat ne garip…

***

Sabaha karşı ancak uyumuşum. Çok geçmeden kapı çalındı. Önce saate baktım. 08.05'i gösteriyordu. Uykulu gözlerle yataktan kalkıp kapıyı açtım. Karşımda Ayça vardı.

"Günaydın tembel teneke!"

"Günaydın dostum."

"Bu ne hal? Hani brunch'a gidiyorduk!"

"İşler planladığımız gibi gitmedi Ayça…"

"Gece, face'ine yazdığın sözden anladım zaten bir haltlar olduğunu. 'Bazı yaralar sardıkça kanar'mış…"

"İçeri gelsene."

"Bence sen dışarı çık. Hadi giyin. Sahile inip biraz konuşalım seninle."

Yirmi dakika sonra Beşiktaş iskelesindeydik. İskelenin yanındaki çay bahçesinde oturduk. Ayça dinlemeye hazırdı. Ben anlatmaya… Çaylarımızı yudumlayarak başladık sohbete. Ona yaramın tekrar kanadığından, ne zaman bir aşka kucak açsam hep aynısı olduğundan ve Duru'nun bana ettiği nasihatlerden bahsettim.

"Duru haklı. Bence de artık bu yaran tamamen kapanmadan yeni bir ilişkiye girmemelisin."

"İyi de Ayça, ben istemiyor muyum sanıyorsun bunu! Ama lanet olsun, olmuyor işte!"

"Kızmakta haklısın ama bu vazgeçmen gerektiğini göstermiyor. Sana kimse bir daha sevme demiyor ki! Sadece, eskiyi sil ki yeniye başlayabilesin, diyor."

"Bazen geride bıraktığını sanıyorsun her şeyi. Aslında bırakıyorsun da… Ama kalbinin ve beyninin geride bıraktığını bedenin geri çağırıyor bazen. Çağrıların en kanlısıyla hem de…"

"Bunu daha önce de konuşmuştuk seninle. Sabırlı olman gerekiyor. İlelebet kanamayacak bu yara. Anası babası ölüyor da insanın üç beş ay sonra unutuyor. Sen şanslısın ki sevdiğin iyi insanlar var yanında. Sana yardımcı oluyor, destek oluyor hepsi."

Biraz durup Ayça'nın söylediklerini düşündüm. Ve benim için söylemesi en zor olan günün en acı cümlesini kurdum sanırım.

"Yanılıyorsun Ayça. Hayat hep kötü insanlar vermek için iyi insanlarımı aldı benden. O kadar azaldınız ki…"

İkimiz de sustuk biraz. Bu kadar umutsuz bir konuşma olmaması gerekiyordu. Birimizden birinin finali mutlu bitirecek bir söz söylemesi gerekiyordu. Yoksa gişe yapmazdı bu film. Bende tükenmişti kelimeler. Mutlu olmasa da gerçekçi bir cümleyle kapadı finali Ayça.

"Boşver Kaan" dedi. "Mazoşist gibi yaşanmaz. Sen her şeye rağmen hayatı kaçırma, yaşa. Çünkü yaşayabildiğin kadarı senindir bu hayatın, kalanını kalanlar yer."

İçimden sadece şunu diyebildim: "Ben mazoşist değilim Ayça, hayat çok sadist."

***

Aynı konular üzerinde dönüp durduk sonra. Bir ara ikimiz de sıkıldık hep aynı mevzuları konuşmaktan. Cep telefonlarımızı çıkarıp internete girdik. Aynı masada oturup ayrı dünyalarda nefes alan insanlardan olduk bir süre. Yüzümüz birbirine bakarken sırt sırta dönmüş insanlar gibiydi o anki duruşumuz.

Ayça'ya Lavin'in yorumlarını gösterdim sonra. Tanıyıp tanımadığını sordum. Tanımadığını söyledi. "Yasin'in arkadaşıymış, ortak arkadaşımız olarak Yasin görünüyor" dedi. Sonra biraz düşünüp, "Eğlenceli birine benziyor. Bir arkadaşlık isteği göndersene kıza" dedi.

"Hem şu sıkıntılı günlerinde belki kafanı dağıtır biraz."

"Bunu ben de düşünmüştüm ama doğru olup olmayacağı konusunda bir fikrim yoktu. Sağ ol" dedim ve arkadaşlık isteğini yolladım.

Ayça'yı uğurlayıp tekrar eve geçtim. Yazmak için bilgisayarımı açtım. Aslında yazmaktan çok, arkadaşlık isteğimin akıbetinin ne olduğunu merak ediyordum. Onunla hiçbir şekilde özel bir arkadaşlık kurmak istemiyordum ama yine de hayatımda onun gibi renkli birinin olması belki bana iyi gelecekti. Hele hele Duru olayından sonra tekrar bir aşk hikâyesine dalmak, kendi infazımı onaylamaktı. Biraz bunalmıştım. Değişik insanlar iyi gelebilirdi. Eskisi gibi bunaldığında içine kapanan biri değildim artık. Tam tersi böyle zamanlarda daha çok dışa açılmalıydı kişi. Yeni insanlar demek, yeni hayatlara tanıklık etmek demekti.

Evet, olmuş işte. İsteğimi kabul etmiş. Hemen profilini incelemeye başladım. Anladığım kadarıyla göçmen bir aileden geliyordu. Bir düğünde çekilmiş olan fotoğraflardan bu sonuca vardım. Bir sünnet düğünü bu... Küçük bir mahallede yapılmış bir sünnet düğünü. Etraftaki kalabalık bir faytonun etrafına toplanmış. Üç çalgıcı dikkatimi çekiyor. Birinin elinde trompet var. İlerleyen karelerde sünnet çocuğunun atla gezdirilişini görüyorum. Çocuk atın üzerinde, tüm mahalle arkasında. Çocuğun yüzünü birden önüme fırlayan çocuğun yüzüne benzetiyorum. Belli ki olayın izi hâlâ zihnimde kazılı...

Bir başka albümde ise bir kapı önü düğünü var. Lavin'in üzerinde Üsküp yöresi göçmenlerinin düğünlerinde giydiği alpaka kumaştan yapılmış yerel kıyafetlerden biri var. Saten bir yelek üzerine altın simli kurdele işlemesi, yine saten bir şalvar, şile bezi gömlek, işlemeli yöresel şapka, şapka üzerine uzun yöresel tül, deri Üsküp ayakkabısı, kumaş üzerine altın simli yöresel kemer... İzmir'de yaşarken, Çiğli mahallesindeki göçmenlerin düğününe şahit olurdum. Bu kıyafetleri oradan biliyorum.

Fotoğraf altı yazışmalarda yine göçmenlere özgü "Kızçe" ifadesini kullanıyordu akrabası olduğunu düşündüğüm kişiler...

Yazışmaların çoğu matrak şeylerdi. Anlaşılan o ki bu kız hayatla dalga geçmeyi seven biriydi. Tüm fotoğraflarına baktım. Ne kadar da eğlenceliydi fotoğrafları. Yüzünün gülmediği tek bir kare yoktu. Hep mutluydu. Yüzünün tamamını görebilmiştim sonunda. Batılılara özgü ince elmacık kemikleri, ince dudaklar. İri gözler. İncecik bir vücut... Fazlasıyla güzel bir kızdı Lavin.

Dayanamayıp bir "Merhaba" mesajı gönderdim. Hemen karşılığı geldi. O da aynı şekilde "Merhaba" diye yazmış ama kelimenin sonuna bir gülücük eklemişti. Sanırım duvarıma yazdığı yorumların muzipliğine, yine muzip bir gülümseyişle işlerlik kazandırmaya çalışıyordu. Hemen ikinci mesajımı gönderdim. "Sizi tanımıyorum ama sanırım ortak dostumuz Yasin sayesinde duvarıma o eşsiz (!) yorumları yaptınız?" Bu sefer de ben bir gülücük koydum.

Karşılıklı yazışmaya başladık:

"Evet, Yasin sayesinde oldu. Duvarınızı açık görünce dayanamadım. Kabalık yapmak değildi niyetim ama yoruma çok müsait şeyler yazıyordunuz. Gecenin o saatinde yapacak başka bir işim yoktu. Yazmasam içimde kalacaktı. Aman dedim boşver Lavin. Yazmayıp içinde kalacağına, yaz duvarında kalsın. Ama haddimi aştıysam özür dilerim!"

"Tam tersi çok hoşuma gitti. Hatta sesli güldüm. Biraz da kızmadım değil hani. Biraz daha edebi yorumlar beklerdim."

"Daha edebi bir yorum yapsaydım şu anda burada yazışıyor olmazdık ama yalan mı?"

Çok hazır cevaptı. Hazır cevap olduğu kadar çok da zeki birine benziyordu. Tarzı hoşuma gitmişti. Yine de konuşmayı fazla uzatmak istemedim. Birkaç mesajın ardından ikimiz de birbirimize iyi geceler diledik ve kapattık. Bugünün en güzel kapanışıydı Lavin.

DÖRDÜNCÜ BÖLÜM

Lavin, o cumartesi erken kalktı. Normalde de erken uyanır ama hafta sonları yatağında şekerleme yapar, kitap okur, keyfine bakardı. Kahvaltıyı anne hazırlar, Lavin'e seslenir ama Lavin zaten hazır olduğunu seslerden anlar, annesinin kendisine seslenmesini beklerdi. "Geliyorum anne, şu sayfa bitsin" derdi. Bazen iki sayfa olurdu bu süre, kitaba kaptırmışsa kendini. Ama daha fazla gidemezdi, çünkü anne baba onu beklerdi mutlaka. Lavin, onların bir dediğini iki etmek istemezdi.

Oysa Lavin çocukken hiç söz dinlemezdi. Yaramazdı, asiydi, başına buyruktu. Annesi, "dayıya çekmiş" derdi. Lavin'in hiç görmediği, genç yaşta ölen Erdem dayısına... Sarışın, dalgalı saçlı, yeşil gözlü, bebek yüzlü fotoğrafı salonun duvarındaydı. Bir fotoğraf stüdyosunda çektirilmişti. Başını biraz yana çevirmiş ve merceği delip geçen bir bakış atmıştı afili delikanlı. Dudağı hafifçe kıvrılmış, gülümsemiş ama bunu âdeta saklamıştı. Hiç de asi bir yüz değildi bu. Tersine, masum ve kırılgan bir ifadesi vardı. Asi gençlik hayatından bu bakış kalmıştı geriye. Bir de özlemi ve hatıraları.

Anne ile aralarında on iki yaş varmış. Ona hem ablalık hem analık yapmış. Çok severmiş ve çok düşkünmüş kardeşine. Onu hep korur, arka çıkarmış. Bir diken gibiymiş bu dayı. Asi, hırçın, dik başlı ve kesinlikle yalan söylemeyen, herkesin yalanını yüzüne vuran, çocukken bile hiç sır vermeyen bir kişiliğe sahipmiş. Kendisine söylenenleri, yanında konuşulanları, gelen gideni, olan biteni kimseye söylemezmiş. Sokaktan akşama kadar dönmez, alır başını gider, sokak sokak gezermiş. Arayıp bulamazlarmış. Bazen her yeri arar, herkese sorarlarken çocuk yüksek bir ağacın tepesinden onları izler, seslenmez, buradayım bile demezmiş.

Lavin onu hiç tanımamıştı, hep dinlemişti. Sık sık kavga eder, kavgaya gidermiş. Çetesi bile varmış lise çağında. Kimseyi hayatına karıştırmaz, kimse ona söz dinletemezmiş. Bununla birlikte, büyüklerine saygısızlığını, küçüklere gaddarlığını gören bilen yok. Bu yüzden hem çok sevilir hem de çok korkulurmuş. Hava Harp Okulu'na girince herkes çok sevinmiş. Jet pilotu olmak isteyen çocuğun askeri disiplin altında durulacağını, hizaya geleceğini düşünmüşler. Nitekim, okulu bitirip yakışıklı bir teğmen olunca hemen evlendirmek istemişler. Birçok talibi varmış. "Brövemi takmadan evlenmem" demiş. İzmir'deki üstte brövesini alır almaz İstanbul yoluna düşmüş. Aile onu heyecanla beklerken, hız tutkunu delikanlının kara haberini almışlar. Trafik kazasında ölmüş. Arabası hurdaya dönmüş. Teğmen üniforması ve brövesiyle çektirdiği fotoğraf, o günün son hatırası olarak kalmış.

Göklere doyamadan ölen genç pilot, bütün sülaleyi koyu bir mateme boğmuş. Onunla evlenmeyi hayal eden kızlar cenazesinde gözyaşı dökmüş. Okuldan ve mahalleden arkadaşları bu asi delikanlıya ölümü hiç konduramamış. Onu tanıyan bilen herkes yıkılmış.

Sonra Lavin çıkmış yola. Anne hamile kalmış. Herkes yas tutarken yola çıkan bebek doğmadan teselli olmuş. Herkes erkek bekliyormuş. Adını Erdem koyacaklarmış ama dünyaya bir kız gelmiş. Adını Lavin koymuşlar. Bu isim dayıdan miras. "Bir kızım olsun, adını Lavin koyacağım" dermiş.

Lavin, sevgili dayısının adını alamamıştı ama sanki kişiliğini almıştı. Tıpkı onun gibi ser verip sır vermeyen, yanında konuşulanları, kendisine söylenenleri, gelen gidenleri, olan bitenleri başkalarına kesinlikle aktarmayan, içindekileri kendinde tutan, kimseye hesap vermeyen, hiç söz dinlemeyen, asi, başına buyruk, yaramaz bir çocukmuş. Rahmetli dayısı gibi alır başını gider, sokak sokak gezer, kedinin köpeğin peşine takılır, ağaçlara tırmanır, kömürlüklere saklanırmış. Hem kendi kendine yeten hem de dost canlısı bir çocukmuş. Lavin, o yılları hiç hatırlamıyor. Hatırlamadığını bile unuttu.

Hatıralar canlıdır. O yüzden değişirler. Bir anıyı hep aynı şekilde hatırlamayız. Bazı ayrıntılar zamanla unutulur, bazı ayrıntılar andıkça geri gelir. Lavin, acısını saklayan biri olduğu için anlatmaz. Başkası da anlatmıyor o yılları.

Oysa, çocukluğunda dayısı ne çok anlatılırdı. Dayısı, sanki onların evinde yaşıyordu. Her gelen onu mutlaka anardı. Bunun bir nedeni, annesinin ona düşkünlüğünün herkes tarafından bilinmesi, en yakın kişi olmasıydı. Ama asıl nedeni Lavin'i, ölen delikanlı geri gelecekmiş gibi beklemeleri, isminin onun anısına Lavin konması, daha sonra doğan erkek kardeşine de Erdem ismi verilmesiydi. Nasıl da mutlulukla karşılanmıştı!

Lavin, karakterinden ötürü hep dayısını hatırlatıyor, âdeta evde yaşatıyordu. Onu bilen, "Sanki bu kez kız olarak dünyaya geldi" derdi. Genç ölenler hep sevgiyle anılır. Anne babası, sülalesi o sevgiyi bütünüyle Lavin'e vermişlerdi. Sonra kardeşi doğmuş, adı Erdem konmuş, matem son bulmuştu. İkisi sülalenin gözbebeği, tesellisiydi. Gelen giden eksik olmazdı. Lavin ve Erdem'e hediye yağardı. İki kardeş çok mutluydu ve tıpkı anne ile dayı gibilerdi. Sokağa çıkarlarken anne küçük Erdem'i özellikle Lavin'e emanet ederdi. Kardeşiyle yaşadığı çocukluk günlerini onlara bakarak yeniden yaşardı. Canı gibi kardeşi genç yaşta ölmüş değil de, ona iki evlat olarak dönmüştü sanki.

***

Lavin, anne babanın bir dediğini iki etmez, onları hiç üzmek istemezdi. Artık eskisi gibi başına buyruk değildi. Neşeli ve hanım hanımcık bir genç kızdı. Sabah erken kalkar, hemen giyinir, banyoda yüzünü yıkamaya öyle giderdi. Ertesi gün giyeceklerini akşamdan hazırlardı. Okula giderken anne ona bunu hep tembihler, okul giysilerini akşamdan kendisi hazırlar, çantasını hazırlamasını söyler, bundan sonra giysilerini ve çantanı artık akşam yatmadan hazırla, derdi. Fakat Lavin buna hiç kulak asmazdı. Şimdi ertesi gün giyeceklerini akşamdan hazırlarken, annesine okul yıllarında bunu bir kere söylettiğini bile hatırlamıyordu.

Eve gelince hemen banyoya koşar, elini sabunla yıkar, sonra odasına gider, üstünü değiştirir, cep telefonunu, defterini, kalemini sehpanın üstüne koyardı. Çantasında durması gerekmeyen her şeyi çıkarır, odasında durması gereken yere bırakırdı. Bunlar da ona çocukken annesinin tembihlediği şeylerdi. Sokaktan toz toprak, çamur içinde gelir, tozlu çamurlu elleriyle mutfağa koşar, kurabiyelere dadanırdı. Anne önce ellerini sabunla iyice yıkamasını, sokakta kirlenen giysilerini değiştirmesini, eğer okuldan geldiyse çantasını boşaltmasını söylerdi. Çünkü Lavin çalışkan bir öğrenci değildi, okulundan oyalana oyalana geç gelir, ders çalışmaz, çantası olduğu gibi dururdu. Anne, derslerini hatırlaması için defter ve kitaplarını çıkarıp yerlerinde durmasını söylerdi. Lavin bunları hiç hatırlamıyor, annesine bin kere söylettiği şeyleri şimdi yaptığının farkında değil.

Sabah diri kalkar, gözünü açar açmaz yatağından çıkar. Hiç sızlanmaz. Kalkması gereken vakitte kalkar. O gün ne yapacağı bellidir, zamanında gider zamanında döner, gecikecek olursa haber verir, mutlaka yerini bildirir. Bir tek hafta sonları serbesttir. Yataktan hemen kalkmaz, miskinlik yapar, kitap okur ve keyif çatar.

Akşam yemeklerini kaçırmaz. Onu mutlaka beklerler.

Arkadaşlarıyla buluşacak olsa, ya akşam yemeğinden sonra çıkar ya da akşam yemeğine dönecek şekilde ayarlar. Babasının yanına oturur, ona sarılıp biraz televizyon seyreder. Sonra odasına çekilir, bilgisayarını açar, neler olup bittiğine bakar, bir iki satır karalar, arkadaşlarıyla kısacık sohbet eder, sonra yatağına uzanır, kitap okuyarak uyur.

Oysa çocukken akşama kadar dönmez, bazen anne baba onu aramaya çıkardı. Kitap okumayı sevmezdi, sadece kardeşine okurdu. Onu masal okuyarak uyutur, sonra kendi uyurdu. Hafta sonları, okul olmadığı için yataktan çıkmaz, Erdem elinde bir kitapla yanına gelir, ona masal okuturdu. Lavin bunları da hatırlamıyor. Evde hiç konuşulmuyor o yıllar.

Hafta sonu, anne seslenip çağırana kadar yataktan çıkmaz, hatta bir iki sayfa daha okur, öyle çıkardı odasından. Üstünü değiştirmezdi. Pijamasıyla ya da eşofmanıyla çıkardı. Baba koltukta gazete okuyor olurdu. Ona günaydın der, yanaklarını mıncıklar, öper, sonra banyoya gider, yüzünü yıkar ve bazen yanaklarına allık sürer, yüzüne kalemle çil yapar ama utanır, hepsini silerdi kahvaltı masasına oturmadan. Gün boyunca ne yapacağını, kimle buluşacağını anlatırdı masada.

O gün bunları yapmadı. Kaan'la yazışmalarının bir gün öncesiydi. Her ayın son cumartesi günü mezarlığa giderdi. O günün sabahları mahzun olurdu ama belli etmezdi. Erken kalkar, her zamanki gibi gazetesini okuyan babasına günaydın der, banyoda yüzünü yıkar, ellerine, parmaklarına bakardı. Asla yüzük takmadığı parmaklarına…

**

Kahvaltıda ağzını bıçak açmadı. O konuşmayınca, anne baba da pek konuşmazdı. Evin neşesi Lavin'di. O susunca evdeki eşyalar bile dilsizleşirdi. Lavin sadece kızarmış ekmekleri tereyağı ve reçel sürüp yedi, gerisine hiç dokunmadı. Anne babanın dikkatinden kaçmazdı, mesela bazen anne, "Yesene kızım" derdi. Onu bile demedi.

Baba, "E, ne yapacaksın bugün" diye sordu. Öylesine sordu. Öylesine gibi sordu. Onlar da ne zamandır farkındaydı bu her ayın son cumartesi günlerinin.

Lavin, "Sormayın" dedi.

Lavin'in yanıt vermediği ender sorulardan biriydi bu. Anne de baba da yanıt vermeyeceğini biliyordu. Lavin çocukken böyle sorulardan hoşlanmaz, "Sana ne" bile derdi. Ağzına sürülen biberler kâr etmezdi. Artık büyümüş, hanım hanımcık bir kız olmuştu. Nadiren ağzından çıkan "Sormayın" gibi yanıtsız bırakan sözler çocukluğundan kalma bir kırıntı sayılırdı.

Anne baba ondan sır çıkmayacağını iyi bilirdi. Her ayın son cumartesi günü sabahtan nereye gittiklerini bilmezlerdi ama artık ikisi de bunun bir sır olduğunun farkındaydı. Anneye kalırsa, biriyle buluşuyordu. Ama baba, "Ayda sadece bir gün mü buluşuyorlar? Her ayın son cumartesi günü hep aynı kişiyle mi buluşuyor" diyordu. Belki her ayın son cumartesi günü birileriyle toplanıyorlardı. Bu akla daha yatkındı. Baba akılcı olduğu için böyle söylüyordu ama anne kadınsı sezgileriyle ve kızının artık bekârlıktan, yalnızlıktan evliliğe doğru adım atmasını istediğinden biriyle buluştuğunu sanıyor, zamanı geldiğinde açıklayacağını umuyordu.

Bu gizemli buluşmalar, Lavin'in başında yara açıldıktan sonra başlamıştı. Bir hafta sonu Lavin arkadaşında kalmış, perişan halde gelmiş, merdivenlerden düştüğünü söylemişti. Rahmetli dayısının hık demiş burnundan düşmüştü Lavin, asla yalan söylemezdi. Anne, ikisini de çok iyi tanırdı ve Lavin'in o gün yalan söylediğini anlamıştı. Bambaşka biriydi merdivenlerden düştüm diyen, tamamen yabancıydı ve bir daha onu hiç öyle görmemişti.

O sıralarda hayatına bir erkeğin girdiğinden emindi, küçük kızının büyüdüğünü, başkalaştığını görüyordu. Lavin'in gözlerindeki pırıltıyı fark etmiş, birkaç kere ağzını aramıştı. Her yokladığında Lavin neyin peşinde olduğunu anlayarak tatlı tatlı gülümsemiş ama her seferinde "Peşime düşme" demişti. Bir hafta sonu eve gelmeyip, sonra perişan döndüğünde kızının çok ağladığını anlamıştı gözlerinden. Başına ne olduğunu sorduğunda yalan söylediğini anlamıştı. Babaya da söylemişti bunu.

Ona kalırsa, başka bir şey olmuştu. Bir aşk kavgasında açılmış olabilirdi bu yara. Lavin edepli uslu, hanım hanımcık, aklı başında bir kız olsa da, anne onun nasıl bir çocuk olduğunu unutmamıştı. Acaba serserinin tekiyle mi buluşuyordu? Yoksa kaybolup gittiğini sandığı asi ruhu hayatına giren bir erkekle birlikte yeniden ortaya mı çıkmıştı?

O günlerde Lavin odasına kapanmıştı, salonda otururken rahmetli dayısının fotoğrafına dalıp dalıp gidiyordu. Sonra birdenbire neşesini yeniden bulmuştu, hatta eskisinden daha neşeliydi. O zaman anne, Lavin'in hayatında bir erkek olduğunu, ayrılıp barıştıklarını düşündü. Ayrıldıkları için çok üzülmüş, barıştıklarında mutluluktan uçmuş, neşelenmişti. Lavin o gün bugündür neşeliydi ama ayda bir gün böyle mahzun olurdu. Baba, kızına çok güvendiği için bunun üstüne düşmüyor, "Eğer bilmemiz gerekiyorsa söyler" diyordu. Anne kuruntulu olduğu için düşünmeden edemiyordu: "Galiba Lavin biriyle buluşuyor, ama çocuk başka yerde yaşıyor, ayda bir gelebiliyor. Ama öyle olsa, ayda bir gün yüzünde gülücükler açması gerekmez miydi?"

***

Lavin çıkarken başörtüsünü sıkıca bağladı, cenaze adımlarıyla mezarlığa kadar yürüdü. Her ziyarete mutlaka bu adımlarla giderdi. Mezarın üstündeki kuru yaprakları temizledi, gülleri birer birer kokladı, tomurcukları okşadı. Ellerini açıp dua etti. Yanaklarından yaşlar süzüldü.

"Abla" dedi bir ses.

Kardeşi Erdem'in sesiydi bu. Duasına devam etti Lavin.

Tekrarladı ses: "Abla!"

Lavin duasını bitirdi. Gözyaşlarını sildi.

"Efendim küçük bey?"

"Yine başın kanıyor."

Lavin başörtüsünü çıkarıp baktı, kan lekesi vardı. Ayağa kalktı, elini başının arkasına attı ve ıslaklığı hissetti. Başörtüsünü katladı, çantasından çıkardığı torbaya koydu. Çantadan biraz pamuk çıkarıp başına bastı. Mezarın kıyısına oturdu.

"Geçti mi?"

"Hâlâ kanıyor."

Lavin, pamuğu bastırarak başında tutmaya devam etti.

"Çok mu kanıyor?"

"Hayır. Çok değil. Canın yanıyor mu?"

"Yanmıyor."

"Yanması gerekmez mi?"

"Ne bileyim? Yanmıyor işte. Hiç yanmadı."

"Bence yanıyor ama sen hissetmiyorsun."

"Nereden biliyorsun?"

"Ben bilirim."

"Sen zaten her şeyi bilirsin, küçük bey!"

"Her şeyi değil."

"Neden?"

"Çünkü çocuğum."

Lavin gülümsedi. Kardeşine ne zaman baksa gülümserdi.

Ama Erdem "çocuğum" deyince bir başka gülümserdi, içinde bir acı saklı olurdu. Erdem bunu bilir, daima lafın en tatlı yerine kondururdu ki acıtmasın. Lavin kardeşini o kadar severdi ki, her görüşünde içi titrerdi. Gözünü alamazdı ondan. O yanındayken hiçbir şeyi dert etmezdi. Onunla konuşurken hep tatlı dilliydi, canı sıkılsa, tadı kaçsa, o hissedip gelir, kara bulutları bir bakışı, bir gülüşüyle dağıtıverirdi.

"Mum kendini tüketerek yanar. Canın yanmasa, tükenmezsin."

"Oo, bay çokbilmiş neler söylüyor! Ben tükeniyor muyum yani?"

"Kanamak tükenmek değil mi? Yaran tekrar açılınca, kanın aktıkça azalmıyor mu? Eksilmiyor musun?"

"Hmm, bak sen. Küçük bey mantık yürütüyor, açıklama getiriyor. Filozof mu oldun sen?"

"Biraz düşün diyorum. Hiç düşünmüyor musun?"

"Neyi?"

"Başındaki yara her ziyarette yeniden kanıyor."

"Evet. Alıştım artık buna."

"Bir mum yanmaya alıştım demez. Sadece yanar ya da söner."

"Kandil gecesi camiye mi gittin? Nereden çıktı bu mum misalleri?"

"Seni kast ettiğimi biliyorsun... Yaranın yeniden kanayacağını bile bile sen neden her ay bu mezara gelmeye devam ediyorsun?"

"Bunu zaten biliyorsun, küçük bey. Bunları mezarın başında konuşmak uygun değil."

"O sussan bile seni duyar."

Lavin, boynunu büktü. Gözleri doldu. Mezara baktı. Güllerin kokusunu çeker gibi iç geçirdi.

"Haklısın ama lütfen burada konuşmayalım."

"Peki, nerede konuşalım? Evde mi?"

"Bilmiyorum."

"Nerede konuşmak istiyorsan gidip orada konuşalım."

"Şimdi üstüme gelme, küçük bey. Tamam mı?"

"Ama ben çocuğum."

"Peki peki... Müsaade et, şurada biraz soluklanayım."

Lavin, yüzünü mezara döndü. Erdem onu yalnız bırakmak için gözden kayboldu. Lavin, içinden konuştu mezarda yatanla. Allah'a dua etti, onun için en iyi dileklerini sundu gözyaşıyla. Kanlı pamuk elindeydi. Başındaki yarayı yokladı, kanama durmuştu. Kolonya ile başını ve ellerini yıkadı. Mezarın başından kalktı. Gözleri kardeşini aradı. Birkaç adım attı, çevresine bakındı. Az kalsın bağırarak ona seslenecekti ki, gördü. Bir bankta oturuyordu. Ablasına el salladı. Lavin yanına gitti.

"Kayboldun sandım."

"Sen kaybolabilirsin ama ben kaybolmam."

Lavin kardeşinin yanına oturdu. Ona sarılmak istedi ama eli kasıldı kaldı. Bir süre sessizlik içinde oturdular. Hafif hafif esen rüzgârda salınan yaprakların hışırtısını dinlediler.

"Yağmur yağacak."

"Hava açık."

"Yapraklar haber veriyor."

"Sana mı haber verdiler?"

"Hepsinin yaşı başka, abla... Yaşlı ağaçlar genç ağaçlara, eski yapraklar yeni yapraklara haber veriyor."

"Onlar nereden biliyor?"

"Rüzgâr söylüyor tabii. O getirecek yağmuru."

"Sen de bana haber veriyorsun, öyle mi?"

"Evet."

"Sen benden yaşlı mısın?"

"Senden yaşlı değilim ama burada senden eski sayılırım."

Lavin ona sarılmak istedi, yağmurun altında sımsıkı sarılmak. Erdem daima şefkat uyandırır ve o şefkat Lavin'in hem yüreğini hem gözlerini doldururdu.

"Her şey bir şey söyler. Taşlar bile. Ama insanlar dinlemek istemiyor. Sen de öylesin."

"Neyi dinlemek istemiyorum?"

"Hiçbir şeyi. İstesen, sen de duyardın yaprakların söylediğini."

"Neden dinlemek istemiyormuşum? Duyabilsem dinlerim."

"Kendine dönüksün. Ondan duymuyorsun ama kendine dönükken kendini bile dinlemiyorsun, abla."

"Öyle mi küçük bey? Bari sen söyle. Bana kendimin tercümanı ol."

"Olamam."

"Neden?"

"Olamam işte. Sen kendin duymalısın."

"Bari ipucu ver."

Lavin ve Erdem birbirlerine bilmece sormaya bayılır, bilmeceyi düşünen böyle söylerdi. Erdem hemen gülümsedi.

"Başındaki yara."

"Ee?"

"Verdim işte. Başındaki yara sana bir şey söylüyor ama sen dinlemiyorsun."

"Ne söylüyor peki?"

"Sana söylüyor. Yara senin. Bana sorma."

"Sen böyle ketum değildin. Ne oluyor sana küçük bey?"

"Galiba sana çekmeye başladım, abla."

"Sen benimle oyun mu oynuyorsun bugün?"

"Sana oyun gibi mi geliyor? Ben de büyüdüğünü sanmıştım."

"Hmmm… Çetin cevize çattım!"

"Daha çatmadın. Henüz karşına çıkmadı."

"Ne demek şimdi bu?"

"Bir ipucu daha verdim. Karşına çıkınca anlayacaksın."

"Kim o? Birisi mi?"

"Evet."

"Ne olacak karşıma çıkınca?"

"Nereden bileyim? Sana kalmış."

"Sen nereden biliyorsun?"

"Ben rüzgârım."

"Bak sen… Rüzgâr yağmuru yapraklara haber veriyor, sen de bana bir haber veriyorsun, öyle mi?"

"Evet… Sen kendini yalnız sanıyorsun ama öyle değilsin."

"Yaram mı bunu söylüyor?"

"Bana sorma artık. Kendin anla."

***

Mezarlığın girişinde, "Her nefs ölümü tadacaktır" yazıyordu. Kimisi yaşarken tadar bunu, öyle buruk devam eder yaşamaya. Bir ölüm bir de kıyamet kaçınılmazdır. Kiminin kıyameti yaşarken kopar da, bilmez. Çünkü hiç kimse çökmeden kıyam edemez. Kaan nasıl kalkacağını değil, neden çöktüğünü düşünüp duruyordu. Bunu bilmek fayda getirmez. Lavin çöktüğü yerde kalmak istiyordu. Oysa namaz, Allah'a selamla başlar ve selamla biter. İyiliğin ve kötülüğün, sevabın ve günahın, neşenin ve kasvetin tam ortasında, ikisine de selam verip ikisine de eşit mesafede durarak tamam olur. Ve âmin dersin. O makama giden yol duadır. Hiç kimse daima kıyamda ya da secdede kalamaz. Tekrar kanayan bir yara, ziyandasın diyordur. Yarayı açan aşk, tekrar kanatan zulüm, yarayı bilmek ilim, kapamak marifettir. Bir aşk marifet makamında tamam olur. Âlim kendini, arif seni bilir.

BEŞİNCİ BÖLÜM

Lavin, her mezar ziyaretinden sonra yürüyerek Beşiktaş'a iner, oradan motorlara binerek Üsküdar'a geçer ve Kızkulesi'nin tam karşısına denk gelen bir çay bahçesine otururdu. Bu rutin hiç değişmezdi. Yine değişmedi. Her ziyaretten sonra buraya gelirdi, anısı vardı. Burada anıları yâd ederdi. Bu kez aklı kardeşinin söylediklerindeydi. Yumurcağa güvenirdi. Bir bildiği olduğundan emindi. Zaten fazlasıyla ipucu vermişti ama içinden çıkamıyordu bu bilmecenin. Gerçi buna bilmece denmezdi ya, aralarındaki oyunlarından ötürü bunu da bilmece saymıştı. Doğrusu şu ki, ona bilmece gibi gelmesi, bunu bir oyun sayması, gerçeği değiştirmiyordu.

Başındaki yaranın her mezar ziyaretinde yeniden kanamasına alıştığını sanmıştı. Artık üstünde düşünmüyordu, bunu olduğu gibi kabul etmekten başka bir yol bulamamıştı. Yaranın ilk kanamasında, bunu bir işaret gibi görmemişti. Çünkü yara tazeydi. Sonra şaşkınlığa uğramıştı. Neler oluyor, demişti! Allah'ım nedir bu başıma gelen? Kapanmaz bir yara mı bu? Ömür boyu kanayacak mı böyle? Günahım mı bu yoksa?

Ayda bir kez, her ayın son cumartesi günü mezarı ziyarete karar vermişti. Doğru karardı besbelli, böyle düşünmüştü. Her ziyarette yara yeniden kanadığına göre, gitmesi gerekiyordu. Yaraya sadık kalması gerekirdi. Bu karara varmak, yaranın her ziyarette yeniden kanamasını bir tazelenmeye yormak kaygılarını yatıştırmış, zamanla dindirmişti.

Yara her ziyarette tekrar kanadığına göre, Lavin o günü tekrar yaşıyordu. Her ziyarette veda günü tekrar ediyordu. Öyleyse aralarındaki bağ o günkü gibi duruyordu, Lavin duygularını koruyordu. Her ziyarette yalnızca gözyaşı değil, kan da döküyordu. Sımsıkı bağlıydı ona, ruhu ve bedeniyle hâlâ bağlıydı. Onu asla unutmayacak, aşkına sadık kalacaktı. Bunu o kadar benimsemiş, yarasının tekrar kanamasına o kadar alışmıştı ki, bir ziyarette kanamasa karanlık düşüncelerin kör kuyusuna düşerdi, belki aklı dururdu.

"Arkadaşımda kaldım. Merdivenlerden düştüm, yuvarlandım" demişti. Belki hayatı boyunca annesine söylediği ilk ve tek yalandı bu. Başka bir yalan hatırlamıyordu. Zaten önemi yoktu. Lavin, bu yalandan ötürü utanmıyordu. Facebook sayfasına, "İlk yalanımı hayatımın tek gerçeğini saklamak için söyledim" yazmıştı.

Arkadaşında kaldığı doğruydu. Merdivenlerden düşüp yuvarlandığı yalan. Cenazeden sonra dönmüştü evine. Cenazede bir yabancıydı. Yanında, yakınında tanıdığı bir kişi bile yoktu. Gözleri yaşlı bir kalabalığın ortasında yapayalnız uğurlamıştı onu. Nasıl bir sır gibi sakladıysa ilişkilerini, ölümünü de saklamıştı. Hâlâ kalbinde yaşatıyordu onu. Ömür boyu saklamaya sessiz yeminler etmişti. Ama kalbinde saklında olan, yarasından taşıyordu her ziyarette. Bunu göz ardı etmişti. Bunu saklanamazlık işareti olarak görmemişti. Aşkını ömür boyu saklayarak yaşatacak, yarasına sadık kalacaktı.

Her ziyarette yarasının tekrar kanamasını bir mucize olarak görüyor, sihrin bozulmaması için bunu hiç kimseye söylemiyordu. Bir tek, kardeşi Erdem biliyordu. O da hiç kimseye söyleyemezdi.

**

Erdem ablasının zıddıydı. O kadar uslu bir çocuktu ki, koydukları yerde durur, hiç sesi çıkmaz, kolay kolay ağlamazdı. Annesinin hamileliği sancısız, sıkıntısız, hatta neredeyse bulantısız geçmiş ve doğumu da kolay olmuştu ablasının tersine. Lavin'in doğumu o kadar zor olmuştu ki, doktorlar anne için kaygılanmıştı. Lavin, hamilelik boyunca annesini hep zorlamış, ana karnında bile varlığını sürekli hissettirmişti. Anne onu uyutmak için saatlerce sallar, emzirmek için akla karayı seçerdi. Çok çabuk gelişmiş ama bebekliğinin ve çocukluğunun her evresi sancılı geçmişti Lavin'in. Anne babaya aylar boyu uykusuz geceler yaşatmış, çocukluğu boyunca peşinde koşturmuştu.

Erdem, ablasının tam tersiydi. Alabildiğine sessiz bir bebekti. Lavin'i büyüten anne, Erdem'in sessizliğinden kaygılanırdı. Erdem uyurken elini göğsüne koyar, nefesini dinlerdi. Lavin, anne babasını peşinden koşturmuştu. Erdem ise sessizliğiyle kendine çekmişti herkesi. Uyurken bile anne yoklardı onu, ölü gibi kımıltısız uyurdu. O kadar sessiz nefes alırdı ki, bebek iç geçirince anne çok mutlu olurdu. Hasta olsa bile ağlamazdı. Bu yüzden anne üstüne titrer, sürekli gözü üstünde olurdu. Herkes onunla konuşmak, onu konuşturmak için can atardı. Denebilirdi ki, Erdem dünyaya gelmiş ama ayak basmak istememişti. Geç yürümüş, geç konuşmuştu. Lavin olmasa daha geç yürüyecek daha geç konuşacaktı belki. Onu Lavin yürütmüş, Lavin konuşturmuştu.

Erdem, elinde bir masal kitabıyla yanına gelir, "Abla, oku" derdi. Lavin, masalı hem okur hem anlatırdı. Birlikte hayal ederlerdi masal dünyasını. Anne küçük çocuğu Lavin'e emanet ederdi. Lavin, kardeşi yanındayken alıp başını gitmez, ağaçlara tırmanmaz, kömürlüklere saklanmazdı. İkisi birlikte oynar, Lavin kardeşini bırakıp arkadaşlarıyla

oynamaya gitmezdi. İkisi abla-kardeş, oyun arkadaşı ve sır-
daştı. Erdem ablasının yaramazlıklarını bilir, kesinlikle söy-
lemez, açık etmezdi.

Lavin dağınıktı, oyuncaklarını her yere saçardı. Giysi
dolabı karman çormandı. Anne düzeltir toparlar, o yine da-
ğıtırdı. Erdem'in odasında ise her şey yerli yerinde dururdu.
Kitapları karıştırır, yerine koyardı. Oyuncaklarıyla oynar,
sepete geri bırakır, yatağının altına sürerdi. Erdem'in ilginç
bir özelliği vardı. Evde bir şey kaybolsa, mutlaka bulurdu.
Arayıp tarayıp bulamazlar, ona sorarlardı. Bul haydi, der-
lerdi. Erdem evde öylesine gezinir, kaybolan eşyanın nerede
olduğunu sezer, ona yaklaşır, ondan sonra aramaya başlar-
dı. Hiç uzakta, başka odada aradığını görmemişlerdi. Evde
ne kadar gezinirse gezinsin, aramaya başladıktan kısa süre
sonra bulurdu. Bunu nasıl yaptığını bilemezlerdi. Sezgiydi
mutlaka. Bazen bir şey alır gelir ve anne de "Aa, ben de onu
arıyordum" derdi mesela. Ama "Ablan nerede" diye sorsalar,
bilse bile yanıt vermezdi. Sadece omuz silkerdi.

Bir keresinde Lavin'e fırfırlı bir gömlek almışlardı. Lavin,
pembe beyaz gömleğini çok sevmiş, giyip sokağa çıkmıştı he-
men. Arkadaşlarıyla oyuna dalmış, koşturmuş, itişmiş kakış-
mış, boğuşmuş, gömleğin bir düğmesi kopmuştu. Üstü başı
toz toprak içinde gelmişti eve. Anne, yeni gömleğini kirlet-
tiği için çok kızmıştı. Düğmenin koptuğunu çamaşır maki-
nesinden çıktıktan sonra fark ettiler. Makinenin içinde, kirli
sepetinde aradılar düğmeyi, bulamadılar. Lavin çok üzüldü,
anne kızdı. Tuhafiyecilerde aynısını bulamadılar o düğme-
nin. Bir benzerini aldılar. Eve döndüklerinde kayıp düğme
Lavin'in odasında, sehpanın üstünde duruyordu. Çamur-
luydu. Erdem sokakta oynarken bulmuştu. Çamura düşmüş,
üstüne basılmış, toprağın altında kalmış. Kovası, tırmığı ve

küreğiyle oynamaya çıkan Erdem, onu bulup getirmişti. Düğme çamur içinde olduğundan Lavin onu gördüğünde kayıp düğme olduğunu anlamamıştı. Eliyle çamuru kazıyınca düğmeyi tanımış, iyice yıkamış ve annesi gömleğe dikmişti.

Erdem'in bir başka ilginç özelliği de, gözden kaybolmasıydı. Erdem o kadar sessizdi ki, odasında saatlerce hiç sesini çıkarmadan kendi kendine oynardı, kitaba dalar, yerinden kıpırdamadan okurdu. Resim yapmaya dalar, defterini bitirene dek çizerdi. Evdekiler birkaç kere onu evde aramış taramış, her yere bakmış, sonra odasında bulmuşlardı. Hepsi odaya tepeden tırnağa baktığından emindi. Yatağın altına, dolabın içine bile bakmışlardı. Balkona, apartmanın içine, kapının önüne, bahçeye, sokağa bakıp, odasında bulmuşlardı. Yalnızca birkaç kere olmuştu bu. Her seferinde çok şaşırmış, bir anlam verememişlerdi. Üçü de kör mü olmuştu?

Bir kere de, öğretmeni söylemişti buna benzer bir şeyi. Sınıfı hep bir eksik saydığını ve Erdem'i atladığını fark etmişti. "Ben sayarken sıranın altına mı giriyorsun" diye sormuştu iki kez. Sıra arkadaşı gülmüştü. Laf arasında geçmişti bu konu, üstünde durulmamıştı. Anne önde, çocuklar arkada arabayla giderlerken, babanın dikiz aynasından bakıp Erdem'i görmediği de olurdu. Lavin'in yanında otururken koltuğa uzandığını, koltukların arasına girdiğini sanırdı.

Bunların arasında en ilginci şuydu: Baba, Lavin ve Erdem yemek masasında oturmuş beklerken anne masaya elinde tabaklarla gelmiş, Lavin'e, "Kardeşini çağır gelsin" demişti. Çok gülmüşlerdi o gün, anne ne kadar dalgın olduğunu söylemişti. Erdem, "Sen dalgın değilsin. Ben yokgenim" demişti.

Lavin ve Erdem bazen birlikte ders çalışırdı. Geometri çalışırlarken, Lavin deftere üçgen çizip üçgen, dörtgen çizip dörtgen, beşgen çizip beşgen demişti. Erdem, kâğıdı buruşturup atmış ve yokgen demişti ona. Sonra "yokgen" aralarında kullandıkları bir kelime olmuştu.

***

Lavin, Kızkulesi'ne bakarak çayını yudumlarken aklı karışıktı. Erdem'in kendisine ne demek istediğini düşünüyordu. Onun sezgilerine çok güvenirdi. Belki fazlasını biliyor ama söylemiyor, belki bir çocuk olduğu için dili dönmüyordu. "Okumasını bilene her olay bir ayettir" derlerdi. Yaranın her mezar ziyaretinde tekrar kanamasının mutlaka bir anlamı vardı, acaba yanlış mı okuyordu?

Bunları düşünmek içini sıkmıştı. Ziyaret gününü hüzünlü geçirirdi, buna alışmıştı. Böyle derin düşüncelere dalmak, olduğu gibi kabul ettiğini deşmek, geçmişi eşelemek istemiyordu. Yaranın tekrar kanamasına alışması hiç kolay olmamıştı. Şimdi bunları baştan düşünmek, yeni bir anlam çıkarıp ona bağlanmak zor geliyordu. En iyisi hiç düşünmemekti ama Erdem aklına sokmuştu! Ah yumurcak ahh! Ne gereği vardı!

Şimdi bunları düşünmek, yaranın tekrar kanaması gibi, hatırından çıkaramadığı olayı yeniden canlandırıyordu bütün duygularıyla birlikte. Çekmecesinde sadece birkaç sayfası yazılmış tertemiz bir defteri vardı. Başındaki yara açıldıktan sonra o defteri bir daha açmamış, hiç dokunmamıştı. Defterini ne kapamıştı ne de kaldırıp atmıştı. Öylece bırakmıştı. Köprüleri atıp hayata yeniden başlamıştı. Şuna karar vermişti: Bir daha âşık olamazdı. Olmayacaktı! Aşk defterini örtmüştü. Her şey o birkaç sayfada kalacak, devam etmeyecekti. Geriye kalan tertemiz sayfalara bir harf bile yazmayacaktı.

Ansızın vermişti bu kararı. Yası taptazeyken, yarası kapanmamışken, ilk mezar ziyaretinde bir daha kanayınca, aşk yarasının tekrar kanadığını görmüş, yeni bir yara istememişti. Bu yarayı kapamak da istemedi. Başlarına gelen kazayla sevgilisini kaybetmesi kaderdi, sonrası kendi seçimiydi. Bir daha âşık olmayacak, yarasına sadık kalacaktı. Onu özlüyordu, hem de çok özlüyordu. Birlikte geçirdikleri o sayılı günleri ezberlemişti tekrar etmekten. Onu toprak altına gönderip kendisini yeryüzünde bırakan o kaza anını her gün kaç kez yaşıyordu! Hâlâ kalabalıklar arasında birini o sanıyordu, hâlâ sokaklarda yürürken karşısına çıkacak sanıyordu. Alışmak kolay değildi, besbelli kabullenmek çok zaman alıyordu.

Lavin, yarasının tekrar kanamasına alışmış, bunu benimsemiş, yarasını şefkatle sahiplenmişti ama şen şakrak adamın ansızın ölüp gittiğini kabullenememişti. Âşık olmak bir yana, o kadar neşeli, hayatı hiç ciddiye almayan, her bakışında gözlerinin içiyle gülen o genç adamın birdenbire ölüvermesi, Lavin için hayatla da ölümle de bağdaşmayan bir şeydi. Kendi ölse, yanmazdı böyle. O kadar büyük bir boşluk açılmıştı ki içinde, hiçbir şey dolduramazdı yerini. Sadece birkaç sayfa yazılmış tertemiz defterin gerisi boş kalmıştı.

Her ayın son cumartesi sabahını suskun geçirir, Beşiktaş iskelesinden Zincirlikuyu mezarlığına kadar yürür, orada gözyaşı ve hep beklediği gibi yeniden kan dökerdi. Sonra dönüş yolculuğu başlar, mezarlıktan iskeleye kadar yine yürür, Üsküdar'da inince Kızkulesi'ne kadar bu hüzünlü yürüyüş devam ederdi. Orada birlikte geçen sayılı günleri yâd eder, yüreğinden taşan hüznü bir kâğıt gemi gibi Boğaz sularına bırakır, uzaklaştıkça küçülüşünü izler, gözden kaybolduğunda eve dönerdi.

Eve girer girmez neşe saçardı. Evden çıkanla geri dönen bambaşka iki kişi olurdu sanki. Biraz da öyleydi. Lavin'in neşesi için miras denebilirdi. Sevgilisi ansızın toprak olmuş, dünyayı kucak kucak dolduran neşesini, yaşama sevincini âdeta Lavin'e bırakmıştı. Lavin gizli gizli yas tutarken, onu böyle yaşatıyordu. Hiç kimse bilmiyordu bunu. Erdem hariç… O farkındaydı.

Lavin, onu yeniden kanayan yarasıyla yaşattığını sanıyordu. Neşesinin aslında ona ait olduğunu, bu neşeyle yasını gizlediğini, hüznünü örttüğünü bilmiyordu. Lavin'e kalırsa, aşk defterini kapamaya ve hayata bütünüyle kucak açmaya karar vermiş genç bir kızdı. Aralarındaki bağın gücünü biliyordu. Ne hissederse, o da hissedecekti. Öyleyse neşeli olmak gerekirdi. Bir ömre bir yas bir hüzün yeterdi. Tekrar tekrar kanayan bir yarayla gizli bir yasa adanmış ömrünü böyle neşeyle geçirmek ona tuhaf gelmiyor, bunu hiç yadırgamıyordu. Sanki sevgilisini kaybetmemiş, çocuğunu doğurmuştu. Bir aşkın meyvesini vermiş, tamama erdirmiş gibi almış başını gidiyordu. Bir yerde duvara çarpabileceği aklından geçmiyordu. Kardeşinin söyledikleriyle içine bir kurt düşmüştü. İnsan kendinden kaçabilirdi ama yarasından kaçamazdı.

***

Neşe içinde girdi eve. "Selam millet" diye bağırdı. Mutfaktan yemek kokuları yükseliyordu. Hemen mutfağa daldı. Annesi ocağın başında çorba karıştırıyordu.

"Ooo, mis gibi kokuyor. Kolay gelsin mutfak güzeli" dedi.

Kadını sıkıştırıp yanaklarını sıka sıka mıncıkladı. Annesi evhamlı olduğu için ocağın başında şakalaşmaktan bir kaza olur diye korkardı.

"Yapma kızım. Lavin yapma. Ateş başında yapma şunu. Çorba dökülürse yanarız!"

"Biz zaten yanmışız be anneciko. Varsın bir de çorba yaksın!"

Lavin, hiç umursamadan annesinin yanaklarını mıncıklamaya devam etti, kadını birkaç kere sesli öptü.

"Ay Lavin dur! Dur da şu çorbayı kaynatayım Allah aşkına!"

"Bırak çorbayı, gel biz kaynatalım. İki kadın baş başa..."

Anne hemen oltaya geldi. Ne zamandır kızının hayatında biri olduğunu, Lavin'in gizlediğini düşünüyordu. Her ayın son cumartesi sabahı onunla buluştuğunu sanıyor, eve böyle neşeli gelişini hayra yoruyordu. Lavin, iki kadın baş başa konuşalım deyince, bu konu da açılacak sanmıştı. Çorbayı karıştırdığı kepçeyi tezgâhın üstüne bıraktı.

"Haydi, kaynatalım bakalım. Neler oluyor, söyle. Yoksa biri mi var?"

"Amaaan sen de anne! Kaynatmaktan bir tek bunu anlıyorsun."

"Ne bileyim kızım. Ben de sandım ki..."

"Ah be anne. Olsa söylemez miyim?"

"Söylemezsin tabii."

"Doğru, söylemem. Size ne! Değil mi?"

Lavin ve annesi birbirlerinin gözlerini süzdü. Lavin, muzip muzip gülüyordu. Anne ona dikkatle baktı ve kızının kafa bulduğunu, kedinin fareyle oynadığı gibi oynadığını anladı.

"Beni makaraya mı sarıyorsun?"

"Sadece meraklandırıyorum."

"Hıh! Hiç de merak etmedim!"

"Tabii tabii. Bilmez miyim!"

Anne kepçeyi tekrar eline aldı.

"Çorbanın dibi tutmasın" dedi.

"Aman be anne! Tutarsa çorbanın dibi tutsun. Yeter ki bizim dibimiz tutmasın. Değil mi?"

Anne kepçeyi kaldırıp salladı.

"Edepli konuş bakayım."

Kepçeyi sallarken tezgâha, ocağa ve yere çorba damladı.

"Ah kızım. Her taraf kirlendi senin yüzünden!"

"Eline ayağına hâkim olamıyorsun, kabahat bende oluyor... Sana bin kere şu kepçeyi orkestra şefi gibi sallama demedim mi?"

"Çık bakayım. Babanın yanına git. Biraz da onunla eğlen!"

"İyi tamam be... Sen de döktüklerini temizle. Gelip bakacağım, ona göre!"

Lavin, annesinin yanaklarını mıncıklayıp çıktı. Kadın arkasından yüksek sesle söylendi:

"Deli kızım benim. Hiç yaşına uygun davranmaz mısın sen?"

Lavin, babasının yanına giderken annesine laf yetiştiriyordu:

"Hem deli diyorsun hem de yaşına uygun davran, diyorsun anne. Hangi deli yaşına uygun davranır ya!"

Bunu söylerken salona girmişti. Babası kanepede oturuyordu. Sehpanın üstü gazetelerle ve ekleriyle yığılıydı.

"Değil mi babişko? Deli dediğin deli olur."

Lavin girip kendisiyle konuşunca, baba okuma gözlüğünü çıkardı, sehpanın üstüne koydu. İkisi birbirine gülümsedi. Lavin yine annesine seslendi:

"Bak, babam beni görür görmez gözlüğünü çıkardı. Deliyi görünce kepçeyi saklayacaksın!"

Lavin bunu söyledikten sonra kollarını iki yana açtı. "Babişkoooo" diye bağırarak babasının yanına gitti. Adamın üstüne çullandı. Ona sımsıkı sarılıp üstüne abandı, öpüyor, mıncıklıyordu.

"Bu kadar okuma, âlim mi olacaksın bu yaştan sonra? Kör olursun kör! Şu kızının güzelliğini göremezsin sonra..."

"Dur kızım, oturmaktan her yanım tutulmuş."

"Biliyorum, şimdi açacağım seni. Gel bakalım. Hoyda bre babişko!"

Lavin adama elense yaptı, babasıyla güreşmeye başladı. Çocukluktan beri güreşirlerdi böyle. Sokakta oğlanlarla kavga etmeden duramayan asi kız babasıyla güreşmeye bayılırdı. Lavin, çocuk gibi gülüyordu güreşirken.

"Saçlardan tutmak yok baba! Saçlardan tutmak yok, ona göre."

"Niye yokmuş. Var kızım. Sen benim saçlarımdan tutabilirsin."

Baba keldi. İki yanda seyrek teller kalmıştı sadece. Lavin, babasının keliyle çok dalga geçer, iki yanda kalan telleri fırçayla taramaya kalkar, bazen arkaya atar, bazen yukarı kaldırırdı.

"Tut kelin perçemini" diye bağırdı!

Ellerini babasının başının iki yanına koydu, kendine çekip kelini öptü.

"Bir puan aldım. Kelden öpmek bir puan. Bir sıfır öndeyim."

Sonra babasının arkasına geçti.

"Arkadan öpmek iki puan" dedi.

Bir de arkadan öptü babasının kelini.

"Üç sıfır oldu. Perişan ediyorum seni babişko."

İkisi kahkahalar atıyordu.

Anne mutfaktan, "Kızım, rahat bırak babanı" diye bağırdı.

"Babam rahat, anne. Saçlarını kazıt, bak sen de çok rahat edeceksin."

***

Yemek masasını Lavin ve anne birlikte hazırladı. Anne masaya önce dört tabak koyar, sonra gerisini dizer, yemekleri tencereden tabaklara masada koyardı. Yemeğe başlamadan, içlerinden dua ettiler. Çorbalarını sessiz içtiler. Her öğün böyle başlardı. Sessizliği hep Lavin bozardı. Yine öyle yaptı. "Hava çok güzel" dedi. "Yağmur yağacak gibi."

Baba öylesine, "Sabah açıktı, güneşliydi. Şimdi kapadı" dedi. Pencereden içeri dolan güneş ışığı gölgelenmişti. Gök gürledi.

Anne, "Geliyor" dedi.

Lavin, "Evet, geliyor. Yağsın, iyi olur. Ne zamandır yağmıyordu" dedi.

Baba, "Ölenlere de rahmet yağsın" dedi.

Anne ve Lavin alçak sesle "Âmin" dedi.

Yağmur tıpıştırmaya başladı. Camlara vuran ilk damlalar pencereleri benekledi. Şimşek çaktı, gök gürledi. Yağmur boşaldı. Çatıları, sokakları ıslattı, pencerelere doldu, her yanı yıkadı. Yağmurun sesini dinleyerek bitirdiler yemeklerini. Lavin, özellikle yemeklerde güldürürdü ikisini, bu kez içinden gelmedi. Erdem'in haber verdiği yağmurdu bu. Aklı mezarlıkta kaldı.

***

O gece uyku tutmadı Lavin'i. Yatağın içinde dönüp durdu. İçinde bir huzursuzluk vardı. Kalktı, banyoya gitti. Aynadan başındaki yaraya baktı. Kurumuş kan pıhtısını tırnağıyla temizledi. Tırnağında kırıntılar kalmıştı. Törpünün ucuyla çıkardı, lavaboya pıtır pıtır döküldüler. Sanki geriye kalan anılardı bunlar. Musluğu açıp delikten göndermek bir an zor geldi. Ama yapmalıydı bunu. Musluğu açıp elini, tırnaklarını yıkadı, sonra parmağının ucuyla kırıntıları deliğe kadar sürdü.

Yağmur tümüyle dinmemişti, sağanak halde sürüyordu. Uzun sessizlik, sonra birden boşalıyor ve kesiliyordu. Yata-

ğında yağmuru dinleyerek ve sessiz aralarda bekleyerek dö-
nüp durmuştu. Yatağa dönmeden, kardeşini yoklamak için
odasına gitti. Kapıda "Dikkat! Erdem var" yazıyordu. Kırmı-
zıydı bu yazı, koyu kırmızıydı. Erdem koyu kırmızı severdi.
Birlikte yazmışlardı. Kaç yıldır duruyordu. Şimdi koyu değil-
di, boyanın rengi solmuş, tonu biraz açılmış, beyaz noktalar
belirmişti üstünde. Yok olan kırıntılar beyaz boşluklar bırak-
mıştı. Beyaz benekli, açık kırmızı bir yazı duruyordu kapı-
nın üstünde. Bu hayatta hiçbir şey aynı kalmıyordu. Kapıyı
usulca araladı, ışığı yakmadan içeriye baktı. Erdem yatağın
üstünde mışıl mışıl uyuyordu. Her şey yerli yerindeydi. Yor-
ganı santim bozulmamıştı. Ona uzaktan bir öpücük gönder-
di. Araladığı kapıyı yine usulca kapadı. Tekrar yazıya baktı.
Kardeşinin odasında her şey daima olduğu gibi yerli yerin-
deydi ama kapıdaki yazı usul usul soluyor, kırıntı döküyordu
başındaki yara gibi. Her ziyarette tekrar kanıyordu ama bel-
ki yarasının da beyaz benekleri vardı artık. Bunu göremezdi.

Kendi odasına girdi, yatağına döndü. Yağmur boşaldı.
Esip geçen bir rüzgâr gibi dökülüp dindi. Uykusu iyice dağıl-
mıştı. Kitap okuyası yoktu. Komodinin üzerinde duran cep
telefonuna uzandı, saate baktı. 03.08'i gösteriyordu. Telefo-
nundan internete girdi. Facebook'ta dolaştı bir süre. Yakın
arkadaşı Yasin'in bir yazıya yorum yaptığını fark etti. "Bazı
yaralar sardıkça kanar" yazmıştı biri. Yasin bu sözü beğen-
miş ve yorum yapmıştı. Kim bu sözü yazan kişi diye merak
etti. Çünkü bu söz, kendi yarasına da dokunuyordu biraz.
Lavin, bu sözün karşısına çıkmasına çok şaşırdı. Erdem'in
söyledikleri geldi aklına. Bu bir işaret gibi geldi ona. Öylesi
bir duyguya kapıldı. Şimdi daha çok merak ediyordu Kaan'ı.
Acıları benzer, ortak olabilirdi.

Kaan'ın profiline girip baktı. Onu tanımıyordu. Yasin'le

ortak bir arkadaşlarıydı, o kadar. Açıktı duvarı. Yazının altına bir yorum yapma gereği duydu. Diğer yorumlardan farklı olmalıydı. Her zamanki tarzıyla yazdı ve fark doğal olarak oluştu: "Tıp dünyasının dramı." Yorumun sonuna gülücük koymayı ihmal etmedi.

Bunu yazmak keyfini yerine getirdi. Oradan oraya gezindi bir süre. Kaan'ın profiline tekrar tekrar baktı. Kafasında bir dünya dolusu düşünce vardı. Uyumaya da pek niyetli değildi. Sabahın ilk ışıklarına kadar elinde telefon, beyninde düşüncelerle yatağında uyuşmuşlar gibi öylece durdu. Tam gözleri kapanmak üzereyken, Kaan'ın bir paylaşım daha yaptığını gördü: "Senede bir günse gidişinin yıldönümü, arada kalan bütün günler benim için YAS dönümü…"

Bu sözün, bir ayrılığın nafile bekçiliği gibi olduğunu düşündü. Biraz burkulmuştu okuyunca. Bunları yazan kişiyi daha çok merak ediyordu şimdi. Bir yorum yapmaya hazırlandı. Ama yine kendi tarzında olacaktı bu yorum da: "Senin yasın kaç dönüm?"

Onun dikkatini çekmek, onunla iletişime geçmek istiyordu. Bu yüzdendi esprili yorumları. Belki kendisine de direkt mesaj atabilirdi ama böylesi bir iletişim için ilk adımın Kaan'dan gelmesi gerekecekti. Beklediği adım ertesi gün geldi. Çok heyecanlanmıştı Lavin. Ama belli etmemeye çalıştı bunu. Kısa bir süre yazıştılar ve ona çok iyi geldi.

O sabah yeni bir heyecanla uyandı Lavin. Gün boyu Kaan'dan mesaj gelmesini bekledi. Mesaj beklerken Kaan'ın duvarında paylaştığı bütün yazıları okudu. Bazılarına burun kıvırdı, bazılarını kendi profilinde paylaştı. Beklediği mesaj ise akşamüstü ona "Merhaba" dedi. Yine yazışmaya başladılar. Bu kez daha atak olan Kaan'dı. Özel hayatlarıyla ilgili hiç soru sormadılar birbirlerine. Geçmişlerini de hiç anlatmadılar.

Ama söyledikleri her şey geçmişin acılarına çıkıyordu. Daha doğrusu Kaan'ın acılarına... Daha yolun başında sayılacak yaşta olmalarına rağmen, hayata dair çok yol kat ettiklerini düşünüyor ve birbirlerine hayat tecrübelerini aktarıyorlardı. Bir önceki geceyle başladılar yazışmaya.

"Biliyor musun dün gece hiç uyumadım Lavin."

"İnan ben de uyuyamadım Kaan."

"Ama ben bundan hiç şikâyetçi değilim."

"Neden?"

"Ömrüm bir gün daha uzadı."

"Güzel yaklaşım. (Ç)alabilir miyim?"

"Senin olsun."

"Yazdıklarınla mutluysan sorun yok. Rabb'im daha da mutlu etsin!"

"Evet, mutlu ediyor beni yazdıklarım. Ama umarım en mutlu anımı daha yaşamamışımdır."

"Valla ben öyle büyük mutluluklar istemem Kaan. Küçük mutlulukları büyütmek daha güzel..."

"Neden öyle düşünüyorsun Lavin?"

"Eğer büyük mutluluklara sahipse insan, kaybedeceği çok şey var demektir. Şu garip dünya içinde çok iyi yaşadığımı söyleyemem ama hepinizden daha güzel öleceğim kesin."

"Şairane bir yaklaşım..."

"Şiiri severim ama asla yazamam. Belki konuşmayı sevdiğim içindir. Bence konuşmayı beceremeyenler şair olur."

"Şairler aşkı yazmayı iyi bilir, yaşamayı değil. Onu becerebilselerdi, yazamazlardı zaten."

"Sanırım burada bir özeleştiri var Kaan?"

"Bilmem. Öyle mi anlaşılıyor?"

"Valla ben öyle algıladım. Yazdıkların da onu gösteriyor biraz."

"Ne görüyorsun yazdıklarımda?"

"Bence çok iyi bir kalemin var. Kitap yazmayı falan düşünüyor musun?"

"Bunu çok kişi soruyor ama benim öyle bir niyetim yok. Şimdilik sadece bir anı defteri tutuyorum. Ben acılarımı yazıyorum sadece. O zaman hepsi geçmiş gibi oluyor. Aslında daha çok unutmak için yazıyorum."

"Öyle olunca unutuluyor mu peki?"

"Aslında unutulmuyor. Hatırlamaya biraz ara veriliyor. Yaşlanınca hepsini unutacağım nasılsa. Unutkan bir ihtiyar olmak istiyorum..."

"Yaşlılar, geçmişi değil yakın zamanı unutur şair efendi. Yakın zamanı unutmalarının sebebi de unutkanlıkları değil, gençliğe olan özlemleridir. Ve sakın unutma! Zamanla her şey unutulmuyor, hatırlanma tekrarı azalıyor."

"Ooovvv. Bu ne engin bir tecrübe? Sen nerden biliyorsun bunu? O kadar yaşlı mısın?"

"Ne tecrübesi canım... Dedemden biliyorum."

"Allah uzun ömür versin."

"Âmin. Acılarını yazdığını fark edebiliyorum, evet. Hep bir hüzün var satırlarında. Duvarına yazdıklarını inceledim. Sanki özellikle bir kişiye yazılmış gibi (özeline girdiysem özür dilerim)."

"Ah evet. Daha çok bir kişiye yazıldı. Hayatımı mahveden bir kişiye..."

"Çok mu üzdü seni?"

"Üzmek mi? Üzülmek bunun yanında çiftetelli oynamak gibi kalır."

"Hımmm. O kadar fena yani?"

"O kadar fena değil; daha fena!"

"Amaan boşver! Hayatta hiçbir bitiş, kendi bitişim kadar

acı olamaz. İnsan biraz kendine değer vermeli bence. Başkaları için hayatımızı bu kadar mahvetmeye ne gerek var. 'Allah'ından bulsun' der geçersin."

"Herkes hak ettiğini yaşar Lavin."

"Diyorsun?"

"Dedim bile!"

"Sıkma canını. En azından dışı insanmış."

"Yine güldürdün beni…"

"E yalan mı Kaan? Etrafımızda o kadar kaba saba, empati yoksunu insan var ki. Sevgili olarak bahsetmiyorum. Yani toplumun genelinde hassas insanları üzüp kıracak o kadar çok şey yapılıyor ki… Ben işi gırgıra vurarak mücadele ediyorum bunlarla. Eskiden onlara duyarlı olmayı falan öğretmeye çalışıyordum. Şimdi tartışmaya bile girmiyorum."

"Neden bu kadar çabuk pes ettin ki?"

"Çünkü hayat bana şunu öğretti: Odunu fazla inceltmeye kalkarsan, kıymık olup sana batar."

"Tuttum bu sözünü."

"Al senin olsun. Tecrübeler paylaşılmazsa hiç açılmamış kaplarının içinde eriyip giden dondurmalar gibi olur."

"Haklısın Lavin. Tecrübe çok önemli… 'Doğru kararlar tecrübeden gelir ama tecrübe kötü kararlardan oluşur' diye bir söz vardır, bilir misin?"

"Hayır bilmiyorum."

"Senin hayatını etkileyen kötü kararların oldu mu hiç?"

"Oldu. Bir arabaya bindim."

"Ne arabası?"

"Boşver. Belki ilerde anlatırım."

"Peki Lavin, nasıl istersen…"

Kaan, bu soruyu sorduğuna pişman olmuştu. "Keşke sormasaydım" diye geçirdi içinden. Ama yazışmalarındaki samimiyetin o soruyu sorabilme cesaretini verdiğini düşünerek kabahatine hafifletici sebepler aradı kendi kendine. Oysa Lavin'i, Kaan'la iletişime geçiren tam da bu sorunun ardında yatan gerçeklerdi. Yani sandığı gibi konunun dışına çıkmamış, tersine, içine dalmıştı. Ne var ki, Lavin bunları hiç kimseyle paylaşmazdı. Lavin'in de tekrar kanayan bir yarası olduğunu Kaan tahmin edemezdi. Her ikisi de yarasından ötürü kendisini dünyada yapayalnız sanıyordu. Kaan'ın profiline yazdığı o cümleyi okumasına karşın Lavin de tahmin edemezdi bunu. Öte yandan, her ikisi de sezmişti aralanan bir kapı olduğunu. Kaan sorduğu soruyla çalmıştı o kapıyı. Bu sorunun ardındaki gerçeklerin kaç kapı açtığını o günlerde Lavin bile tahmin edemezdi. Kendisinden bile gizli bir sırrı vardı. Gizlediği sırrın içinde ondan gizli başka bir sır yatıyordu. Bunu Lavin bile bilmiyordu.

ALTINCI BÖLÜM

Hayatım, Lavin'in girişiyle renklenmişti. O benim için kederlerden uzanarak tutunabileceğim bir can simidiydi. Aldığım ölümcül darbeye, arka arkaya tepe takla yuvarlanıp gitmeme rağmen bana hayat aşılıyordu. Hayatıma giren hiç kimse için (bana kötülük de etseler) kötü söz söylemedim. Benim ahlakım böyleydi. Eğer bir gün Lavin de hayatımdan çıkıp gidecek olursa, onun için de hiçbir kötü söz söyleme-yecektim. Tıpkı diğerlerine yaptığım gibi. Fakat Lavin'de farklı bir şey hissediyordum onu hiç tanımadan... Ama ne olduğunu bilmiyordum.

Bir arzu değildi, bir heves değildi. Hem onu tanımak isti-yor hem bundan çekiniyordum. Fark, bu çekincedeydi, kay-betme korkusu değil. Henüz tanımıyordum bile.

Erkeklerin içini kemiren o karşı cins tarafından reddedil-me korkusu da değildi. Çünkü niyetim onunla sevgili olmak değildi. Ne âşıktım ne de aşkına taliptim. Kuru kuruya bir arkadaşlık, birlikte vakit geçirme, iyi vakit geçirme niyeti de çok hafif kaçardı. Onda başka bir şey bulacağımı bili-yordum. Picasso, "Ben aramam, bulurum" demiş. Olsa olsa buna benzer bir aramadan bulma sözkonusu olabilirdi. Onda bir şey aramıyor, ondan henüz bir şey beklemiyor ama hiç ummadığım bir şeyle karşılaşacağım duygusu taşıyordum.

Yazışmalarımızı bir değil, beş kez okudum. Hiçbir ipucuna rastlayamadım. Ben galiba kendimi kandırıyorum, dedim.

Güzel bir kızdı çünkü. Sessiz bir yemin gibi kendime verdiğim sözü bozmak için bahane peşinde koşuyorum galiba, dedim. Yaramı bir de Lavin ile yeniden kanatmak istemezdim. Günün birinde o da hayatımdan çıksa ardından kötü söz söylemem demiştim ya, bu kadarıyla kalmaz, mutluluğu için dua ederdim. O bende böyle bir duygu uyandırmıştı en baştan. Henüz onu hiç tanımadan...

***

Lavin, hayatıma başka bir perspektif kazandırmıştı. Gülümsemeyi hatırlatmıştı. Samimiyetin verdiği sıcaklığın her sabah güneşin yeniden doğuşu kadar doğal olduğunu hatırlatmıştı en başında. "Ben bunu nasıl unuttum" dedim kendi kendime. Nasıl bir hayat yaşıyorum ben? Nereden geliyor olduğumu biliyordum ama nereye gidiyordum böyle! Lavin ile yumuşak bir fren yapmıştım. Bundan aylar sonra bir de sert basacaktım frene ve ikimizin de hayatında dönüm noktası olacaktı.

Kendimle ilgili hiçbir şey bilmediğimi, hayatın ne kadar acemisi olduğumu ondan sonra anladım. Dünyayı hiç bilmiyor, hayatı hiç anlamıyor, kendimizi hiç tanımıyorduk. Sonsuz uzayın içinde, mavi gökkubbenin altında, yerkabuğunun üstünde yaşayıp, dünyanın çekirdeğine doğru katmanlar olduğunu bile bile, kendimizi bile tek katlı sanıyorduk. Bir âlim gibi kendini, bir arif gibi seni bilmekten ne kadar uzakta, dünyaya ne kadar yabancı yaşadığımızı ikimiz de bilmiyorduk. Hoyrat biri olduğumu düşünmezdim asla, başkalarının kanıksadığım kabalığına bakarak böyle düşünüyormuşum. Bir ruh o kadar ince ki, insan dokunmaya kıyamaz. Bir kalbin içinde neler yattığını bilseler, asla kıramaz, izinsiz dokunmaya bile korkarlardı.

O günlerde bilemezdim, Lavin'in hayatımın dönüm noktası olacağını, birlikte yürüyeceğimizi... Aslında yolu biliyordum; ama ilk adımları attırarak kendi başına yürümeyi o öğretecekti. Sonra birlikte yürüyecektik. Yol en çok neyi adımlatır, sorusunun cevabını birlikte bulacağımızı, her cehennemin bir iyisi olabileceğini, cesaretin bazen korkuyla da kazanılabileceğini birlikte öğrenecektik. Her şeyde bir hikmet, her şerde bir hayır vardı. Bunlar mekânda değil, zamanda öğrenilebilecek derslerdi.

***

İkimiz de zamanı durdurmak istemiş, bunu marifet bilmiştik en başında... Suların boyumuzu aştığını bilmiyorduk. Meğer her ikimiz de başka türlü boğuluyormuşuz. Genzimi yakan hayatın tuzlu sularıymış.

Beni Necdet ağabey uyandırmıştı. "Bıktım usandım bu hayattan Necdet ağabey. İnsanların kabalığından, hoyratlığından ruhum daralıyor, nefes alamıyorum artık" demiştim ona.

"Ruhun nefes alamıyorsa, boyunu aşan sularda ayaklarını sağlam basmaya çalışıyor olabilirsin evlat" demişti. Hemen anlamamıştım.

Birçok insan kalkışır buna. Ben de yaptım bu hatayı, kimlere kızmadım ki!

"İçten içe kızıyorsun, suçluyorsun evlat. Dikkat et" demişti, Necdet ağabey. "Sen daha çok gençsin. Bütünü görmeden hüküm verme. Biz kâinat denen koskoca bir boşlukta yaşıyoruz. Birbirine sarılmış iki insan arasında bile koskoca bir kâinat var. Bana söylediğin, önce kâinata söylediğindir. Ne başkasını suçla ne de kendini. Çünkü o kendin dediğinde bir de Allah var, unutma!"

Doğruydu söyledikleri ama yaşamadan anlaşılamıyor bunlar. İnsan dünyayı gördüğü kadar, hayatı bildiği kadar sanıyor. Bilinmeze geçmeden, bildiklerin yerine oturmuyor, boşlukta geziniyor. Lavin de benim gibiydi. İkimiz de boşlukta geziniyorduk. Birbirimizi bilsek, ayrı boşluklarda benzer şekilde gezindiğimizi sanırdık. Oysa herkes aynı boşlukta salınıyordu. Tutunacak bir el arıyorduk, o kadar. Sadece bizi tutacak bir el. Fakat hayat hikâyelerimizi o kadar büyütüyor, başımıza gelenleri kendimizle birlikte o kadar çok önemsiyorduk ki, dışına çıkamıyor, içinde kayboluyorduk.

İçimdeki boşlukla tanışmak istediğini o günlerde anlamıştım. Anıların, geride bıraktığımız ama dokunamadığımız, hatırlayabildiğimiz ama değiştiremediğimiz, bununla birlikte kendi kendine değişebileceği ve bunun da elimizde olmadığı gerçeğini ondan öğrendim. Ve ne olursa olsun savaşmayı, bir de, savaşırken gülümsemeyi...

Onunla tanışana kadar bir tahterevalli gibiydim. Karşımdakini yükseğe çıkarmak için kendimi dibe gömüyordum. Darmadağınıktı kalbimin odaları. Tıpkı hayatım gibi. Her oda sanki başkasına aitti, tek ortak nitelikleri dağınıklık, sahipsizlikti. Kendimi sahipsiz bırakmıştım. Kendimi bırakmıştım. Yani, ben de terk etmiştim kendimi. Dalından kopmuş, köklerinden gelen özsuyla bağını yitirmiş, kuruyan bir yaprak gibiydim. Rüzgârda savruluyor, ayaklar altında çiğneniyor, ufalanıyor ve parçalanıyordum. Her parça ayrı ayrı kuruyor, ayrı ayrı kırılıp dökülüyordu. Bense, hiç farkında değildim. Hayatımı yeni bir kararla sürdürdüğümü sanıyordum. Orduları yenilmiş bir kralın utancıyla sürgünden sürgüne yol alıyordum. Ardımda bıraktığım bir saray, bir saltanat değildi, bir tek kendimdi. Nereye gitsem başka bir sürgün... Onunla buluştuğumuzda yuvama dönüyordum, dağılıp gitmiş yaprak toplanıyor, yeniden dalına tutunuyordu. Bir mucizeydi bu.

***

Her şeyin bir gerçek değeri bir de kullanım değeri vardı. Hiçbir şeyin gerçek değeri değişmez. Kullanım değerleri gelip geçer, duruma göre birdenbire değişiverir, parlayıp söner. İnsanların da tıpkı nesneler gibi hem gerçek değeri hem de bir kullanım değeri vardı. Hayatın bıktırıcı sahteliği, kullanım değerlerinin gerçek değerleri altüst edip, yerlerini almasından ileri geliyordu. Bugün yüzüne gülenler yarın sırtından hançerleyebilir, düşmanların, hasımların bir anda dost görünebilir. Böyle bir zamanda, insan kendi değerini yitiriyor işte. Başka başka yollardan hemen hepimiz aynı kapıya çıkıyoruz. Kimse başımıza gelen asıl felaketi göremiyor.

Lavin bana, bir insanın değerinin bilinmemesinin, o insanın değersiz olduğunu göstermediğini öğretti önce. Hiçbir şey bana verdiği değeri eksiltmedi. Yazışırken, konuşurken, buluşurken, ayrıyken o hep hissettirdi. Ne olduğumuzun değil, ne hissettirdiğimizin önemli olduğunu öğretti bana. Her şeyi unutabiliriz ama birinin bize hissettirdiğini asla unutmayız. Yazması kolay, yaşaması zor şeylerin farkına varmamı sağladı. Böylesi anları yazıya saklamak yerine, bazen üstüne gitmek gerektiğini her nasıl olduysa o dokunaklı kadın elleriyle yakama iliştirivermişti.

Bizi ağlatanların, gözyaşlarımızdan daha değerli olmadığını ondan öğrendim. Olur olmaz takas etmedim bir daha. Ağladıklarımın peşine gitmek yerine, gözyaşlarımın bilinmez kaynağına sığınmanın huzurunu tattım sayesinde. Gerçeklerden korkanların kendileri için sahte gerçekler

uydurup, sonra bu uyduruk gerçeklere bizim de inanmamızı
beklediklerini öğretti. Ve en önemlisi, bugünümü geçmişimle
bitirmemeyi öğrendim ondan. Dünün ve yarının bugüne dol-
masına gönlüm razıysa izin verdim. Her an değerliydi, çünkü
ben yaşıyordum. Lavin hayatıma girdikten sonra gerçekten
"Yaşıyorum" dedim. Her soluğumu hissettim, attığım hiçbir
adımda toprağı unutmadım. Hiç yalnız hissetmedim, yine
de kırgın ve yaralıydım. Sitemlerimin kimi kırdığını bildim
ve af diledim. Bir fasıl böyle kapandı.

***

Çok gülen çok ağlar derler. Mutlaka tersi de geçerlidir,
yani bu tersinden de söylenebilir: Çok ağlayan çok güler.
Bildik sözlerdir bunlar, ancak boşuna değildir. Lavin'in ne-
şesinin ardında bir hüzün saklı olduğunu tahmin edebilir-
dim tanıştıktan sonra. Yarama bakıp durduğum için hemen
görmedim bunu. Ah nasıl bir günahtır yarayı açan aşka sırt
çevirip yaraya bakıp durmak! Nasıl bir yazık etmektir aşka!
Şiirin esinle geldiğini bilen bir şairin, yaranın da aşkla açıl-
dığını bilemeyip derdine yanması nasıl bir acemiliktir! Şiir
için esine küsmekten ne farkı vardır bunun? Ama hayat
insanı şaşkına çevirmese, şiir de yazılamaz. Kendini bilmek,
insanı anlamak kolay olsa, şimdiye dek yazılanlar dünyaya
yeterdi, hiç kimse yazmazdı. Oysa hep arıyoruz, her buldu-
ğumuza kanıyoruz, kırılıyoruz, tükeniyoruz, yine de kolay
kolay pes etmiyoruz. Vazgeçtiğimiz yerde, vazgeçip yüz çe-
virdiğimizde hayat karşımıza koyuyor onu. Belki görmesek de
yanına vardığımızı hissediyoruz ve tamam vazgeçtim, diyoruz,
durduğu yere ancak bu kararla bakıp görüyoruz. Kimbilir
kaç kere vazgeçmediğimiz için yanından geçip gidiyoruz,

görmeden. Ben Lavin'i bulmuştum ama az kalsın görmeden geçip gidecektim. O da beni görememiş meğer. Nasıl kör oluyor gözlerimiz? Nasıl iniyor bu perdeler? Ağlayan çocuk, elleriyle gözlerini kapar. Ellerini indirse, gözyaşları dinse de içeride kalmış, hâlâ dökülmemiş bir damla için bile gözler kapalı kalıyor. İkinci kez ölümden dönmesem, Lavin'in çocuk gözleri belki ömür boyu kapalı kalacaktı. Ben vazgeçmemiştim, o vazgeçmişti benden. Sır kutusu bundan sonra açıldı. Gözlerindeki perde bundan sonra çekildi iki yana. Çocukluğundan kalan gözyaşları avuçlarımda son buldu. Bazılarımızın sırlarını mezarlıklar saklar ama yanlış mezarda ararız yitirdiğimiz canı.

Onun kıyameti çoktan kopmuştu ama bilmiyordu bunu. Yarasına kapanmış, tekrar kanatmak için secdede duruyordu. Üstelik kıbleye değil, mezara dönüktü. Bense aşka secde etmek yerine cahil aklımla başkaldırıyordum.

Bir bayram sabahı Necdet ağabey ile camide karşılaştık. Namazdan sonra birlikte çay içtik. O anlattı bunları: "Namazda halden hale, makamdan makama geçersin. Dik durursun, baş eğersin, sonra çöker ve secde edersin. Yeniden kıyam eder ve bunları tekrar edersin. Bunlar bedenle yapılır, çünkü bunları yaşarsın. Bir yandan dua edersin, her ne yaşarsan yaşa kalbinle yaşamalısın. Başlarken Allah'a selam verirsin, makamdan makama geçerken selamını yinelersin, çünkü o kapıdır. Ondan başka kapı yoktur. Ancak O'nun rızasıyla geçersin. Namazın sonunda oturur, halden hale, makamdan makama geçerken ayaklarını ilk bastığın yerde karar kılar, sağındaki ve solundaki meleklere selam verirsin. İyi ile kötünün, sevinç ve kederin, neşe ve kasvetin, sevap ile günahın tam ortasında, her ikisine de eşit mesafede durarak son kez âmin dersin. Oraya varana dek durmak olmaz.

Selamı unutmak, dualarını kesmek olmaz. Bunlar Kuran'da yer almaz. Kitapta daimi namaz vardır. Bu idrakle yaşamaktır o. Yani mesele iyi ya da kötü olmak değil, ikisini ayırt edebilmek ve adil olabilmektir. En başta kendine karşı adil olmak gerek. Daima sevinçli olamaz, kendini ömür boyu kedere sokamazsın. Bu, karşı gelmektir. Adil değildir. Başkaları ağlarken gülmek olmaz. Başkaları gülerken kendine yanmak da olmaz. Yani mesele yerinde ağlayıp yerinde gülmekte, ikisine de aynı şekilde selam verip, sonra yine âmin deyip ardında bırakabilmektedir. Sen O'na bir adım atarsan, o sana koşarak gelir. Hatasız kul olmadığını bil. Kendini bağışlamadan, başkalarını bağışlamadan O'ndan af dilersen ne anlamı var! Hakikati bilmeden teslim olamazsın."

***

İkinci kez ölümden dönmüştüm ve geçmişi bağışlamıştım. Kendimi ve beni üzenleri koşulsuz bağışlamıştım; çünkü aradığımı bulduğumdan emindim. Yanlış yola girmelerin, tepetaklak yuvarlanıp yerlerde sürünmelerin, çöktüğüm yerde sızlanmaların, ayağa kalkıp sitemlerin, meydan okumaların, aynı yerlerde dönüp dolaşıp kaybolmaların sonunda onu bulmuştum. Bunlar, öyle ya da böyle beni Lavin'e çıkarmıştı. Onu da bana getirmişti.

Bir cümle bile her şeyi değiştirebilir. O gece profilime, "Bazı yaralar sardıkça kanar" yazmasam, Lavin'i belki hiç tanımayacaktım. Belki varlığından haberim olmayacak, kendimi dünyada yapayalnız sanmaya devam edecektim. Bu yara açılmasa, tekrar tekrar kanamasa, hayatımı sil baştan değiştiren o sihirli cümleyi hiç yazmayacak, gerçek aşkı bulamayacaktım. Lavin'den başkası olamazdı.

Aynı şekilde, o da bana geliyordu bilmeden. Bunları en başından bilsem, yaşadıklarımın beni Lavin'e çıkaracağını bilsem, ne kendime gücenirdim ne başkasına kızardım. Bazıları gel, der, bazıları git, der. Kimine sımsıkı tutunursun ama seni terk eder ve kendi yoluna düş, der. Bilerek ya da bilmeyerek yol gösterirler. Ama biz nereye gittiğimizi, hayatın karşımıza ne çıkaracağını bilmeden kırılır, öfkelenir, suçlarız. Bunlar hep hayatın merkezine kendimizi koymamızdan ileri gelir; oysa bir de sen varsın. İşte arif bunu bilir.

Âlim ise kendini bilir. Kapıları keşfeder, kapıyı bilir. Kapıyı geçer ama kendini geçemez. Çünkü ilim varlığa dairdir, marifet yokluğa kapı açar. Yara kapanınca yok olur, marifet kapamaktır. Ne mutlu açılan yaradan geçerek kapayana! Kapının ardından sonsuza dek kapanacağını bile bile geçenlere... Aşk kapısı yüzüne kapanmaz, girmenle kapanıyorsa hakiki aşktır. Sevmekten korkan geçemez. Çünkü sevgi ve korku birlikte barınmaz. Kalbinde korkuya yer vermeyenler oturur o sofraya. Gerisi yalanı tekrarlar; çünkü sevgi yanıltmaz, korku hata yaptırır. Korkusundan cesaret bulamayan, hatasından dönemez ve hakiki aşkı da bulamaz. Kendini suçlayan, kendisine mahkûm ve başkasına gebedir. Kalpte açılan yara bir firar kapısıdır. Geçebilene aşk olsun!

O bayram günü Lavin ile buluşacaktık. İkinci kez ölümden dönmüş, beni tekrar tekrar kanatan geçmişi baştan aşağı silip atmış, yeniden doğmuş gibiydim. Namaz sonrası çay içtiğimiz yerde Necdet ağabeyi dinlerken aklım Lavin'deydi, kalbim heyecanla çarpıyor, bir an önce yanına gitmek istiyordum artık. Onsuz yaşayamayacağımı söyleyecektim. Hâlâ çok toydum!

Buluştuktan sonra birlikte mezarlığa gitmek hiç hesapta yoktu. Havadan sudan konuşurken, ansızın karar verdik.

O gün kendimi yeniden doğmuş gibi hissederken, ziyaret edeceğimiz mezardan bir çocuğu, Lavin'i çıkaracağımı bilemezdim. O da bilmiyordu bunu. Bazı yaralar sardıkça kanar. Bazı yaralar kanatmadan kapanmaz.

***

Yaramın ikinci kez kanamasının etkisi ilki kadar güçlü olmadı. Üstünü mü örtmüştüm hemen, yok mu saymıştım bilmiyorum. Hayatıma devam etmekten başka yol yoktu zaten. Şirkette çalışırken ıslık çalıyormuşum, farkında bile değilim.

"Hayırdır" diye sordular.

Hiç anlamadım.

"Keyifli görünüyorsun, ne oldu" diye sordular.

Ben de "Hiçbir şey olmadı" dedim tabii.

İki yıllık yaram yeniden kanamış, bir ilişki daha başlamadan bitmiş, ne diyeyim onlara! Bana ıslık çaldığımı hemen söylemediler. Ben de bir imada bulunduklarını sandım. Sanki olanı biliyor ya da halimden tahmin etmişlerdi. Masamda işimi ıslık çalarak yapmam bir yana, keyifli olduğumu bile fark etmemiştim.

"Yüzün gülüyor, gömülmüşsün bilgisayara. Biriyle mi yazışıyorsun?"

"Yoo, iş yapıyorum. Rapor hazırlıyorum."

"Galiba terfi aldın, şimdilik saklıyorsun."

"Yok be, nerden çıkardınız?"

"Islık çala çala rapor mu hazırlıyorsun? İşler kolay gelmeye başladı galiba?"

"Nasıl ya? Islık mı çalıyordum!"

"Ohooo, uçmuş bu. Âşık mısın nesin!"

"Ahhh ah" dedim gülümseyerek.

Ne aşkı? Bir daha başlamadan bitti. Şimdi söylesem olmaz. Konu alıp başını yürüyecek. İyisi mi gülüp geçmeli. Nitekim öyle yaptım. Raporu bitirene kadar başımı kaldırmadım. Bir yandan raporu bir yandan Lavin'i düşünüyordum. Onunla yazışabilmek için akşam saatlerini iple çeker olmuştum. Bir tek Ayça biliyordu. Aslında komik tabii, alt tarafı Facebook'ta arkadaş olarak eklediğim biriyle yazışıyorum. Bunda saklanacak gizlenecek ne var? Ama öyle değil işte. Belli ki Lavin'in neşesi şıp diye bana geçmişti yazışmalarda. Akşamlar neşelenmişti. Benim ciddiye aldığım her şeyi hafife alarak sancımı hafifletmiş, bende kuvvetli bir ağrı kesici etkisi yapmıştı. Dert veren derman da veriyordu işte. Âşık olmak şart mı? Tanımadığın biriyle yazışmak bile yetiyor. Böyle diyordum ama doğrusu onu çok merak ediyordum.

O günlerde Ayça beni her akşam arıyor, şirkette özellikle pek yanıma gelmezken, sık sık gelip beni yokluyordu. Öğle yemeklerini baş başa yedik. Böyle devam edersek kesin bir dedikodu çıkardı. Zaten ıslık mıslık çalıyormuşum, hemen buna yorarlardı. İkimiz de mesaiyi vaktinde bitirmişsek işten birlikte çıkıyor, biraz yürüyor ya da bir kahve içiyorduk. Özellikle havadan sudan konuşuyor, vizyona yeni giren filmleri, gidebileceğimiz konserleri söylüyordu bana. Ben anlıyordum tabii niyetini. Benim yine bir delilik yapabileceğimi düşünerek tasalanıyordu. Birkaç kere Lavin'den söz ettim bu yüzden. Hatta sanal aşkım var diyerek dalgasını bile geçtim içini rahatlatmak için. Aşkların en hakikisi, en yücesi hiç kuşkusuz sanal aşktı. Ona da tavsiye ediyordum. Hatta Malezya, Kolombiya gibi uzak ülkelerden bir sanal aşk bulursa daha güçlü duygularla besleyeceğini söylüyordum. Haliyle bendeki değişimi fark etmişti. Kendimle alay eden, hayatı tiye alan biri değildim. Lavin'den bulaştı, o bulaştırdı diyordum. Ben de Ayça'ya bulaştırmak istiyordum.

"Hah! Bir sanal aşk eksikti Kaan. Onu da buldun!"

"Hafife alma. Sanal aşk ama gerisi tamamen geleneksel... Ona sanal güller yolluyorum!"

"O da sana sanal öpücük mü gönderiyor?"

"Hayır, öyle romantik değiliz. Gönderdiğim güllerle reçel yapıyor."

"İlahi Kaan. Nerden buldun bu kızı?"

"Yasin'in arkadaşıymış dedim ya."

"Doğru, söylemiştin. Unutmuşum. Şiir yazıyor musun ona?"

"Romantik biri değil. Destan yazmayı düşünüyorum."

"Sakın Gılgamış Destanı gibi bir şey yazma. Onu kaybedersin. Sana genç bir kadından tüyo."

"Çanakkale Destanı nasıl olur?"

"Dede Korkut hikâyeleri uydur, daha iyi!"

"Hmmm. Düşüneceğim... Dede Korkut, bir gece can sıkıntısından internete girer ve Nasreddin Hoca'ya mesaj atar. Oyun sitesine gel bi tavla atalım mı, der. Nasıl ama?"

"Eh işte. İntihardan hallice."

"Çok fenasın, Ayça!"

"Damarına basayım dedim. Ne halde bir yoklayayım... Dostluğumuza sığınarak soruyorum: Gerçekten iyi misin Kaan? Yoksa öyle mi görünmek istiyorsun?"

"Gerçekten iyiyim Ayça. Daha doğrusu, galiba öyleyim. Yarın bir gün tekrar bunalıma girer miyim girmez miyim bilmiyorum. Ama şimdi iyi böyle. Hatta hep böyle gitsin isterim."

"İnşallah Kaan. Böyle söylüyorsun ama sen rahat durmazsın."

"Yaza yaza dururum, yaza yaza durulurum belki."

"Bir Duru buldun ama durulmadın."

"Aman sen de! Tam tersi değil mi? Bak, duruldum işte."

***

Ayça'yla iş çıkışı kahve içerken bunları konuşmak bende istek uyandırmıştı. Bir an önce evime gidip, internete girmek istiyordum. Lavin'e âşık falan değildim. Ama kendimi görebilmek için hep ona bakıyordum. Yazışmalarımızda özel hayatlarımıza girmemeye özen gösteriyorduk ikimiz de. Ama ben onu çok merak ediyordum. Bence o da beni merak ediyor, benim gibi temkinli yaklaşıyordu. Telefon numaralarımızı bile istemedik birbirimizden. Ne ben onun ne iş yaptığını sordum ne de o benim. Belki Yasin'e sormuştur, bilmiyorum ama sormuş olsa bunu benden saklamazdı. Çetrefilli işlere girecek bir kız değildi benim gözümde. Zaten ne gereği vardı? Diyordum ama ben Yasin'e sormayı geçiriyordum aklımdan.

Eve girer girmez, işe yetişir gibi koşturduğumu fark ettim. Merdivenleri koşar adım çıkmıştım. Üstümü çıkarıp eşofmanlarımı giydim. Mutfağa girdim, makarna pişirecektim, vazgeçtim. Bir akşam kahvaltısı yapayım dedim. Peynir, zeytin, domates ne varsa masaya koyayım. Bir de yumurta kırar, çay demlerim. Ama bundan da vazgeçtim. Bir sandviç yaptım, poşet çay salladım. Bilgisayarın başına oturdum. Orada beni bekliyordu. Yani online'dı ama beni beklediğini düşündüm. Kalp kalbe karşıdır ya, ondan. Odunu kendine yontmaktan değil yani!

"Selam Lavin. Ben de eve girer girmez, belki iki satır yazışırız diye hemen bilgisayarı açtım. Nasılsın?"

"İyiyim Kaan. Ben de bir bakayım bugün erkenci mi diye girmiştim."

"Sahi mi?"

"Yalan borcum mu var?"

Bir gülücük ikonu gönderdim.

"Kusura bakma, ağzım dolu. Sandviç yiyorum. Gülmek yerine bunu gönderdim."

"Hem yemek yiyorsun hem yazıyorsun. Senin kaç elin var?"

"Hiç saymadım. Bilmiyorum."

"Zekâ yaşını bu kadar kolay ele verme."

"Samimiyetimize güvendim."

"Sen nerede oturuyorsun? Hâlâ samimiyet ve güvenin olduğu bir yer mi var?"

"Olmaz olur mu? Beşiktaş'ta oturuyorum."

"Bak sen! Bana yakınmış. Buradan vapurla on dakika. Sürekli tekne de var."

Nerede oturduğumu sorunca şaşırmıştım. Vapurla on dakika dediğine göre, nerede oturduğu belli: Üsküdar…

O güne kadar onunla buluşup konuşmaya niyetim yoktu, böyle iyiydi. Ama semtini öğrenince, buluşma hayalleri kurmaya başladım kendi kendime. Tabii ki bundan hiç haberi olmadı. Açıkça teklifte ya da imada bulunmadım. Bir ihtimal olarak kalmalıydı bu durum.

"Nasıl geçti günün Kaan?"

"İş biraz yoğundu."

"İşini sormadım. Kalbini sordum?"

"O da yoğundu bugün. Sabah Ayça ile eski günlerden konuştuk. Anıları konuşmak iyi gelmiyor bazen. Ama sonra keyfim yerine geldi. Ne zamandır elimde sürünen bir raporu bir çırpıda bitirdim. İş çıkışı Ayça ile kahve içtik. Havadan sudan konuştuk biraz. İyi geldi."

"Ayça kim?"

"Ayça benim en yakın dostum. Aynı zamanda iş arkadaşım. Zor günlerimde hep yanımda olmuştur. Kendisi iyi bir dert ortağıdır. Hani vardır ya hepimizin hayatında öyleleri mutlaka..."

"Benim hayatımda yok!"

"Üzüldüm."

"Ben o kadar üzülmüyorum Kaan. Hiç eksikliğini hissetmedim bugüne kadar."

"Ama öyle bir dost mutlaka lazım insana... Umarım kader bir gün karşına öyle bir dost çıkarır."

"Amaan, çıkarmasa ne olacak Allah aşkına, kaderime dava mı açacağım sanki... Boşver!"

"Öldürüyor beni şu boşvermelerin."

"Dünya bana yeterince dost. Ben ona bakıyorum. İnsan biraz da kendini görmek için bakar dünyaya. Oraya baktığında kendini görebiliyorsan doğru yoldasındır."

"Peki ya içindeki boşluk?"

"Kuyu muyum ben ya, ne boşluğu?"

"Hepimizin içinde başkalarının bile dolduramayacağı bir boşluk yok mudur Lavin?"

"Haklısın şair kardeş ama ben o boşluğu kendimle dolduruyorum, sen merak etme. Seve seve atıyorum kendimi o kuyuya."

"Kimse itmiyor yani, sen kendin atlıyorsun? E peki boğulmaktan korkmuyor musun?"

"Boğulmayı bilmeyen, kendi içine atlamaz Kaan. Kendi içine atlayan kendini doğurmasını da bilir o boşluktan. Biz boğulmayı da iyi biliriz doğurmayı da... Bir bilsen hayat nelere gebe... Yeter ki doğurtmayı bil. Daha çok genç olduğuma bakma. Ben ergenliğini uzun dönem yapanlardan olmadım hiçbir zaman."

"İlahi Lavin. Müthişsin bugün. Bak sana ne diyeceğim. Yeni bir kitap okuyorum şu günlerde. Sana da tavsiye edebilirim."

"Sen şimdi aşk meşk kitapları okursun. Bana gelmez onlar."

"Eh yani Lavin. Bu kadar mı uzaksın aşka?"

"Aslında uzak değilim, yanlış anlama. Layıkıyla yaşayabildikten sonra iki salakta bile güzel duruyor aşk. Ama ben biraz uzak duruyorum o işlere. Mutlu çiftlerin yanında evlatlık gibi dolaşan yalnızlardan olmak bile ağırıma gitmiyor inan... Hani, 'Ay sana da birini bulalııııım' denenler var ya, onlardan işte."

"Yalnızlık bazen sıkmıyor mu peki canını?"

"Yalnızlığa gerek kalmıyor, kendimle baş başa kalınca kendi canımı çok rahat sıkabiliyorum."

"Ben ciddi sormuştum Lavin. Her şeyi sulandırmakta üstüne yok maşallah!"

"Huyum kurusun."

"Ama ben bir gün çok fena âşık olacağına inanıyorum. Senin gibi aşkı hafife alanları çok gördüm. Benim en çabuk evlenen arkadaşlarım, evliliğe en çok karşı çıkan arkadaşlarımdı."

"Evliliğe karşı değilim ben Kaan. Keşke herkes ömrüne yakışanı bulup kendi ömrüne eklese... Ama hayat öyle değil işte. Sen burada gündüzü yaşarken, dünyanın diğer yarısı hep karanlıkta... Kolay değil seninle aynı doğrultuda olan insanı bulmak. Ama bulunca da tadından yenmez o ayrı. Mutlu olacağı insanı bir günde bulanla onu bulmak için bir ömür harcayan aynı mı? Üstelik biten ömrün üstüne bir bardak su içme riski de var. Rüyalarda mutlu olmak var."

"Rüya dedin de aklıma geldi, biraz da konuyu değiştirmek

için söylüyorum; ben en çok mutlu bir rüya görünce üzgün olurum, biliyor musun?"

"Neden?"

"Gerçek olmadığı için."

"Hımmm. Etkilendim. Sen yazmaya devam et bence şair kardeş. Böyle çok iyisin."

"Aşkı yazmak istiyorum."

"Gene mi döndük aşka! Yaz. En iyi aşk yazılan aşktır zaten; yaşanan değil... Kitaplardaki aşklar gerçekten çok güzel oluyor. Ben okurum. Sormam da gerçek mi hayal mi diye sen yaz. Kalemin mürekkebiyle değil, ne yazdığıyla ilgilenenlerdenim."

"Yazıyorum ve Allah nefes bahşettikçe hep yazacağım inşallah. Yaşayamadıklarına özlem duyuyor ya insan; galiba bunun için yazıyorum en çok. Bir büyünün bozulacağını bilerek o büyüye kendini kaptırmak gibi bir şey bu... Sonunda yeni yaraların olacağını bilsen de, eski yaralarını kapatıyorsun işte. Bu yüzden riske giriyor her seferinde, sonu hüsran olsa da... Yaralasa da..."

"Valla ne diyeyim Kaan. Yaradan usanmayanı bıçak nerede olsa bulur."

Son söylediği içime oturdu. Bileğimdeki yara izine baktım bir süre. Cevap yazamadım. Sonra müsaade isteyip kapadım.

YEDİNCİ BÖLÜM

Lavin, Kaan'la son yazışmasından iki gün sonra, kahve içip sohbet etmek için Yasin'le buluştu. Bir alışveriş merkezinin önündeydiler. Uzun zamandır görüşmüyorlardı. Ayaküstü sohbete başladılar. Nereye oturacaklarını konuşurlarken, Kaan tesadüfen onlara doğru yürüyordu. Kaan, Lavin'i görünce hemen tanıdı. Yanında Yasin olmasa belki ilk bakışta tanıyamaz, en azından emin olamazdı. Yanlarına gidip gitmemekte bir an için tereddüt etti. Geri mi dönse, yolunu mu değiştirse bilemedi. Ama böyle olduğu yerde durup onlara bakarken yakalanırsa hoş olmayacaktı, uzaktan gözler gibi... Yoluna devam etti heyecanla. Lavin ve Yasin samimi görünüyorlardı. Yasin'in ortak arkadaşları olduğunu her ikisi de biliyordu. Kaan onu uzun zamandır görmüyordu. Yasin'le bir kez konuşmuş, adı bir daha geçmemişti. Samimiyetlerinin uzaktan gördüğü kadarı bile Kaan'ı şaşırtmıştı. Lavin onunla bu kadar samimiyse ve böyle görüşüyorlarsa neden hiç söz etmemişti?

Bunları düşünürken, onlara iyice yaklaşmıştı. Yasin'e seslenerek selam mı versem, yanlarına kadar gidip öyle mi merhaba desem diye içinden geçirirken Yasin onu gördü. İlk anda tepki vermedi, boş bulunmuştu, başını çevirecekken dikkatli baktı Kaan'a ve onu tanıdı, yüzü güldü.

"Aa, Kaan n'aber ya?"

Yasin ona selam verince, Lavin de baktı. Kaan'ı tanıdı

tanımasına ama Yasin adını vermeseydi ilk bakışta tanıyamaz, en azından emin olamazdı. Kaan ve Lavin bu karşılaşmadan ötürü şaşkındı. Kaan ilk gören ve yaklaşan olduğu için Lavin kadar şaşkın değildi, o hazırlıklıydı ve Lavin'in tepkisini merak ediyordu.

Kaan, "İyiyim Yasin. Sen nasılsın" dedi.

Ancak bu yanıt biraz geç gelmişti. Kaan ona hemen yanıt vermek yerine Lavin'e bakınca, Yasin de duraksamıştı. İnternet vasıtasıyla bile olsa, tanıştıklarını bilmiyordu. Haliyle bu meraklı bakışmaya bir anlam verememişti.

"Bu ne güzel tesadüf ya... Biz de Lavin'le oturup kahve içecek, sohbet edecektik. Tanıştırayım, bu Lavin, bu da Kaan."

Kaan "Memnun oldum" dedi.

Lavin "Ben de" dedi.

Birbirleriyle ilk kez karşılaşıyorlardı ama birbirlerini tanımaz gibi tereddütlü tokalaştılar. Sonra bir suskunluk oldu. Birbirlerine konuşacak, sohbete koyulacak gibi bakıyorlardı ama çıt çıkarmıyor, hiç kıpırdamıyorlardı. İkisi de temkinli davranıyor, karşıdakinin adımını bekliyordu. Yasin birkaç kelimecik konuşacaklarını sanarak bekledi, suskunluğu bozmadı. Her ikisi de herhangi bir adım atmadı. Biz zaten tanışıyoruz demediler.

Yasin, "Kaancığım bize katılmaz mısın? Şuradaki kafede birer kahve içelim. Uzun zaman oldu seninle görüşemedik" dedi.

Lavin, Kaan'ın ne diyeceğini çok merak ediyordu. Katıl ya da katılma, demedi, hiçbir belirti göstermedi özellikle.

"Teşekkür ederim Yasin. Siz baş başa buluşmaya karar vermişsiniz. Ben rahatsız etmeyeyim."

"Olur mu canım öyle şey. Hem Lavin yabancı sayılmaz."

"Olsun, siz planladığınız gibi devam edin. Biz ne de olsa görüşürüz seninle."

"Gel yaa, niye çekiniyorsun!" Yasin, Lavin'e dönüp "Kaan bize rahatsızlık vermez değil mi Lavin" diye sordu.

Lavin, yine tereddütlü bir şekilde, "Yok canım ne rahatsızlığı. Tabii ki bize katılabilir. Bundan memnuniyet duyarız" dedi.

Kaan ve Lavin birbirine baktılar. Kaan, teşekkür babında nezaketle gülümsedi.

"Size de ayrıca teşekkür ederim. Ama katılmasam daha iyi…"

"Siz bilirsiniz."

Kaan, elini Yasin'in omzuna koydu.

"Dostum, başka zaman görüşürüz" dedi.

"İnşallah dostum. Ertelemeyelim."

Kaan ve Yasin tokalaşıp öpüştü. Kaan Lavin ile tekrar tokalaştı.

"Size iyi günler. Keyifli sohbetler."

"Size de iyi günler."

Kaan yanlarından ayrıldı, ardına bakmadan ağır ağır uzaklaştı ama uzaklaşırken aklı Lavin'de kaldı. Fotoğraflarından güzel bir kız olduğunu biliyordu ama fotoğraflarından çok daha güzel olacağını öngörememişti. Daha önce hiçbir kızda görmediği bir şey vardı onda. En sakin, tepkisiz, temkinli halinde bile başka bir çekicilik vardı ve Kaan'ı olduğu yerde tutarken kendisine çeken yanının çok derinlerde olduğu hissediliyordu. Başka bir erkeğin hissedemeyeceği kadar derinde olduğunu düşündü Kaan. Onu çok merak ediyordu, görmüştü sonunda ama şimdi daha çok merak ediyordu. Kendisini bir bakış, bir dokunuşta bu kadar etkileyenin ne olduğunu bilemiyordu. Sesi buğuluydu. Sisli bir göl kıyısında karşılaştıklarını hayal etti, kendi gelen bir hayaldi bu. Lavin'in ne hissettiğini, şimdi ne düşündüğünü bilmek isterdi. Hem de çok! Onu Yasin'le baş başa bırakıp oradan uzaklaşırken kafasında bir soru uyandı: Acaba Yasin'le Lavin arasında bir ilişki var mıydı?

***

Bütün gün sarhoş gibi gezdi. Lavin aklından hiç çıkmadı. Sarhoşluk veren zarif duygu yanakları okşayan tatlı bir meltem gibi esiyor, Kaan'ın içinde bir şeyleri şiddetsizliğinden beklenmeyecek ölçüde yerinden oynatıyordu. Akşamüstü, dalgın dalgın eve doğru yürürken Necdet'in yanından geçti. Ondaki bu dalgınlığı fark eden Necdet, usulca seslendi ve yanına çağırdı Kaan'ı:

"Hayırdır evlat, dalgınsın yine!"

"Yok bir şey Necdet ağabey. Öğlen rastladığım bir arkadaşa kafam takıldı da…"

"Ben de onu soruyordum işte evlat…"

"Önemli değil be ağabey."

"Önemli değilse neden seni bu kadar dalgınlaştırıyor? Anlatmak istersen dinlerim. İkimize çay söyleyeyim mi?"

Kaan için bir tabure çekti. Kaan oturdu, çaylar gelene kadar konuşmadılar. Çiçek almayanların çiçekçisi Necdet ağabey, çekilen güneşe göre tezgâhı yeniden düzenledi. Beş dakika geçmeden çayları geldi. Necdet de oturdu taburesine. Çiçeklerin kokusu dinginlik veriyordu. Kaan, öfkeli ya da gergin bir çiçekçi düşünemiyordu. Bütün günü çiçek kokuları içinde geçiren bir adam odun olsa yontulur, Necdet ağabey gibi zarif biri olurdu.

Necdeti "Kapanmışsın yine" dedi.

"Biraz öyle."

"Çiçekler de öyledir. Kapanır ve açılırlar. Bazıları gece kapanır, gündüz açılır. Bazıları tam tersi. Sen de öylesin. Bir kapanıp bir açılıyorsun."

"Sen herkesi çiçek gibi mi görüyorsun?"

"Herkesi değil. Bazıları odundur. Onlar ya yontulur ya da yanar, o kadar. Çiçekler yaşar. Sen yaşayan bir gençsin. Gençlik yaşanmalı zaten. En güzel gençlikte yaşanır. Gerisi çile."

"Ben çileye erken başladım galiba."

"Yok be! Çile çekmek başka, başına çorap örmek başka. Gene kimi ördün başına?"

"Kimseyi."

"Benden saklama evlat. Niye oturdun yanıma?"

"Örmedim Necdet ağabey. Ama biri var galiba. Bugün tanıştık."

"Hızlısın evlat."

"Daha doğrusu bugün karşılaştık diyeyim. İnternetten tanışıyorduk zaten. Bir süredir hemen her akşam uzun uzun yazışıyoruz. Çok hoşuma gidiyordu onunla yazışmak. Buluşmak, konuşmak gibi bir niyetim yoktu. Sadece çok merak ediyordum, o kadar. O da normal... Ama bugün onu gördükten sonra bir başkayım diyeyim sana. Nasıl anlatacağımı bilemedim şimdi."

"Şair aşkımı bu da? Sende biraz şıpsevdilik var gibi!"

"Yok ağabey, sana öyle geliyor. Ben aşktan kaçıyorum aslında."

"Aynı kapıya çıkmaz mı Kaan? Aşk peşinde koşmakla aşktan kaçmak aynı şey sayılmaz mı?"

"Ne bileyim Necdet ağabey? Duygularım karıştı yine."

"Hele anlat bakalım şu karışık duygularını. Bakarsın anlatırken karışıklık çözülür."

Kaan, Necdet ağabeyine son zamanları özetledi. Lavin'le

karşılaşınca neler hissettiğini anlattı. Necdet bir yandan çiçek sarıyor, bir yandan çayını yudumluyordu. Sabırla dinledi Kaan'ı. Sonra Kaan sustu. Necdet konuşmaya başladı:

"Bak evlat, önce duygularından emin olmalısın. Sen duygusal bir çocuksun. Kimseyi kırmazsın ama çok kırılgansın. Az buz şey atlatmadın. O kötü günleri sana hatırlatmak istemem ama sen intihar teşebbüsünden bu yana çok yol kat ettin. Belki o günlerde sana çok desteğimiz olamadı ama yine de elimizden geleni göstermeye çalıştık."

"Hiç öyle şey olur mu Necdet ağabey. Senin o gün getirdiğin çiçekleri kuruttum, saklıyorum hâlâ."

"Bak evlat. Kör biri, hayatında hiç kör birini görmediği için kendisinin neye benzediğini bilmez. Biz ölüme senin kadar yakın olmadık. Sana ne kadar yardımcı olabilirdik ki zaten. İntihar eden, ölümü göğüsleyen sendin. Sen o noktaya kadar gelmişsen, bizim hangi teselli sözlerimiz seni vazgeçirtebilirdi ki! Bugün olmasa yarın yine deneyecektin. Ama yapmadın. Kimdi senin tekrar denemeni engelleyen? Sen! Sen olmasan sen olmazdı şimdi. Demek ki her şey bizde bitiyor evlat."

"Nasıl oluyor da her şeyi bu kadar iyi biliyorsun Necdet ağabey? Senin hayat tecrübelerine şahit oldukça inan yazdıklarım paçavra gibi geliyor bana."

"Ah evlat! Her şeyi bilmiyorum. Bildiklerimi de unutmayı o kadar çok istiyorum ki!"

"Neden ağabey?"

"Sen sen ol her şeyi bilme evlat. Çünkü her şeyi bilince, hiçbir şey seni heyecanlandırmaz. Heyecan olmazsa da hayattan tat alınmaz. Bilmediklerimizdir heyecanımızı diri tutan."

"Peki, insan kendini neden yalnız hisseder Necdet ağabey?"

"İnsan, sevilmediğini hissettiği an kendi yalnızlığını başlatır. Bazılarının sevilmeye çok ihtiyacı vardır bu hayatta. İnsan sevince kusur görmez. Çok sevilmek, insanın yalnızca kendi bildiği fakat karşısındakinin göremediği kusurlarını kapatır."

"Yani aşk gibi mi?"

"Evet evlat, aşk gibi. Bu yüzden sevilmek için her şeyini vermeye hazır bekler onlar. Ölçüsüz sevilmek için ölçüsüzce hibe ederler her şeylerini. Sakın sevilmek için ölçüsüzce her şeyini verme evlat. İnsanların çoğu omurgasızdır; nereni verirsen oranı severler!"

"Yani hayat bu kadar acımasız, öyle mi ağabey?"

"Sana hayat güzelliklerle dolu diyemem evlat. Hatta, evet! Hayat kötü. Ama birlikte bunun üstesinden gelebileceğin birini mutlaka bulabilirsin."

Son sözünü söyledikten sonra Kaan'a göz kırptı. Mesajı almıştı Kaan. Çayını bitirdikten sonra kalktı. Elini öpmek istedi Necdet'in. Necdet buna izin vermedi.

"Haydi evlat, yolun açık olsun" dedi.

***

Kaan, eve girene kadar biraz önce aldığı hayat derslerini düşünüp durdu. Yemek yedi ve her gün yaptığı gibi yine bilgisayarını açtı. Lavin'den bir mesaj gelip gelmediğine baktı. Gelmemişti.

O an aklına Yasin'i aramak geldi. Telefonundaki rehberinden aceleyle buldu numarasını. Üçüncü çalışta açmıştı Yasin.

"Merhaba Yasin nasılsın?"

"İyim Kaancığım sen nasılsın?"

"Teşekkür ederim dostum, ben de iyiyim."

"Ya ne iyi oldu bugünkü karşılaşma değil mi? Ben de uzun zamandır seni görmek istiyordum. Gerçi bir oturup sohbet edemedik ama bir dahakine mutlaka yapalım kardeşim olur mu?"

"Yaparız dostum merak etme. Ben yanında kız arkadaşın var diye rahatsız etmek istemedim"

Kaan, "Kız arkadaş" ifadesini kasıtlı olarak kullanmıştı. Yasin'in vereceği tepkiyi çok merak ediyordu.

"Yok be birader. Ne kız arkadaşı. Biz Lavin'le iki iyi arkadaşız. Özel bir durum yok yani. Sen boşuna kaçırdın bugünkü muhabbeti bence."

"Ya, ne bileyim Yasinciğim! Uzun zamandır da seninle görüşemeyince, hayatında biri olup olmadığını da bilemiyorum tabii…"

"Eh, arayı o kadar uzatırsak olacağı buydu!"

"Haklısın dostum. Daha sık görüşelim."

Karşılıklı buluşma temennileriyle kapatmaya hazırlanıyorlardı ki Kaan son anda Yasin'e bir şey sormak istedi.

"Eeee bir saniye dostum. Kapatmadan sana bir şey sormak istiyorum."

"Sor Kaancığım."

"Siz Lavin'le nereden tanışıyordunuz?"

Neden böyle bir soru sorduğunu bilmiyordu Kaan. Ancak merakına yenilmiş ve ağzından çıkmıştı bir kere. Arkadaşının bu soruyu yanlış anlamamasını umarak cevabı bekledi. Yasin, Lavin'le sürücü kursunda tanıştıklarını, aynı dönemde ders aldıklarını ve ehliyet sınavına birlikte girdiklerini anlattı. Kurs bittikten sonra da görüşmeye devam ettiklerini, sık sık olmasa da arada bir buluşarak sohbet ettiklerini söyledi.

Bu açıklama Kaan'ı rahatlatmıştı. Yasin'in sözlerinin ardından hemen bir soru daha sordu. Bu kez rahattı.

"Bu Lavin nasıl bir kız Yasin?"

"Yani, çok iyi bir kızdır Kaancığım. Çok eğlencelidir. Bizi çok güldürür. Hem neden soruyorsun ki sen bunları? Bana bak yoksa sen?!"

"Yok canım ne alakası var! Kız Facebook'ta ortak arkadaşımız da o yüzden merak ettim."

Yasin, Kaan'ın izahından tatmin olmuş gibiydi. Aklına bir anda gelen kuşkulardan hemen uzaklaştı. Kaan sormadan anlatmaya başladı bu kez.

"Dediğim gibi çok neşelidir Lavin. Çevresindeki herkese hayat verir. Çılgındır. Deli doludur. Kendi içinde mutlaka dertleri de vardır ama bize hiçbir şeyini yansıtmaz. Biraz da kapalı kutudur aslında Lavin. Onun da başından bir aşk hikâyesi geçmiş sanırım. Bir sanatçıyla yaşadığı bir aşk olmuş galiba. Bana hiç anlatmadı. Biz o tür şeyleri konuşmayız zaten. Bizim kurs grubundan duyduğum şeyler işte. Doğruluğu bile kesin değil. Anlatanlar da bilmiyor işin aslını."

"Neymiş bu aşk hikâyesi ya, merak ettim."

"Ya çok inançlı bir kızdır Lavin. Fırsat buldukça camiye gider, namaz kılar. Bir gün Eyüp Sultan Camii'nde hüngür hüngür ağlayan bir adam görmüş. Herkes adama bakıyormuş ama kimse yanına gidip neden ağladığını sormaya cesaret edemiyormuş. Tabii bizim çılgın hiç düşünmeden gitmiş adamın yanına. Derdin ne senin, diye sormuş. Adam orada âşık olduğu kadını bekliyormuş. O gün o kadın oraya gelecekmiş ve evlenecekler miymiş neymiş, oraları tam hatırlamıyorum işte…"

"Gelmemiş mi kadın?"

"Gelmiş gelmesine ama adamın yanına gitmemiş. Onu aslında başka biri getirmiş oraya. O getiren kişi, kadının çocukluk arkadaşıymış. Ağlayan adam da tanıyormuş getireni. Kadının elinde bir mektup varmış. Tam buluşma yerine doğru yürürken, kadın o mektubu okumaya başlamış."

"Eee sonra?"

"Mektubu okuduktan sonra kadın birden bire geriye dönmüş ve kendisini oraya getiren arkadaşına sarılmış. İki arkadaş gibi geldikleri yerden iki sevgili gibi ayrılmışlar. Adam bütün bunlara şahit olmuş. Sonra işte yere yığılıp ağlamaya başlamış."

"Sen sanatçı demiştin değil mi bu adam için?"

"Evet, şarkıcıymış adam. Hem de ünlü bir şarkıcıymış yani."

"Kimmiş peki? Adı ne?"

"Valla bilmiyorum Kaancığım. Adını söylemişlerdi o zaman ama hatırlamıyorum şimdi. Biliyorsun ben özgün müzik dinlerim sadece. Pop mop bilmem öyle. Popçuları da tanımam."

"Biliyorum dostum senin müzik zevkini. E, peki sonra ne olmuş?"

"Bana anlatılana göre bu adamı hayata Lavin döndürmüş. Hatta adam Lavin için bir şarkı falan da yazmış diyorlar. Velhasılıkelam, o adam o zor günlerini Lavin sayesinde atlatmış. Sonra işte bunların arasında bir aşk başlamış falan diyorlar ama aslı nedir bilmiyorum.

"Anlıyorum dostum. Muhabbet için teşekkür ederim. En kısa zamanda görüşelim."

"Görüşelim kardeşim. Kendine iyi bak."

***

Kaan telefonu kapatır kapatmaz, o gün olanları Necdet'in söyledikleriyle birlikte baştan sona yeniden düşündü. Tevafuken Lavin'le karşılaşmıştı, zaten onu çok merak ediyordu; üstelik tek ortak arkadaşlarıyla birlikteyken görmüştü onu. Tanışıp konuşmak için güzel bir vesileydi, belki bundan iyisi olamazdı. İkisi de mesafeli davranmış, hem Yasin hem Lavin'in davetine rağmen onlarla sohbet etmek yerine gitmeyi seçmişti. Doğru davranıp davranmadığından emin değildi. Fakat aklını karıştıran bunlar değil, kendi duygularıydı. Lavin ile Yasin'i birlikte görmekten hoşnut olacağına, aklına ilk gelen ikisinin arasında özel bir ilişki olup olmadığıydı. Üstelik bu aklını az buz kurcalamamıştı gün boyu. Eve gelince, Yasin'i arayıp bunu soracak kadar ileri gitmişti. Bundan ötürü şimdi utanıp sıkılıyordu, ancak Lavin ile Yasin'in arasında arkadaşlık dışında bir şey olmadığını öğrendiğinde gelen rahatlama da neyin nesiydi şimdi!

Lavin'in geçmişinden özel, belki çok özel bir şeyi merakla dinlemiş, öğrenmek istemişti; üstelik öğrendiklerinden rahatsızlık duyuyordu. Telefon numarasını bile bilmediği, bir süredir yazıştığı fakat sadece bir kez görüp ayaküstü tanıştığı bir kızın geçmişinden belli belirsiz bir sayfa onu ne diye böyle ilgilendirmiş, sonra sıkıntı vermişti? Necdet'in söyledikleri çınladı kulaklarında:

"Sana hayat güzelliklerle dolu diyemem evlat. Hatta, evet! Hayat kötü. Ama birlikte bunun üstesinden gelebileceğin birini mutlaka bulabilirsin."

Bunu söylediğinde neden gözünün önüne Lavin'in yüzü gelmişti? Bütün bunları birleştirmek onu nereye götürür bilmiyordu ama yine bir gönül macerasına doğru sürüklendiğini hissediyordu.

***

Kaan bunları düşünürken, aklına birden o şarkıcının kim olduğunu araştırmak geldi. Hemen Lavin'in profiline girdi. Mutlaka paylaştığı şarkıları vardı. Daha önce buna hiç dikkat etmemişti. Ama şimdi ısrarla bu sorunun yanıtını arıyordu. Geriye doğru paylaşımlara baktı. Evet! Yasin haklıydı. Lavin'in profilinde paylaştığı tek bir sanatçı vardı. Ve muhtemelen bu sanatçı Yasin'in adını hatırlayamadığı popçuydu. Kaan da tanıyordu Cem'i. Bir dönem şarkılarını severek dinlemişti.

Birkaç şarkısını paylaşmıştı Lavin. Acaba bu şarkılardan hangisi onun için bestelenmişti? Hemen şarkıların sözlerini incelemeye başladı.

İlk şarkının adı *Büyük İnsan*'dı:

At savur at sevdayı bir yere fırlat / Bitti sayıp acıyı kaldır öyle at / Sor herkese sor acılar unutuluyor / Ağlayınca gözlerinden silinmiyor / Aşk her defasında bak bulunuyor / Bırakırım zamanı öyle biraz da

Sen olmadan da yine geçer nasılsa / Hatırla bunları sakın unutma / Diyordun ama o zaman / Gülüyordun yanımdaydın canımdaydın şimdi nasıl geçer bu ömür…

Susma söyle nasıl yaşar böyle insan / Susma konuş hadi anlat büyük insan / Söyle bir aşk mı çare olurdu zaman mı / Böyle kaldırıp atardık ya sevdayı

Susma söyle nasıl yapar bunu insan / Susma nasıldı anlat hadi ayrılırsam / Söyle hayat mı çare bulurdu kendin mi / Böyle büyük aşklar böyle mi biterdi

Şarkının sözlerini defalarca okudu. Kırık bir aşk hikâyesiydi bu şarkıda anlatılan. Bir sonraki şarkıyı da inceledi:

Bir Öykü

Al bu sana ilk olmuşken / Ne acı ki son şarkım bu / Çok mu kolaydı yoksa zor mu / Bu sisli aşk, bu tutku / Oldu / Hani olmazdı / Sondu / Sende gitmek yoktu / Doldu süre, bize bu bile çoktu / Bir hayaldi / Yok oldu / Sus doğru yalan ne fark eder / Bak bir aşk başlamadan böyle biter / Kime / Kime kalır aşk

Ver geri seni sevdiğimi / Bakma git, daha ne söylemeli / Yoksun artık bende ne acı, bitti

....

Düşer de hani bir gün olur da, Azrail bana güler / Bir yerde hani bir gün olur da, Azrail bana güler

Hemen ardından üçüncü şarkının sözlerini incelemeye aldı:

Şimdi çatı katında inziva vakti / Nerede aranacak haklının hakkı / Dinlemeliydim vaktinde aklı / Seni unutmaya çalışmak da varmış / Maalesef / Bana bıraktıklarınla teselli avında

Demek ki elleri boş dönmek de varmış / Bu günleri görmek de varmış / Yarın hatırımı sorsan ne olur / Bugün hevesimi kırdın bir kere / Gitme! Dememle kalsan ne olur / Gönlün çoktan yola çıkmış bir kere

***

Her satıra farklı anlamlar yükleyerek defalarca okudu. Bu sözlerden bir çıkarım yapmaya, bir sonuca ulaşmaya çalışıyordu. Sonuç sonuçsuzluktu. Kafası allak bullak olmuştu. Saate baktı. Üç saattir kafasını bilgisayardan kaldırmamıştı. Tam o sırada Lavin'den "Merhaba" mesajı geldi. Heyecanlandı Kaan. İlk satırlarını elleri titreyerek yazdı.

"Merhaba Lavin, nasılsın?"

"İyiyim Kaan, teşekkür ederim, sen nasılsın? Bugün ne gündü ama değil mi?"

Önce boş boş baktı mesaja Kaan. Sonra bugünkü tesadüf geldi aklına. Son üç saattir şarkı sözlerini incelemekten unutmuştu her şeyi. Lavin'in mesajlarıyla yavaş yavaş günlük hayatına geri dönüyordu sanki.

"Ah evet! Çok garip oldum ben. Yani önce nasıl davranacağımı şaşırdım. Sonra seni tanımıyormuş gibi yapmaya karar verdim o an. Her şey çok hızlı gelişti. Kızmadın değil mi öyle davrandığım için?"

"Yok canım ne kızacağım Allah aşkına! İyi ki de öyle yaptın. Ben de sana ayak uydurdum işte. Yoksa bir saat anlatacaktık nasıl tanıştığımızı."

"Bu arada laf olsun diye söylememiştim ha!"

"Neyi laf olsun diye söylememiştin?"

"Seninle tanıştığıma gerçekten memnun oldum... O şartlarda bile..."

"İnan ben de çok memnun oldum. Samimiyetle söylüyorum bunu. Artı, böyle davranmamız bence bir incelikti. Kibar insanlarız vesselam!"

SEKİZİNCİ BÖLÜM

Gecenin ilerleyen saatlerine kadar yazıştık. Ona Yasin'le konuştuklarımızdan bahsetmedim. Bahsedemezdim zaten. Böyle bir riske giremezdim. Gizli kalmalıydı yaptığım. Bir yandan kendimi suçlu hissediyordum ama... Onun mahremine girmiştim. Ondan izinsiz hakkında bilgiler toplamış, araştırma yapmış, bazı çıkarımlar elde etmiştim. Buna hakkım yoktu. O benimle yazışmak dışında hiçbir şey yapmazken, benim böyle bir kuralsızlık yapmam doğru değildi. Günün birinde mutlaka bunları ona anlatmalı ve ondan helallik almalıydım.

Birkaç gün sonra onunla yolda karşılaştık. On beş milyonluk bir şehirde bu imkânsızın nasıl bizi bulduğuyla ilgili hiçbir fikrim yok. Ama oldu işte. Sanki ilahi bir güç bizi birbirimize itiyordu.

Beşiktaş iskelesinden Yıldız'a doğru yürürken biri seslendi.

"Şşştt, yakışıklı n'aber?"

Geriye döndüm ve göz göze geldik. Kalbim titredi. Bu nasıl bir tevafuktu böyle.

"Sakın yanlış anlama. Seni takip etmiyorum" dedi.

Heyecandan, esprisine gülemedim bile. Onun kahkahası ise kaldırımı çınlattı. Biraz kekeledim konuşurken.

"Şey ben eski okuluma doğru gidiyordum da" dedim, sanki sormuş gibi.

Heyecanımı fark ediyordu. Sanırım bu durum onun hoşuna da gitti.

"Madem nereye gittiğimizi söylüyoruz, o halde ben de söyleyeyim. Az ilerde ev yemekleri yapan bir teyzenin yeri var. Bazen orada yemek yerim. Çok lezzetli yapıyor. Bir gün dene istersen."

Ne diyeceğimi bilemedim. "Tamam denerim" diyebildim o kadar. Gözlerim gözlerine çakılmış kalmıştı. İlk gördüğümde bu kadar güzel olduğunu fark edememiştim. Güzelden de öte, derindi. Bende anlatılamaz bir etki uyandıran her neyse gözlerinde saklıydı. O parıltının ardında bir şey vardı. Işık karanlıkta parlar. Gözlerinin ışığı o kadar parlaktı ki, ardında ya da çevresinde koyu bir karanlık olsa gerekti. O an düşünmedim bunu. Sonra sonra belirdi. Gözleri hep gözümün önündeydi.

Şaşkınlıktan ne yapacağımı bilemiyordum. Gözlerine dalıp gitmişim. Sanki dilim tutulmuştu o an. Hiçbir şey diyemedim. Karşısında duran bir salak gibiydim. Klavye başındaki aslan parçası gitmiş, yerine sümsük biri gelmişti. Kız bana ev yemeği yapılan yere gittiğini söylüyor, adresi açıkça veriyor, hatta benim de denememi istiyor, açık bir davette bulunuyor ve ben kızın yüzüne mal mal bakıyordum. Kaçıp giden bir trene bakar gibi...

Sesiyle irkildim. "Oldu o zaman görüşürüz" dedi ve elini uzattı.

Ben de uzattım telaşla.

"Hoşça kal" derken, arkasını dönüp gitmeye başladı bir anda.

Hemen kendime geldim ve "Bir dakika Lavin" dedim.

Durdu. Geriye döndü, gözlerime baktı.

"Şey" dedim kekeleyerek, "Ben de her pazar, iskelenin

karşısındaki ışıkların karşısındaki daha doğrusu arkasındaki...
Şey yani gelirken arkasında giderken karşısında olan şeyde-
yim..."

Saçma sapan bir cümle kurmuştum. Ne dediğimi kendim
bile anlamamıştım. Halime güldü.

"Nerdesin" diye sordu alaycı bir gülüşle.

"Şeydeyim eeee... Hakan Kafe'deyim. Kahve içiyorum.
Her pazar. Saat üçte..."

Cümlemi zorla bitirdim ve bitirir bitirmez, "Yuh" dedim
içimden. Bir kıza, "İstersen seni evden aldırabilirim" de-
mediğim kalmıştı. Açıkça davet etsem daha iyiydi! Gerçi
önce o beni böyle davet etti ama incelikliydi. Aynı şekilde
karşılık vermek isterken bocalamış, elime yüzüme bulaştır-
mıştım. Salak salak kekelerken, içimdeki her şeyi fazlasıyla
belli etmiştim. Ayaklarına hemen orada bir kırmızı halı sersem
ancak bu kadar olurdu. Güya bunu kibarca yapacakken, kendi-
mi tam bir aptal gibi hissettim. Bütün gün kendi kendime kızıp
durdum.

Her neyse... İkimiz de birbirimize gittiğimiz mekânları
söylemiştik sonuçta. Şimdiye dek bir ilk buluşma için açık
açık sözleşmemiştik ama bugün birbirimize karşılıklı davetler
yollamıştık. Lavin'inki incelikli, benimki sersemce oldu;
kendimi yiyip bitirsem neye yarar! Sorun kimin kime gide-
ceğiydi ilk.

Lavin giderken arkasından bakakaldım öylece. Başı kanı-
yor gibiydi. Emin olamadım. Yanlış görmüş olabilirdim, ama
gözlerim beni pek yanıltmazdı. Arkasından seslenecektim,
dilimin ucuna kadar geldi ama seslenemedim. Az önce ser-
sem sersem kekelemiş, aptal gibi konuşmuştum. Daha fazla
konuşmak yersiz olurdu. Lavin galiba başın kanıyor desem
ama yanılmış olsam, daha beter rezil olurdum. Ama bu de-

ğildi seslenemeyişimin nedeni, âdeta dilim tutuldu kaldı. Bir anlam veremedim buna. Ayrıca üstünde durmadım, çünkü buluşacaktık artık. Buluşmayı düşündüm doğal olarak. Yine de, gözümün önünde o son manzara kaldı.

Eve gidince mutlaka ona yazıp, sormalıydım. Bileğime baktım; kanamıyordu... Kanamıyordu ama zaten dokunmamıştım ona. Ardından bakarken kan görmem, ister istemez bileğime bakmam bir uyarı mıydı yoksa! Bir kez daha aynı hataya düşmemeliydim. Bu kez temkinli olmalıydım. Gel gör ki, ne fayda! Akşam heyecan içinde döndüm eve. Hemen mesaj attım.

Anında cevap geldi. Selam faslından sonra sarsaklığımdan ötürü özür diledim. Gündüz aptal gibi davrandığımı ifade ettim. O ise hâlâ işin gırgırındaydı. Sonra, bugün kendisinin anormal bir şey yaşayıp yaşamadığını sordum.

"Hayır" dedi.

Başında kan izi gibi bir şey gördüğümü söyleyince açıklama yapma gereği duydu.

"Evet haklısın Kaan. Başımda bir kazadan kalan yara var. Zaman zaman kanıyor."

"Çok geçmiş olsun Lavin. Nasıl bir kaza geçirdiğini sorabilir miyim?"

"Bir trafik kazasıydı. Bundan tam üç yıl önce. Araç birkaç takla attı. Başım yarıldı. Gördüğün yara o günden kaldı. Çoktan kapandı ama zaman zaman kanıyor işte... Ama başımın dışı yaralandı; içi sağlam, telaşlanma!"

"Yine espri yapacak bir alan buldun kendine..."

"Biraz çatlak oluşumun kafama aldığım darbeyle ilgisi yok; bunu da belirteyim şair efendi."

Şaşırıp kalmıştım. Kendimi dünyada tek sanıyordum. Onun da tekrar kanayan bir yarası vardı. Gerçi aynı şey değildi. Benimki durup dururken kanamıyordu. Yine de, ortak bir acımız olduğuna dair bir duygu uyandı bende. Öyle olsun isterdim. Kim istemezdi! Oysa bencilce bir istekti bu. Ne de olsa, başkasında olamaz dediğim için böyle bir şey geçiyordu içimden. Yoksa aynısını başka biri de yaşasın istemezdim. Konu yaradan açılınca, ona söylemek geldi içimden. Yaramı paylaşmak istedim.

"Sana bir şey söyleyebilir miyim Lavin?"

"Elbette Kaan."

"Seninkine benzer bir yara bende de var biliyor musun?"

"Nasıl yani? Yoksa sen de mi bizim arabadaydın!"

"Dalga geçme, ben ciddiyim."

"Tamam, kızma şair efendi. Anlat bakalım, nasıl bir yaraymış senin yaran..."

"Böyle yazarak olmaz ki ama..."

"Hımm... Bu bir buluşma teklifi mi? Yoksa ben çok mu akıllıyım?"

"İkisi de..."

"Tamam o zaman. Yarın buluşalım mı?"

"Bana uyar. Ben Üsküdar'a geçebilirim istersen?"

"Tamam. Saat 13.00'da seni iskelede bekliyor olacağım."

***

Ertesi gün dediği saatte oradaydım. Tam zamanında gelmişti. Bekletilmeye alışık biri olarak onu orada uzun uzadıya bekleyebilirdim. Beni balıkçılar lokaline götürdü. Küçük bir çayevi gibiydi burası. Mavi-beyaz, yarı ahşap bir yapıydı. Eski bir balıkçı barınağı sandım. Meğer, eskiden Salacak iskelesiymiş. Deniz doldurulunca yolun diğer yakasında kalmış. Kız Kulesi tam karşımızdaydı. Lokalin önünde ve diğer yanında tahta tabure ve küçük sehpalar vardı. Hava güzel olduğu için yan tarafındaki masalara oturduk. Lavin'in sürekli geldiği bir mekânmış burası. Buluşur buluşmaz doğru buraya geldik o yüzden.

Çaylarımız geldikten sonra hevesli bir şekilde beni dinlemeye koyuldu.

"Sana hikâyeyi en başından anlatmak istiyorum. Umarım sıkılmazsın."

"Sıkılmak ne demek, zevkle dinleyeceğim."

"Espri yapmadın?"

"Bana bak!"

"Tamam tamam, şaka yapıyorum. Benim hikâyem çocukluk aşkımla başlıyor. Biz İzmir'de, Karşıyaka'da oturuyorduk. Bostanlı mahallesinde, mahalle kültürüyle büyüdük. Bizimkiler hâlâ orada yaşıyor. Tam bir Karşıyakalıyım anlayacağın. Bizim plaka numaramız otuz beş buçuk'tur. Çekirdeğe çiğdem, simite gevrek deriz biz. Boyoz yemeden de duramayız. Neyse işte, mahallemizin en güzel kızıydı Hande. Bütün oyunlarda beraberdik. Çok iyi anlaşırdık. Ben onun koruyucusuydum mahallede.

Sonra biraz daha büyüdük. Lisede de aynı sınıftaydık. Teğmen Ali Rıza Akıncı Lisesi'nde okuduk. Her sabah beraber giderdik okula. Gode Cengiz Parkı'nın köşesinde buluşur, Eski Varan Sokağı'na kadar el ele yürür, Cemal Gürsel Caddesi'ne çıkar çıkmaz, Balıkçı Parkı'nın önündeki otobüs durağında 445'i beklerdik. Mahalle arkadaşlığı aşka dönüşmüştü. Daha doğrusu ben âşıktım ona. Sonra o da beni sevdiğini söyledi ama bugün buna inanmam çok zor tabii...

Konuyu dağıtmayayım. Lisede başlayan aşkımız üniversitede devam etti. İkimiz de aynı okulu yazdık. Yıldız Teknik Üniversitesi'ni kazandık ve İstanbul'a geldik. Dört yıl beraber okuduk. Ben, halen oturuyor olduğum öğrenci evini tutmuştum, Hande burada yaşayan dayısında kalıyordu. Aslında İrfan amcam da vardı benim burada ama ben onlara yük olmamak için ev tuttum. Onların da maddi durumları hiç iyi değildi zaten.

Okul süresince sürekli evlilik planları yaptık. Onunla olmak saatlere sığmasa da saatlerce onunla olmak istiyordum. Bana kendime güvenmeyi öğretti. İnsanın en değerli varlığının kendisi olduğunu bana hep hissettirdi. Belki de beni yapacaklarına hazırlıyordu bilmiyorum. 'Korkma aşkım sen varsın' diye diye kendime olan güvenimi olgunlaştırdı. Bu arada sana bunları anlatırken yanlış bir aşkta doğru anılar arıyor gibi hissettim kendimi..."

"Öyle hissetme. Seni anlayabiliyorum. Karşındaki insanda sana benzeyen izler aramaktır aşk. O duyguya uzak olsam da yabancısı değilim anlayacağın. Lütfen anlatmaya devam et."

"Okul bitince ikimiz de iş bulacak, biraz para biriktirecek ve sonra evlenecektik. İstanbul'da yaşamayı planlıyorduk. Zaten o yüzden gidemedim güzelim İzmir'ime... Hayaller suya düştü ama ben hâlâ burada yaşamaya devam ediyorum. Neyse, fakülteden mezun olur olmaz Hande iş buldu. Ama ben onun kadar şanslı değildim. Uzun bir süre iş aradım. Sonunda iyi kötü bir iş buldum. Müjdeyi ona vermek için her zamanki yerimizde buluştuk. Sevinmedi bile. O gün beni terk etti ve gitti."

"Oha! Manyak mı bu! Affedersin ama kızdım yani biraz. Sebep neymiş peki söyledi mi?"

"Hayır, hiçbir sebep ileri sürmedi. Sadece gitti. Her şeyimmiş gibi sevip, hiçbir şeyiymişim gibi bırakıp gitti."

"Hımm. Demek aşkta iki kalpten biri diğerinden daha yavaş atabiliyor. Sonra ne oldu peki? Onu aradın mı?"

"Aramaz olur muyum? Ama ne telefonlarıma çıktı ne de karşıma. Neyse şimdi gelelim seninle ortak yaramıza. O günlerde bir bunalıma sürüklendim ve intihara karar verdim."

"İntihar mı? Sen?"

"Evet ben. İnanamıyorsun değil mi?"

"Yaptın mı peki?"

"Evet yaptım."

"Öldün mü peki?!"

"Lavin!"

"Tamam tamam kızma. Sana takılmadan edemiyorum biliyorsun."

"Küvette kestim bileğimi. Bak izi burada hâlâ. Ev sahibim buldu beni. Hastaneye zor yetiştirmişler. Çok kan kaybetmişim. Birkaç gün sonra taburcu oldum. Biraz kendime geldim işte. Sonra dostlarım yanımda oldu. Ayça sayesinde iyice kendime geldim."

"Peki, bu anlattıklarındaki ortak yaramız nedir? Pek anlayamadım. Bir de daha sonra haberini aldın mı Hande'nin? Yani ne yapmış ne etmiş, bir başkası mı varmış, seni neden terk etmiş?"

"Dur dur, sakin ol hepsini anlatacağım. Sırayla gitmek istedim. Ayça'dan öğrendiğime göre, Hande patronuyla evlenmiş. Bu da benim için yıkım oldu. Ama yazmaya ve işime ağırlık verince, onu da atlattım. Yazmak kurtarıcım oldu benim. Issızlaşan içimi ve hayatımı yeniden kalabalıklaştırdım."

"Bak benden sana bir tavsiye. Kalabalıkta düşen iğnenin kime batacağı belli olmaz."

"Ne bu şimdi atasözü mü?"

"Hayır ya atasözü falan değil. Benim sözüm. Sen hiç böyle bir atasözü duydun mu?"

"O zaman kesin ilerde atasözü olur bu bak yaz bir kenara. Benim anlamadığım neden böyle bir şey söyledin şimdi?"

"Ya sen demin dünyanı kalabalıklaştırdığını söyledin ya. Bazen insan o kendi yarattığı kalabalıklara ve o kalabalığın içindeki en masuma bilmeden zarar verebilir. Kırık bir aşktan geçiyorsun ve kendini onarmak için ıssızlığını kalabalığa devşiriyorsun. Ama içinde, için için yanan bir ateş var. O ateş içindeki kalabalığa bir damlasa kimi yakacağın belli olmaz alimallah... Bu yüzden, kalabalıkta düşen iğnenin kime batacağı belli olmaz dedim. Sakın yanlış anlama."

"Ben şiirlerimde ve yazılarımda kendimi çoğaltmayı kast etmiştim Lavin."

"Hımm. Şimdi daha iyi anladım. Yani o güzel şiirleri ve yazıları seni terk edip gidene mi borçluyuz şimdi? Ne acı!"

"Hayır, ben eskiden beri yazıyordum zaten. Çocukluğumdan beri yani... Hande'nin gidişi ırmağı coşturdu sadece... Tabii şunu da atlamamak gerekir. Ben yalnızlığımı sarmak için yazıyorum. Ama böyle bir durumda yazmak şair yalnızlığını daha da acıklı hale getiriyor."

"Nasıl oluyor o şair yalnızlığı?"

"O gider, şiirlerin başkalarına kalır... Ona yazdıkların başkasının yarasını sarar. Her biri hiç tanımadığın insanların acısına iyi gelir. Şair yalnızlığı, sevdiğine şiir yazıp başkalarının şairi olmaktır yani."

"Ha, iyi o zaman. Sevindim."

"Ortak yaramıza gelince... Her ne kadar seninki başında, benimki bileğimde olsa da, ikimizinki de zaman zaman kanıyor."

"Aaa, seninki de mi kanıyor bazen?"

"Belli zamanlarda evet!"

"Hangi zamanlarda mesela?"

"Anlatayım ne zamanlar kanadığını… Ben bu badireleri atlattıktan bir yıl sonra Ece diye bir kızla tanıştım. Birbirimizden hoşlandık. İyi vakit geçiriyorduk, haliyle yaklaştık birbirimize.

"Hah! Bak dedim sana birine batacaktı o iğne!"

"Hayır, sandığın gibi değil. Onunla ilişkimizin başladığı gün bileğim kanadı ve ilişki başlamadan bitti. İlk kez dokunduk ve yaram tekrar açıldı. Tabii ki bu bana talihsiz bir tesadüf gibi geldi. Yaramın bu yüzden tekrar kanadığını hemen kabul etmedim. Bir yıl daha geçti aradan, bu kez Duru girdi hayatıma. Bu kez ağırdan almak, temkinli davranmak istedim. Ama fayda etmedi. Duru'yla da ilişkimizin başlayacağı gün yine bileğim kanadı."

Anlattıklarımı baştan beri büyük bir dikkatle dinliyordu ama son söylediklerimi duyunca yüzü tuhaflaştı, gözleri dalgınlaştı. Sanki yüzünden bir keder ırmağı akıyordu.

"İyi misin?" diye sordum.

"İyiyim iyiyim sen devam et" diyerek geçiştirdi.

"Yani sana böyle hızlı hızlı, özetleyerek, biraz geçiştirerek anlatıyorum sıkmamak için. Benim için hiç kolay olmadı. Nasıl anlatsam sana? Bir kader mahkûmu gibi hissettim. Bence kim olsa benim gibi hisseder. İkinci kanamada bunun bir tesadüf olmadığını anladım. Hâlâ çok eminim. Çünkü ikisi de öyle anlarda oldu ki… Günlerde demiyorum, anlarda… Ben biraz çekingenim aşk konusunda. Duyguda tamam diyeyim sana, şairlik de var, kolay kapılıyorum ama iş temasa gelince, biraz çekingenim işte, anladın muhakkak."

"Evet anladım."

"Neyse, Ece ilk kez evime gelmişti. Kanepede yan yana oturuyorduk, elimi okşamaya başladı. Sonra ben de onun yanağını okşadım. Böyle mahrem şeyleri sana anlatmamda sakınca var mı?"

"Anlatmak istiyorsan anlat. Ama kanepeden yatağa geçtiyseniz, iyisi mi burada bırak."

"Ah Lavin ah… Tabii ki o kadar uzun boylu değil. İşte ben Ece'nin yanağını okşarken bileğimin kanadığını fark ettim. Kızın saçlarına ve yüzüne bulaşmıştı. Dehşete düştü. Benim aşk için intihara kalkıştığımı öğrenince birden soğudu benden. Yavaş yavaş, incelikle uzaklaştı. Zaten o gün bitmişti… Her neyse, ona hiç gücenmedim. Ama kendime gelmem kolay olmadı. Tesadüf deyip geçtim ama bu kez de Duru ile çok benzer biçimde yaşadık. Bana kalırsa aynıydı… Yıldız Parkı'nda ilk kez el ele tutuştuk ve bir daha kanadı. Kızın eline bulaştı. Bir banka oturduk, ona her şeyi anlattım. Neyse ki, Ece gibi benden korkup kaçmadı. Bunlar ona insani geldi, cin peri hikâyesi gibi algılamadı. Sana saçma gelmiyor, değil mi?"

"Hayır, öyle gelmedi. Sana inanıyorum."

"Anlattıklarım doğru ama bence yaramın iki kez aynı durumda kanaması tesadüf değil bence. Bu yara kime dokunsam böyle kanayacak."

"Olabilir. Ben olsam, aynı şekilde düşünürdüm."

"Ece ve Duru'ya sonda anlattığımı, sana baştan anlattığımı düşünmüyorsun, değil mi?"

"Hayır, için ferah olsun. Hiç öyle düşünmedim. Aklıma bile gelmedi."

"İnsan böyle bir yara taşıyınca neye inanacağını bilemiyor. Her şey yerle bir oldu. Anlıyor musun?"

"Çok iyi anlıyorum Kaan."

"Bu kanamalardan sonra anladım ki ben artık bu yarayla yaşamalıyım. Zaten başka yolu yok. Orada duruyor işte. Kendi elimle açtım. Neden böyle bilmiyorum. Biri kalbimi kıpırdatmaya başladığı anda ondan kaçmalıyım ve kalbime kimseyi almamalıyım."

Lavin'in gözleri nemlenmişti. Yavaşça başını kaldırıp yüzüme baktı.

"Sen ne diyorsun bu işe" dedim.

"İnsan kalbine laf geçirebilir mi şair efendi" diye sordu.

Sesindeki hüzün masamıza yayıldı. Kız kulesine döndüm yüzümü. Vereceğim cevap belliydi. Kalbin mantığı olmazdı. Söz dinletemeyecektik kalplerimize.

Aramızda uzun bir sessizlik oldu. Çaylarımız bitmişti. Bir çay daha içip içmeyeceğimizi sordum.

"İçelim" dedi.

Çaylar gelene kadar hiç konuşmadı. Ama sanki benimle paylaşmak istediği bir şey varmış gibi hissediyordum. Bir yandan da hayatına giren popçuyu sormak istiyordum. Çayından bir yudum aldı ve muhteşem gözleriyle bana derin derin baktı. Yüzündeki ciddiyet, beni korkutuyordu.

"Sana bir sırrımı anlatmak istiyorum Kaan…"

"Tabii ki Lavin. Sevinirim."

"Bakma aşka bu kadar uzak durduğuma. Bir zamanlar benim de ailemden bile sakladığım bir ilişkim vardı. Sadece bizim ufaklık biliyordu. Çok seviyorduk birbirimizi. Ben o zamanlar neşeli ve güler yüzlü biri değildim. Tam tersine asık suratlı, kendine dönük, geçimsiz biriydim dışarıda. Fakat evde çok sessizdim. Yani şimdiki halimin tam tersiydim. Ama o… Hayat doluydu. Her zaman gülerdi. En kötü anlarda bile yüzünden gülümsemesi hiç eksik olmazdı. Bütün arkadaşları onu çok severdi. Esprileriyle herkesi güldürür, mutlu ederdi. Bense domuz gibi dururdum yanında. Çok neşeli olduğu zaman uyarırdım onu. Çok gülmesini istemezdim. O kadar zıt karakterlere sahiptik ki anlatamam. Nasıl bir aradaydık hâlâ anlayabilmiş değilim. Sanırım zıt kutupların birbirini çekmesi gibiydi bizim aşkımız. Benden istediği tek bir şey vardı, o da biraz daha güler yüzlü olmam. İnsanları biraz daha sevmem... Ama hiç onun istediği gibi biri olamıyordum. Yapmacık ve sahte geliyordu bana... Gezip tozmayı çok severdi. Az parayla çok eğlenebilen nadir insanlardandı. Sürekli yürürdük. Ayaklarım şişerdi yürümekten. Ben hep şikâyet ederdim ama o beni mutlu etmenin bir yolunu bulurdu. Bir gün, borç harç bir araba alıp gelmiş..."

Ağlıyordu Lavin. O an elini tutmak istedim ama yapamazdım. Buna engelim vardı. "İstersen anlatmayabilirsin Lavin" dedim. Anlatmak istediğini söyledi. Yüzündeki yaşları silerek devam etti.

"Bundan tam üç yıl önce, ayın son cumartesi günüydü. Siyah bir arabayla geldi kapıma. Sana ilk yazışmalarımızda bahsettiğim ama sonra anlatırım belki dediğim araba bu işte. Bana sürpriz yapmıştı. Arabaya bindim ve sadece gülümsedim. Hayırlı olsun dedim, o kadar. Alınmıştı. Daha büyük bir tepki vermemi bekliyordu sanki. Bense sadece gülümsemiştim. Yürümekten çok hoşlanmadığım için, bunu ben mutlu olayım diye yapmıştı. Çok mutlu olmuştum aslında ama duygularını belli eden biri değildim o zamanlar. O yüzden sadece gülümsedim.

Hevesi kırılmıştı. Sonra tartışmaya başladık. Şu dünyadan göçüp gidene kadar benim bir gün bile olsun kahkahalarla gülüşümü görüp göremeyeceğini sordu. Duygularımı neden bu kadar geriye attığımı sorguladı. Ses tonu giderek artıyordu. O bana bağırdı, ben de ona. Kavganın şiddeti arttıkça, o da arabanın hızını artıyordu. Bastıkça bastı gaza. Sonra kaza yaptık. Ben başımı vurmuşum. Hastanede açtım gözümü. Onun öldüğünü söylediler. Aileme hiçbir şey söyledim. Arkadaşımda kalıyorum dedim. Hayatımda ilk kez aileme yalan söyledim. Cenazede tutulup kaldım. Ben toprağına kapanıp saatlerce ağlamışım, alıp götürememiş arkadaşım. Ben bunu hiç hatırlamıyorum. Sadece cenazeyi hatırlıyorum, o da hayal meyal. Kendimde değildim. Sadece acımdan mı, başımdaki yaradan mı bilmiyorum. Bana ilaç vermişlerdi. Benim yüzümden ölmüştü. Vicdanımla birlikte başımdaki yara da kanadı o gün. Yine kanamıştı ama zaten taze bir yaraydı, umursamamıştım. Hâlâ kanıyor, hep kanıyor. Hiç geçmedi.

O kadar alıştım ki o yaranın kanamasına... Seninki hayatına yeni birini almaya kalktığında kanıyor ama benimki her ayın son cumartesi günü kanıyor. Çünkü o cumartesiler benim gizli gizli onun mezarına gitme günüm. Bundan hiç şikâyetçi değilim. Çünkü yaranın kanaması, aşkımızı canlı tutuyor. Mezarında yatarken döktüğüm kanları ve gözyaşlarını görüyor o...

Seninle Yıldız'da karşılaştığımız gün ben mezar ziyaretinden dönüyordum. Zincirlikuyu'da yatıyor. Beşiktaş'tan yürüyerek gidip geliyorum. Her ziyaret sonrası onun çok sevdiği ev yemekçisine gider, onunla yaptığımız gibi yemek yer ve ardından buraya gelir çay içerim. Tıpkı dün yaptığım gibi."

Anlattıkları beni çok etkilemişti. Gözlerine bakmak istiyor ama karşılaşacağım kederden korktuğum için bakamıyordum. Çayını bitirememişti. Kendini toparlamaya çalışıyordu. Yüzüme gülümseyerek baktı.

"Ama bak, artık yüzü asık biri değilim. Onun hatırasını yaşatmak için, onun istediği gibi biri oldum. Keşke o yaşarken bunu başarabilseydim. Son pişmanlık fayda etmiyor. Kendimden başka kimseye kırgın değilim. Hayatı ve insanları seviyorum. Acılarla yoğrulmuş olsa da gülümseyerek bakıyorum bu koca dünyaya. Tıpkı onun olmamı istediği gibiyim. Sadece onun yanına gittiğimde ağlıyorum. Ufaklık dışında kimse şahit olmuyor gözyaşlarıma. Şimdi anladın mı o gün duvarına yazdığın yazıya seni hiç tanımama rağmen neden yorum yaptığımı?"

"Evet! Hem de çok iyi anladım. Bu anlattıklarımızdan yola çıkacak olursak, ikimizin de ortak bir yarası var. Ve ikimiz de bu yaraya sahip çıkıyoruz... Ben artık bu yarayı bir başkasıyla sarmamayı öğrendim. Sense ölen sevgiline sadık kalmak adına gizli yasını tutmaya devam ediyorsun. Şimdi ben soruyorum sana. Senin yasın kaç dönüm?"

***

Ondan önce davranmış ve ilk kez önce ben patlatmıştım espriyi. İkimiz de gülmeye başladık. Acılarımızı tatlıya bağlamıştık. Artık gitme vaktim gelmişti. İskeleye kadar bana eşlik etti. Beşiktaş'a kalkan küçük teknelere binecektim. Tam gidecekken, "Bir dakika Kaan" dedi. Geri döndüm. "Sana çok teşekkür ederim. Seninle artık kader ortağıyız biz" dedi ve sarıldı bana. Sımsıkıydı sarılışı. O sarılmayı hiç unutamam. Ayrılık saatimizin en güzel tesellisiydi. Ben de aynı şekilde karşılık verdim. Kalbim yerinden çıkacak gibiydi. Aynı zamanda endişeliydim. Ayrıldık ve Lavin arkasını döner dönmez başına baktım. Kanamıyordu. Sonra bileğimi kontrol ettim. O da kanamıyordu.

Beşiktaş'a geçerken aklımda hep anlattıkları vardı. Tekneden indikten sonra hemen eve gitmek istemedim. Barbaros Hayrettin Paşa iskelesine kadar yürüyüp, oradaki küçük tabureli çay bahçesine oturdum. Çayımı yudumlarken Lavin'i düşünüyordum. Ne kadar zor bir durumdu ölen birinin ardından hâlâ yasını tutuyor olmak. Üstelik gizli bir yastı bu. Acaba kazadan sonra ailesi ilişkilerini öğrenmiş miydi? Öyle olsa neden her ayın son cumartesi günü gizli gizli mezara gitsin? Keşke bunu sormak için elimde bir telefon numarası olsaydı. Aslında giderken numarasını istemek aklımdan geçmişti ama uygun bir ortam yoktu. Duygusal yanı ağır bir gün yaşamıştık ikimiz de...

Çayımı bitirdikten sonra evime doğru yürümeye başladım. İskeleye inen sokaktan yukarıya doğru salındım. Işıkların oradaki üst geçitten karşıya geçtim. Alkım Kitabevi'nin önündeki otobüs durağında bekleyen kalabalığa göz ucuyla bakarak, Ortabahçe Caddesi'nden yukarı doğru çıktım. Kabalcı'nın önünden geçerek, Beşiktaş'ın Yüzüncü Yıl Lig Kupası heykelinin önüne vardım. Küçük bir Çarşı grubunun önümden tezahüratlarla geçişini izledim. Yavaş adımlarla Şair Veysi sokağa girdim. Benim sokağımdı burası. Beşiktaş Hamamı'nın önünden geçerek sağa kıvrılan yolda dalgınca yürüdüm. Ayaklarım yine kendiliğinden getirmişti beni buraya. Sokağın bitimindeki köşede Necdet ağabeyin tezgâhı görünüyordu. Oturduğum apartman, sokağımdaki İstanbul Kafe'nin tam karşısına denk gelen Sezer Apartmanı'ydı. Bugün bu sokak çok kalabalık geldi bana. Oysa bu şehre ilk geldiğimde ne kadar da yalnız hissediyordum kendimi. Ama yabancı bir şehirde yabancılık çekmek yalnızlıktan daha ağırdı. İkisi birleşince çekilmez oluyordu.

Köşedeki Necdet ağabeyime selam verip çatı katıma çıktım. Yatağıma uzandım ve gözlerimi kapadım. Odada Hande'nin aldığı küçük biblolar vardı. Her yer onun hatıralarıyla doluydu. Kalkıp radyoyu açtım. Birden o şarkı çıktı karşıma: *Şimdi çatı katında inziva vakti.* Birden aklıma bir soru geldi. Lavin'in o popçuyla olan ilişkisi... Çok merak etmeme rağmen bugün ona sıra gelmemişti. Gerçi nasıl soracağımı da bilmiyorum ama... Belki bir gün kendi anlatır.

DOKUZUNCU BÖLÜM

Kaan'ı uğurladıktan sonra Lavin eve kadar yürüdü. Sanki doğup büyüdüğü semtin eski sokakları baştan aşağı yıkanmıştı. Yüzünde mutlu bir tebessüm vardı. Gülüşünün arkasında hep saklı duran yalnızlık hissi hafiflemişti. Sokağına girince, yıllar sonra gurbetten dönmüş gibi hissetti. O kadar uzak bir yerden geliyordu. Alışılmadık bir histi bu, ancak çok tanıdıktı. Kendine dönüyordu. Hiç yadırgamıyordu bu halini, öte yandan sadece Kaan'la birlikte geçen birkaç güzel saate bağlıyordu bu hissi.

Anne baba evde yoktu. Akrabalara gideceklerdi. Ta, akşam dönerler. O da biraz kendini dinler. Kardeşinin odasına girdi, kapıyı kapadı. Olanları Erdem'e anlatmalıydı.

"Nasılsınız küçük bey?"

"Seni sormalı abla. Yüzünde gülücükler açmış."

"Kaan'la buluştuk."

"Biliyorum."

"Nereden biliyorsun?"

"Yüzünden anladım."

"Biliyorsan, niye soruyorsun?"

"Çünkü çocuğum. Çocuklar hem bilir hem sorar. Senin anlatacaklarını merak ediyorum."

"Anlatacağım. Sana anlatmak için yanına geldim."

"Seni şaşırttı mı?"

"Evet, hem de çok. Onunla konuşurken durup durup

aklıma sen geldin. Senden konuşmadık ama birkaç kere dilimin ucuna geldin. Geçen ay mezarlıkta konuştuklarımız geldi aklıma. Hatırlıyor musun?"

"Hatırlıyorum tabii. Unutkan olan sensin."

"Ne hissediyorum biliyor musun?"

"Yalnız olmadığını."

"Nereden biliyorsun?"

"Ben ne hissettiğini biliyorum. Aslında bunu herkes bilebilir. Senin düşündüklerini bilmiyorum ben. Ne düşündüğünü merak ediyorum."

"Demin söyledin ya! Yalnız olmadığımı düşünüyorum. Çok garip bir şey oldu. Kaan'ın da tekrar kanayan bir yarası var. Onun hikâyesi başka, yarası da başka şekilde tekrar kanıyor ama bu kadar olur dedirtti bana. Yolda karşılaşmıştık, arkamdan bakınca başımın kanadığını fark etmiş. Bana söylememiş ama kendi hikâyesini anlatmak istemiş. Kendi yarasını yani… Tabii, benim de tekrar kanayan bir yaram olduğunu tahmin edemezdi ama sanki bunu bile bile anlatmaya gelmiş gibiydi. O da çok şaşırdı. Neler hissediyordur şimdi kimbilir?"

"Ben sana söyleyeyim. Benzer şeyler hissediyordur. Ama farklı düşünüyordur."

"Neden?"

"Çünkü yaralarınız benze ama hikâyeleriniz farklı. Siz de farklısınız. Doğal olarak ikiniz farklı düşünürsünüz. Bunu bilmek için âlim olmak gerekmez."

"Arife tarif gerekmez diyorsun."

"Aynen öyle."

"Ee, peki Kaan şimdi ne düşünüyor bay çokbilmiş?"

"Nereden bileyim? Sadece tahmin edebilirim."

"Tahmin yürüt öyleyse."

"Kafası karışmıştır."

"Nasıl?"

"Sen yaranın her mezar ziyaretinde yeniden kanadığını fark edince kafan karışmadı mı? Neler oluyor demedin mi?"

"Dedim."

"Eminim, o da demiştir."

"Evet, öyle olmuş."

"Şimdi bir daha karışması normal değil mi? Seninki karışmadı mı?"

"Karıştı tabii ama şimdi iyi hissediyorum. Bunları düşünmek istemiyorum."

"Ama düşüneceksin. Akşamı bile bulmaz. Bu nasıl bir tesadüftür diyeceksin?"

"Onu şimdiden diyorum."

"Bu kadar normal karşılayamazsın. Ergenlik sivilcesi değil ki bu! Aa, onda da varmış deyip geçemezsin."

"Zaten ben de sıradan bir şeymiş gibi karşılamıyorum küçük bey!"

"Hakkını da vermiyorsun... Yalan mı?"

"Ne hakkı?"

"Buna tesadüf diyemezsin?"

"Ne peki?"

"Kader. Sen de anladın bunu ama inkâr ediyorsun yine."

"Yine mi? Ben neyi inkâr ediyorum ki?"

"Bunu benden öğrenme. Bakarsın Kaan sana söyler. Onun sezgileri güçlü."

"Nereden biliyorsun?"

"Ben onu senden önce gördüm."

"Nerede gördün?"

"Sana geçen ay mezarlıkta söyledim ya abla! Ben rüzgârım dedim ya sana."

"Haa, yani diyorsun ki, o gün rüzgârın yapraklara haber verdiği yağmur, benim için Kaan."

"Evet, böyle diyorum. O bir arayış içinde. Bence seni arıyor. Sen de mezarlığa saklanıyorsun. Ama bu çok saçma. Çünkü ölenler bile orada durmaz. Kendi yollarına giderler. Sen mezarlıkta daha ne kadar saklanabilirsin?"

"Ben kimseden saklanmıyorum!"

"Sen öyle san. Kendinden saklanıyorsun!"

"Tebrik ederim küçük bey. Az önce aklın karışacak demiştin ya. Bunu başardın... Ben neden kendimden saklanayım ki!"

"Kendini sobelemeden bilemezsin."

"Sen söyle."

"Olmaz, ben söylersem çanak çömlek patlar."

"Peki, öyle olsun küçük bey... Hepsini Kaan'a sorarım artık. Kaan ermiş ya, hepsini bilir!"

"Öyle değil işte. Git Kaan'a sor, söylesin demiyorum. O da senin gibi yarasıyla ne yapacağını bilemiyor."

"Ben öyle değilim. Benim yaramla derdim yok. Kanıyorsa kanıyor, bundan rahatsız değilim."

"Bence sen artık bu yası bırakmalısın abla. Ömür boyu yas mı tutacaksın!"

"Sen orasına karışma küçük bey. Buna sen karar veremezsin. Yas benim yasım. Bana kalmış!"

"Hayat seni Kaan'la buluşturmasa, bunu söylemezdim. Bence artık vakti geldi. Bundan sonra ikiniz birlikte yürümelisiniz."

"E, biz ne yapıyoruz. Buluştuk konuştuk işte, yine buluşacağız."

"Orası muhakkak. Ama onu yarı yolda bırakma."

"Ben kimseyi yarı yolda bırakmam küçük bey. Sen de biliyorsun. Hatta en iyi senin bilmen gerekir."

"Seni asla gitmem dediğin yere götürse de mi?"

"Öyle bir yer mi var?"

"Bana sorma bunu. Kendin bil."

"Yine başladın bilmecelere."

"Bilmeceye başlamadım. Sen zorluyorsun. Ben sana, Kaan'a doğru adım at diyorum. İkinizin de yarası birlikteyken iyileşebilir. Bir daha kanamaz."

"Ben yaramın kanamasından şikâyetçi değilim. Ayda bir kez kanasa ne çıkar! Ama Kaan dertli, ona yardım elimi seve seve uzatabilirim."

"Biri senden yardım istiyorsa, bilmeden sana bir konuda yardım edecektir."

"Yani?"

"Kaan sana açıldı. Bugün seninle konuştuktan sonra yarasının seninle birlikte iyileşebileceğini düşünecektir. Sana daha yakın olmak isteyecektir."

"Hiç sanmıyorum küçük bey. Çünkü onunki çok kıskanç bir aşk yarası, başkasına dokununca kanıyor. Bana âşık olur, bana dokunursa yine kanar. Bunu bile bile bana fazla yaklaşmaz."

"Ama ben demin ne dedim? Biri senden yardım istiyorsa, bilmeden sana bir konuda yardım edecektir. Eğer Kaan senin yaranı iyileştirebilecekse, bunu bilmeden, senden kendisi için yardım ister. Senin yarasını iyileştirebileceğini umar. Tersinin geçerli olduğunu bilemez. Hayat böyle. Sen de sakın onu uzaklaştırma. Uyanık ol, bırak sana yardım etsin. Bırak, yaranı iyileştirsin."

"Erdem! İyisi mi, sen bunu hiç söylememiş ol... Kaan benim sevgilim değil, sadece arkadaşım. Ortak acılarımız ve yaralarımız var, hepsi bu. Sen de benim kardeşimsin, aşk doktorum olmaya kalkma bakayım. Anlaşıldı mı?"

"Neden bu kadar sinirlendin? Bilinçaltındaki korku yüzünden olmasın!"

"Neymiş benim bilinçaltımdaki korku bay psikolog?"

"Söylemem işte! Önce hak et."

"Bak sen! Çikolata mı istiyorsun?"

"Artık benim çikolata yemediğimi biliyorsun abla."

***

Lavin kıpkırmızı oldu, boynu büküldü. Konuşma burada noktalandı. Bir süre sessiz kaldılar ve Lavin pencereye baktı, uzaklara dalıp gitti. Ne kadar baktı öylece, bilmiyordu. Saniyeler mi, günler mi geçmişti? Başını çevirdiğinde Erdem yatağın üstünde değildi. Ortalıkta yoktu. Sessizce kaybolmuştu yine. Odadan çıkıp evin içinde arandı onu. Saklanmıştı yine. Belki Erdem'in odasına dönse, orada bulacaktı onu. Ama kendi odasına gitti. Biraz uzanmak istedi. Kaan'la sohbetin üstüne küçük beyin söyledikleri ağır gelmiş, ağırlığı şimdi daha çok hissetmeye başlamıştı. Yatağa uzanınca, siyah araba kaldırıma yanaştı, istemeye istemeye yine bindi. Yeniden tartışmaya başladılar. Sonra o kaza yine oldu. Keşke sadece güzel günleri anımsayabilseydi.

Rahmetli dedesini andı. Ne tatlı adamdı. Çok az konuşurdu. Dudağının bir ucu yukarı, diğer ucu aşağı kıvrımlı dururdu. Hem gülümserdi hem hüzünlüydü. Bir yanında sevinçleri bir yanında kederleri öylece dururdu. Bir bayram günü ona gitmişlerdi. Bütün akrabalar onların evinde toplanırdı bayram sabahı. Öğleye doğru herkes gelmiş olur, bayram sofrasına oturulurdu. Sofra kurulana kadar dedenin bir yanında Lavin, diğer yanında Erdem otururdu. İki koluyla ikisine sarılırdı. İkisini de çok severdi. İki çocuk da dedeye düşkündü, anneanne kıskanırdı.

Yattığı yerde dedesinin bir sözünü hatırladı: "O artık

yalana benzer." Akrabalardan biri, o gün gelmeyen eniş-
teleri ve hâlâ geçmişte onun hakkında yaptıkları kötü bir
şeyi hatırlatıyordu… "Onlar zaten daha nişanlıyken bilezik-
tir takıdır, sonra handır hamamdır…" Dede, burada elini
kaldırarak sözünü kesmiş, "O artık yalana benzer. Bayram
sofrasında başkaları hakkında kötü konuşmak olmaz. Ben
kötü olan her şeyi sildim. Sadece güzel şeyleri hatırlıyorum.
Kimin yanında iyi hissediyorsam onun yanındayım, o kadar.
Bak bana, sen de torunlarınla böyle oturacaksın. Sana kötü
şeyleri unutturacaklar, yanlarında sadece güzel şeyleri
hatırlayacaksın" demişti.

Keşke Lavin de sadece güzel şeyleri hatırlayabilseydi. Sev-
gilisinden geriye o kaza günü ve bir yara kalmıştı. Oysa ne gü-
zel günler geçirmişlerdi birlikte. Kaan'a geçmişini anlatırken
ne kadar neşeli, hayat dolu biri olduğunu söylemişti. Onun
bütün neşesini bir miras gibi devralmıştı, ama yalnız başına
kalınca, o neşeden eser yoktu. Sadece arabadaki kavga ve
ansızın kararan dünya! Hastanede gözlerini açmıştı açmasına
ama sanki bir tül örtülü kalmıştı. Bir tül mü, yoksa bembeyaz
bir güneşlik mi demeli buna? Bilemiyordu. Eski güzel günlerle
arasında beyaz bir örtü vardı.

***

Mezarlıktan dönüp başındaki yaradan kan kırıntılarını
tırnağıyla kazırken aynada uzun uzun kendine bakmış ve
dudağının iki ucunun da aşağıya doğru kıvrık durduğunu
görmüştü. Yalnızken hep böyle mi duruyordu acaba?

Bunu düşünürken geçmişten bir ayrıntı hatırladı: Dedesi-
nin dudağının sağ ucu yukarı, sol ucu aşağı kıvrıktı. Lavin'i
hep solunda oturturdu, Erdem doğunca Lavin'i sağına almış,

sol yanını Erdem'e vermişti. Bundan emin olmak istedi, çünkü hatıralar aldatıcı olabilirdi. Hatırlarken bazı ayrıntılar gelir, bazıları silinirdi. Başka başka zamanları çağırdı, gelen her görüntüde Lavin sağda, Erdem soldaydı ve Erdem doğmadan önce solunda oturuyordu. Dedesi kucağında taşırken bile onu hep kalp tarafında tutardı başta.

Nedense kalbi hızlı hızlı atmaya başladı. Lavin, çocukluğunu hatırlamazdı. Kırık bir dal gibiydi çocukluğu. Başkaları anlatırken gözünün önünde canlanırdı ama bunlar kendi hatırası değil, anlatan kişinin bakış açısıydı. Bir gün annesine tren yolculuklarını anlatırken ortaya çıkmıştı bu. Annesi Lavin'e, "Sen o gün yoktun. Teyzen yanlış hatırlıyor" demişti. Sonra bunu sormuşlardı, evet, Lavin yoktu tren yolculuğunda. Erdem gelmiş, Lavin evde kalmıştı; çünkü o gün alıp başını gitmiş, onu bulamamışlardı. Komşulara haber vermiş, trenle Pendik'e gidip akşam döneceklerini söylemişlerdi. Erdem trende çok ağlamış, ablam diye tutturmuştu. Çocuğu susturmak için yolculardan çikolata sormuşlar, hiç kimseden bulamayınca da baba Bostancı istasyonunda inip koşa koşa çikolata almaya gitmiş ve bu arada treni kaçırmıştı. Bir sonraki trenle gelmişti peşlerinden.

Teyzesi elinde çikolatayla geldiği bir gün Lavin'e o tren yolculuğunu anlatmış, ama Erdem ile Lavin'i karıştırmıştı. Lavin'in bunun gibi karıştırdığı başka hatıraları da vardı. Mesela, eniştesi kalabalık bir piknikte onu nasıl aradıklarını anlatmıştı. Lavin gezmeye düşkün, başını alıp giden bir çocuk olduğu için sadece kendi mahallesinde değil, akraba ve aile dostlarını ziyarete gittiklerinde de çıkıp gezer, çok uzaklara gider, herkesi peşine düşürürdü. Enişte, o kalabalık piknikte Lavin'i köşe bucak her yerde arayıp, sonra piknik masalarından birinin altında uyurken bulduklarını anlatmıştı.

Bir gün Lavin anne babayla evde film seyrederken, piknikte kaybolan bir çocuk sahnesi üstüne bu hatırayı anlatmış, "Beni kim bulmuştu" diye sormuştu. Fakat baba, "O Erdem'di kızım. Hatta onu sen buldun ya masanın altında" demişti. Anne de doğrulamıştı bunu. "Sen başını alıp giderdin, kardeşin hep olduğu yerde kaybolurdu" demişti.

Kalbi hızlı hızlı atmaya devam ediyordu Lavin'in. Kaan'la konuştukları, Erdem'in söyledikleri ağır gelmiş olsa gerekti. Dedesinin dudaklarının kıvrımlarından su yüzünde seken bir çakıl taşı gibi o kayıp hatıraların birinden öbürüne geçmişti ardı ardına. Acaba hatırlamak, dilediği gibi hatırlamak, dilediğini unutup sadece dilediğini hatırlamak gerçekten insanın elinde miydi?

Yaşlılar, o gün olanı bile unuturlar; fakat çocukluk anılarını çok ayrıntıları hatırlarlar. Komşuları Sabahat Hanım gelir, kıtlık dönemini anlatır durur mesela. Ekmek karnesi döneminde bir şekeri on günde nasıl yediğini anlatırdı ikide bir. Onu bin kere anlattığını unuturdu da, şekerin jelatinini, onu biraz emdikten sonra tekrar jelatine koyup kardeşleri bulamasın diye her seferinde başka bir yere sakladığını tek tek sayarak anlatırdı. Lavin bunları dinlemekten sıkılmaz, gözünde canlandırır ama aynı şeyi düşünürdü: Acaba ben de yaşlanınca çocukluğumu böyle hatırlayacak mıyım?

***

Lavin, huzursuz oldu ve bilgisayarını açtı. Kaan'dan mesaj gelip gelmediğine baktı. Yoktu. İlk defa onunla konuşmaya bu kadar çok ihtiyacı vardı. "Telefon numarasını neden istemedim ki" diye söylendi kendi kendine. "Hey orda mısın ortak" diye bir mesaj attı ve beklemeye başladı.

Gözünü ekrandan ayırmıyordu. Kısa bir süre sonra cevap geldi.

"Buradayım ortak, nasılsın? Eve rahat gidebildin mi?"

"Evim iskeleye çok yakın zaten. Asıl sen rahat gittin mi?"

"Rahattan öte huzurlu gittim…"

"Ben de öyle. Bugün beni dinlediğin için tekrar teşekkür ederim."

"Ne demek ortak. Her zaman hazırım seni dinlemeye. Yalnız madem bu noktaya geldik, artık şu telefon numaralarımızı birbirimize versek diyorum ha, ne dersin?"

"İnan, az önce ben de aynı şeyi düşünüyordum."

Lavin numarasını yazdı ve Kaan hemen onu aradı. Konuşmaya başladılar. Dakikalarca sürdü sohbetleri. Kendilerini kaptırdıklarının farkına varınca durdular karşılıklı. Her hafta sonu buluşmaya karar verdiler. Lavin'in keyfi yerine geldi. Kaan da sevinçliydi, buluşmanın üstüne telefonla konuşup bundan sonra sürekli görüşmeye karar vermelerinden ötürü. Bir sonraki hafta sonunu iple çekeceklerdi.

***

Bu kez karşıya geçme sırası Lavin'deydi. Tekneden boğaz sularına, saraylara bakarken ne kadar güzel bir şehirde, bu şehrin en güzel yerinde oturduğunu düşündü. Binlerce yıldır yaşamın sürdüğü, görkemli uygarlıkların ardı ardına kurulduğu, şimdi on beş milyonu aşan nüfusuyla bu şehirde kimler kimler, neler neler yaşamıştı ve yaşamaya devam ediyordu… Lavin bunlardan sadece biriydi. Mesela bindiği tekne o güne kadar belki bir milyon insan taşımıştı. Bu insanlar kimbilir ne hayatlar yaşıyordu. O teknede neler neler olmuştu? Akla hayale sığmazdı bunlar.

Kendi hikâyesi ve Kaan'ın hikâyesi ne kadar ilginçti, ne kadar umulmadık, beklenmedik bir yaşam sürüyorlardı! Oysa dışarıdan bakıldığında, her ikisi de sıradan insanlardı. Şimdi teknedeki o kadar sıradan insan belki onlar gibi gizemli yaralar taşıyor, belki akla hayale sığmayacak yaşamlar sürüyorlardı. Binlerce yıldır böyle sürüp gidiyordu. Sonunda onlar da gömülecekti, mezarları bile zamanla kaybolacaktı belki ama bazı hikâyeler vardı ki, dilden dile yüzyıllarca yaşardı.

Kaan ona kendi hikâyesini anlatmış ve bambaşka bir ilişki başlamıştı aralarında. Şimdiden hissediyordu bunu. Yaşadığımız, yaşarken sakladığımız bu hikâyeler anlatılınca hayatımız birden değişebiliyordu. Bunları düşünürken içini tatlı bir huzur kaplamıştı. Kaan'a karşı daha açık olayım, içimde ne varsa ben de anlatayım, diye düşündü. Dinlemek kadar anlatmak da güzeldi. Lavin için günlerden cumartesi, sulardan açılmaktı.

Beşiktaş'ta, Hakan Kafe'de buluştular. Kaan onu bekliyordu. Başka masalarda oturanlar ya konuşuyor ya da cep telefonlarıyla ilgileniyorlardı. Kaan sadece bekliyordu, hemen dikkatini çekti bu. Kaan öylece otururken, dikkat çekiyordu. Onu tanıdığı, sevdiği için mi böyle geliyordu? Hiç tanımasa yine de dikkatini çeker miydi? Sözgelimi, buradan geçiyor olsaydı, şöyle göz ucuyla bakarken bir an bile olsa durup bakar mıydı ona? Bu adamda başka bir şey var, der miydi kendi kendine? Kuşkusuz derdi. Çünkü Lavin şu an neyse oydu, başka türlü olamazdı.

Hayatımıza giren bir kişi, başımıza gelen bir olay bizi değiştirir. Bir insan değişince geçmişi ve geleceği de değişir. Bütün dünyası ve onun dünyasındaki herkes yeniden biçimlenirdi. Lavin, teknede yalnızca düşünüyordu; Kaan'la buluşacağı için heyecanlıydı ve iyi hissediyordu kendini, o kadar. Ama şimdi, onu görür görmez bir şeyin değiştiğini, sanki bir kapının aralandığını, ışık sızdığını hissetmişti. Aslında bu değişim Üsküdar'da ilk kez buluşup Kız Kulesi'ne bakarak konuştuklarında başlamıştı. Fakat bu açıl susam açıl demekle şıp diye açılan bir kapı değildi. Kelebek olup uçabilmek için kozasından sıyrılmaya çalışan bir tırtıl gibi kendini de kozayı da zorlaması gerekirdi. Ama bunu bilmiyor, kendiliğinden bir şeyin aydınlanıvereceğini sanıyordu. Perdeyi çekmekle içeri dolan günışığının odayı aydınlatması gibi, Kaan ile konuşurken kalbinin ferahlıkla kaplanacağını hissetti. Henüz çok erken, iyimser bir histi bu.

***

Kaan onu beklerken gözleri masadaydı. Yol gözleyen biri gibi değildi. Lavin'in geleceğinden emindi. Aralarında peşin bir güven oluşmuştu. Ağırbaşlı, tatlı bir bekleyişti bu. Heyecanlı, aceleci, gözü yollarda değildi. Sanki Lavin masanın üstünde duruyordu. O kadar yumuşak bakıyordu. Kaan, sakin ve hep olduğu gibi yine kendine dönüktü. Bileğindeki kelepçe, gözüne de sinmişti.

İkisi de çok huzurluydu. Kaan, gelen Lavin'i görünce yüzünü mutluluk kapladı, ayağa kalktı ve yanına varana kadar gözlerini ondan ayırmadan bekledi.

"Hoş geldin, Lavin."

"Hoş bulduk Kaan."

"Çok iyi görünüyorsun. Yüzün başka gülüyor."

"Senin de öyle Kaan. Eskiler o sizin güzel bakışınız derler."

Lavin, Kaan'ın yanaklarını öptü. Kaan buna şaşırdı, hiç beklemiyordu. Biraz şaşkınlık biraz telaşla, "Otursana" dedi.

Lavin, karşısına oturdu. "Ne ısmarlıyorsun? Buranın nesi güzeldir, sen bilirsin" dedi.

Kaan hemen kahve söyledi.

Lavin, kahvesini yudumlarken iskeleye doğru yürüyen insanları seyrediyordu. Her zaman kalabalıktı burası.

"Bu semti çok mu seviyorsun Kaan?"

"Evet, çok seviyorum. Alışkanlıklarından çabuk kopabilen biri değilim. Hande'yle yaşadığımız birçok anı saklı buraların sokaklarında. Nereye baksam onu görüyorum. Hatta bazen kime baksam... Herkes ona benziyor sanki."

"Hayır Kaan, herkes ona benzemiyor; sen çok özlüyorsun."

"Belki de sen haklısın. Yine de seviyorum işte buraları. Aslında onunla birlikte bu hatıraların içinde kaybolmuş gibi hissediyorum kendimi. Ama yine de bu kayboluş bana yok oluş gibi gelmiyor. Sonuçta burası memleketim değil ama bazen kaybolduğu yere ait olabiliyor insan. Keşke gitmemiş olsaydı da hâlâ beraber adımlıyor olsaydık bu sokakları. Ama gitti işte. O gitti, bu şehir kaldı ondan bana. Biraz da o kaldı tabii. Kendi değil, kalbi kaldı bende. Bir insan nasıl ayaklarıyla gidip kalbiyle kalabiliyorsa öyle kaldı işte. Bazen en yakınını bile tanıyamıyor insan."

"İnsan kalbi miyoptur şairim; dibine girmeden göremez gerçeği. Ama yine de güzel anlattın tabii. Peki, yalnız yaşamak zor mu? Hayatında bir sevgilinin olmasından bahsetmiyorum. Ailenden uzak olmanı kastediyorum."

"Alışıyor insan ortağım. Sonuçta şairin en iyi dostu yalnızlıktır."

"Biz şair olmadığımız için bilemiyoruz efendim. Ez zaten sen beni, ez!"

"Çok sempatiksin Lavin. Hep gülümsetiyorsun beni. Seninle olunca hayatı bile seviyor insan."

"Hayat güzel de bu hayatın içine bir hayat koymayı unutmuşlar şair efendi. Biz de hayatın kurallarını öğrenmek yerine hilelerini öğrenip yaşamaya çalışıyoruz. Başka türlü mutlu olmanın mümkünatı yok."

"Peki sen ne yapacaksın böyle? Yani sonuçta sen de yalnızsın. Onun yasını ömrünün sonuna kadar tutacak mısın?"

"Valla gittiği yere kadar gider. Şu an bir arayış içinde değilim. Zaten aşk aramakla bulunan bir şey değildir ki. O birdenbire gelir. Göğsüne sanki bir öküz oturur. Karşı çıkamazsın o zaman. Ne kadar kaçmak istesen de, ne kadar aklını ve mantığını devreye sokmaya çalışsan da aklının almadığı kalbine sığıverir. O yüzden aşkı aramam ben. Safımdır, çabuk kanarım. Eğer onu arayacak olursam, insan gibi yanaşıp hayvan gibi davrananlar çıkar karşıma."

"Sözlerin harika dövüyor Lavin. Peki, seçtiğin bu hayat seni güldürecek mi?"

"Ağlatmasın yeter."

"İnşallah."

"Üzgün gibisin Kaan? Anlattıklarım dokundu galiba?"

"Eskiden olsa sadece üzülürdüm."

"Şimdi?"

"Şimdi daha çok üzülüyorum. Büyüyüp olgunlaştıkça duygular daha kırılgan oluyor. Daha az insan olsun istiyorsun etrafında. Sen böyle yaptıkça boka üşüşür gibi geliyorlar. Daha çok geliyorlar. Hayatının bir yerinden içeri girmek istiyorlar. Hep bir kendini kanıtlama, beğendirme çabası. Sürekli kendilerini methediyorlar. Bir insan sürekli kendi meziyetlerinden söz ediyorsa, örtmeye çalıştığı eksikleri var demektir."

"Çok var öylelerinden. Dolu! Herkes karşısındakini etkilemek için kendini olduğundan daha fazlaymış gibi göstermeye çalışıyor. Sonra oldukları gibi olunca da beğenilmiyorlar tabii… Bazıları da para ve güçle insan kazanmaya çalışıyorlar. Ama sonunda yine yalnız kalıyorlar. Hani şu, son model telefonu olup da arayacak insanı olmayanlar var ya... Onlardan işte!"

"Sen de benim gibi zenginlerden pek hoşlanmıyorsun anlaşılan."

"Ben zenginlerden değil, sonradan görmelerden hoşlanmıyorum. Paraları çoğalsa da karakterleri hep fakir kalır."

"Zenginler değil, paraları yaşar onların."

"Ah o para yok mu? Nasıl aldatır insanı biliyor musun? Orospuyu bile bakire gösterir o para."

Sinirlenince çok güzel oluyor, argo ona çok yakışıyordu. Onunla zaman geçirmek hem eğleneli hem de eğiticiydi. Çok şey öğreniyordum ondan. O gün yaşını da öğrenmiştim. Daha önce sormak hiç aklıma gelmemişti. Benden bir yaş büyüktü Lavin.

"Boşverelim bunları" dedi. "Hayatı çirkinleştiren insanlardan konuşmayalım. Kendimizden de konuşmayalım. Teknede gelirken bu şehrin hâlâ ne kadar güzel olduğunu, ikimizin bu şehrin en güzel yerinde oturduğumuzu düşündüm. Şu boğazdan tekneyle geçmek ne kadar güzel... Buluşmak için sen de ben de bir kıtadan ötekine geçiyoruz. Şu boğazdan geçiyoruz; sarayları, yalıları, camileri ve denizi izliyoruz."

"Öyle. Ben de seviyorum semtimi. İstanbul'u da seviyorum. Her şeye rağmen..."

"Teknede gelirken, bu şehirde kaç bin yıldır yaşanıyor, içinde ne hikâyeler saklı dedim. Sen de bir düşün bunu şair efendi. Burada binlerce yıllık bir yaşanmışlık var. Milyonlarca insan yaşıyor ve hepsinin derdi, tasası var. Hepsinin bir hikâyesi var. Her gün neler neler yaşanıyor. Bak sen bana hikâyeni anlattın, ben de sana... Ne kadar şaşırdık ikimiz de! Daha neler neler vardır, düşünsene."

"Öyle" dedim.

"Hooop hoop! Laf ola beri gele söylemiyorum bunları şair efendi! Nasıl şairsin? Sen biraz da başkalarının hikâyelerine bak. Bizim böyle bir ortak acımız varsa, başkalarında akla hayale gelmedik şeyler de vardır."

"Bizim mahallede bir çiçekçi var, adı Necdet. Çiçek almayanların çiçekçisi, diyorum ben ona. Geldiğimden beri mahallede, benden çok eski… Mahallenin eskilerinden biri ama kimse hakkında bir şey bilmiyor."

"Merak ettim bu adamı."

"Bir gün tanıştırırım sizi. Ermiş gibi bir adam. Leb demeden leblebiyi anlayanlardan, bir de adam sarrafı. Hani bazıları insanı ilk bakışta tanır ya, Necdet ağabey senin ne halde olduğunu da bir bakışta anlayıverir. Hiç kaçmıyor adamdan."

"Film karakteri gibi yani…"

"Biraz öyle. Yani, sen Necdet ağabeyi tanısan, o filmlerdeki adamlar harbiden varmış dersin. Çok eskilerden ak sakallı dedeler varmış ya, Necdet ağabey de bizim zamanın ermişi bence. Nerede oturuyor, nereden gelip nereye dönüyor, bilmiyorum. Yalnız yaşıyor. Ailesi var mıydı, evlenip evlenmedi mi, hiç bilmiyorum mesela. Kendisinden hiç söz etmez."

"Sorsana bir gün."

"Düşünüyorum ama hiç soramıyorum."

"Neden?"

"Ne bileyim ya! Sanki soracağımı anlamış gibi, laf dilimin ucuna gelir gelmez öyle bir şey diyor, öyle bir şey anlatıyor ki, seni soktuğu yoldan çıkamıyorsun. Öyle bir adam işte…"

"E peki, sen bu yara meselesini ona hiç açmadın mı?"

"İntihara kalkıştığımı, Hande'yi falan biliyor ama tekrar kanama meselesini söylemedim."

"Neden?"

"Ne bileyim? Açmadım işte."

"Her şeyi biliyorsa, onu da biliyordur. Benim de başımda her şeyi bilen bir ukala var."

"Kim o?"

"Boşver ya... Var işte. Benimki ukalanın teki oldu çıktı son günlerde... Sen Necdet'i anlat."

"Anlattım ya."

"Anlatmadın, ondan söz ettin. Hikâyesini anlat."

"Bilmediğimi söyledim ya!"

"Kusura bakma ama güneşte fazla kaldın galiba. Adamın hayat hikâyesini sormuyorum sana, bir hikâyesi yok mu seninle ya da başkasıyla?"

"Var tabii. Olmaz olur mu!"

"E, anlat işte…"

"Necdet ağabey, sevgilimle ilk kez buluşacağım, diyenlere bir çiçek hediye eder. Al bu benden, der. Bunda esnaflığın payı da var tabii. Hediye edersin ama eli çiçeğe alışır. Ama Necdet ağabey bunu esnaflığından yapmaz. Çiçekleri sevdiği için yapar. Çiçek en çok sevenlere yakışır, der. Çiçek olsan sen kimin eline geçmek, kimin vazosunda solmak istersin, diye sormuştu bana."

"Güzel bir soru."

"Çiçeği, çok sevilen birine gitsin diye veriyor."

"Çok zarif biriymiş."

"Necdet ağabey, bir gün bizim mahallenin ergenlerinden biri okula giderken ona çiçek vermiş. Çocuk, ne yapayım bunu, diye sormuş. Necdet ağabey, birine verirsin demiş. Çocuk, kime vereceğim, demiş bu kez. Necdet ağabey gülmüş ve çok sevdiğin birine ver, demiş. Çocuk da ama ben okula gidiyorum; öyle biri yok ki okulda, demiş. Neyse, çocuk çiçeği almış. Öğretmene veririm diye düşünmüş yolda. O gün yeni bir öğrenci gelmiş sınıfa. Bir kız. Bizim çocuk sırasında tek başına oturuyormuş. Bir tek onun yanı boş duruyormuş. Kız bunun yanına oturmuş. Çocuk sırasının gözünde duran çiçeği ona vermiş. Hoş geldin demiş. Sonra âşık olmuşlar."

"Vay be! Şu işe bak. Peki Necdet ağabey sence bunu bilerek mi vermiş? Yani tahmin ya da bir sezgi mi?"

"Çocuk yanından geçerken çiçek yere düşmüş. Necdet ağabey öyle söyledi. Fakat çiçek sağlam bir yerde duruyormuş. 'Rüzgâr yok, bir şey yok, durup dururken öyle düşemezdi. O yüzden verdim gitti' dedi."

"Ooo, bu Necdet ağabeyde keramet var..."

"Bana bunu anlattıktan sonra ne dedi biliyor musun?"

"Nereden bileyim ya?"

"Ayık kal. Uyanık ol. Anı kaçırma" dedi.

Onda bir keramet varsa, bu bence.

"Bence de. Peki, dediği gibi yaptın mı? Ayık mısın? Uyanık mısın bakayım?"

"Nerdeee..."

"Yaa, aklın fikrin Hande'de kalırsa böyle ayakta uyursun işte. Hem belki de bu işin en başında bir sakatlık vardı. Varlığının getireceklerine sevinmek yerine yokluğunun götüreceklerinden korkuyorsan senden bir bok olmazdı!"

"Ben ayakta mı uyuyorum yani?"

"Bir de soruyor musun şaşkın? Bunları anlatırken kahveni bitirdin. Sonra fincanı eline aldın ve bittiğini fark ettin. Şimdi bir daha aldın."

"Aaaa!"

"Haydi, bize iki kahve daha söyle. Sonra kalkalım."

Kahvelerimizi içtikten sonra bir hafta sonra tekrar buluşmak üzere ayrıldık. Bu sefer iskeleye kadar ben ona eşlik ettim. Sıkıca sarıldım veda ederken. Ondan ayrılmanın tek tesellisi, sarılabilmekti uğurlarken.

ONUNCU BÖLÜM

O günü iple çektim. Bir hafta geçmek bilmedi. Buluşma sıralamasına göre benim Üsküdar'a geçmem gerekiyordu. Boğazı geçerken bana anlattıklarını düşündüm. Acaba bizim hikâyemizin sonu nasıl olacaktı? Bir sonu olacak mıydı? Çünkü ben bir şeylerin başladığını düşünüyordum ama nereye gideceğini bilmiyordum. Her buluşmaya daha heyecanlı gidiyordum, yükselen bir şey vardı. Aşk mı, derinlemesine bir dostluk mu olacaktı? Her ne olursa olsun, bu da birden bıçak gibi kesiliverir miydi acaba? Böyle düşündüğüme göre, aşkla dostluk arasında bir yerdeydik. Çünkü dostlar kaybetmekten korkmaz birbirlerini.

Beni yine iskelede karşıladı. Onu iskelede beni beklerken görmek bana büyük mutluluk verdi. Aynı yerde demiştik ve yeri biliyordum artık. Orada bekleyebilirdi. İskelede buluşmaya sözleşmemiş, sadece aynı yer demiştik, onu görmek sürpriz oldu. Keşke bir çiçek getirseydim, dedim içimden. Bunu kaç kez söyledim. Hemen her buluşmada içimden geçti. Meğer vakti varmış. O çiçek topraktan henüz filizlenmemiş. Mevsimler geçmesi gerekiyormuş. Birlikte mezarlığa gideceğimiz gün Necdet ağabey kendi vermişti çiçeği.

Kız Kulesi'ne kadar kıyıdan yürüdük. Ilık bir rüzgâr esiyordu. Aynı yere oturduk, hatta aynı masaya. Çaylar gelene kadar konuşmadık. Bu en sevdiğim fasıldı. Lavin'le birlikteyken sürekli konuşmak zorunda hissetmezdim kendimi.

Susunca cep telefonlarına sarılmıyorduk. Bu sessizlikler bir şarkının es'leri gibiydi. Es'ler de notalara dahildir. Hep Lavin verirdi bu es'leri. Zamanı çok iyi ayarlardı. Konuşurken de susarken de.

Çaylar geldikten sonra sohbete koyulduk. Bana işimin nasıl gittiğini ve Ayça'yı sordu. Geçiştire geçiştire anlattım. İşten söz etmeyi zaten sevmezdim. Ama tam bu sırada Lavin'in ne iş yaptığını, hatta bir işte çalışıp çalışmadığını bile bilmediğimi fark ettim. Normal insanlar gibi bir tanışma süreci yaşamadığımız için buna sıra gelmemişti. Belki de üniversiteyi bitirdikten sonra akademik kariyer için çabalıyordu. Hemen bunu sormak istedim. O yüzden Ayça'dan da geçiştirerek söz ettim.

Bana üniversiteden kısa bir süre babasının işyerinde çalıştığını, daha doğrusu ona yardım ettiğini anlattı. Genelde göçmen işçilerin çalıştığı küçük bir hazır giyim atölyesiymiş. İktisat mezunu olduğu için, işyerinin gelir gider işleriyle Lavin ilgilenmiş. Daha sonra, ekonomik nedenlerden ötürü babasının işyeri kapanınca Makedonya'daki evlerini, bağ bahçelerini elden çıkararak Üsküdar'dan bir ev ve dükkân satın alıp kiraya vermişler. Şimdi geçimlerini oradan gelen kiralarla sağlıyorlarmış. Bu arada Lavin de tembelliğe iyice alışmış. Birkaç iş başvurusu da olumlu sonuçlanmayınca boşvermiş. Ama ilerde bir pastacı dükkânı açmakmış hayali. Babasının emekli ikramiyesini bekliyormuş. Bunları bana heyecanla anlatırken, kendisine yapacağım sürprizden haberi yoktu.

Montumun cebinden Cem'in CD'sini çıkarıp ona uzattım. Masum bir davranış sayılmazdı. Hatta hiç değildi. Vereceği tepkiyi, yüzünün nasıl değişeceğini merak ediyordum. Umarım suratı asılmazdı.

Neyse ki, korktuğum olmadı. Hediyesini görür görmez bir sevinç narası atarak elimden aldı. O sanatçıyı sevdiğini nereden bildiğimi sordu. Facebook sayfasında bir tek onun şarkılarını paylaştığını fark ettiğimi söyledim. Çok sevindi. "Biliyor musun, ben Cem'i yakınen tanıyorum" dedi. Bilmiyormuş gibi yaptım. Hikâyeyi onun ağzından duymak istiyordum.

"Anlatsana nasıl tanıştığınızı..."

"Anlatayım. Çok ilginç bir hikâyemiz var çünkü. Yıllar önce ona Eyüp Sultan'da rastladım. Hüngür hüngür ağlıyordu. Yanına gidip derdinin ne olduğunu sordum. Önce anlatmak istemedi. Sonra bir bir döküldü. Oraya sevdiği kadınla buluşmak için gelmiş. Kadını oraya en yakın dostu getirmiş. Ama kadının elinde bir mektup varmış. Mektubu okuyunca çark etmiş ve dostuyla gitmiş. Üstelik iki sevgili olarak... Ben namaz için oradaydım. Görünce dayanamadım. Neler olup bittiğini bilmeden, ona yardım etmek istedim. Benim yerimde kim olsa aynı şeyi yapardı."

"Cem neden peşinden gitmemiş, hesap sormamış peki?"

"Cem zaten suçluymuş. Aldatmış kadını. O gün af dilemek, ayaklarına kapanıp yalvarmak için oraya gitmiş. Kadın zaten yeniden başlamak ve affetmek için gelmiş aslında. Ama ne olduysa okuduğu mektuptan sonra olmuş, yani anlayacağın kadın bir anda vazgeçmiş ve en yakın dostuyla sevgili olarak bir ilişkiye başlamış. Sonra da evlenmişler zaten, çocukları falan olmuş."

"E peki sonra ne oldu?"

"Ben adamın haline çok üzüldüm. Ona telefon numaramı verdim. Eğer konuşmak isterse beni arayabileceğini söyledim. Çok üzülmüştüm."

"E, peki sen adamın şarkıcı olduğunu biliyor muydun?"

"Tabii ki hayır! Cami avlularında ağlayan popçularla her zaman karşılaşılmıyor Kaan!"

"Kapağım hayırlı olsun yine. Sonra ne oldu peki?"

"Bir gece aradı beni. Ama nasıl ağlıyor, bir bilsen. Elimden geldiğince teselli etmeye çalıştım. Biraz sakinleşince bana hikâyesini baştan sona anlattı. O gece ona şunu söyledim. 'Bana bunları anlatma. Madem bir sanatçısın, bırak sen değil şarkıların ağlasın.' Sözlerim etkili oldu. O gece *Bir Öykü* şarkısını besteledi. Sonra yavaş yavaş kendine geldi. Ben o zamanlar o kadar ünlü bir şarkıcı olduğunu bilmiyordum. Hatta çok sonra bir televizyon programında benden bahsetti. Ama sadece benim anlayabileceğim şekilde."

"E, peki sonra siz görüşmeye devam ettiniz mi?"

"Bir süre daha devam ettik. Hatta bir ara neredeyse her gün beraberdik. Magazinciler falan peşimize düşmeye başlayınca ben kendimi biraz geri çektim. Sonra da bazı yanlışlar yapmaya başladı zaten."

"Nasıl yanlışlar?"

"Çevresinde o kadar hayran olmasına rağmen, bir türlü Bukre krizinden kurtulamıyordu. Âşık olduğu kadının adı Bukre'ydi. Sürekli onları uzaktan takip ediyordu. Bunu bir zarar vermek amacıyla yapmadığını çok iyi biliyorum. Onun derdi, neden vazgeçtiğini öğrenmekti. En sonunda, Bukre çocuk doğurunca vazgeçti izlemekten. O dönem ben de zaten pek görüşmüyordum onunla."

"Peki, sana yaklaşımı nasıldı?"

"Yaklaşımı derken?"

"Yani etkin altına girdi mi? Malum, senin gibi bir kıza kayıtsız kalmak zordur."

"Bunu bir iltifat olarak kabul ediyor ve cevap veriyorum. Hayır! Özünde ne taşıyordu, iyi ya da kötü ne yaşıyordu bilemem. Her insan içinde ego taşır. Bu yüzden hiçbir insana özünde iyidir demem. Bana açık açık herhangi bir şekilde eğilimi olmadı. Ama etrafımızdaki herkes bizim bir ilişkimiz var zannediyordu. Zaten ondan uzaklaşmak istememin bir nedeni de buydu. En yakın arkadaşlarım bile aramızda bir şey olup olmadığını soruyordu. Hatta sonradan öğrendiğime göre ortalıkta bazı aşk dedikoduları dönmüş. Ben Cem'le hiçbir şekilde bir ilişki yaşamadım. Onu her zaman bir arkadaş olarak gördüm."

"Sence o kadın neden böyle bir şey yaptı? Bu bir tür intikam olabilir mi?"

"Cem, bunu bir intikam oyunu olarak algıladı ve bugün bile buna inanıyor. Ama ben öyle olduğunu sanmıyorum. Tabii olaylara yakından şahit olmadığım için fikir yürütmem zor. Ancak bana anlatılan kadarıyla bir çıkarım yapabilirim. Hatta objektif olabilmem de zor, çünkü tek taraftan dinlediklerimle bir kanıya varmam mümkün değil. Bence Bukre son anda bir değişim yaşadı. O gün gerçekten Cem için oraya gelmişti. Ama dostu olan kişi, onun gideceğini anlayınca yıllardır ona beslediği gizli duygularını ifade edebilmek için son dakikada ona bir mektup verdi. Bu mektup önceden verilseydi, belki kadın oraya hiç gelmeyecekti. Elindeki mektup dostunun ona olan aşkının itirafıydı. O satırları okur okumaz aslında içten içe kendisinin de dostuna karşı gizli bir aşk beslediğini anladı ve yüzüne bir tokat gibi inen gerçeğe kayıtsız kalamadı. İki erkek arasında, dostu olanı seçti. Bize de mutluluk dilemek düşer. Sonuçta kadın o kişiyle evli ve mutlu. Bir intikam güdüsüyle hareket ettiğini sanmıyorum. Zaten Cem'e yazdığı mektupta kadın uyarmış, '… Çünkü ben aşığım. Benden her şeyi bekle!' demiş. Ama sağ olsun beni hep arar sorar. Kendisini hayata ve şarkılarına bağladığımı söyler. Vefalıdır yani."

Anlattıkları hem merakımı tümüyle gidermiş hem de beni rahatlatmıştı. Ama bu olayla ilgili anlattıklarının çoğunu bildiğimi hiçbir zaman öğrenemedi. Bu gerçeği ondan hep sakladım.

**

Hafta sonları gerçekleşen buluşmalarımız, havaların iyice ısınmasıyla birlikte şekil değiştirdi. Bazen bir kamp, bazen havuz... Kimi zaman bir eğlence merkezi, kimi zaman da sinema, tiyatro veya sergi... Hayatın her alanına birlikte girmeye başlamıştık. Bu bizi birbirimize daha da yakınlaştırıyordu. Akşamları yazışmayı hiç kesmedik bu arada. Başlangıcı hiç yitirmedik. Bir gün evime bile gelmişti. Kendisi teklif etmişti hem de... Yaşadığım evi çok merak ettiğini söyledi ve kendini zorla davet ettirdi. O gün çok heyecanlandım. Onu mabedimde görmek tuhaf bir mutluluk verdi bana. Hiç unutmuyorum, eve girer girmez internete girmek istediğini söylemişti.

"Wireless şifren nedir? Benim net paketim bitmiş de... Senin neti sömüreyim biraz..."

"Hayırdır, girer girmez?"

"Ya, yolda gelirken bir şarkı duydum. Sözleri çok hoşuma gitti. Youtube'a girip buldum. Senin de dinlemeni istedim."

"Benim bilgisayardan açalım?"

"Hayır olmaz! Benim telefonumdan birlikte dinleyeceğiz."

"Peki dinleyelim ama bunu neden istediğini anlamadım doğrusu."

"Ya, özel şarkıları dinlerken bilgisayar karşısına geçip dinlememeli insan. Aynı kulaklıkla dinlemeli. Kulaklığın teki senin kulağında olacak, diğer teki benim kulağımda. Hem yakın olacağız birbirimize hem uzak. Şarkının neresinde ne hissettiğini ben de hissedeceğim böylece. Sözlerini dinlerken mimiklerini yakından görmeliyim. Birbirimize bakıp gülmeliyiz bazı yerlerinde."

"Bence geri çevrilmeyecek bir teklif!"

"O zaman söyle."

"Şarkıyı mı?"

"Hayır şifreni!"

"Ha! Pardon ya. Şifre koymaya gerek duymadım…"

"Ama şifre istiyor?"

"O şifre zaten. Yani şifrem, 'sifrekoymayagerekduymadi m'dır!"

Bunu duyunca kafasını elindeki telefonundan kaldırdı ve anlamlı bir şekilde yüzüme baktı. Bir şey geleceği belliydi. Şaşkınlığını gizlemeye gerek duymadan, hafif alaycı bir tavırla, "Arabesksin, marabesksin ama içinde zeki bir fırlama görüyorum şair efendi…"

Biraz utandım. Gülüştük. Koltuğun üzerinde duran minderi bana fırlattı. Ve sonra şarkıyı dinlemeye başladık. Bildiğim, hatta çok iyi bildiğim ama çoğunluğun pek fazla bilmediği bir şarkıydı. Hakan Sarıca söylüyordu:

Gitmek mi zor / Kalmak mı zor / Hangisi yalan olan / Gerçek mi zor / Senin için hayat bir maceraymış / Benim küçük dünyam aşktan yanaymış / Sığamadın gönlüme yollar ayrıymış / Benden çok uzaktasın hepsi yalanmış / Bir elimde gidişin kaldı / Bir elimde yalnızlığım / Yüreğimde bitişin kaldı / Gözlerim de ayrılığın / Hayalin boşlukta şimdi / Tutulur gibi değil ki / Bu yara senden kaldı…

Akıp gidiyordu şarkı. Tek kabloda buluşan iki ayrı kulaklıkla dinlemiştik şarkıyı. Gözlerimizin içinde dağıtmıştık birbirimizi. Nemliydiler. Şarkının nakaratını birlikte söylerken yüzüm ona o kadar çok yaklaştı ki, nefesini hissettim.

Şarkıyı bildiğime hem şaşırmış hem de mutlu olmuştu. Herkesin her gün söylediği şarkılarda bile insanlar birbirine bu kadar uzakken, pek bilinmeyen bir şarkıda buluşmak ikimizi de ayrıcalıklı hissettirdi. Bazen az bilinen bir şarkı, iki uzağı birbirine yakınlaştırabiliyordu demek...

***

Bir hafta sonraki buluşmamızda, hava güneşli olduğu için sahilde yürümeyi teklif etmişti. Caddebostan'dan başlayıp yürüyerek Kalamış'a vardık. Orayı çok iyi biliyordum ama beni oraya hiç bilmediğim bir yoldan getirmişti. İkimiz de çok keyifliydik. Onun bildiği ama benim ilk kez onunla yürüdüğüm yollardan geçerken de "Sanki seninle daha önce buralardan geçmişiz gibi hissediyorum" dedi. Oysaki onunla ilk kez oradan geçiyordum. "Bazen olur böyle anlar" dedim. Başını salladı. "Evet, bazen oluyormuş demek. Bak gördün mü seninle gitmediğimiz yerlerde bile anılarımız var demek ki" dedi. Bu cümlesi onu biraz durgunlaştırmıştı. O an aklından neler geçtiğini bilmek için neler vermezdim...

Sonra gülümseyerek "Parka girelim mi? Çok güzel bir yer biliyorum" diye sordu.

Hande ile orada ayrılmıştık, beni orada terk etmişti. Bir daha ayak basmamıştım. Hayır, desem, şimdi bunları yeniden hatırlatacaktım. Geride bırakmıştım artık...

Gönlüm olmasa da "Peki, gidelim haydi" dedim.

Tahmin ettiğim gibi, beni bizim eski barınağa götürdü.

Çok değişmişti. Biraz da lükse kaçmıştı. Tabii, benim gözümde. Ben eski salaş halini severdim. Oraya merdivenlerden inerken Hande'nin beni terk ettiği ana geri döndüm. Ama bunu Lavin'e belli etmedim. Köprünün altından çok sular akmış ama köprü olduğu yerde kalmıştı. Geride bıraktığımı, artık unuttuğumu sanırken köprüyü atmadığımı fark ettim. O güne geri gittim.

Lavin, buraya eskiden çok sık geldiğini söyledi. "Birkaç yıldır ihmal etmişim" dedi. Demek ki birbirimize teğet geçmiştik buralarda.

"Ben de üniversitedeyken çok sık gelirdim" dedim.

"Aa, şu işe bak! Kesin, birbirimizi görmüşüzdür" dedi.

Ben de "Kesin" dedim. Ama benim sesimin tonu onunki gibi pozitif değildi. Burkulmuştum ve Lavin hâlâ farkında değildi. Ben de tadını kaçırmamak için açmıyordum.

"E, biz o kadar buluştuk ettik. Burayı neden hiç teklif etmedin" diye sordu.

"Sen neden hiç teklif etmedin" diyerek, sorusuna soruyla karşılık verdim, buna yanıt vermek istemediğim için.

"Hiç aklıma gelmedi. Burayı unutmuşum" dedi.

"Benimse hiç aklımdan çıkmadı. Burayı hiç unutamamışım" dedim.

"Anlamadım Kaan!"

"Biz buraya Hande ile gelirdik. Biz birlikte büyüdük, lisede âşık olduk ama aşkımızı İstanbul'da yaşadık. Burası bizim en özel yerimizdi."

"Bilmiyordum."

"Nereden bileceksin? Hiç söylemedim ki."

"Seni buraya getirmekle kötü mü ettim?"

"Hayır Lavin. Tersine iyi ettin. Ben, köprünün altından çok sular geçti, unuttum, diyordum ama köprünün hâlâ durduğunu fark ettim sayende. Köprüyü atmamışım. Sular kurumuş sadece."

"İstersen kalkalım."

"Hayır, oturalım Lavin. Geldik bir kere."

"Bak işte. Huzursuz oldum. Kusura bakma Kaan."

"Bakacak bir kusur yok Lavin. İçim burkuldu tabii ama ben neler yaşadım... Bu ne ki! Hem sen varsın yanımda. Biraz dertleşiriz geçer... Sana komik bir şey anlatayım da şu suçluluk duygun dağılsın: Kabile hayatı yaşayan bir yerli New York'a gitmiş. Orada bir adamla arkadaş olmuş ve evinde kalmaya başlamış. Adam her hafta psikoloğa gidiyormuş. Yerli ona terapinin ne olduğunu sormuş. Adam türlü türlü anlatmış ama yerli bir türlü anlayamamış. En sonunda adam misafirine, 'Siz bir derdiniz olunca ne yaparsınız' diye sormuş. Yerli de ona şöyle demiş: 'Bir derdimiz olunca bunu kabiledeki herkese anlatırız. Bizim derdimiz olmaktan çıkar. Kabilenin derdi olur!'"

Lavin buna kahkaha attı. Neşesi hemen yerine geldi. "E peki, anlat bakalım unutulmaz aşkların şairi. Sizi dinliyorum" dedi.

"Anlatacak bir şey yok Lavin. Zaten sen her şeyi biliyorsun. Az önce özetledim işte. Köprünün altından çok sular geçti ama köprü duruyor. Kupkuru bir ırmak yatağının üstünde anlamsızca duran, artık hiç kimsenin gelip geçmediği bir köprü gibiyim... Bilmem, yeterince şairane oldu mu?"

"Fazlasıyla şairane oldu. Bence sen bunu yaz. Ondan sonra şu köprüyü at gitsin!"

"Demesi kolay. Bu yara ne olacak?"

"Yara dediğin bence senin bileğinde kelepçe. Bir halkası bileğinde olduğu için diğer halkası da Hande'de sanıyorsun ama bunu sen uyduruyorsun, kendini kandırıyorsun Kaan."

Birden irkildim. Kendini savunmaya hazır bir kirpi gibi diken diken oldum.

"Nasıl? Anlamadım!"

"Sana bunları ne zamandır söyleyecektim, hatta kaç kere yazayım dedim, gönlün incinir diye vazgeçtim. Ama şimdi vakti geldi sanırım. Sen bu yarayı bileğinde bir kelepçe gibi gördüğün için diğer halkayı Hande'den alıp başkasına takmak istedin. Aynı kelepçeyle bağlanmış iki tutsak gibi yaşarsınız, o aşk olmaz."

"Oo, neler duyuyorum!"

"Sen o kelepçe kilitli sanıyorsun. Elinde anahtarı yok sanıyorsun. Diğer halkasını başkasına takarsan o da senin gibi tutsak olacak. Anahtarsız bir kelepçeyle bağlanacaksınız, aşkla değil. Bence sen yanlış yoldan gittiğin için iki kez duvara tosladın. Hatta belki Hande'yle de böyle oldu, bilemem. Sadece şunu söyleyebilirim: Kelepçe falan yok bileğinde. Sen öyle olsun istiyorsun."

"Neler söylüyorsun Lavin! Bu yara iki kez tekrar kanadı. İki kez sevdim ve iki kez başkasına dokundum; dokunur dokunmaz kanadı, onlara da bulaştı. Ben mi uyduruyorum bunları? Yalan mı söylüyorum sana?"

"Yalan söylüyorsun, demiyorum. Sadece, yaranı yanlış yorumluyorsun. Kendini, seni terk edip giden bir kadına boş yere adama. Bak, ne zamandır tanıyoruz birbirimizi. Bunun sana hiçbir yararı yok. Artık biraz açıl. Yeni bir aşka kapını aç. Yeni birini ara. Ne de olsa yanlış bir seçim, yanlış yolsa bu, seni kanayarak uyaran bir yaran var."

"Haa, yazı tura atar gibi, seviyor-sevmiyor papatya falı bakar gibi… Kanayacak-kanamayacak şeklinde ilişkiler yaşayayım, öyle mi? Ne oldu sana Lavin? Sen böyle şeyler söylemezdin. Ağzından çıkanları kulağın duyuyor mu senin!"

"Bana kızdın!"

"Evet, kızdım!"

"Kızgınlığın altında hep bir korku yatar. Deşmek istemiyorsan konuyu hemen kapıyorum."

"Hayır kapama, oldu bir kere. Madem ne zamandır bunları söylemek istiyordun, söyle kurtul. Bundan sonra sende değil bende kalsın."

"Sen yaranı dert olarak görüyorsun. Bir nimet olarak görmek de elinde. Seni yanlış bir ilişkiye girerken hemen uyaran, aynı acıyı tekrar yaşamaman için tekrar kanayan bir yaran olduğunu düşün. Kıskanç ve kaprisli bir sevgili değil, bir dost gibi gör."

"Benim yaramın tekrar kanaması yanlış yolda olduğumu gösteriyorsa, senin yaran da pekâlâ aynı şeyi söylüyordur Lavin. Belki sen de yası bırakmalısın. Belki yaran sana artık o mezara gitme diyor. Bana benim yaramı anlatacağına, biraz da kendi yarana bak!"

"Bunları beni kırmak için söylüyorsun değil mi Kaan?"

Ses çıkarmadım. Özellikle sessiz kaldım.

"Beni kırmak için söyledinse tebrik ederim, çünkü başardın."

"Seni kırmak için söylemedim. Ben de ne zamandır bunu söylemek istiyordum ama kırılırsın diye söylemekten çekiniyordum."

"Ama söyledin ve kırdın işte."

"Sen başlattın."

"Ben başlatmadım. Çünkü ben seni kırmak için söylemedim. İyiliğini istediğim için söyledim. Kırdığım için özür dilerim. Gerçekten çok özür dilerim. Ama sen bana misilleme yapmak için söyledin hepsini."

"Zaten söyleyecektim. Bugün olmasa yarın, er geç söyleyecektim. Çünkü ben gerçekten böyle düşünüyorum."

"E peki, böyle mi söylenir? İyi niyetle söylemedin!

"Sana karşı asla kötü niyetli olamam Lavin."

Sustuk kaldık. İkimiz de geriye yaslandık. Lavin kollarını kavuşturdu, başını denize döndü. Ben de öyle yaptım. Birkaç dakika böyle kaldık. İkimiz de sessizliği bozmuyorduk. Zaten Lavin'in hiç niyeti yoktu, çok kızmıştı. Ben de kızmıştım ama hemen geçmişti. Kin tutacak değildim. Belki yaram onunki kadar derin değildi.

Barınağın eski garsonu altmış yaşlarında kibar bir adamdı. Beni tanıyordu, eminim Lavin'i de tanıyordu. Masaya geldi.

"Affedersiniz gençler. Münakaşanız bittiyse, siparişlerinizi alabilirim" dedi.

İşaret parmağımla suçlar gibi Lavin'i göstererek, "O söylesin" dedim.

Lavin de aynısını yaptı. İşaret parmağıyla beni göstererek "Hayır, o söylesin" dedi.

Gülmeye başladık. Kibar garson hâlâ bekliyordu. Biz kikir kikir gülüyorduk. "Ben size birer acı kahve getireyim. Başka bir isteğiniz olursa söylersiniz" dedi ve gitti. Biz gülmeye devam ettik.

"Sen de kızınca tam kızıyorsun Lavin" dedim.

"Sen de çocuk gibisin Kaan. Hemen kavgaya tutuşuyorsun."

Kendi halimize gülmeye başladık.

"Ya Kaan, biz nasıl böyle birbirimize girdik birden?"

"Peki, çocuk gibi küsmemize ne demeli? Bir de küstük hemen."

"Sen de başını hemen denize çevirdin şair efendi. Sen şairsin ya. Tabii deniz senin ya. Benim denizim var, sen ne halin varsa gör tribine girdin."

"Sen toprağa mı baktın sanki? Ayrıca önce sen kollarını kavuşturup denize baktın."

"Ya nereye bakacaktım? Deniz kıyısındayız. Cadde kızları gibi başkalarını mı süzeyim!"

"Gökyüzü de var Lavin... Turgut Uyar'ın şiirini biliyor musun: *Göğe Bakma Durağı*... 'İkimiz birlikte sevinebiliriz, göğe bakalım.'"

"Evet biliyorum, çok severim o şiiri."

"Haydi, kahveler gelene kadar birlikte göğe bakalım."

Başlarımızı yukarı kaldırdık, kahvelerimiz gelene kadar hiç konuşmadan göğe baktık. Gecenin ilk yıldızları belirmişti. Böylece ilk gerginliğimizi yaşamıştık. Kahvelerimizi içerken birbirimizden özür diledik. Bundan sonra birbirimize yeni bir ilişki kurmak yönünde teşvik ve tavsiyelerde bulunmamak üzere bir karar aldık. Fincanlarımızı, "Kırk yıllık hatıra" diyerek birbirine dokundurduk.

"Fincanlarımız birbirine dokundu Kaan. Bak bakalım bileğin kanıyor mu?!"

"Kafanı yararım senin Lavin! Bir yara da ben açarım!"

"İşte kırk yıllık hatırı olan kahvenin verdiği dostluk böyle olur. Dost dediğin yaraya özellikle basar değil mi? Demin yara yüzünden kavga ediyorduk, şimdi yarayla dalga geçiyoruz. Acaba deniz kıyısında olduğumuz için mi? Dalga denizde olur ya..."

"Geç dalganı geç. Son gülen iyi güler. Bakalım son gülen hangimiz olacağız?"

"Orasını bilmem ama her ne olursa olsun, kahkaha bizden yana olsun Lavin."

İlk tartışmamızı bu sözle tatlıya bağladık ama gözyaşlarımızın kapısını aralamıştık o gün. Ben ona âşık olduğumu o kısa küskünlük dakikalarında anlamıştım. Ama bunu önce kendime sonra ona itiraf etmem için bir mevsimin geçmesi gerekiyordu sanırım.

ON BİRİNCİ BÖLÜM

O günden sonra bunu hep düşündüm. Her geçen gün ona olan aşkım güçleniyordu ve bunu ondan gizliyordum. Yaramdan mı korkuyordum, yoksa onun yarasından mı bilmiyordum. Söylesem ve Lavin aşkımı geri çevirse... Bir daha görüşür müydük, tahmin edemiyordum. Görüşsek bile eskisi gibi olur muydu? Hiç sanmıyordum. Papatya falı gibi, yazı-tura atmak gibi iki basit seçenek vardı. Ya ona söyleyecektim ya da gizleyecektim. Aşkıma karşılık verse de vermese de sonuç hüsran olabilirdi.

Üsküdar'da buluştuğumuz bir gün canı çok sıkkındı. Nedenini bilmiyordum. Sorma, dedi önce. Sonra kendi anlattı. Son zamanlarda komşuları ve akrabaları yanında evlilik konusunu açıp duruyor, neredeyse her fırsatta artık evlenmiyor musun, yok mu hayatında biri filan diyormuş. Tabii bunlar da canını sıkıyormuş. En son annesi beni sormuş. "Buluşup duruyorsunuz, her akşam yazışıyorsunuz. Hâlâ mı arkadaşsınız? Başka bir şey yok mu" demiş. Lavin yok deyince, her ayın son cumartesi günü kiminle buluştuğunu sormuş. Başka şehirde ya da başka ülkede yaşayan biriyle ilişkisi var sanıyormuş. Ayda bir görüşebildiklerini düşünüyormuş. Lavin bunları duyunca, annesinin hayatını didik didik izlediğine, yersiz kuruntularına sinirlenmiş.

"Ben çocukken çok asiymişim Kaan. Rahmetli dayıma çektiğimi söylerler. Ama evde hiç öyle biri değilim. Annemin bir dediğini iki etmek istemem. Hiç karşı gelmem. Ama hayatıma karışılmasına dayanamam. Birden patlayıverdim. Kendimi tanıyamadım. Avaz avaz bağırdım. Kapıyı vurup çıktım. Ara sıra söyledikleri o asi yanım ortaya çıktı galiba. Canım çok sıkkın. Bir gün böyle bir şey yapacağım hiç aklıma gelmezdi. Ben evde çok neşeliyimdir, hiç sesimi yükseltmem."

O gün ona açılmaya, aşkımı itiraf etmeye kararlıydım. Ama canı bu kadar sıkkınken aşka dair tek kelime edemezdim. Hele annesiyle biraz da bu meselelerden ötürü tartışmışken... Pencere açıkmış ve Lavin sokaktan annesinin ağladığını işitmiş.

"Hâlâ kulaklarımda çınlıyor. İçim sızlıyor" dedi.

"Burada kendi kendini yiyeceğine, git gönlünü al" dedim.

"Şimdi yapamam. Biraz sakinleşeyim Kaan. Bana ne oldu böyle! Baksana ellerim titriyor."

Elleri zangır zangır titriyordu. Ellerini tuttum. Doğallıkla oldu bu. Titreme geçene kadar iki elini bırakmadım. Bir süre sonra aklıma bileğim geldi. Ellerini tutuyordum. Ya kanarsa? Kızardım bozardım ama ona belli etmedim. Elimi çekmedim. Kanamadı.

Titreme durulunca, "Gel biraz yürüyelim, açılırsın" dedim.

Birlikte kalktık. Sahil boyunca yürüdük. Bana sokuldu, elimi omzuna attım, kendime çektim. Başını omzuma yasladı. İskeleyi geçip gittik, Kuzguncuk'a kadar yürüdük. Sahilde tekrar oturduk ve denizi izledik. Başını omzumdan kaldırmadı, gözyaşı döküyordu. Yandığını hissediyordum. İçindeki yanardağı hissettim. Her an patlayabilecek bir yanardağ ile yaşıyordu. Annesiyle tartışırken bir fay yerinden oynamıştı. Sanırım korkuyordu. Kendisinden mi, yarasından mı bilemiyorum. Bilmem de gerekmezdi o an. Sadece yanında olmalıydım.

O günü sessiz geçirdik. Üsküdar'a kadar yan yana yürüdük. Çok hüzünlüydü. Neşesi hüzne dönmüştü. Ben de öyleydim ve onu neşelendirmek gelmiyordu içimden. İskeleye varınca durdu ve "Çok teşekkür ederim Kaan. İyi ki varsın. Sen artık git" dedi.

"İyi misin" diye sordum.

"İyiyim iyiyim. Bakma sen halime. Eve gider annemin gönlünü alırım. Neşem yerine gelir. Ama bu akşam benden haber bekleme olur mu?"

"Nasıl istersen Lavin. Hatta istersen sen beni arayana kadar hiç aramayayım."

"Yok yok, o kadar değil. Sadece bu gecelik…"

"Peki. Nasıl istersen."

***

Tekneye bindim. Yanıma biri oturdu. Otururken selam verdi, ben de ona selam verdim. Genç bir adamdı. Sanırım benden beş yaş kadar büyüktü. Bir kolu yoktu.

"Ya arkadaş" diye lafa girdi hemen. "Bu memlekette insanlık bitmiş artık, bitmiş tükenmiş ya! Minibüse binerken biri geldi, dan diye omuz koyup benden önce bindi. Ne acelesi varsa artık. Sanki o biner binmez minibüs kalkacak. Sanki o binince minibüs dolacak. Bile bile yaptı ayı! Yuh ulan, dedim! Ayı mısın nesin, dedim! Ben de binecektim, önümde durdu. Bir de dik dik bakıyor. Ne bakıyorsun lan, çekilsene, dedim! Bir kolumun olmadığını gördü. Doğru konuş. Yarım adamsın, yoksa leşini sererdim, dedi! Şimdi bu adam insan mı ya? Bunlara insan denir mi!"

"Denmez" dedim.

"Peki, ne diyeceğiz?"

"Ne bileyim ağabey. Belki o da yarım insandır" dedim.

Der demez kızardım, ağzımdan kaçmıştı. Fakat bir kahkaha attı. Koluyla sırtımı sıvazlayarak, "Hay çok yaşa! Çok iyi dedin" dedi. İçim rahatladı. Çam devirdiğimi sanmıştım.

"Yani şimdi bir kolum yok diye ben mi yarım adamım, her iki kolu olan adam mı?"

"Değil tabii" dedim.

Konuşmaya niyetim yoktu. Bıraktım, içini döksün. Kim olsa kırılır. Herkesin derdini dökecek birine ihtiyacı var. Başkasının yanına otursa ona dökecek.

"Bunlar bir şey değil. Kızlar da böyle bakıyor. Bir kolum yoksa yok kardeşim, beni testereyle ortadan ikiye bölmediler ya... Bir kız ne kadar güzel olursa olsun, her erkeğin aklını başından alacak kadar güzel olsun, ona bakarken kolum bir daha kopuyor. Bunun nasıl bir acı verdiğini bilemezsin."

"Bilirim" dedim.

"Bilemezsin. Nereden bileceksin? Bir kolunu vermen lazım" dedi.

Bileğimi gösterdim. "Bak bu intihar yarası. Eski bir aşktan kaldı. Bir kıza dokunsam yeniden kanıyor" dedim.

Gözleri hayretle büyüdü.

"Yapma ya" dedi.

"İster inan ister inanma" dedim.

"Sana inanırım kardeş. Sana inanırım ama söylediğin inanılacak gibi değil!"

"Senin inanman gerek. Seninkinden çok farklı değildir bence."

"Sende de ne dert varmış arkadaş! Nerden çıktın karşıma? Peki, acıyor mu kanayınca?"

"Hiç acımıyor. Kanı görmeden anlamıyorum bile."

"Kesince acıdı mı?"

"Çok az. Hiç acımadı diyecek kadar az. Senin kolun çok acımıştır."

"Sen ne diyorsun kardeşim! Böyle bir acı olamaz. Olamaz! Allah düşmanıma vermesin. Böyle bir acı olabileceğine inanamazsın. Acıdan bayıldım, ayıldıkça bayıldım. Ne ilaçlar ne morfinler bana mısın demedi. Azala azala aylar sürdü aylar! Her gün çok şükür bugün biraz daha az acıyor dedim ya! Kopan koldan geçiyorsun, acı tamamen geçene kadar koluna yanamıyorsun bile."

Bir şey demedim. Şöyle bir bana baktı.

"Sen gerçekten yaralısın ha. Bugüne kadar bir kişi bile bana acıdı mı diye sormadı be kardeşim ya. Anam babam bile kolum koptu diye koluma yandı da canımı hiçe saydı. Lan ben acıdan inliyorum, ah kolu gitti, bir kolla ne yapacak diyorlar. Sıçmışım koluna! İnliyorum ulan, duymuyor musunuz!"

Adamın küfrüne gülmeye başladım. Neden güldüğümü anladı.

"Gülme ya. Çok ciddiyim. Sahiden böyle. Sonra yanıyorsun, insan kopan koluna yanmaz mı? O kol orada yok artık ama sen var sanıyorsun. Sürekli o elimle bir şey almaya çalışıyorum. Biri bir şey mi uzattı. Önce o elini uzatıyorsun ama el yok... Kol yok, kol! Ama senin için hâlâ var. Anasını satayım, hâlâ kol var gibi bir şey yapmaya çalışıyorum bazen. Üç yıl oldu kopalı, kolun kendi yok ama içimde bir şey duruyor onun yerinde. Doktorlar normal diyor. Size göre normal ulan! Tıbba göre normal. Bana göre normal değil. Kol koptu, o tamam. Makineye kaptırdık, gitti. Bu normal. Ama içimde o kolun hatırası var, alışkanlıkları var, yani sanki kol asıl dışta değil içte ama dıştaki kopunca içteki kopmuyor. Dıştaki kol şak diye kopup gitti ama içteki yavaş yavaş çürüyecek mi, çiçek gibi solacak mı, yoksa bu böyle mi gider hep vallahi bilmiyorum. Kimse de sormuyor kardeşim. Ya acıyarak bakıyorlar ya küçümseyerek bakıyorlar. Ne biliyorsun kardeşim? Senin hiç kolun koptu mu? Nereden biliyorsun da acıyorsun, sen nesini biliyorsun da küçümsüyorsun? E madem küçümsüyorsun, kopar kolunu öyle yaşa! Değil mi ya? Kolay mı böyle yaşamak! Gel sen yaşa da göreyim bakayım dayanabiliyor musun? Ha! Canımı sıkan ne biliyor musun? Benim bir canım var. Kopmuş gitmiş koluma acıyorlar da benim canıma acıyan yok be kardeşim. Bir can dünyaya kolay mı geliyor? Annem bile sormadı ya şu senin sorduğunu. Buldum seni anlatıyorum, başını şişirmiyorum değil mi?"

O bunları anlatırken aklıma hayattaki tek çocukları ölen babaların kendilerini hâlâ baba gibi hissedip hissetmedikleri sorusu geldi.

"Hayır şişirmiyorsun. Dök içini. Ben taşırım" dedim.

"Helal be! Şu işte! Hepsi bu kadar işte ya! Yaşamakta bir şey yok, mecbur yaşayacaksın, başka yolu yok zaten. Anlatamamak koyuyor bana. Dert varsa bende var. Acı mı? Beterini çekmişim. Kimse beni dinlemek istemiyor arkadaş. Bu nasıl dünya!"

"Kötü bir dünya ağabey… Kötü bir dünya…"

"Ağzına sağlık. Ama şu kötü dünyayı paylaşamıyorlar arkadaş. Gelsinler benim çektiğim acıyı bir gün çeksinler, şerefsizim dünyayı gözleri görmez. Yüzüne tükürmezler yeminle."

"Sana bir şey soracağım."

"Sor kardeşim. Ne istersen sor. Derdimi dinleyene şu kolumu da ben veririm inan ki!"

"Sana kolunu geri vereceğiz ama koptuğunda çektiğin acıyı bir daha yaşayacaksın deseler. Ne yaparsın?"

Yüzü birdenbire değişti. Susup kaldı. Uzun uzun düşündü.

"Sen de nasıl bir soru sordun be kardeşim. Nerden çıktın karşıma?"

Hiçbir şey demedim. Yanıt vermesini bekledim. Düşünmeye devam etti. Sırtımı sıvazladı.

"Kabul derim kardeş… Kolumu geri almak için o acıyı bir daha yaşamaya razıyım. Niye biliyor musun? Çünkü o acıyı bir kere çektim, dayandım. Bunu bildiğim için bir daha dayanırım. Ama öyle bir soru sordun ki, apışıp kaldım. İster inan ister inanma kardeş, bugüne kadar bu soru bir kez bile aklıma gelmedi. Acım tamamen geçtikten sonra kopan koluma çok yandım, her gün yanıyorum ama bir kere bile aynı acıyı yine çekeyim, kolumu geri verin demedim. Bundan sonra derim."

Sustu, derin düşüncelere daldı. Eliyle kopan kolundan geriye kalan bir el kadar yeri sıvazladı, okşadı düşünürken. Sonra bana döndü.

"Sen bu soruyu nerden çıkardın be kardeşim" dedi.

"Seni dinlerken aklıma benzer bir soru geldi. Beni bir kız terk etti. Çocukluğumdan beri onu çok seviyordum. Birlikte büyüdük, birlikte okuduk, ona deli gibi âşıktım ama o beni pat diye terk etti. Senin kol gibi birden kopup gitti. Adı Hande'ydi. Hande benden kopup gitti ama bir de içimde gitmeyen bir Hande vardı. Tıpkı seninki gibi… O beni terk edince yaşamak istemedim, bileğimi kestim. Niye biliyor musun? Çok acı çekiyordum, acıya son vermek için. Şimdi Hande sana geri dönecek ama sen aynı acıyı bir daha çekeceksin deseler, kabul eder miydim diye düşündüm."

"Vay be kardeşim! Sende ne yürek varmış… Ben de sana şunu sorayım: Aynı acıyı sana tekrar yaşatacağız. Ondan sonra

istersen Hande sana geri dönecek, istersen aynı aşkı başka bir
kızla yeniden tadacaksın deseler, hangisini seçerdin?"

Lavin...

***

Zaman aşka akıyordu içimde. İçim aşka teslim oluyordu
çaresizce. Söz geçmiyordu kalbe. Canım yanıyordu. Canım
en çok bana yanıyordu. Aşktan canı yananlar, yarası beresi
olmadığı halde acı çekenlerdir...

Lavin'e âşıktım ve acı çekiyordum.

Dayanamadım ve sonunda her şeyi göze alarak ona aşkımın
itirafı olan bir mail yazdım.

"*Merhaba Lavin.*

*Sana susacaklarım var bugün biliyor musun? Ve şimdi
susuyorum, dinliyor musun?*

*Şu günlerde hayatımın en güzel sakarlığını yaşıyorum. Nere-
den çıktı bu şimdi diyeceksin ama... Ama'sını anlatmak çok zor
işte. Aslına bakarsan sakarlık yapmayacak kadar dikkatli biri-
yimdir. Fakat bazen insan, elinde olmadan düz yolda yürürken
bile düşebiliyor. Hayatımın yolları bir sürü engebe ve tümseklerle
doluydu ama senin gelişinle birlikte düz bir yola çıkmıştım. Sen
çıkarmıştın beni bu yola. Artık yürümek daha kolaydı...*

*Ama dedim ya insan bazen düz yolda bile düşebiliyor...
Düştüm işte... Takılıp düştüm hem de... Öyle taşa, kaldı-
rıma falan da değil; gözlerine Lavin, gözlerine... Ama hiç
şikâyetçi değilim bundan. Bu dünyada, gözlerine takılıp kal-
bine düşmekten daha değerli bir sakarlık yok benim için...*

*Kalbine düştüm, hâlâ düşüyorum Lavin; beni tutma. Dü-
şeyim hep oraya. Ya da tut ama bırakma. Seni tanıdığım gün-*

den beri sabahları uyanınca çiçek gibi açıyor gözlerim. Orada uzun zamandır sen varsın. Gözlerimde çiçekler gibi açıyorsun. Necdet ağabeyimin çiçekleri gibi... Kalbimde senin adınla girilebilen bir bahçe var. Gönül bahçem o benim... Gönül bahçemden bataklığa giden bir yol olsa da o yol; razıyım yürümeye. Belki sonunda sen bekliyorsundur beni kimbilir? Seven adam, umudunu da yanında taşır. Sevenlerin umudu bitmez Lavin... Ve yarını göze alamayan, bugünden kaybetmiştir...

Belki bu yol çok uzun bir yol olacak ama şimdilik tek başımayım bu yolda. Tek başına çıkılan hiçbir yol kısa olmaz bilirim. Belki bir gün seninle yürüyeceğiz. Hadi gel ve yürü kalbimde. Bas kalbime ama yaralarımı ezme. Ben hiç incitilmeden sevilmedim. Ama senin için her şeyimi seve seve mahvedebilirim... Kolların dikenli tel de olsa gel sarıl bana. 'Olsun' derim, 'kalbinin güzelliği içindi hepsi', bir güzellik bir canı ne kadar yakabilir ki?

Belki biraz yaralı olabilirim. Çünkü ben dürüstlüğün affedilmediği bir dünyadan geldim. İçinde ne olduğunu bilmediğim bir kalp taşıdığım yıllarım oldu. Yüzüme bakınca anlaşılmayan bir dizi hüzün saklıydı kalbimde. Bir gülüşle örtüyordum. Üzgün bir kahkahaydım. İnsanlarla çevrili bir hapishanedeydim. Yıksam, üstüme düşeceklerdi; yıkmasam altlarında ezilecektim.

Orada kimse kimseyi anlamıyordu. Eksiklerdi ama farkına varamıyorlardı. 'Allah'ım bu insanları neden yarım bıraktın' diye sordum Rabb'ime. Çok acımasızlardı. Kendilerinden başka kimseyi fark etmiyorlardı. Gerçi önemsenmedikten sonra fark edilsen ne çıkardı! Umursanmamak, nefret edilmekten bile daha gurur kırıcıydı. Onların içinde insan kendinden uzaklaşırdı.

'Keşke ben ben olmasaydım' diye sayıkladığım geceler çok oldu. Yalnızlıktan korktuğum için yalnız kalmak istemediğim gündüzler de... Beni hak etmiyordum sanki. Cayıyordum kendimden. Yalnız kalmak istememem korkumdan değil, kendime tahammül edemediğimdendi. Gözlerinin önünde ölüyordum yavaş yavaş ve kimse bunu görmüyordu. Ölürken kimse fark etmiyordu ama öldüğümü herkes biliyordu.

Rüya gibi gerçeklerle uyuyup, gerçek gibi rüyalarla uyanıyordum. Her sabah aynı kederle yüzleşmemek için bazı geceler uyumuyordum. Hayatta kalan her şeyimi topluyordum ama bir adam edemiyordum. Kimsenin doğru insan olmaya çalışmadığı bir dünyada, doğru insanı bulmaya çalışıyordum. Beni bu kurtlar sofrasından aşkla kurtaracak birinin gelmesini bekliyordum. Beklerken büyüdüm, özür dilerim!

Daha önce hiç tatmadığım bir duygunun özlemini çekiyordum. İnsan hiç tanımadığı bir duyguyu özler mi? Aşk sonsuza olan açlığımızdı çünkü. Ve ne yazık ki aşk ve acı iki ayrı başın koyulduğu aynı yastıktı.

Hayatlar geçiyordu içimden birbiriyle yarış yarış. Geçtiğimiz de kendimizdik aslında yenildiğimiz de... Sonra o geldi ve bir kahraman gibi girdi ömrüme. Gözlerine uzun uzun bakacak kadar intiharı göze almıştım. Sigara içmek kadar yavaş öldüren bir intihardı onu sevmek. Bilemezdim. Nasıl sevdiğime şahitlik edenler, kendi aşklarından utanıyordu.

Acemi âşıklar gibi birbirimizle büyüyorduk. 'Mutluyum' diyordum herkese. Ve buna en çok kendimin inanmaya ihtiyacı vardı. Sonram yoktu. Sonsuz bir şimdinin içindeydim. Sonum yoktu. Sonum oydu. Bu sonu sona bırakamazdım. Ona, yani sonuma, sonsuzluğummuş gibi sarıldım. Ama o birden değişti. Başlarken ikimiz de kömürdük ama o sonra kendini elmasa çevirdi. Kara bir elmasa... Düşlerimle çizdiğim hayalleri gerçekler sildi. Yüzü ay gibiydi ama beni hep karanlık tarafında gizledi. Yeryüzündeki hiçbir hata onun kadar yanlış değildi.

Kalbim çelik gibiydi. Hiç eğilmedim; ama hep kırıldım. Çok bekledim dönmesini. Ama dönmedi. Gitti! Verdiklerinden çok daha fazlasını alarak gitti. Sevdiğin insanın geri dönmemesi, sevmediğin insanın seni vurmasıyla eş değerdir. Oysa ben 'Bir gün döneceğim' olarak duymuştum, yüzüme çarparak kapatılan o kapının sesini. Gelmeyeceğini bildiğin birini beklemek nasıl bir şeydir bilir misin Lavin? Buluşacağınız hiçbir yer yoktur ama her yerde onu beklersin.

O, artık 'Belki bir gün geri döner' cümlesindeki imkânsızlıktı benim için. Film bitmişti işte. 'The End' yazısı görünmüştü. Geldi, önce kalbimi okşayıp durdu, sonra okşadığı yerden vurdu. Kocaman sustum sonra. Susmak kocaman bir çığlıktır. Son bir cümledir içinde, o da yarım kalır…

Gittiğiyle de mutlu olacağını sanmıyorum. Birlikte yeşerttiğimiz anıları kimbilir kimlerle solduracak? Ve vicdanına hiç sormayacak; kimlerin uğruna kimleri yitirdiğini… Bir şairin dizlerinde uyumak isterken, o şairin dizelerinde kanıyor şimdi. Benden sonra yaşayacağı aşklar, bana biçtiği değeri de gösterecek.

Sustum anlamadı, konuştum duymadı, yazdım okumadı. Onun aşkı dublajlıydı! Kalbimin sıcağını nasıl hissedebilirdi ki; başka gönüllerin gölgesinde üşürken! İçim yanıyordu benimse… Ve kimseye, ellerini ısıtması için izin vermedim beni yakan ateşte.

Onu unutamadığım her gün, hayat ondan yanaydı. Ve ben artık gitmeliydim. Ölüme bile yaşayanların kullandığı yoldan gidilirdi. Gitmenin yararı kalmanın zararından daha çoksa gideceksin! Gövdene güveniyorsan kollarını budamaktan korkmayacaksın! Alın yazımın üstüne bir çizgi çektim ve gittim. Ama ölemedim; ki hâlâ durur bileğimde izi… Sonra hayatı yeniden sorguladım. Böyle zamanlarda insan hassas ve içine kapanık oluyor. Düşerken kimin ittiğini değil, kimin tutmadığını sorguluyor.

Sonra başkaları geldi işte. Oysa ben kaybolduğum yolda bana yol gösterecek değil, benimle kaybolacak birilerini arıyordum. Aşkı eksiksiz aramamayı da öğrenmiştim... Ürkek ve telaşsız adımlarla yaklaştım gözlerine. Çünkü bir kez bile olsa bir yalana kanınca insan kalbi, doğru olanı da bin kez düşünüyordu. Ve ben hâlâ aşka inanıyordum. İçimden geliyordu inanmak. Duygular içten gelir ve gözlerde durur... Gerçek âşık içinden geldiği kadar âşıktır, diğerleri elinden geldiği kadar. Ve âşık olmak isteyen herkes bir gün mutlaka katilini bulur. Ne de çabuk unutuyor değil mi insan daha önce de güvendiğini?

Ben dudağımda bir vişneçürüğü ile gelmiştim, onlarsa hayatı bembeyaz bir gömlek gibi taşıyorlardı üzerlerinde. Lekeleyemezdim onları. Hakkım yoktu buna. Ki dudaklarımdan önce, bileğimdeki kan öptü onların dudaklarını... Gözlerimin rengi aşk olsa da manası terk edilmekti. Bu oyunda bana bu rol verilmişti. Ve bu hikâyeyi bileğimden akan kan çizmişti. İçimde patlayan yanardağ, onları da yakıyordu. Beni kimseyle yan yana getirmiyordu. Kabullenmem gereken buydu.

Doğru sorulara yanlış cevaplarla gidilmezdi. Vazgeçtim her şeyden. Kendimle kaldım yine. Kendime kaldım yine. Hayat bana bu yalnızlığı bir dolu tecrübeyle vermişti. Artık, hayat tecrübesiyle dolu bir yalnızdım. Her şey vardı içimde ama bir ben yoktum. Her şeydeydim ama hiçbir şeydim...

Aşkla arama yine mesafeler koydum. Mesafeler yakınlığı sevmez. Uzak durdum. İnanmadığım bir şarkıyı her sabah yeniden söylemek gibiydi hayat. Dudakları bile dudak büküyordu insanın dilinden dökülen mısralara.

Sonradan diye bir yer varmış ve her şey orada öğreniliyormuş. Sonradan öğrendim bende. Aşkın sonradan öğrenildiğini daha sonradan, sabrın selametini çok sonradan öğrendim. Çünkü sen daha gelmemiştin.

Eksik bıraktığımız doğrular, zamanla kusursuz yanlışlara döner. O yüzden, ayrılıklar bile yarım bırakılmamalı. Bir zamanlar seni tamamlayanlar, seni terk edip gidince senin de onları öldürmen gerekir içinde. Yaralı bıraktığın her duygu, zamanla seni öldürür çünkü. Böyle düşünmeseydim, gönderemeyecektim onu içimden.

İçimden koparıp atmak zorunda olduğum insanlar giderken benim bir parçamı da götürmüşlerdi kendileriyle birlikte. O yüzden her ayrılık biraz eksilmektir. Eksiktim. Ve tam o anda sen geldin. Aşka varışım, aşka barışım oldun. Küsken birden oyun oynamaya başlayıp, küslüğünü unutan çocuklar gibi olduk aşkla. Ah, aşk nasıl bir şeysin sen? Adın nasıl bir emir? Nefessiz kalmak varlığınsa, nefes almak yokluğun; biri yokken, biri varken acı verir.

Kaderin de bana benziyordu. Sen de kanıyordun. Benzer yaralar açılmışsa kalplerde, bütün şiirler aynı yerden kanatırdı. Sana bakınca kendimi görüyordum, kendime bakınca seni.

Sen benim dünyayı gören gözlerimsin artık. Bu saatten sonra ellerim kimseye yakışmaz. Hiçbir elde sende durduğu gibi durmaz. Başka bir şair yazmış mı bilmiyorum ama aşk bir pişmanlık değil midir tekrar tekrar özlenen… Benimle bu pişmanlığa var mısın?

Kalbin bir uçurum kıyısı bana. Bense kenarında oynayan çocuk… Kapılarım var benim kapalı. Üstüme üstüme adınla örttüğüm. Örttükçe kendimi içerde, kalbimi dışarda bıraktığım… Kilit üstüne kilit vurulmuş. Ve tek bir anahtar var onları açan… Gözlerin…

O kapıların ardındaki uçuruma attım kendimi. Kendim atladım gözlerinden o derinliğe, sırf sen beni itme diye. Ölmek de olsa sonu. Hazırladım sonumu. Sevmişsen yanmaktan korkmayacaksın! Tırtıl olarak yaşadığına üzülmeyeceksin, kelebek olarak öldüğüne sevineceksin!

Zaman geçmiyor sen geçiyorken aklımdan. Tek bir 'Evet'
yeter aklımı almaya. Yarın hangi acıya uyanacağımız belli de-
ğil, ne olur sev beni usulca.

Kimisi elde ettiğini hak etmemiştir, kimisi hak ettiğini bile
elde edememiştir. Dünya adaletsiz bir yerdir. Benimle bu ada-
letsizliğe 'Dur' der misin?

Seni sevince, bulutlar mı iniyor başıma ben mi çıkıyorum
onların yanına anlamıyorum. Seni sevince, 'Keşke yerinde ol-
saydım' dediğim kimse kalmıyor yeryüzünde. Seni sevince, ken-
disiyle kavga etmeden kendini keşfedebiliyor insan. Kendi ırma-
ğında yüzüyor, yürüdüğü yolun farkına varıyor. Seni sevince acı
çekmeyi unutuyor insan; nefes değil hayat çekiyor ciğerlerine.
Kendi kimliğine bakıp senin adını görüyor. Seni sevince efendili-
ğim bile şımarıyor. Az, çoktan daha çok oluyor seni sevince.

Sen bana düşlerimin hediyesisin. Sen bana bu dünyanın
veremeyeceği her şeysin. Mutluluğu yakında aramaksın sen.
Gülmek için gülüşünü düşünmek bile yetiyor. İftarı olmayan
bir orucu tutmak gibi seni sevmek; seninle mutlu olmak için
sensizliğe dahi razı olmak...

İnsan sevdiğinde kendini tanır. 'Seni seviyorum' demek
bir ömrü özetlemektir. Seni seviyorum Lavin! Ben değiştim,
umarım talihim de değişir. Senin tek gerçeğin olmak istiyo-
rum, başkalarına yalan olsam da önemli değil.

Lütfen gülüşümdeki ateşi kalbinde söndürme. Seninle mut-
luyum ve bu anları tüm hayatıma yaymak için acele ediyo-
rum. Belki aldığım ilk nefes değilsin ama verdiğim son nefes
olman tek dileğim. Yeter ki sev beni; bedelini kendimle bile
ödeyebilirim. Bana her şeyinle gelemesen bile bende kalan
kırıntılarını her şeyim yapabilirim.

Kalbim buzdan bir ev ve içinde bir adam seni bekliyor.
Geleceksen acele et; çünkü yaz geliyor..."

ON İKİNCİ BÖLÜM

Ellerim titriyordu. Mail'i gönderip göndermemekte tereddütlüydüm. Acaba yanlış bir şey mi yapıyordum? Fakat "Ne olursa olsun. En fazla her şeyimi kaybederim ve ona değer" dedim. Bu mail, bugün geçirdiğimiz günün üstüne, sıcağı sıcağına gitmeliydi. Teknede tek kollu adamla karşılaşmam boşuna değildi ve bence bir işaretti. İçten dua ederek mail'i gönderdim. Sonra beklemeye başladım. Cevap gelene kadar onu aramayacaktım. İçimi olduğu gibi dökmüştüm. Bunların üstüne hiçbir şey söylenmezdi. Ne dakikalar geçti, ne saatler... Heyecanla beklediğim yanıt gelmedi. Vakit geçtikte heyecanım kaygıya dönüştü. Sonra umutsuzluk tekrar kapımı çaldı. İçim içimi yiyordu. Sabaha kadar gözüme uyku girmedi. Kulağım telefonun kısa sinyal sesindeydi, her seste heyecanla dirildim ama hep başkalarından gelenlerdi...

Sabah, tükenmiş bir halde ezanı dinledim. Umutsuzluk günahtır, diyerek tekrar dua ettimse de nafile. Tam üç gün bekledim onu aramak için. Neler geçmiyordu ki içimden. Belki evde bir şey olmuş, o yüzden yanıt vermemiştir, diyordum. Belki mail'i bir nedenle görmemiş, henüz açmamıştır, belki de... İşte böyle sıralıyordum, sonra başa dönüyordum ama hiçbir yanıt gelmiyordu. Perişan olmuştum, ölü gibiydim. İştahım kesilmişti, yediğimin içtiğimin hiç tadı yoktu. Beni gören "Ne oldu sana" diyordu. O kadar açıktı perişanlığım.

Onu aramak için yanıp tutuşuyordum. Öte yandan korkuyordum. Sonunda acım korkuma ağır bastı ve aradım. Ellerim titriyordu, dudaklarım titriyordu. Açarsa sesim titreyecek, konuşamayacaktım ama olsun! Belki tersine, ağzından çıkacak bir söz beni kendime getirecek, mutluluktan uçuracaktı. Ne var ki, açmadı. Korkuyu yenmiştim, olan olmuştu, birkaç saat sonra tekrar aradım ve birkaç saat sonra bir daha. Hiçbirini açmadı. Geri dönmedi. Derin bir sessizliğe gömülmüştü. Ya da benden kaçıyordu... Yığılıp kaldım artık. Kalbim Lavin'in aşkıyla doluyken, şimdi kendimi boş bir çuval gibi hissediyordum. Beni Lavin'den başkası teselli edemez, bir daha ayağa kalkamazdım. Acaba zamanlama hatası mı yapmıştım? Doğru insanı yanlış zamanda sevmek, doğruya giden yanlış bir yola girmek gibiydi... Bir mum gibi yana yana tükendim bittim. Sonuna geldiğinde alevi büyüyen, dinginliğini yitirip delicesine dalgalanan bir mum gibiydim ve Lavin bu ateşi ne görüyor ne de sıcaklığını hissediyordu. Söndüğünde soğuyacak, kalbim belki buz tutacaktı. Belki beni ölüme terk etmemişti ama kucağıma bırakıp gitmişti.

Tabii, Ayça fark etmişti halimi. İlk gün, yani Lavin'e mektup yazdığım gecenin sabahında bana şöyle bir bakıp "Ne oldu? Neyin var senin" diye sormuştu.

"Hiç" dedim. O kadar.

Kolumu tuttu. "Nasıl hiç? Çok kötü görünüyorsun Kaan. Ne oldu? Söyle bana."

"Hiç dedim ya Ayça. Galiba en doğru cevap bu!"

Gözlerimin içine baktı.

"Lavin mi" diye sordu.

"Evet, Lavin... Daha doğrusu, ya Lavin ya da hiç."

"Hmmm... Ateş bacayı sarmış. İntihar ettiğinde bile seni bu kadar kötü görmemiştim Kaan. O zaman yüzün de gözlerin de çok karanlıktı. Şimdi yüzün karanlık ama gözlerin yanıyor gibi ışıldıyor. Bu ne hal?"

"Sonra konuşuruz" dedim.

Sonra konuştuk. Günler sonra. Günlerim gecelerim daha karanlıktı. Yüzüm daha karanlıktı ve o her gün "Hani konuşacaktık? Ben buradayım, bekliyorum" diyordu.

En sonunda, "Bir mum gibi eriyorum. Mum dibine ışık vermez, yüzüm o yüzden çok karanlık. Ben aynaya bakarken gözlerimde bir ışık göremiyorum. Senin gördüğün tükenmeye yüz tutmuş bir mumun son alevi olsa gerek" dedim.

"Şunu bana baştan anlatsana şair bey" dedi.

Ben de anlattım. Zaten tahmin etmiş.

"Biraz daha bekle. Biraz sabret. Hemen böyle umutsuzluğa kapılma, kendini tüketme" dedi.

Sanki elimdeydi!

***

Bu arada Ayça, liseden bir arkadaşıyla yeniden görüşmeye başlamış ve aralarında bir aşk alevlenmişti. Neşeyle anlatıyordu ilişkilerini, sürekli telefonla konuşuyor, yazışıyor, her fırsatta görüşüyor ve baş başa bir yerlere gidiyorlardı. Haliyle daha az görüşüyorduk. Bu ilişki ona çok iyi gelmişti, Ayça bu kadar mutluyken onu sıkıntılarımla boğmak istemiyordum. Zaten o da eskisi kadar üstüme düşmüyordu. Ben de istemezdim bunu. İşe gitmek de gelmiyordu içimden, Ayça olmasa belki evden çıkmazdım. Her geçen gün biraz daha sararıp soluyordum.

Geceleri kâbuslar görmeye başlamıştım. Gecelerim daha karanlık ve korku doluydu. Acım her gün katlanıyor, yüzüme vuruyordu. Oysa ben, kötü olabilecek hiçbir şey yapmamıştım. Sadece aşkımı itiraf etmiştim. Onu bu sessizliğe taşıyacak ne olabilirdi ki yaptığımda! Şaşkın, kararsız ve üzgündüm. Baştaki umutlu bekleyişimin yerini yenik orduların çaresizliği almıştı. Hep verdiği kadarını alan hayat, şimdi verdiğinden çok daha fazlasını geri istiyordu.

Yokluğu, umudumu eksilteceğine büyütüyordu. Estiğini bilmeyen bir rüzgârı, hep aynı yerde durduğu için doğduğunu ve battığını anlamayan bir güneşi bekler gibi bekliyordum onu. Evet, o hep aynı yerdeydi. Güneş gibi... Ne doğuyor ne batıyordu. Öylece kendini yakmaya devam ediyordu. Ben de yana yana çevresinde dönüyordum. Dünya dönerken ona yaklaşıp uzaklaşıyordu sadece ve kalbim de dünya gibiydi. Ona yaklaştıkça içim ısınıyor, ondan uzaklaştıkça üşüyordu. Kendi eksenimde döndükçe onu batırıyor, onu çıkarıyordum.

Belki o, bütün bunlardan habersiz durup bekliyordu olduğu yerde. Ona gelmemi bekliyordu... Beni yakmayı... Ama ben ne yapacağımı bilmiyordum. Birkaç kez buluştuğumuz mekânlara gidip onu bekledim. Gelmedi. Defalarca aramama rağmen açmadı telefonunu. Facebook sayfasına giriyordum neler yaptığını bilmek için. Nerelerde, ne haldeydi? Ama mektubu gönderdiğim günkü gibi duruyor, hiçbir şey paylaşmıyordu. Her şey o gecede donup kalmıştı. Ben olduğum yerde eriyordum. Acaba o da benim gibi eriyor muydu? Benden ötürü ya da benim tetiklediğim başka bir nedenle? Tek kollu adam, "En beteri anlaşılmamak, en beteri derdini dökememek" demişti. Bu daha beterdi. Şimdi onun ne halde olduğunu hiç bilmiyordum.

Acaba Lavin de bir kol gibi kopmuş muydu benden? Hastanede gözünü açmış ve felç geçirmiş biri gibiydim. Bir kolum koparcasına sızlıyor, acısından duramıyor, ondan başka bir şey düşünemiyor, ama başımı kıpırdatamadığım için kolum yerinde mi değil mi bilmiyordum.

***

Ayça'nın sevgilisi Mert, Londra'da yaşıyordu ve orada dayısıyla bir Türk lokantası işletiyordu. Mert yeni bir lokanta açmak için buradan iki usta ve birkaç kalfa bulmaya gelmişti. Dekorasyon için burada özel masalar, sandalyeler, şark köşeleri için sofralar yaptırıyor, eski halı ve kilim topluyordu. Ayça'nın teyzesi antikacı, eniştesi de folklor araştırmacısıydı. Üçü de Mert'e yardımcı oluyordu. Hiç yoktan, "İstanbul'dayım. Bir iki ay kalacağım. Görüşelim. Selamlar, sevgiler" mesajı atmış. Ayça'nın teyzesi ve eniştesinin kendisine yardımcı olabileceğini tabii ki beklememişti. Buluştuklarında Ayça yardım teklif etmiş, bu vesileyle buluşup birlikte gezinirken aşkı bulmuşlar ve şimdi evlenmeye karar vermişlerdi. Londra'ya birlikte gidecekler ve orada yaşayacaklardı. Ayça havalarda uçuyordu, bense dibe vurmuştum.

Ayça ve Mert hemen nişanlandı. Önce burada yıldırım nikâhı kıyacaklar, sonra bir de Londra'da nikâhlanacaklardı. Düğün ve balayını da orada yapacaklardı. O dönemde Ayça bu kadar mutlu olmasa, ben de dostumun yanında olmak zorunda hissetmesem, kendimi bırakırdım. Belki intihar ederdim. O kadarını bilemiyorum ama Ayça bu kadar mutluyken, hayatının en mutlu günlerini yaşıyorken kendi derdime yanmaktan utanıyordum. Hayatımı olmasa bile hayata dönüşümü ona borçluydum. Harika bir dosttu. Mert de ona yakışır ve güvenilir bir yoldaştı. İkisi adına sevinçli, kendi adıma kederliydim.

Lavin'e biraz da bu yüzden tekrar tekrar aradım, buluştuğumuz yerlere gittim, onu bekledim. Ayça ve Mert'in mutluluğu bana tekrar umut, tekrar cesaret veriyordu; ama sonuç yine hüsrandı. Nişanlarında yüzüm gülmüyor, zoraki sırıtıyordu. Dudaklarımı zorla kıvırıyordum, gülümser görünmek için. Ayça bunu fark etmiş, beni yukarı çekmek için inceden alay etmişti.

"Seviyorsan git konuş bence."

"Öyle yapmaya çalışıyorum ama olmuyor ki! Arıyorum, yanıt vermiyor. Buluştuğumuz yerlere gidiyorum, yok. Ne yapayım? Evini mi basayım!"

"O kadarını sen bilirsin."

"Şimdi yanımda olmasını ne kadar isterdim, bilemezsin."

"Bilmez olur muyum Kaan? Geldiğin için çok teşekkür ederim. Seni iyi tanırım. Şu durumda hiç kimse seni kabuğundan çıkaramazdı. Sen kendin geldin. Bunu hiç unutmayacağım dostum. Gidiyorum ama sen Londra'da bir evin var say. Sana kapımız daima açık kalacak."

"Teşekkür ederim Ayça. Size ömür boyu mutluluk diliyorum."

Nişan yapmadan önce nikâh dairesine başvuru yapmış, gün almışlardı. Bir hafta sonra sade bir törenle evlenecek, sonra Londra'ya gideceklerdi. Beni de çağırdılar. Bizimle gel dediler. İkisine nazikçe teşekkür ederek geri çevirdim. Fakat ikisi de ciddiydi. Açılacak lokantada çalışırsın, kalacak yerin hazır, dediler.

"Teklifiniz beni çok mutlu etti ama yeni evlenmiş bir çiftin yanında somurta somurta oturup tadınızı kaçırmak istemem. Belki ileride gelirim."

"Bizim evde otur demiyoruz. Sana daima kapımız açık, o ayrı. Restoranda çalışacak ustalar ve kalfalar için evler hazır. Sana da yer var. Daha ne istiyorsun?"

"Lavin" diyemedim.

***

Ayça nikâh şahidi olmamı istedi. Bu bana çok gurur verdi. En yakın dostumdu, ancak bu teklif, yani nikâh şahidi olmamı istemesi, beni kabuğumun içine girmekten alıkoymak içindi biraz da. İkisine minnet borçluydum. Hayatımın en karanlık döneminde mutluluklarını benimle paylaşarak bana moral veriyor ve destek oluyorlardı.

Eve dönerken Necdet ağabeye uğradım. Halini hatırını sordum. Çiçek sipariş ettim. En yakın dostumun evleneceğini ve nikâh şahidi olacağımı söyledim. Ayça için çok güzel bir çiçek istedim. Bir gelin çiçeği, ayrıca masaya bir çiçek. Nikâh masasından Londra'ya götürüp evine koysun istiyordum. Necdet ağabey, "Seve seve Kaan" dedi. Ben müsaade isteyip kalkacaktım ki, iki çay söyledi.

"Hayırdır evlat? Ne zamandır selam verip geçiyorsun. Hiç sohbet etmedik. Gene neler oluyor bakalım" dedi.

"Hiç ağabey, hem mutluyum hem de biraz kederli" dedim.

"Kim için mutlusun kim için kederli" diye sordu.

"Ayça için mutluyum, kendim için kederliyim."

"Peki, bunun sana bir yararı var mı?"

"Neyin. Kederli oluşumun mu?"

"Evet. Keder sana ne kazandırdı?"

"Bilmiyorum. Biraz yazmaya yaradı. Belki gelecekte büyük bir şair olurum, hepsini kederlere borçlu olurum."

Belli belirsiz güldü.

"Kedersiz şiir yazılmıyor mu? Büyük şairler en kederli insanlar mı?"

"Benim okuduklarım hep öyle."

"Sen onları seçiyorsun. Kederlenmeyi seçtiği gibi, kederle yazmayı ve kederli şairleri okumayı hep sen seçiyorsun. Bir şair kederli olduğu için değil, şiir yazarken mutlu olduğu için şiir yazar. Sen de yazarken mutlu olmuyor musun?"

"Yazarken değil ama yazmayı bitirince mutluluk duyuyorum. Ama o bir mola gibi."

"Mola mı? Sen nereye gidiyorsun, evlat?"

"Bilmiyorum Necdet ağabey."

"Aferin sana. Gidiyorsun ama nereye gittiğini bilmiyorsun, öyle mi?"

"Galiba öyle be ağabey! Ne yapacağımı bilmiyorum."

"Affedersin, bok yeme otur, diye bir laf vardır. Nereye gittiğini bilmiyorsan, bok yeme otur!"

"Anlayamadım ki!"

"Şiir yazarken mola veriyorum demedin mi? Yaz işte. Kederleneceğine, otur şiir yaz. Her ne yazıyorsan yaz, o kadar. Yaz geçsin. Yaz bitsin. Kederin kime ne faydası var!"

"Haklısın ama olmuyor işte ağabey. Bir aşk mektubu yazdım, o gün bugündür hiç ses seda yok. Ben şimdi nasıl yazayım!"

"Yazmaya mı küstün?"

Hiç aklıma gelmemişti. O günden beri hiç yazmamıştım.

"Galiba küsmüşüm, ağabey. O mektubu yazdıktan sonra bir satır bile yazmadım."

"Yani o gün bugündür sende de hiç ses seda yok. Öyle mi?"

"Aynen öyle, ağabey…"

"Peki yazmadığın için kederliysen, yazana küstüysen, yani kendine küstüysen ve kederin de o yüzdense eğer, yazmadan nasıl bileceksin?"

"Sen de ağır soruyorsun be ağabey!"

"Bizim zamanımızda bunlara kazık soru derlerdi. Daha eskiler, ahret sorusu derdi. Sen bunu biraz düşün. Eskiler boşuna ahret sorusu dememişler. Çünkü her şeyin hesabı görülecek orada. İnsana kederi de sorulur."

"Kederlenmek günah mı yani ağabey?"

"Günah demek büyük laf etmek olur. Boyumu aşar. Ama neden günah olmasın, diye sorarım. Sen düşün artık. Umutsuzluğa düşmek Allah'ı unutmaksa, kederlenmek de O'ndan saklanmak değil midir!"

"Ah ağabey! Darmaduman ettin beni…"

"Cayır cayır yakıyorsun kendini. Tabii, darmaduman olursun."

***

Eve gidip yazmak istedim ama içimden gelmedi. Çünkü ne yazacağımı biliyordum, öte yandan ben yazacağımı yazdım, diyordum. Her şeyi yazdım Lavin'e. Benim için defter kapanmıştı.

Ne var ki, bazen "artık çok geç" demek için erkendir. Onu görmek için bir şansım vardı. O da onun her ayın son cumartesi günü yaptığı mezar ziyaretine giderken kullandığı yolda beklemekti. Karşısına çıkıp beni affetmesini isteyebilirdim. Ayaklarına kapanıp yalvarabilirdim bile. Gururumu hiç düşünmeden ayaklar altına alabilirdim. Kendimi hiçe sayabilirdim. O artık kendime ihanetimdi.

Yapmadım. Yapamadım. Bana zül geldi onu yasına giderken beklemek... Ona son satırlarımı yazarken, ellerimin titremesini es geçmemeli, dikkate almalıydım. Aklıma geldi yanlış yaptığım; ama aşk bazen yanlışları doğru gibi gösterebiliyor insana. İçimden bir ses, "Ben sana söylememiş miydim" diyordu. Çok garip bir tecrübeydi başı olmayan bir aşkın sonunu bilmek.

Yüreğimin en manzaralı yerinde bir boşluk büyüyordu. Ne yapacağımı bilemiyordum. Çare gelmiyordu aklıma. Çare bilmemenin bir çaresi var mıydı? Bir aşk gelip devrilmişti içime. Ne içimden çıkıyor ne de çıkabiliyordum içinden. Kaçıp gitmek istiyordum uzaklara. Ayça ve Mert'in teklifi boşu boşuna gelmemiş olabilirdi. Kaçmak kendini fedadır bazen. Kendimi feda etmek istiyordum ayrılığa. Başka türlüsü yol değil gibi geliyordu bana. Gittiğime değerdim umarım.

Belki de gitmemeliydim. Olacakları sabır ve sükûnetle

beklemeliydim. Elbet bir haber gelecekti ondan. Ya da kendi gelecek, elimi tutacaktı. Karanlığımı aydınlatacak ve ışığım olacaktı. Öyle ya! Bende bu karanlık olmasa ondaki ışık neye yarayacaktı?

Ama şimdilik karanlığımla beklemeliydim. Işığı beklerken, karanlıkta yürümeyi öğrenmeliydim. Kaderime isyan etmemeli, gerçeği tüm çıplaklığıyla, böyle kabullenmeliydim. İnsan kabul ettiğine isyan eder mi?

İçimde yine bir ölüm büyütüyorum. Bu kez bunu yaşayarak yapıyorum. Her seven kendi sonu için vardır. Kendi sonumu hazırlıyor olsam da onu sevmekten vazgeçmeyecektim. Çünkü vazgeçmek, dayanamayanların işiydi. Dayanabilecek kadar vardım. Sadece şunu merak ediyordum; yolu sevgiden geçenler neden hep kayboluyordu?

Günler ezerek geçiyordu. Umudum azalmaya başlamıştı. Attığım hiçbir mesaja geri dönmedi. Yeniliyordum. Ayça'nın düğün günü gelip çatmıştı. Önce berberde tıraş oldum, sonra takım elbisemi kuru temizlemeciden aldım. Evde giyindim, aynada kendime baktım. Nasıl görünüyordum? En yakın dostumun nikâh şahidi olurken yüzüm gülmeliydi. Son bir kez mesaj attım. Eğer yanıt gelirse, mutlu çıkacaktım evden. Gerçekten yüzüm gülecekti orada. Ama yine gelmedi.

Ben şimdi ne yapacaktım? Bugünü bir karar günü olarak kabul etmiştim. Bugün karar verecek ve sonra ya kalacak ya da gidecektim. Gitsem de kalsam da ne olacağını bilmiyordum. Acaba kaderim beni yine başka duraklara mı savuracaktı. Başkalarıyla mı olacaktım merhem niyetine? Başkalarını mı sevmeyi öğrenecektim bir daha? Elbette sevebileceği birini bulabilir insan. Ama önemli olan, asla terk edemeyeceğin birini bulmaktır. Hayır! Vazgeçmeyecektim ondan. Ben ancak ona dokununca kendine tutunabilen biriydim. O olmadan nasıl ayakta kalabilirim? Bana bir cennet vaat etmesine gerek yoktu. Ben onun cehennemine bile razıydım.

Kararımı vermiştim. Ne olursa olsun çıkacaktım karşısına. Hayatta her şey ters gidiyorsa sen de geri vitese takacaksın!

***

İki elimde iki çiçekle gittim nikâh salonuna. Saksıdakini masaya özenle koydum, diğer çiçeği yüzünde güller açan Ayça'ya verdim. Gelinlik ona ne kadar yakışmıştı! Gözlerim yaşarmıştı. Ne kadar sevinçten ne kadar kederden, bilemedim. İkisi birbirine karışmıştı. İlk kez nikâh masasına oturmuş ve onlar için evet demiştim. Belki benim kaderim böyle başkalarının mutluluğuna şahit olmak ve onlar için hamd etmekti. Tören bitince tokalaşıp öpüştük.

"Tebrik ederim Ayça. Sizin adınıza ne kadar mutluyum, anlatamam. Size ömür boyu mutluluk diliyorum. Masadaki çiçeği benim için yeni yuvana götür lütfen. Nasipse, koklamaya geleceğim. Yalnız başıma ya da Lavin'le. Bir başkası olamaz" dedim.

Bana sımsıkı sarıldı. "Ben de sana ömür boyu mutluluk diliyorum dostum. Yalnız kalsan da Lavin ile olsan da başkasıyla olsan da… Her ne olursa olsun, mutluluk seninle olsun. Ama inşallah sen ve Lavin için kabul olur bu duam" dedi.

Mert'le sarıldık. "Aynısını senin için diliyorum, Kaan kardeşim" dedi. "Teklifimiz daima geçerli. Sana kapımız her zaman açık. Yerin hazır. İster bizimle yaşamaya, ister misafirimiz olmaya gel. Seni en kısa sürede mutlaka bekliyoruz."

Ona teşekkür ettim.

"Mutlaka geleceğim. Galiba yalnız geleceğim" dedim.

Derdimi biliyordu.

"Her nasılsan, öyle gel" dedi.

Bu, Mevlânâ'nın unutulmaz sözüydü. Ancak bir mezarın söyleyebileceği bir sözdü bu. Ben de gidersem, mezarıma gider gibi gidecektim uzaklara.

Ertesi gün, ayın son cumartesisiydi. Lavin mutlaka mezarlığa gider, sonra Üsküdar'da oturur, Kız Kulesi'ne bakarak çay içerdi. Nerede olacağını biliyordum. Onu her yerde aramış, bulamamıştım. Bir tek o gün nerede olacağını biliyordum. Bunu bile bile oraya gitmek, belki her şeyi yerle bir ederdi. Belki onu kırardı, ama başka çarem yoktu. Benimle konuşmasak istemese bile, hiç değilse ona veda ederdim.

Gitmeye karar verdim. Onu mutlaka görürdüm orada, ondan özür diler, onunla kısacık da olsa konuşur ve Araf'ta beklemeye bir son verirdim. En beteri böyle Araf'ta beklemekti. Benimle konuşmak istemezse, uzaklara gideceğimi söyleyip veda edecek ve Londra'ya gidecektim. Bu kararı verince içim ferahladı. Beni boğan keder, duman oldu. Sadece heyecan vardı içimde, buruk bir heyecan. Bir umut, her şeye rağmen son bir umut vardı.

Necdet ağabeyin söyledikleri geldi aklıma. Verdiğim kararla birlikte keder dağılmış, yerini son bir umuda bırakmış, içim ferahlamıştı. Demek ben saklanıyormuşum... İmkânsıza yakın bir umut ışığı bile güneş gibi parlıyordu karanlık koyulaştıkça. Beni en çok korkutan, Lavin'i tümüyle kaybettirecek bir şey yapmaktı. Tam da bunu yapacaktım. Çaresizliğim beni cesarete, hatta cürete sürüklemişti. Bu vesileyle ipler tümüyle koparsa, onu yalnızca kaybetmiş değil, ayrıca bunu hak etmiş olacaktım. Yani bir kırgın olarak sürdürdüğüm hayatta tam anlamıyla bir mağlup olacaktım. Hande beni terk edince, kendime hiç kabahat bulmamıştım. Fakat yarın Lavin son noktayı koyarsa, kendim etmiş ve kendim bulmuş olacaktım. Asıl korktuğum buydu ve hemen anlamamıştım. Lavin'i gördükten sonra, hem de haftalar sonra anladım. Ama ne haftalar! O gün kıyamet koptu! İkinci kez ölüme gittim.

ON ÜÇÜNCÜ BÖLÜM

Araba tuzla buz olmuştu. Kaan baygındı, Lavin şoktaydı. Çevreden yardıma gelenler Lavin'i hemen çıkardılar ama Kaan sıkışmıştı. Lavin, çenesi titreyerek, "Kaan iyi misin? Kaan lütfen ölme" diyordu. Sürekli bunu tekrarlıyordu. Bir kadın onu kendine getirmek için tokatladı, sonra yüzüne kolonya sürdü. Ambulans gelene kadar oturması için bir sandalye getirdiler.

Ona geçmiş olsun diyor, iyi misiniz diye soruyorlardı. Lavin sadece başını sallıyor, herhangi bir yanıt vermiyordu. Arabada sıkışan Kaan'ı çıkarmak için uğraşanlar onun yaşadığını söyledi. Lavin, bunu duyunca ağlamaya başladı. Az önce kolonya süren kadın ona tepeden tırnağa baktı. Vücudunda bir çizik bile yoktu. Hiçbir yeri kanamamıştı. Tuzla buz olan arabadan sağ çıkmasına hayret ediyorlardı. Arabanın çevresinde toplanıp bakanlar, verilmiş sadakası varmış, diye konuşuyorlardı aralarında.

Ambulans geldi. Lavin, Kaan'ı orada bırakıp gitmek istemedi ama kendisini hemen hastaneye götürdüler. Kaan'ı çıkarmak için de ezilip bükülen kapıyı ve direksiyonu testereyle kestiler. Ondan sonra çıkarabildiler ve onu da ambulansla gönderdiler.

Hastanede doktorlar, Lavin'in bütün eklemlerini muayene edip röntgen ve MR çektiler. Sonuç çıkana kadar beklemesini söylediler. Bu sırada Kaan getirildi. Kendinde değildi. Vücudunda hiç yara bere yoktu ama beyin kanaması geçiriyor olabilirdi. Hemen yoğun bakım alındı. Onları ambulansla getirenler arabanın halini gördükleri için hayret içindeydi.

Doktorlar, Kaan'da beyin kanaması teşhis ettiler ama başında ne bir yumru ne de bir darbe izi görmüşlerdi. Onu hemen ameliyata aldılar. Hiç darbe izi olmadığı için durumu hakkında kesin bir şey söyleyemiyor, elimizden geleni yapacağız, siz de dua edin, hayati bir tehlike muhtemel, diyorlardı. O an Lavin beyninden vuruldu. Buz gibi oldu. Sonra yoğun bir ateşle bütün buzlar erimeye, çözülmeye başladı. Lavin de yirmi dört saat hastanede gözlem altında tutulacaktı. Kazada bir çizik bile almaması mucizeydi ama yine de dikkat edilmeliydi. Sarsıntıdan ötürü bir iç kanama olabilirdi.

Kaan ameliyattayken Lavin durup durup ağlıyor, yaşaması için yalvarıyordu. Kaan'ın telefonu arabada parçalanmıştı. Lavin, Kaan'ın yakınlarına haber vermek istiyordu. Çantasından telefonunu çıkarıp Facebook'a girdi, Kaan'ın duvarına trafik kazası yaptığını yazdı. Yaklaşık bir saat sonra Kaan'ın şirket arkadaşları geldi. Onlara kazayı ve durumunu anlattı. Ayça'nın bir gün önce evlenip Londra'ya gittiğini öğrendi. Eğer durumu bilirse perişan olurdu. Arkadaşları, ona haber verip vermemek konusunu aralarında tartıştı ve sonunda beklemeye karar verdiler. Hele ameliyat bitsin, dediler.

Sonra Yasin geldi. Lavin onu görünce boynuna sarılıp hüngür hüngür ağladı. Kaan için çok üzgün ve çok kaygılıydı. Yasin, en son gerçekleşen karşılaşmadan sonra Kaan'la görüşmüş, Kaan ona Lavin'le tanıştıklarını ve aralarında özel bir arkadaşlık olduğunu söylemişti. O gün birbirlerini tanımıyormuş gibi yapıp Yasin'inden bunu gizledikleri için özür dilemişti. Hatta daha sonra Yasin, Kaan'ın Lavin'e karşı hissettiği aşkı onun konuşmalarından sezinlemişti. Açıkça söylemese bile o gizli aşkı biliyor gibiydi.

Doktorlar Lavin'e bir gün hastanede kalmasını söylemişti. İçi içini yiyordu, böyle eli kolu bağlı beklemeye katlanamıyordu, aklını kaçıracak gibiydi.

Yasin, "Hiç düşünme. Sadece dua et. Sığınmaktan başka çaren yok" dedi.

Haklıydı ama Lavin kendinde değildi. Doktorlar dinlenmesini söylediği halde yerinde duramıyor, hastanede dört dönüyor, koridorda volta atıyordu.

Lavin'in annesi ve babası Şile'deki yazlık evlerindeydi. Hafta sonunu orada geçireceklerdi. Kaza geçirdiğini onlara haber vermedi. Kaan için o kadar kaygılı ve duyguları o kadar karışıktı ki, şimdi onlar da gelsin istemiyordu. Kazayı öğrenirlerse hemen gelir, bütün akrabalara haber verirlerdi. Konu komşular da eve doluşurdu kesin. Gelenin gidenin arkası kesilmezdi.

İkinci kez kaza geçirmişti, yine ailesinden saklıyordu. İki kez kaza geçirmişti ve ilkinde sevgilisi ölmüştü. Bu kez Kaan komadaydı. Ne yapacağını bilemiyor, öte yandan elinden hiçbir şey gelmiyor, sadece Kaan için dua ediyordu.

Lavin, ilk kazadan ötürü suçluluk duyuyordu, bunca yıl bu duygudan kurtulamamıştı. Şimdi aynı suçluluk duygusunu Kaan için hissediyordu. Bu çok daha şiddetliydi. Onu ne kadar sevdiğini, ona nasıl âşık olduğunu şimdi hiç kuşku duymadan biliyordu. Bunun için ölüme gitmesi mi gerekiyordu? Benim yüzümden, diyordu. Ona kendim gittim, ona ben sığındım, sonra birden ortada bıraktım. Mezarlıktan sonra çay içtiği yere kadar gelmiş, arabasında beklemişti çekindiğinden... Yasına saygısından bahçeye adım atmak istememişti. Arabaya binmek yerine onu davet edebilir, gel çay içip konuşalım diyebilirdi. Kaan'la orada kaç kez oturup sohbet etmiş, dertleşmişlerdi. Orada davet etmeyerek bir duvar örmüş ve Kaan o duvara ölümüne çarpmıştı. Eski sevgilisi öldükten sonra yasa boğulmuştu, ama yaşamaya devam etmişti.

Kaan ölürse yaşayamayacağını biliyordu. Bu kaza çok şiddetli bir artçı deprem gibiydi. İlkinden daha şiddetliydi. Aradaki fark Kaan'dı. Lavin, eski sevgilisini çok sevmişti, o ilk gençlik yaşında bir kahraman gibi gördüğü hayat dolu bir adamdı. Ona bakarken hiç görmediği dayısını görürdü. O da bir efsaneydi gönlünde. Şimdi anlıyordu ki, eski sevgilisi yalnızca kendisi değildi gözünde, biraz dayısı, biraz ilk göz ağrısıydı. Ama Kaan yalnızca Kaan'dı.

Ben nasıl bir aptalım, nasıl bir körüm, diyordu kendi kendine. Erdem onun geleceğini açık açık haber vermişti. Bu yasa son ver demişti ısrarla; ama o kulak asmamıştı kardeşine. Oysa Erdem'in sezgisi daima çok güçlüydü; bilinmezi gerçekten bilir, yaklaşanı bir yaprak gibi işitebilir, bir rüzgâr gibi haber verebilirdi. Onu dinlememekle belki hayatının hatasını yapmıştı. Kaan'ın tekrar kanayan bir yarasının olması çok açık işaretti. Gelip bunu kendisine anlatması artık gözüne sokmak sayılırdı; buna rağmen kendini sakınmış, aşktan kaçınmış, Kaan'ı boş yere umutsuzluğa, en sonunda ölüme sürüklemişti. O kadar pişmandı ki, onun yerine öl deseler hiç tereddüt etmezdi. Şimdi elinden hiçbir şey gelemezdi. Kaan'ın yaşaması için yalvarıyordu.

"Allah'ım! Yokluk kapısının sessiz zilini çalmaya, edep kapına duaya geldim. Hayatın can simidi duaya... Derdim derin. Dertsiz dua eksiktir bilirim. Derdimle, duamla geldim huzuruna. Kendimi silip, sana sığınıyorum. Âlemleri kuşatan rahmetine, esirgeyiciliğine ve affına köle olmaya hazırım. Adına adanmış varlığımı, sana yalvaran sesimi duy Allah'ı..

Ey beni benden iyi bilen Rabb'im. Yalvarırım Kaan'ı yaşat ve ömrünün sonuna dek acının kıymığı bile yanından geçmesin. Onu bana bağışla. Acı içinde sönmeye yüz tutmuş canına nurlu nefesini üfle. Görünmez sularında yıka onu. Sana ölümler borçlanırım. Yüzümü yollarına eğer, kerem ve lütfunla çarpan kalbimi sırattan atarım. Onda açacak bir bahar için bin zemheri kışa kapanırım. Ölüme güle oynaya giderim. Beni kahret, ömrümün sonuna dek acıdan, kahırdan başka bir şey hissetmeyeyim ama lütfen onu geri gönder, yeter ki onu bana bağışla. Sadece ona bir hayat bahşet, ben sana bin can vermeye hazırım.

Medet kapındayım Allah'ım. Hâlâ dua edebiliyorsam son bir umut daha var demektir. Yaralı kalbim avuçlarımda atıyor. İçim kan topluyor. Had bilmezliğimi affet. Beni benden koru. Yalvarırım Kaan'ı geri gönder, ona bu dünyada cennetinin kapısını aç ve o kapının eşiğine benim mezarımı kaz. Kaderimdekini kalbime, kalbimdekini kaderime yaz. Senin anahtarın tevekkül dehlizlerinin ucundaki en olmaz kilitleri bile açar... Âmin."

***

Kaan ameliyattan çıktı. Doktorlar operasyonun başarılı geçtiğini söyledi. Zaten sandıkları kadar tehlikeli bir durum olmadığını görmüşlerdi. Yine de dualarınızı esirgemeyin, dediler. Doktorlardan biri Lavin'e, Kaan'ın nesi olduğunu sordu.

Lavin, hemen yanıt veremedi. Kekeleyerek, "Be be be ben, onun arkadaşıyım. Dostuyum" dedi.

Doktor Kaan'ın bileğindeki yarayı sordu. Bir intihar teşebbüsü olduğunu anlamıştı. Böyle hayati durumlarda hasta bilinçsiz olsa bile hayata bağlı olup olmaması çok önemliydi.

"Kaan hayata bağlı biri miydi" diye sordu.

Doktor uzun süre yanıt bekledi, Lavin'in dudakları titriyordu, yanıt verecek gibi görünüyordu ama hiçbir şey söyleyemedi.

Doktor "Anlıyorum" dedi. "Geçmiş olsun. İnşallah kurtulur."

"İnşallah."

***

Kaan'ı yoğun bakım odasına almışlardı. Yanına kimseyi sokmuyorlardı. Lavin, onu görmek için yalvardı. En sonunda bir doktorun izniyle hemşire onu yoğun bakım odasına götürdü, uzaktan kısa bir süre bakmasına izin verdi. Lavin, ona bakarken bir an için yatak yerine mezar gördü, Kaan'ın mezarda yattığını gördü. Bir şimşek gibi çakıp geçmişti bu görüntü ama Lavin'i yıkmaya yetti.

Lavin ilk kazayı, yasını ve yarasını bir sır gibi saklamıştı. Sadece Kaan'a açmıştı bunları. Ortak yaralarına inanmamış, ikisini ayrı görmüş, sadece kendi yarasına bakmıştı. İçi içini yiyordu. Bunları biriyle konuşmaya çok ihtiyacı vardı ama şimdi kime anlatabilirdi hepsini baştan aşağı? Yapamazdı. Yalnızca Erdem'le konuşabilirdi. Eve gitmeliydi.

Doktorlar yirmi dört saat hastanede kalmasını söylemişti. Yatıp dinlenemiyor, ortalıkta dört dönüyordu. Kaan'ın yanına girmesine izin vermiyorlardı. Her dakika ömründen bir ömür alıyordu. Kaan'ı ziyaret etmek ve durumunu öğrenmek için gelenler Lavin'e soru yağdırıyor, bunlar onu çok yoruyor, acısını şiddetlendiriyordu. Başını ellerinin arasına alıp saçlarını yoluyordu. Daha önce bu kadar şiddetli bir acı tatmamıştı. Eski sevgilisi kazada öldüğünde aslında her şey orada bitmişti ama kendisi yas tutarak sürdürmüştü. Kaan yaşıyordu ama her an ölebilir, her an gözlerini açabilir veya bitkisel hayata girebilirdi. Bunları düşündükçe geriye sarıyor, yaptıklarından ve yapmadıklarından pişmanlık duyuyordu. Ölüp gitmiş bir sevgiliyi Kaan'a tercih etmiş, kendisine kollarını, aşkla dolu yüreğini açan birine sarılmak yerine bir mezara kapanmaya devam etmişti. Neden ölen sevgiliye verdiği değeri Kaan'a vermemişti? Şimdi Kaan ölürse ne hissedecekti? Bu acıyı, bu utancı kimlere anlatabilirdi?

Eve gitmek, Erdem'le konuşmak istiyordu. Ama hastanede değilken Kaan'ın ölmesinden ya da gözlerini açmasından aynı anda korkuyordu. Orada yokken ölürse onu ölüme terk etmiş gibi hisseder, orada yokken gözlerini açarsa ve onu göremezse bir daha görmek istemeyebilirdi. Evi çok yakındı. Bu kadar yakın olmasına rağmen, her an çok değerliydi. Onu koridorda oturmuş, başını ellerinin arasına almış, kara kara düşünürken gören bir doktor ortalıkta gezinmek yerine dinlenmesini söyledi. Hemşire onu odasına götürdü. Pijama verecekti, Lavin evinin iki sokak aşağıda olduğunu söyledi. Kendi pijamasını alıp gelmek istedi. Kardeşine bakmak için bahaneydi bu. Hemşire izin vermedi. Ertesi güne kadar değil hastaneden, odasından bile çıkmamasını söyledi.

Fakat Lavin duramıyordu. Gizlice çıktı, koşa koşa eve gitti. Doğru Erdem'in odasına girdi ama Erdem yoktu. Evin her yerine, her köşesine tekrar tekrar baktı, durup durup seslendi, dolapların içine, yatakların altına, duş kabinine, mutfak tezgâhının altındaki dolaplara, masaların altına, koltukların altına baktı. Hiçbir yerde yoktu.

"Erdeeeemmm! Erdeeeemmm! Erdem, burada mısın? Benden saklanıyor musun? Lütfen çık ortaya lütfen. İnan ki sana hiç kızmadım. Kaan komada, beyin kanaması geçirdi. Buradaysan, lütfen ortaya çık, saklanma. Erdeeemmmm çıldıracağım!"

Ne kadar arasa ne kadar seslense de boşunaydı. Kulakları şiddetle çınlıyordu. Kaan'ın kendisini andığını, can çekiştiğini, inlediğini düşündü. Neler düşünmedi ki! Çıldırabilirdi. Koşa koşa hastaneye geri gitti.

**

Kaan'ın durumu aynıydı…

Lavin, odaya gitti, pijamaları giydi, yatağa uzandı. Gözüne uyku girmezdi. Keşke Ayça burada olsaydı, dedi. Ona her şeyi anlatırdı. Birden aklına Hande geldi. Facebook'a girdi, Ayça'nın sayfasını taradı. En son Londra'dan eşiyle fotoğraflar koymuştu. Biraz geriye doğru gidince Türkiye'de gerçekleşen nikâh fotoğraflarını da gördü. Kaan'ın nikâh masasında şahit olarak fotoğrafına bakarken yanıp tutuştu. Ah Kaan, keşke şu nikâhta yanında olsaydım, dedi. Gelin ve damadın birlikte fotoğrafının altına yorum yapanlardan birinin adı Hande'ydi:

"Bu mutlu gününüzde yanınızda olamadığım için çok üzgünüm Ayçacığım. Nedenini sen biliyorsun, konuştuk zaten. Yine de çok üzgünüm… Yanında olmayı, mutluluğunuzu paylaşmayı çok isterdim. Birlikte geçirdiğimiz okul yılları gözümde nasıl tütüyor bilsen. Mutluluğum sizde kaldı, hep sizinle olsun. Size ömür boyu mutluluk diliyorum. Eminim, ikiniz de bunu sonuna kadar hak ediyorsunuz. Mutluluk, sonsuza dek hak edenlerin olsun."

Lavin, bu yorumu okuyunca Hande'nin neden çok isteyip de gelemediğini anladı. Kaan orada olduğu için katılmamış ya da katılmaktan çekinmişti. Yazdıklarından onun mutsuz olduğunu fark etti. Besbelli evliliği mutsuz sürüyordu. Okul yıllarımı özlüyorum, mutluluğum sizinle kaldı derken, Kaan'ı ima ediyor olmalıydı. Ayça ile bağı kopmadığına göre, öyle varsayıyordu, Kaan'ın onu nasıl özleyip unutamadığını tahmin edebiliyordu sanki. Neden görüşmemiş, neden arayıp sormamıştı?

Kaan'ın duvarına baktı. Yazdığı kaza haberinin altına dualar yağmıştı. Aralarında Hande var mı diye baktı. Yoktu tabii. Ayça'dan yorum da yoktu. Belli ki, onun haberi de yoktu. Balayında nereden haberi olsun! Arkadaşları da hemen haber vermeyelim, bekleyelim demişlerdi. Ameliyat iyi geçince Kaan gözlerini açsın, öyle haber veririz, diye karar almışlardı. Şimdi herkes Kaan'ın gözünü açmasını bekliyor, sağlığı için dua ediyordu.

Çünkü beyin kanaması geçici ya da kalıcı felce neden olabilirdi. Yani herkes onun yaşayacağına inanıyor, hayata sağlıkla dönmesi için dua ediyordu. Galiba bir tek Lavin ölmesinden kaygılanıyordu. Böyle bir durumda bir tek Erdem'le konuşmak ona iyi gelirdi, o da ortada yoktu. Ancak Kaan gözünü açarsa içi ferahlardı. Yoksa gözüne uyku girmezdi.

Akşam çöktü, gece oldu. On dakikada bir durumu soruyordu. "Aynı" diyorlardı. "Durumunda iyi ya da kötü bir gelişme olursa size haber vereceğiz." Yine de soruyordu.

Lavin'in annesi aramıştı. Onunla durgun konuşmuş, arkadaşında olduğunu söylemişti. Yine yalan söylemişti Lavin. Aşkı da yalan mıydı? Annesi ve babası ondan bir aşk haberini dört gözle beklerken, Lavin onlara bir tek aşk için yalan söylüyor, bir tek aşkını gizliyordu. Neden yapıyordu bunu? Kaan bir kat yukarıda ölümle pençeleşirken, her an son nefesini verebilecek haldeyken, o aşağıda yalan söylemişti. Şimdi ruhu bedenden ayrılmış olsa, yanıma gelmiş ve bunları duymuştur, dedi kendi kendine. En son bakışta bir yalancı olduğumu düşünmüştür.

***

Yasin, evine dönmeden önce Lavin'in yanına uğradı. Geçmiş olsun diledi tekrar. Çok üzgündü ve çok kaygılıydı. "Allah'tan ümit kesilmez. Kaan güçlü çocuktur. Sen yanında oldukça ona bir şey olmaz" dedi. Sabah dükkânı açması gerekiyordu. Babası dükkânı pazarları ona bırakıyordu.

"Ben artık gideyim, yine gelirim. Burada tekrar görüşürüz. İnşallah bir gün üçümüz birlikte gezer, birlikte vakit geçiririz Lavin."

"İnşallah Yasin. Zaten başka dileğim yok."

Yasin çıktıktan sonra sabah ezanı okundu. Lavin dua ederken uyuyakaldı. Birkaç saat uyudu ve gözünü açar açmaz telaşa kapıldı. Sanki o gözlerini yumunca Kaan ölecekti!

Hemen yataktan fırladı. Kaan'ın odasına gitti. Ortalıkta kimse yoktu. Kapıyı araladı. Yatağını boş görünce başından aşağı kaynar sular döküldü. Dizleri boşaldı, olduğu yere yığıldı. Hıçkıra hıçkıra ağladı orada.

***

Gördüğü karşısında şoka uğradı Lavin. Kaan'ın yatağı boştu. Sanki ölüm sessizce yerleşivermişti çarşafın üzerine. Kaan'ı yatağından alıp kendi yerleşmişti. Gitmişti Kaan. Yoktu! Yerinde sadece bir ölüm sessizliği vardı. O sessizlik kulakları sağır eden bir sessizlikti. Ve yavaş yavaş Lavin'in gözlerinin değdiği her noktaya yayılıyordu. Baktığı her yer bu çıldırtıcı ölüm sessizliğine boyanıyordu.

Aslında bütün sesler olması gerektiği kadar vardı ama Lavin'in kulakları siliyordu tüm sesleri ve gözleri bunu yayıyordu her yere ve her şeye… Yatak, oda, koridor, hastane ve nihayetinde Lavin.

Bağırmak istedi ama nutku tutulmuştu. O an onu dışardan biri görse yüzündeki beyaz perdeden korkabilirdi. Zor nefes alıyordu. Güçlükle kapıya dayandı. Tekrar tekrar baktı yatağa. Yoktu Kaan. Yokluğu vardı kendi yoktu. Bağırmak istedi o an. Sesi çıkmadı. Tansiyonu düşüyordu. Yoktu Kaan. Yok olan bir insan değildi, bir hayattı aynı zamanda. Aklını oynatmak üzereydi. Kor ateşler yüreğini bastı.

"Affet beni, affet lütfen" diye diye ağlarken hemşire yanına geldi. Onu tanımıyordu.

"Başınız sağ olsun. Allah sabır versin, hanımefendi."

Derin bir kuyudan gelir gibi duyuyordu hemşirenin sesini. İçinde ölüm saklanan bir uğultu gibi gelmişti ona bu ses. Anlamsızca baktı hemşirenin yüzüne. Onu duymuyordu.

"Ne" diyebildi sadece.

Hemşire tekrarladı "Başınız sağ olsun efendim. Maalesef kaybettik onu. Allah sabır versin."

***

Lavin'in içinde patlayan çığlık, hastaneye yayılan ölüm sessizliğini yırttı. "Allahııııımmm! Alma onuuuu! Beni al, onu ver Allahııım! Çok zor. Çok zor. Çok zooooor! Ben buna nasıl dayanırım?" Lavin aklını kaçırmış gibiyi acıdan. Ağzından sadece çığlıklar kopsa da içinde bir yanardağ patlıyor, kor ateşler gibi cümleler saçıyordu.

"Çok zor Allah'ım… Benim yüzümden öldü. Her şey benim yüzümden. Ona bunları yaşatmaya hakkım yoktu. Çok pişmanım Allah'ım! O ölümü hak etmiyor. Ölümü hak eden biri varsa o da benim. Yaşamın son hayal kırıklığı, Azrail'in soğuk nefesi ölüm! Ey ölüm, gelecek için hayattan çaldığı anları yaşamadan nereye götürüyorsun Kaan'ı? Ruhunun yazamadığı veda mektubunu şimdi bedeninle mi yazıyorsun Kaan? Ne çabuk geldin, doğmakla başlayan yolun sonuna... Ölüm mü olacaktı bizi ayıran ırmak?

Al canımı Allahııııım! Ver ölümü... Ben öleyim Allah'ım böyle bir acıyı yaşamaktansa, ölen ben olayım! Yalvarırım onu geri ver ya da beni de öldür. Bu acı çok fazla bana. Bu acıyla yaşayacaksam bu acıyı taşıyacak yüreği ver bana Allahım!

O aşkın saf çocuğuydu. İçine kendi saflığını ve temizliğini kattığı bir aşkı yoluma serdi ama ben o yolda yürümedim. Yasımı seçtim ben. Yeryüzünde böylesine temiz ve duru bir aşktan daha değerli ne olabilirdi? Ama ben ona sırt çevirdim ve mezarı seçtim. Bir mezarın başında yas tutmak için aşkına karşılık vermedim. Capcanlı bir aşkı da o mezara gömdüm kendi elimle. Şimdi onu da mı kara toprağa vereceği? Ben buna nasıl dayanırım? Yalvarırım beni de öldür şimdi. Hemen burada öleyim. Lütfen merhamet et ve hemen şimdi al canımı, onunla gideyim.

Ah, Allah'ım ben ne yaptım böyle?!! Çok pişmanım. Pişmanlık vicdanın gusül abdestidir. Yak ki pişmanlık ateşiyle temizleneyim, pişmanlığımı dökerek üstüme... Ama beni öyle yaksın ki öleyim! Sana yalvarırım bu acıyla öldür beni. İşgal edilmiş bir hayatın kıyısına çekiliyor, seni seçemeyen cesaretimle cezalandırıyorum kendimi ve Rabb'ime al beni yanına, diyorum. Lütfen ecelimi kabul et. Artık yaşatma beni. Ya da onu geri ver. Onsuzluğun acısını çektirme bana. Dünyada yaşanabilecek bütün acıları hak ediyorum.

Öyleyse, ahreti beklemeden burada cezamı ver. Dünyada bir insana yaşatılabilecek zulmün en ağırını ver bana! Yeter ki Kaan'ı dünyaya geri gönder. Zalimlerin günahlarını benim defterime yaz, cezalarını bu dünyada bana çektir ama Kaan'sız bir hayatın acısını verme. Sevgilimi aldın, sitem etmedim ama bu acıya dayanamam ben. Yalvarırım beni öldür onun yerine!

Ah! Ölüm Allah'ın emri! İlahi yasaya karşı gelmemin bedeli neyse çekmeye hazırım ama onu geri ver... Çünkü ben onsuz yaşayamam, yaşayamam... Ne çok sevmişim onu ve çok gizlemişim onu kendimden... Kendime itiraf edemediklerimle, kendimi inkâr ediyorum şimdi. Bu ben değilim! Ben değil bu dediğim...

Paslı bir testereye yatırıp sırtımı, bir bugüne bir geçmişe gidip gelerek doğramak istiyorum bu bedeni.

Allah'ım! Bir mucize olsa, filmi geri sarsak... En büyük hatama dönsem ve her şeyi düzeltmeye oradan başlasam. Yok mu bu hayatın başa alma düğmesi? Bundan sonra asla bağışlayamam kendimi. Kaan, bu dünyada olsa da olmasa da... Kaan hayata dönse bile bundan sonra kendimi bağışlayamam. Ver Allah'ım cezamı. Bedeli neyse ödemeye hazırım!

Ama bu acı çok zor... Çok zor, buna dayanamam!"

***

İçindeki yanardağ kor ateşler gibi cümleler saçarken, Lavin çığlıklar atarak koridoru inletiyordu. Sinir krizi geçirdiğini anlayan hemşire, Lavin'in elini tuttu.

"Acınızı anlıyorum. Size sakinleştirici vereyim, ister misiniz?"

Lavin, "Haaayıııırrrr! İsteeeemeeemm! Ben onu istiyoruuuummm! Ben onu istiyoruuumm! Eyy Rabb!im, lütfen onu bana geri ver" diyerek haykırdı.

Hıçkıra hıçkıra ağlıyordu yerde. Hemşire koltuk altlarından tuttu.

"İzin verin sizi kaldırayım" dedi.

"Hayııırrrr bıraaakkk! Bırak beni burda öleyiiiimmm!"

İki hasta bakıcı ve bir doktor koşarak geldi.

Doktor "Ne oluyor" diye sordu.

Hemşire, "Ölen hastanın yakını doktor bey. Yığılıp kalmıştı. Kaldıramadım yerinden" dedi.

Lavin dizlerini çekmiş, başını dizlerinin arasına gömmüş, elleriyle saçlarını yolarak hıçkıra hıçkıra ağlıyordu. Doktor onu tanıyordu. Lavin'e dokundu.

"Lavin hanım… Lavin hanım…"

Lavin "Dokunmayın banaaaa" diyerek çığlık attı.

Doktor hemşireye kızarak baktı. "Ne dedin sen ona" diye sordu.

Hemşire "Vallahi bir şey demedim doktor bey. Burada ağlıyordu. Başınız sağ olsun dedim. Sizi kaldırayım dedim. Sakinleştirici vereyim dedim. Ama kriz geçiriyor işte" dedi.

Doktor, hemşireye ters ters baktı. Lavin'in karşısına çömeldi. Bileklerini tuttu.

"Lavin… Lavin bana bakar mısın?"

"Git başımdaaaannn!"

"Lavin, sakin ol. Beni dinle. Kaan ölmedi."

Lavin birden sustu. Başını biraz kaldırıp doktora baktı.

"Kaan öldü diye ağlıyorsun, değil mi?"

Lavin, evet anlamında başını salladı.

"Kaan ölmedi. Odasını değiştirdik. Gel seni ona götüreyim."

Lavin, götür anlamında başını salladı yine. Küçük bir çocuk gibiydi. Hâlâ inanmıyordu doktora. Ama konuşamıyordu. Çenesi tutulmuştu.

"İki saat önce ağır yaralı bir hasta geldi. Kaan'ı başka odaya taşıdık, diğer yaralıyı buraya aldık, ne yazık ki kurtaramadık. Hemşire sizi onun yakını sanmış. Ondan baş sağlığı dilemiş. Kaan iyi. Durumu iyi. Doğru söylüyorum. Bana inan. Çok özür dileriz. Sana bu acıyı boşuna yaşattık. Haydi gel. Seni götüreyim de yanına, Kaan'ı gör."

**

Doktor onu kaldırdı. Lavin yere basamıyordu. Hâlâ zangır zangır titriyordu. Hastabakıcılar iki yanına geldi ve Lavin'i doktordan alıp Kaan'ın yattığı odaya götürdüler. Lavin onu görünce usul usul ağladı yine.

Doktor "Tamam mı? İnandın mı" diye sordu.

Lavin, başını hayır anlamında iki yana salladı.

"Peki peki… İnanana kadar otur burada. Benden sana izin. Ama çok kalma" dedi.

Lavin'i sandalyeye oturttular. Dışarı çıktılar. Doktor hemşireye kapıyı aralık bırakmasını ve ara sıra içeri bakmasını söyledi. Sonra gitti. Hasta bakıcılar da gitti. Hemşire ara sıra kapı aralığından içeri baktı. Lavin, ağlamaya devam ediyordu ama kendine geliyordu.

Hemşire biraz daha bekledi, sonra suçlulukla "Bir isteğiniz var mı? Size su ve sakinleştirici getireyim mi" diye sordu.

Lavin, "Su. Sadece su" dedi.

Hemşire onun konuşabildiğini gördü. Kendine gelmiş saydı. Gitti su getirdi.

"Başka bir isteğiniz olursa, ben kapıdayım" dedi.

Lavin, suyu birkaç kerede içti. Eli ve çenesi titrediği için yarısını üstüne döktü. Haline acıdı. Hiç bu kadar aciz hissetmemişti... Kaan'ın yanında otururken sakinleşmişti biraz, kendine geliyordu. Hiç kalkmak istemiyordu.

Kaan'ın yaşadığını öğrenince, Lavin kendini bir süreliğine bedeninin içinden ruhu alınmış, sonra geri verilmiş gibi hissetti. Kaan'sız geçen dakikalar ona yıllar gibi gelmişti. Onun yaşadığını öğrenene kadar geçen sürede yaşlanmış, hatta çürümeye başlamış gibiydi.

Sanki Allah ona bir mesaj göndermiş, o kısacık kâbuslu dakikalarda Lavin, Kaan'ı ne kadar çok sevdiğini anlamış, önce elinden alınan ve sonra ona geri verildiğinde daha önce fark etmediği bir aitlik duygusu yaşamıştı. Kaan, bir Kaan daha olmuştu Lavin'de...

O kadar büyümüştü ki onda, altına sığınmak istediği dev bir çınar ağacına dönüşmüştü. Şimdi tek istediği o çınar dallarının onu sarması, yapraklarıyla geri gelen ruhunu okşamasıydı. Kendisini o çınarın gövdesinde açılmış bir yaranın müsebbibi gibi hissediyordu. O yaraya her baktığında kendini suçlayacaktı. O yaranın kapanması için o çınarın köklerine gözyaşı döken gölgesi olmak istiyordu. Önce köklerinin tutunduğu toprak, sonra dallarının uzandığı gökyüzü olacaktı. Ona adanmış yeni bir hayatın başlama vuruşunu bekliyordu...

ON DÖRDÜNCÜ BÖLÜM

Hemşire, Lavin'i odasına geri götürdü. Biraz dinlenmesini, öğleden sonra da isterse çıkabileceğini söyledi. Yirmi dört saat dolmadıkça o da muhtemel bir tehlike içinde kabul ediliyordu ve kendisini bu sürede hiç yormaması gerekiyordu. Lavin yatakta uyuyakaldı, rüyasında Kaan'ı bulutların üstünde eski sevgilisi ve Erdem ile konuşurken gördü. Seslenmek istiyor, "Kaan, lütfen gitme. Erdem söyle ona, geri gelsin" demek istiyor ama sesi bir türlü çıkmıyor, onlara duyuramıyor, aralarında ne konuştuklarını hiç işitmiyordu. Biri yanına geldi, onu görmedi ama yanına geldiğini anladı.

"Burada senin sesin onlara, onların sesi sana gelmez. Sen geri dön" dedi.

Yanına gelen kişinin bunu söylemesiyle, Lavin uyandı. Gözünü açtığında sadece içinin geçtiğini, uykuya dalıp tekrar uyandığını sanmıştı. Rüyanın etkisi altındaydı. Kaan'ın öleceğini sandı gördüğü bu rüyadan ötürü. Üstüne bir ağırlık çöktü. Yataktan kalkmalıyım, kesinlikle uyumamalıyım, Kaan her an ölebilir, ben uyurken gidebilir. Onu burada tutmak için gözümü kırpmadan dua etmeliyim, dedi kendi kendine. Saatine baktı, saatlerce uyumuş ve öğlen olmuştu.

Doktor, Lavin'i tekrar muayene etti ve gidebileceğini söyledi. Kaan'ı görmesine izin vermediler. Hâlâ gözlerini açmamıştı. Bu yüzden tedirginlerdi. Lavin, eve gitti. Kimse yoktu. Anne baba gelmemişti henüz, muhtemelen akşam gelirlerdi.

Erdem'e seslendi, odasına gitti. Her şey aynen duruyordu. Onu tekrar karış karış aradı evin içinde. Hiçbir yerde yoktu. Seslendi, ortaya çıkması için yalvardı, ses seda yoktu. Gördüğü rüyadan ötürü onunla özellikle konuşmak, bunu sormak istiyordu. Kaygısından ötürü mü görmüştü bu rüyayı? Eski sevgilisi gibi Kaan'ın da ölüp gitmesinden korktuğu için mi? Yoksa bu bir haberci rüya mıydı? Kaan'ın da gideceğini mi haber veriyordu? Aklı çıkıyordu bunu düşündükçe.

Akşama doğru hastaneye gitti. Yasin'le sözleşmişlerdi. Hastanenin bahçesinde buluştular. Ne iyi ne de kötü bir gelişme vardı Kaan'ın durumunda. Hâlâ gözlerini açmamıştı ve doktorlar bundan ötürü kaygılıydı. Ne kadar çabuk açsa o kadar iyiydi. Beyin kanaması geçiren bazı hastalar ameliyattan sonra günlerce gözlerini açmayabiliyordu. Bununla birlikte, bilinci kapalı olarak geçen her gün riski artırıyor, birçok hasta gözlerini hiç açmadan gidiyordu. Kısa ziyaretlere izin veriyorlardı; çünkü hastanın bilinci kapalı olsa da, yakınlarının yanında olması onlara güç ve destek veriyor, onu hayata bağlıyordu.

Yasin ve Lavin yanına birlikte girdi Kaan'ın. Beş dakikalık izin almışlardı ama on dakikadan fazla kaldılar. İkisi de alçak sesle konuşup gözlerini açmasını beklediklerini söylediler. Lavin gözyaşlarını tutuyordu. Yasin bunu fark etti, ona destek olmak için sarıldı. Omuz omuza vererek durdular Kaan'ın yanında ve aralarına almak için beklediklerini söylediler yine. Hemşire artık odadan çıkmaları için onları uyardı. Lavin hiç duymadı sanki. Yerinden kıpırdamadı. Yasin onu kolundan tutup çıkardı. Odadan çıkar çıkmaz Lavin kendini koyuverdi. Yasin'e sarılıp hüngür hüngür ağladı.

"Metin ol Lavin. Bizim güçlü olmamız lazım. Ağlama böyle. Kaan bizi bırakıp gitmez. Ağlarsan, o da üzülür."

"Elimde değil Yasin. Ben kendimi suçlu hissediyorum."

"Senin suçun değil Lavin. Bir kaza bu. Sadece bir kaza."

"Sadece bir kaza değil Yasin. Bak bende bir çizik bile yok, ama Kaan ölüm döşeğinde. Ben nasıl yaşarım, düşünsene!"

"Kendini suçlama Lavin. Hayatta olduğun için kendini suçlayamazsın."

"Ama elimde değil."

"Ölseydin daha mı iyiydi?"

"Bundan kötü olmazdı. Çok acı geliyor bana."

"Böyle söyleme Lavin. Sen çok güçlü kızsın. Ne oldu sana böyle? Neşen yok oldu. Kaan yaşıyor. Biz de gözlerini açmasını bekliyoruz. Çocuğu yaşarken öldürme."

"Çok korkuyorum Yasin. Kaan ölürse ben yaşayamam."

Lavin'in ağzından kaçmıştı. Yasin bu sözün öylesine söylenmediğini hemen anladı. Aralarında bir arkadaşlığın ötesinde bağ kurduklarını anlamıştı. Lavin'in ona âşık olduğu belliydi.

"Öyleyse yaşaması için dua et."

"Ediyorum zaten. Ama içimi hiç ferahlatmıyor. Dua ettikçe… Nasıl söylesem, bilmiyorum ki! Dua ederken ölüyorum sanki."

"O gerçek dua işte."

***

Kaan'ın iş arkadaşları gelmişti yine. Hâlâ gözlerini açmadığını öğrenince kaygılandılar. Yapacak bir şey yoktu. Ayça'ya haber vermek için biraz daha bekleyelim. Bakarsın Facebook duvarında kendi görür, olmazsa biz söyleriz, dediler. Ertesi gün mesai olacaktı, aralarında hastane ziyaretlerini orada paylaştılar. Lavin onların dayanışmasından ve Kaan'a verdikleri değerden ötürü çok duygulandı. Yine yabancı gibi hissediyordu kendini. Bunca zamandır Kaan'la görüşüyordu, Ayça'yla bile tanışmamıştı. Kaan onu bir sır gibi saklamıştı. Lavin onlardan biri olmadığı için üzülüyor, utanıyordu. Bir tek Yasin ortak arkadaşlarıydı. O da olmasa, hastanede yapayalnız olacaktı.

Lavin kendini bir yabancı gibi hissetse de, Kaan'ın arkadaşları öyle görmüyordu. Ona ziyarete gelip gelemeyeceğini sordular. Lavin evinin çok yakın olduğunu söyleyince çok sevindiler.

"Biz beş altı gün hep birlikte gelemeyiz. Gündüz dönüşümlü geleceğiz, akşamları müsait olanlar toplanacak. Lütfen haberleşelim, bizim yokluğumuzda siz mümkün mertebe burada olun. Varlığımızı hissetsin ki, bizi görmek istesin. Biz hepimiz dostuz, Kaan'ın her dostu bizim dostumuzdur. Hangimiz burada olursak olalım, hepimiz buradayız demektir. Kaan bunu bilir. Gözünü açtığında birimizin onun yanında olması çok önemli. Yedi yirmi dört, en az birimiz burada olsun. Asker gibi nöbet tutalım."

"Ben hep burada olurum. Gözünüz arkada kalmasın."

"Minnettar oluruz."

"Asıl ben size minnettarım."

Akşam Kaan'ın annesi, babası ve kardeşi de geldiler. Üçü de perişandı. Gözleri ağlamaktan torba torba olmuştu. Annesi "Ben oğlumu bir kez ölümlerden aldım. Yine alırım. Vermem oğlumu" diyordu. Çok güçlü bir kadın olduğu belliydi. Babası naif birine benziyordu. Kaan'ın iş arkadaşlarıyla konuşuyorlar, haber verdikleri için teşekkür ediyorlardı. Annesinin içine doğmuş, Kaan'ı tekrar tekrar aramış ama telefon hep kapalı çıkıyormuş. Telefon parçalanmış, araba hurdaya çıkmıştı. Kızın sağ çıkması mucizeydi. Kaan'ın yaşaması da mucizeydi.

Yasin gitmişti. Lavin koridorda oturuyordu. Kaan'ın annesi ve babası, iş arkadaşlarıyla bahçede konuşuyordu. Lavin'i sordular. Arkadaşları hastanenin içinde olduğunu söyledi. Hemen yanına gelip, kendilerini tanıttılar ve kazayı sordular. Lavin anlatamadı. Deniz topunu, yola çıkan çocuğu kimseye söyleyemiyordu. Oraya kadar boğazı düğümlenerek anlatıyor, orada tıkanıp kalıyor ve sarsıla sarsıla ağlıyordu. Yine öyle oldu. Kaan'ın annesi ve babası zorlanarak anlatan Lavin'i can kulağıyla dinliyor, arada duraksayıp yutkundukça, sükûnetle bekliyordu. Lavin duraksaya duraksaya anlatırken birden tıkandı ve ağlamaya başladı. Kadın onu öyle sıkı kucakladı ki, Lavin ateşle yandı. Bir ana yüreğinin ne kadar sıcak olabileceğini orada anladı ve bu onu kahretti. Kaan'ın annesi ve babası kendi ıstıraplarını bir yana bırakıp Lavin'i teselli ettiler:

"Sen belki bilirsin belki bilmezsin kızım. Kaan birkaç sene önce intihar etti. Biz onu ölümlerden ecellerden aldık. Kaan sevdiğinin peşinden ölüme de gider, sevdikleri için ölümden de döner. Oğlum bizi bırakıp hiçbir yere gitmez. Benim oğlum kimseye gözyaşı döktürmez. Kimseye acısını tattırmaz. Cehennemde yansın bir bardak su bile istemez. Başkasına rahmet olsun der. Sen hiç üzülme canım kızım. Ben oğluma kalp kırma, gözyaşı döktürme, ne yaparsan yap dedim. Kaan can yakacağına kendi yanar."

Bunu duyunca Lavin'in gözünün önüne kaza anı geldi yine. Çocuğa çarpmamak için direksiyonu çok sert kırmış ve duvara çarpmışlardı. Öyle yandı ki içi, külleri hastaneyi doldurdu sanki.

Kaan'ın annesi ve babası, Lavin'i kollarından tutup bahçeye çıkardı. Ona su içirdiler. Lavin, yine krize girmek üzereydi. Dizleri çözülüyor, yığılacak gibi oluyordu. Onu bir masaya oturttular, onlar da yanına oturdu.

"Kendini koyuverme" dedi Kaan'ın babası. "Kaan dört yaşındayken kayboldu. Tam bir gün onu aradık. Karakollara, hastanelere haber verdik. Radyoda anons ettirdik. Hiç haber çıkmadı. Ertesi gün geldi bu. Oğlum neredeydin dedik. Köpek kulübesinde dedi. Öğlen çıktı, ertesi sabah geldi. Ne yaptın sen köpek kulübesinde, diye sorduk. Bir yavru köpek vardı, annesi de hastaydı o da hastaydı, canı çok yanıyordu, ağlıyordu, onları sevdim, dedi. Niye gelip bize haber vermedin dedim. Öleceklerdi, bırakıp gelmedim, dedi. İkisi de ölmüş. Gelsene onları gömelim, dedi. Hiç kızmadım çocuğa. Hiç azarlamadım, bir şey demedim. Köpekle yavrusunu birlikte gömdük. Sonra onu hastaneye götürdüm. İğne yaptılar. Bir daha hasta, yaralı köpek görürsen büyüklerine haber ver. Yanlarına gitme dediler. Kaan, büyükler o kulübeye giremez, dedi. Hiç unutmuyorum. Büyümüş de küçülmüş gibiydi. Eve dönerken doktorların söylediklerini ben de tembihledim. Böyle yapma, bize haber ver, dedim. Siz onların ölmesine yardım edemezsiniz, dedi. Kaan belki hatırlar belki hatırlamaz ama biz o gün anladık Kaan'ın farklı olduğunu. Ona hiç karışmadık. Sen de böyle tanı Kaan'ı kızım. O yere düşmüş bir melek gibidir."

***

Kaan o gün de gözlerini açmadı; ertesi gün de ondan sonraki gün de. Bebek gibi uyuyordu. Her geçen gün Lavin biraz daha sararıp soluyordu. Anne babasından gizleyemezdi bu kadarını. Kaan'ın bir kaza geçirdiğini ve komada olduğunu söyledi. Günün çoğunu hastanede geçiriyordu. Kaan'ın annesi ve babası hep oradaydı. İş arkadaşları, eski arkadaşları, komşuları, onu tanıyan herkes geliyordu. Ta İzmir'den lise arkadaşları, mahalle arkadaşları bile gelmişti. Hiçbiri Kaan'ı uyandıramıyordu.

Lavin onu ziyarete her gelenle bir daha duvara çarpıyor, bir daha yıkılıyordu. Dayanacak gücü kalmamıştı. Annesi ve babası kızlarının mum gibi eridiğini görüyorlardı. Ne derlerse desinler, Lavin'i eriten ateşi söndüremiyorlardı. Kaan'ın annesi ve babası, "Biz buradayız kızım, sen evine git de biraz dinlen, gücünü topla. Kaan uyandığında sana ihtiyacı olacak" diyor, Kaan'ın arkadaşları onu böylesine perişan halde görünce koluna girip evine götürüyorlardı.

Lavin bu kez yalnız değildi. Kıyıda, köşede saklanmıyordu. Anne ve babasına söylemişti ve onlar da iyi haber bekliyorlardı. Hastaneye gelenler bir cenaze alayı kadar insandı. Aralarında birbirlerini hiç tanımayan ama bir şekilde Kaan'ın hayatına girmiş kişiler de vardı. Tıpkı Ece ve Duru gibi... Hepsi de mutlaka onunla konuşmuş, onu bağrına basmıştı. Her biri kazanın nasıl olduğunu sormuş, Lavin o anı bir daha bir daha yaşamıştı. Her gün Kaan'ın başka başka sevenleri ortaya çıkıyor, Lavin'e kazayı soruyordu ve Lavin anlatmak isterken onları da arabaya alıyor, her soranla birlikte bir kez daha duvara çarpıyor, ne var ki, hiçbirine yola çıkan çocuğu söyleyemiyordu. Gelenler arasında bir tek çiçekçi Necdet soru sormuyor, olanı biteni sessizce izleyip, yine sessizce gidiyordu. Her geldiğinde doktorlarla konuşup onlardan Kaan'ın durumu hakkında bilgi alıyordu.

En beteri de buydu! Erdem o günden beri ortada yoktu. Hiç görünmüyordu. Lavin'in ona en çok ihtiyacı olduğu zamanda, her mezar ziyaretine onunla gelen kardeşi yoktu ve Lavin bu yüzden çıldırma noktasına geliyordu. Her gün yüz kere "Allah'ım sen aklımı koru" diyordu. İnsanın acıdan çıldırabileceği hiç aklına gelmezdi. Şimdi aklı böyle bir acıyla baş etmeye çalışıyordu. Kaan ölürse çıldırırdı ve bundan büyük bir acıyı hayal bile edemiyordu.

Çarşamba ve perşembe günleri de Kaan gözlerini açmadı. Doktorlar Kaan'ın yaşamaması için hiçbir neden olmadığını fakat beş gündür gözlerini açmadığı için her an acı habere hazır olmalarını söyledi. O akşam hastaneye akın oldu. Sanki ölüm haberi gelmişti. Artık herkes birbirini tanıyor ve kara haberi bekliyordu. Kaan'ın annesi bile ilk günlerdeki gibi güçlü değildi, o bile umudu kesiyordu. Gözleri ağlamaktan o kadar kısılmıştı ki, hayal meyal görüyor, koluna biri girmeden yürüyemiyordu. Hastane personeli de çok üzgündü. Gelenlerden ötürü Kaan'ın ne kadar sevildiğini anlamış, yakınları kadar sevmişlerdi onu hiç tanımadan. Bu kadar güzel insanı buraya topladığına göre bir melekmiş, o bizim uyuyan güzelimiz diyorlardı.

***

Perşembe akşamı Lavin bütün yazışmalarını tekrar okudu. Kaan'ın Facebook sayfasına girdi ve arkadaşlarının yazdıklarını okudu. Ne kadar çok seveni vardı. Sayfası dualarla dolup taşmıştı, arkası gelmiyordu. Gözleri çok yorgundu. Yazılar buğulanıyordu. Bilgisayarı kapatacakken aklına Ayça geldi. Onun sayfasına girdi. Kaza yaptıkları günden bu yana hiçbir şey girmemişti, donmuştu sayfa. Haberi yoktu hâlâ.

Bunu bilmek Lavin'i çok üzdü. Balayında olduğunu biliyordu. Kimbilir ne kadar mutluydu şimdi? Bunun üstüne kara haber alırsa kimbilir ne kadar acı duyacak, aynı sırada eşiyle yaşadığı o unutulmaz mutluluğundan utanacaktı. Kara bir yasla birlikte anacaktı o günleri. Acaba haber verse miydi Ayça'ya, fakat verse bile, balayında olduğu için belki görmeyecek, sonra bir de bunun için kahrolacaktı. Zaten yakın arkadaşları ondan saklarken Lavin'in haber vermesi doğru olmazdı. Kaan'ın nikâhta çekilen son fotoğraflarına baktı hüzünlenerek. Boğazına bir yumruk oturdu yine. O sırada Hande'nin yazdıklarını yine gördü: "Bu mutlu gününüzde yanınızda olamadığım için çok üzgünüm Ayçacığım. Nedenini sen biliyorsun, konuştuk zaten. Yine de çok üzgünüm… Yanında olmayı, mutluluğunuzu paylaşmayı çok isterdim. Birlikte geçirdiğimiz okul yılları gözümde nasıl tütüyor bilsen. Mutluluğum sizde kaldı, hep sizinle olsun. Size ömür boyu mutluluk diliyorum. Eminim, ikiniz de bunu sonuna kadar hak ediyorsunuz. Mutluluk, sonsuza dek hak edenlerin olsun."

Hande için de üzüldü. Belki Kaan'ın sayfasına ara sıra girip bakıyordu ve haberi vardı şimdi ama düğüne gidemediği gibi, hastaneye gelmeye de çekiniyor, utanıyor, oradan takip ediyor olabilirdi. Gerçi ona ait hiçbir yazı görmemişti Kaan'ın sayfasında. Haberi olsa, bir dua da kendisi yazmaz mıydı? Lavin olsa yazardı mutlaka. Hatta ne olursa olsun yanına giderdi seviyorsa. Hande'ye mutlaka haber vermeliyim, dedi içinden.

Kaan en çok, intihara teşebbüs ettiğinde Hande'nin hiç arayıp sormamasına içerlemişti. Şimdi haber alıp gelse, kendisini bağışlatabilirdi Hande. Daha önemlisi, Kaan'ı hayata döndürebilirdi. Ona mutlaka haber vermeliyim, dedi. Kaan için yapmalıyım bunu. Hande'nin sayfasına girdi ve mesaj attı: "Kaan bir kaza yaptı. Beyin kanaması geçirdi. Beş gündür komada. Hayati tehlike altında! Her an son nefesini verebilir. Bana sizden çok söz etti. Sizi hiç unutmadı. Anılarınızı bir bilezik gibi taşıyor. Bu yüzden size haber vermeyi borç bildim. Lütfen gelin." Mesajın sonuna hastanenin adını ve kendi numarasını da yazdı. Dua ederek uyudu.

***

Sabah kalkar kalkmaz hastaneye gitti yine. Erimiş tükenmişti artık. Günlerdir ağzından bir lokma bile zor geçiyordu. Onu hastane bahçesinde Kaan'ın arkadaşları, annesi babası zorla yediriyordu. Hemşire hiçbir gelişme olmadığını söyledi. "Bu kadar gelen giden olmasa belki çoktan giderdi. Ne çok seveni varmış. Ama Allah'tan umut kesilmez. Beklemekten başka çare yok" dedi.

Lavin, alışmıştı bunları duymaya. Ayaklarını sürüyerek uzaklaştı. Kaan'ın katına çıktı. Koridorda Kaan'ın annesi babasıyla karşılaştı. Küçük kardeş ortalarda görünmüyordu. Yan yana oturuyorlardı. Kadın başını eşinin omzuna koymuş, iki eli titreyerek, iç geçirerek uyuyordu. Babası da çok yorgundu. Onun da dizleri titriyordu. Ayakta kalmaya çabalıyorlardı ama tükenmişlerdi. Lavin onlara su ve börek getirdi. Adam su içti, börek yemedi. Zaten biliyordu yemeyeceklerini.

Lavin, "Kaan'ı gördünüz mü" diye sordu.

Adam fısıltıyla, "Annesinin gözleri kapandı. Şuradan şuraya yürüyemiyor. Onu bırakıp gitsem de olmaz. Yanına götürsem de olmaz" dedi.

Kaan'ın babası bunu öyle bir tevekkül halinde söylemişti ki, Lavin'in içi yandı. İkisine çok acıdı ve onlar için dua etti.

"Sen git gör kızım. Biz burada oturuyoruz işte. Oturup bekliyoruz. Kalkacak halimiz yok. Sen git gör oğlumuzu. Arkadaşlarıyla bahçede otur, kantinde bir şeyler ye. Sen gençsin. Ömrünün başındasın. Biz iyiyiz böyle."

***

Lavin, adamın umudu kestiğini anladı. Sanki Kaan ölür, biz de peşinden gideriz, sen de hayatına bak, demişti. En sonunda Lavin'in de gelecek kara haberi kabullendiği an oldu bu. Derin bir kederle iki yorgun insana baktı. Birlikte yaşlanmış, birlikte ağlayıp birlikte gülmüş, oğulları ölüm uykusundayken birlikte çökmüş iki insana.

Hakiki aşk böylesine alçakgönüllü ve çok masum bir şeydi. Gençlik rüzgârları, coşkulu duygular, arka arkaya kopan fırtınalar değildi. Bunlar dindikten sonra gelen mevsimdi. Yağmur dindikten sonra, toprağın diri kokusuydu. Yağmuru emen toprağın saçtığı o diri koku gibi, rahmeti sindirenlerin içinden yükselen manevi berekketti. Belki Kaan giderayak hakiki aşkın ne olduğunu görmesine vesile olmuştu. Lavin, kendini çok cahil hissetti. O aşkı ayda bir kabir ziyaretine sığıştırmıştı. Yazık etmişti, anlamıştı bu hazin gerçeği. Ama ne çare! Kaan ölüm uykusunda mum gibi eriyerek gidiyordu.

Kantinde bir çay içip bir poğaça yedi zorla. Lokmalar boğazından zor geçti. Her yudumda belki bu Kaan hayattayken içtiğim son çay dedi. Bir çay daha aldı, bahçeye çıktı. Üsküdar'da onu çay bahçesine davet etse, gel oturup konuşalım dese bu kaza olmayacaktı. Hayat boş bulunmaya hiç gelmiyordu, bir anda ölüp gidiyordu insan, bir anda her şey değişebiliyordu. Her bir an ne kadar değerliydi! Ziyanlarda yaşamaktan büyük pişmanlık yoktu. Ona teklif etmediği o çay niyetine içti bahçede ikinci çayı. Henüz hayattayken, hâlâ umut varken içeyim dedi. Hayatında içtiği en acı çaydı. Tadını unutamazdı.

Artık Lavin kendisini kara habere hazırlıyordu. Kaan'ın annesiyle babasının teslim olmuş halini, küçük kardeşin içine kapanmaktan dış dünyayla olan temasını kesmesini gördükten sonra o da teslim oluyordu. Umudu tükenmemişti ama kendisi tükenmişti. Bir mumun son demindeydi.

Mum, kararlı yanarak yavaş yavaş erir, sonuna yaklaşırken alev büyür ve delicesine dalgalanır. Mum eriyerek yüzeye iyice yayıldığında, sönmeye yüz tutarken alev küçülür.

Her yanı aydınlatırken bir tek dibine ışık vermeyen mum, son deminde, dibine varınca sadece kendini aydınlatır. Alevin işi bitmiştir. Artık güneşe dönebilir.

***

Öğleye doğru Kaan'ın doktorlarından biri Lavin'in yanına geldi: "Ben de sizi arıyordum. Sizinle özel olarak görüşmek istedim. Bizim için böyle bir şeyi söylemek çok zordur ama söylememiz gerek. Biz iyi kötü demeden gerçeği olduğu gibi söylemek zorundayız. Beni anlıyorsunuz, değil mi?"

"Anlıyorum."

"Bu altıncı gün... Altı gündür burada aile gibi olduk artık. Her birimiz Kaan'ı hayatta tutmak için buradayız. Hastaların bilinci kapalı olsa da, hissederler. Sizin burada olduğunuzu hissediyor. O yüzden hâlâ hayatta olabilir. Onu hayatta tutan belki biz değil, sizsiniz. Böyle günlerce uyuyup sonra gözlerini açan hastalar var ama bunlar istisnaidir. Sizin o kazadan sapasağlam çıkmanız bir mucize. Aynı mucize Kaan için de gerçekleşebilir. Anlayabiliyor musunuz?"

"Evet, benim hâlâ umudum var."

"Bizim de var... Siz birlikte kaza yaptınız. Onu en son siz gördünüz. Sesini en son siz duydunuz. Onu ne kadar çok sevdiğinizi ve ona ne kadar bağlı olduğunuzu görüyorum. Sanırım sevgiliydiniz. O yüzden sizinle özel olarak konuşmak istedim. Burada her gün bebekler dünyaya gelir, bazıları burada iyileşip hayata döner, bazıları burada ölür gider. Biz bu hastanede sevince, kedere, umuda tanık oluyoruz. Burada iyi haberlerin ve kötü haberlerin tesirlerini öğreniyoruz. Bizim asıl mesleğimiz öğrenmektir. Daima yeni şeyler öğreniriz. Bir hasta öldüğünde, yakınları en çok onun için yapmadıklarından, ona söylemediklerinden pişmanlık duyarlar. İnsan yaptığını, söylediğini unutabilir ama yapmadıklarını, söylemediklerini unutamaz. Tecrübeyle sabittir. Kaan ölürse, siz de söylemediklerinizden pişmanlık duyabilirsiniz. Şimdi sizi onun yanına götüreceğim. Onunla konuşun. Sizi duyar. Söylemek istediğiniz hiçbir şey kalmasın. Yarın mezarında söylemektense, bugün elini tutarak söyleyin."

Lavin, yalnızca baş salladı. Hiçbir şey söylemedi. Doktor babacan bir tavırla onu kolundan tutup güç verdi. Kaan'ın odasına kadar götürdü, sandalyeye oturttu ve sessizce çıktı. Lavin bir süre Kaan'ın sararıp solan yüzünü izledi. Belki son kez görüyordu. Birkaç kez iç geçirdi, gücünü topladı.

Fısıltıyla, "Kaan... Benim Lavin... Yanına geldim" dedi.

Elini tuttu. Buz gibiydi elleri. Dudakları bembeyaz, rengi sapsarıydı. Yavaşça yaklaştı ve yanağını öptü. Geri çekilirken, kaza anı gözünün önüne geldi. Ardından, Kaan'ın odası değiştirildiğinde yatağını boş görünce neler hissettiğini hatırladı. Bir anda tümünü yeniden yaşadı. Ruhu o dayanılmaz acıyla bir daha sarsıldı. Kaan ölürse çıldırabilirdi. Buna dayanamayacağını biliyordu. Nasıl bir acı olacağını biraz tatmıştı, o bile ürkütmüştü kendisini. Böyle bir acı olamazdı. Bir kazada ansızın kaybedip bunca zaman yasını tuttuğu eski sevgilisinin ölümünde bile böyle bir acı yaşamamıştı.

Bebek gibi uyuyan Kaan'a bakarak yumuşadı, sarsıntı dindi, tekrar yaşadığı kriz geçti. Belki bu an yaşadığı, Kaan ölürse yaşayacaklarıydı. Ama Kaan buradaydı, ona bakarken geçmişti hepsi. Kaan ölürse nasıl geçecekti? Hiç kimse yerini dolduramazdı. Hele altı gündür yaşadıkları unutulamaz, hiç anlatılamazdı. Kaan belki hiç uyanmayacaktı bu uykudan. Ardından konuşacaktı, her şeyi ardından söyleyecekti. Tıpkı eski sevgilisinin mezarında olduğu gibi. Oysa Kaan'la yaşadıkları kıyaslanamazdı. Doktor haklıydı. Ondan sakındığı her şey kendisinde kalacak, içinde bir kora dönüşecekti. Bu yüzden söylenmedik hiçbir şey kalmasın istiyordu. Elini tutarak ısıtmak istiyordu. Sözleriyle kalbini ısıtmak istiyordu. Başını göğsüne koyup anlatmaya başladı:

"Başımı göğsüne koydum Kaan. Kalbinin sesini duyabiliyorum. O göğsün içinde, dışındakinden çok daha fazla yer var bana, biliyorum. Biliyorum ama bana sonuna kadar açılan o göğsün içine neden sığmaktan kaçtığımı hâlâ anlayamıyorum. Neyi fark ettim şimdi biliyor musun? Daha önce sana hiç bu kadar yakın olmamıştım. Sen şu anda bunu hissediyorsun ama hiçbir karşılık veremiyorsun. Sen şimdi hayattasın ama ölüm uykusundasın, yaşamıyorsun. Anlattıklarımı duyuyorsun ama konuşamıyorsun. Kalbin atıyor ama ruhun uyuyor. Ben de böyleydim sana karşı, nedenini bilmiyorum.

Belki ilk kazada senin gibi uykuya daldım, sen de beni uyandırmaya çalıştın ama bir türlü olmadı. Şimdi seni daha iyi anlıyorum. Sen altı gündür ölüm uykusundayken benim yaşadıklarımı sana her gün yaşattım ve hiç bilmedim bunu. Şimdi bilmenin bir yararı var mı Kaan? Ne kadar pişman olduğumu söylememin bir yararı var mı? Yalvarsam döner misin? Sararıp solarken bile kadar güzel uyuyorsun Kaan! Seninle uyuyup uyanmayı neden istemedim? Nasıl uyuduğunu neden hiç merak etmedim? Sabah gözlerini nasıl açtığını hiç bilmiyorum, mesela. Sana hiç günaydın demedim. Şimdi gözlerini açman için sana yalvarıyorum. Sana günaydın diyebilmek için ömrümün sonuna kadar hep karanlıkta kalmaya, ışık kaynağımız güneşi sonsuza dek görmemeye razıyım. Senin gözbebeklerini görmedikten sonra ışık neye yarar?

Senin gözbebeklerindeki ışığı görmedikten sonra yaşamanın ne anlamı var? Şimdi bana sadece senin gözbebeklerindeki ışığı göreceğimi, ama başka hiçbir şey göremeyeceğimi, gerisinin uçsuz bucaksız bir karanlık olacağını söyleseler, ayaklara kapanırım ışığın için, karanlığı düşünmem bile. Şimdi bana senin gözlerini açacağını ama hayatın bütün kapılarını sonsuza dek kapatacaklarını söyleseler, razı olmak ne kelime, her birini kendi elimle bin kere kilitlerim. Seni o kadar çok seviyor, seni öyle çok ölüyorum ki, bana sensiz ne cennet yeter ne cehennem. Ben de sana bunları yaşattım öyle değil mi? Sen benim gözümü açmam için çırpınırken kan uykusundan kalkmadım. Böyle işitmez gibi, hissetmez gibi kaldım karşında. Ben buz tutmuş kalbimle sararıp solarken sen beni bir çiçek gibi yeniden açtırmaya çabalarken, ben mezarında yatan bir ölü gibi kaldım. Altı gündür dayanamadığımı sana aylarca yaşattım. İstersen beni asla bağışlama; ama yalvarsam, gözlerini aç desem açar mısın? Tam göğsündeyim Kaan. İşte tam buranda... Dedim ya... Sana hiç bu kadar yakın olmamıştım. Sen de bana. Ama ölüm uykusundasın. Yakınlığın hiç bu kadar uzak olmamıştı."

Bu sırada Hande hastaneye gelmişti. Kaan'ın durumunu ve nerede kaldığını sordu. Sabaha dek uyuyup uyanmış, sürekli Facebook'a girip bir haber olup olmadığına bakmıştı. Aklı hep Kaan'daydı, bir türlü uyku tutmamış, her uykuya dalışında Kaan'ı görmüştü. Tatlı rüyalar hep kâbusa dönüşmüştü ve sabaha kadar o kâbuslarla boğuşmuştu. Acele ederek yürüdü Kaan'ın odasına. Lavin'in orada olduğunu, onunla konuştuğunu bilmiyordu.

"Biliyorum haddinden fazla keder verdim sana. Acı değil keder! İkisi birbirinden farklıdır çünkü. Acı ağlatır, süründürür, etinde kanar. Ama bir gün kapanır o yara. Kederse ruhunda kanar insanın. Ve hiç geçmez. Budur işte keder. Birinin ruhunda küçücük bir yara açarsın ama onun bütün hayatı kanar. Ah Kaan…"

Hande odaya geldi, kapı aralıktı. İçeriden birinin Kaan dediğini duydu. Göz ucuyla bakınca Lavin'i gördü. Onu hemen tanıdı. Kaan yatıyordu, Lavin başını göğsüne koymuştu. Rahatsız etmek istemedi. Kapının önünde kaldı. Onu dinlemeden edemedi. Neler söylediğini merak ediyordu. Lavin'in titreyen sesi kulağına geldikçe onu ürpertti. Onun yerinde olmak, Kaan'ın yanında olmak isterdi. Lavin'in sesi bir ölüye ninni söyler gibiydi.

"Sen burada öylece yatarken, kendimi o kadar suçlu ve zavallı hissediyorum ki… O kadar kırık ki kalbim… Biliyorum, ölmüyor her kalbi kırılan. Kırık bir kalple de yaşayabiliyor insan. Ama kişi ya o kalbi kendi elleriyle kırmışsa? İşte bunun acısıdır beni senin karşında zavallı eden. Sence de çok değil mi bir ölüm için bunca yara?

Keşke sadece kendi hatalarının bedelini ödemiş olsa insan. Senin de dediğin gibi başkalarının cehennemini içimizde taşıyarak hangi cenneti bulabiliriz ki? Sen şimdi benim yüzümden bir ölümün kıyısında hayata tutunmaya çalışıyorsun. Üstelik başkalarının sende bıraktığı cehennemin ateşi yeni yeni sönmeye başlamışken. Nasıl bir kaderdir bu Kaan? Ben yanlış okumuşum gözlerinde duran şiiri; senin suçun yok!

Sevmek ne kadar zormuş Kaan. Şu fani dünyada ölümden korkmak en kolayı, sevmek en zoru, inan. Nereden biliyorsun diyebilseydin şimdi, çünkü seni seviyorum derdim. Böyle derdim, çünkü seni gerçekten çok seviyorum Kaan. 'Ben yarama çoktan sen bastım' diyor ya hani şair. Ben yarama çoktan sen basmışım ama bunu bir tek kendime itiraf edememişim. Bu yüzdenmiş kaçışlarım. Bu yüzdenmiş korkularım. Hep kendini anlatıp bir türlü kendi içine yerleşemeyen insanlar gibiydim karşında. Ben her şeyi anlıyordum ama kendime anlatamıyordum. Gerçeklere sızmış gizli yalanlarla kandırıyordum ben kendimi. Seni sevdiğimi kendimden saklayacak kadar kandırabilmiştim beni. Senin bende saklı duran mahremindi bu. Ve senin mahremin benim namusumdu.

Ölümün benden çaldığı, kaybedilmiş bir armağan olmanı istemiyorum. Bütün kalbimle senin için dua ediyorum. Birazdan çıkıp gideceğim bu odadan. İyileşmen için dualar edeceğim. Kalbimin her atışı senin için bir dua olsun. Hepimiz bir gün öleceğiz Kaan ama sen bizim gibi ölmemelisin. Aşkta çok cahilim, affet. Şu altı günde gördüm ki, ben seni hak etmiyorum. Ama sana yalan söylemiyorum. Sana hiç yalan söylemedim. Yalansız ve cahilim. Yalan söylemeyi beceremeyen cehaletini de saklayamaz.

Biliyorum, bundan sonra beni istemezsin. Bir kez sevdim ve ölüp gitti genç yaşında. Hayat dolu birini ellerimle toprağa verdim. Sonra seni sevdim, bir tek seni sevdim ve şimdi sen de gidiyorsun. Sen gitme lütfen, yalvarırım gitme. Ben gideyim. Belki kaderim böyle yazılmış. Benim sevdiğim ölüyor. Ben gideyim ki kaderim seni bıraksın ve hak ettiğin kadar mutlu ol. Yaralarım sana emanet. Seni daima uzaktan izleyeceğim. Yaşlı bir kadın olduğumda gençlere senden öğrendiğim aşkı anlatacağım. Hepsi aşkı benden öğrendiklerini zannedecek, asıl aşkın sen olduğunu hiçbiri bilmeyecek! Sen benim sırrım olacaksın. Adını bile kıskanacağım başkasından. Adını bile sakınacak, saklayacak, aşkını saçacağım bu dünyaya. Bende kalmasın. Çünkü hakkım değil. Bu aşk bana fazla. Bir yüreğe sığacak gibi değil. Senin aşkın saçılmayı hak ediyor. Ben senin yanardağın olacağım. Seni derinlerimde saklayacak, kor ateşler gibi aşkını saçacağım. Seni böyle yaşatacağım kendimde... Seni unutmayacağım Kaan. Sen olsan seni unutabilir miydin?

Unutursam ölürüm ve seni ancak ölünce unutabilirim.

'Beni unutamayacaksın' deyip çekip gidenlerim de oldu hayatımda ama benim asıl unutmadıklarım ansızın gidenlerdi. Tıpkı senin gibi... Tıpkı benim gibi. Ama bizim gibi değil. Çünkü biz hiç biz olamadık. Biz hiç kavuşamadık. Aslında hiç kavuşamayanlardır hiç ayrılmayanlar. Bir kavuşması olmayanların bir ayrılığı da olmaz Kaan...

Ağlıyorsam, gözümde yaşını unutmuşluğundandır. Seni ağladığımdandır. Rabb'im her derdin dayanma gücünü de veriyor. Sen benim için üzülme artık. Benim için yanma. Sadece gözlerini aç ve geri dön. Hak ettiğin mutluluğu yaşa. Gel dersen gelirim, kal dersen kalırım ama sana yaşattıklarımı bile bile nasıl yüzüne bakarım? Ölürsen çıldırırım, bundan eminim. Ama sana bu yüzden gözlerini aç diyemem. Kendin için aç. İnan ki, bu dünya sana muhtaç. Sevgisiz bir dünyada yaşıyoruz, ölüler gibi dolaşıyoruz, sen sevgi dolusun, dünyayı bundan mahrum etme. Bu dünya sevginden mahrum kalır, biraz daha kararırsa günahı benim boynumadır Kaan.

Ne çok sevenin varmış. Beni sarıp sarmaladılar, ben yine onlardan biri olamadım. Bende kalın bir duvar var. Hayatla aramda bir duvar. Seninle aramda bir duvar vardı ve en sonunda o duvara çarpıp yıktın. Nasıl ördüğümü bilmediğim duvarı yıkarak farkına varmamı sağladın. Şimdi görünmez bir kanama seni bizden uzaklaştırıyor, seni alıp götürüyor. O görünmez kanlarla uyuyorsun. Gözünü açtığında yanında olmak istedim. Yokluğumda ölürsün diye gözüme uyku girmedi. Belki beni istemiyorsun, çok haklısın. Belki gözlerini açmak için çekip gitmemi bekliyorsun. O yüzden gidiyorum Kaan. Zaman geçecek, bir ayrılık daha anıya dönüşecek. Tam olarak geçmese de zamanla acısı hafifleyecek. Belki başka birileri gelip hayatımıza girecek. Bu hayatta kimse ilelebet yalnız kalmıyor. Kokusuz çiçekler bile zamanla seviliyor.

Senden bana en çok sensizlik kaldı. Yalnızlığım çoğalsa da sızılarım azaldı. Ve her bir sızı seni çoğalttı. Sevebileceğim çok insan vardı bu şehirde ama sadece bir tanesi yoktu. Sen geldin sonra... Bir şehre sırtımı dayar gibi yaslandım sana. Arkamda kıpır kıpır duran bir kenttin bana. Yüzümü dönsem görecektim. Hiç dönmedim ama hep orada olduğunu bildim. İtiraf etmek gerekirse sensiz geçen her günümde en çok seni özledim. Sensizken her şey çok özleniyordu zaten. Bu karmaşaya gülümsedim sonra. Bu karmaşaya ağladım sonra. Belki de aşk gülümseyerek ağlamayı öğretiyordu insana.

Ne kadar uzağına kaçarsam o kadar uzaklaşırım sandım. Ama asıl uzaklarmış seni bana taşıyan geç anladım. Ölüme uzanan o dümdüz yolda yürürken sana çarptım. Yol kalbinden geçiyormuş, çarpmasam duramayacaktım. Seni sevmek için yüreğimde yer açmaya çabalamadım. Çünkü yürek dediğin sevdikçe genişleyen bir yerdi. Ben seni yavaş yavaş sevdim. Bunu kendim bile fark etmedim. Çünkü sen hızla bitirilecek bir adam değildin. Seni sevdiğimi en çok sensizken fark ettim. Zaten bir terslik vardı bu işte. Sensizken yağmurlar yanıyordu içimde. Suskunluğunla bezenmiş bir bakışın bile içimde ağlayan çocuğu susturmaya yetiyordu. Bunu nasıl yapıyordun bilmeden, benim sözlerim bile kalbime geçmezken?

Ama sana çıldırmak, yapılacak en akıllıca delilik olsa da gitmeliydim. Evet, seviyordum ama gitmeliydim. Yarım kalacak bir hikâye için ömründen eksiltmemeliydim. Varken zaman zaman vardım ama olmayınca tüm zamanına yayılacaktım. Biliyordum; beni unutmayacaktın. Bense senden uzakta senin için ağlayacaktım. Başını sessizce yaslayıp ağlayabileceğin bir omuz varsa güzeldir ağlamak. Ben hiçbir omza ait olmadan ağlayacaktım.

Seni seviyordum ama neden sevdiğimi bilmiyordum.

Senden kaçıyordum ama neden kaçtığımı bilmiyordum. Şimdi seni neden sevdiğimi biliyorum. Senden neden kaçtığımınsa hâlâ cevabı yok. Seninle aramda bir duvar vardı, sen onu yıktın ama ben o duvarı nasıl ördüğümü bilmiyorum. Sadece senin o duvarı ne pahasına yıktığını biliyorum. Nasıl bir çaresizlik içinde olduğunu şimdi anlıyorum, bak nasıl çaresizim karşında.

Bana küskünsündür. Kim olsa küserdi. Sana hak veriyorum. Gözlerini açman için son çarem gitmek. Belki ben gidince açarsın, burada seni sevenler, gözünü açman için yalvarıp yakaranlar, hiç gözünü kırpmadan dua edenlerin kalplerinde de güller açar. Bütün bu acılara ben sebep oldum ve daha fazla aralarında kalmaya yüzüm yok. Burada biraz daha durursam çıldıracağım ve benim için üzülecekler. Onları daha fazla üzmeye hakkım yok.

Senden tek dileğim gözünü açman. Seni sevenlere kavuşman... Şimdi burada bekleyenlere ve gelecekte bekleyen sevgililere kavuşman... Olur ya, bir gün kader seni bana geri getirirse habersizce gel. Geleceğini bilirsem beklerim. Bilirim, sen beni bekletmezsin, o yüzden habersiz gel. Acele etme, doyasıya yaşa ve sen gelmedikçe ben senin doya doya yaşadığını bileyim. Kalbin kırılırsa gel bana ve ben o kırıklara dolayım. Ruhun yaralanırsa gel bana. Ben senin yerine kan dökeyim. Hep kendine iyi bak derdin. Beni hiç merak etme aşkım. Ben iyi bakarım kendime. Yaşadığını bileyim, her an karşıma çıkacakmışsın gibi yürürüm hayat yolunda, her güne seni görecek gibi başlarım. Sen yeter ki gözünü aç. Ben giderim iyi bakmak için kendime. Çünkü ihanet edemem; ne senin sözüne ne bedenime...

Bundan sonra mezarlığa gitmeyeceğim. Yasım burada bitti. Sana minnettarım. Bana hayatta gerçekten neyin değerli olduğunu öğrettin. Dünyada ne için var olduğumu gösterdin. Minnetimi sana bırakıp gideceğim. Seninle de ayrılık zamanı gelip çattı sevdiceğim, kavuşamadığım... Belki de bu son pişmanlığım olacak. Sana gel demesem ölüme gitmeyecektin. Ama şimdi böyle söylemek neye yarar? O kadar çaresizim ki, tek çarem gitmek. Belki gözlerini açarsın diye yanında kaldım, seni bırakmadım. Belki gözlerini açarsın diye yanına geldim, elini tuttum, seni öptüm. Sana bunları anlattım aşkım. Sana aşkımı anlattım. Ben senin aşkına nasıl kapadıysam gözlerimi, sen de benim aşkıma kapalı tutuyorsun şimdi. Belki gidersem açarsın diye gidiyorum. Senin için ve seni sevenler için. Gidiyorum Kaan, hoşça kal." dedi ve gözyaşlarını elinin tersiyle silerek kapıya yöneldi Lavin.... Çıkarken Hande'yi gördü. Onu görür görmez tanıdı. Hande de onu tanımıştı zaten. Onun Kaan'a söylediklerine şahit olduğunu belli etmedi. Gözleri doluydu. Kaan'ı unutamamış, gittiğine pişman olmuş ama birliktelerken bile onu Lavin kadar sevmemişti. Sanki Kaan ya da başka bir gizli el ona bir kadının nasıl âşık olacağını göstermek için onu hastaneye getirmiş ve bunları dinletmişti. Evlilik hayatı hüsranla sonuçlanmış, hiç mutlu olamamış ve hep Kaan'ı özlemişti, hiç kimseyi onu sevdiği kadar sevemeyeceğini anlamıştı. Kaan onun ilk göz ağrısı ve ilk aşkıydı. Genç ömrünün çoğunu onunla yaşamıştı, onsuz geçen birkaç yılın esamisi okunamazdı yanında. Fakat şimdi Kaan ecelinin koynunda mışıl mışıl uyurken, ona ninni söyler gibi şefkatle içini döken bu kız karşısında kendisini aciz hissetti. Aşkın gerçekte ne olduğunu gördü ve ne kadar uzağında yaşadığını, hatta ondan adım adım uzaklaştığını fark etti.

Nasıl yanlış bir yol seçmişti? Bunu şimdi görmek neye yarar! Kaan'ı görmeye gelmişti ama belki Kaan onu görmeden gidecekti. Lavin'i gördükten, onun aşkına şahit olduktan sonra Lavin'in yüzüne bakmaya utanırken, gözlerini açsa bile

Kaan'ın yüzüne nasıl bakacaktı? Genç bir kadın için hayatının da sevgisinin de sadece sabun köpüğü olduğunu, üstelik bunu unutamadığı sevgilinin ölüm döşeğinde anlamak tokatların en şiddetlisiydi. Lavin şimdi ona okkalı bir şamar patlatsa, kalben hissettiklerinin yanında hiç kalırdı! Kaan'ı göklerde kendisini yerin dibinde görüyordu. En acısı, bunun bir misal değil, gerçek oluşuydu. Kaan gerçekten göklerdeydi, ya dönecek ya da uçup gidecekti. Ama Hande yerin dibinde kalacaktı.

"Merhaba, siz Lavin olmalısınız" dedi.

"Evet, benim. Siz de Hande öyle değil mi?"

"Evet. Haber verdiğiniz için çok teşekkür ederim. Çok naziksiniz. Sizi ömrümün sonuna kadar unutmayacağım."

Lafın gelişi değildi. Haber verdiği için değildi. Aşkına şahit olduktan sonra onu gerçekten asla unutamazdı. Yediği şamarın acısı geçip gidecek gibi değildi.

"Geldiğinize çok sevindim. Kaan sizden çok söz etti. Her görüşmemizde mutlaka adınızı anardı. Yanında olmanız, eminim, ona iyi gelir. Komada biliyorsunuz, uykuların en derininde ama sizi hisseder muhakkak. Sizi görmeyi çok isterdi, belki sizi görmek için gözlerini açar."

"İnşallah. Gözlerini açtığında yanında olmayı çok isterim."

"Lütfen yanında kalın. Eğer gözlerini açar ve hayata dönerse size minnettar olurum. Ben de sizi ömür boyu unutmam."

Hande mahcubiyetle başını öne eğdi.

"Telefon numaramı biliyorsunuz" dedi Lavin. "Ne zaman isterseniz beni arayabilirsiniz. Evim çok yakın."

"Ararım."

"Kaan'a iyi bakın."

"Gözünüz arkada kalmasın. Ben ona gözüm gibi bakarım."

"Hoşça kalın."

"Güle güle."

ON BEŞİNCİ BÖLÜM

Lavin, koridorun sonundan dönene kadar Hande ardından baktı. Lavin dönerken ardına baktı, Hande ile selamlaştılar ve gitti. Hande, Kaan'ın odasına girmeden önce derin bir soluk alıp verdi ve saçlarını düzeltti. İçeri girince bir süre Kaan'ı seyretti. Tanıdığı, bildiği Kaan değildi. Bir şey değişmiş, belki her şey değişmişti. Altı gündür komada kalmasından ötürü değildi göze görünen o acı değişim; ama ne olduğunu bilemedi.

Bakarken ağlamaksı oldu, sonra birkaç damla gözyaşı süzüldü gözlerinden. Yanaklarındaki yaşları sildi, sessizce oturdu az önce Lavin'in bıraktığı yere. Kaan'ın eli yataktan sarkmış, boşlukta duruyor bileğindeki yara izi görünüyordu. Elini tuttu, bileğindeki yarayı parmak ucuyla okşamaya başladı.

"Merhaba Kaan. Ben Hande. Beni duyamıyorsun ama sana söylemek istediklerim var. Belki sen yaşamak istemiyorsun ama inan seni çok seven var. Ben bunlardan sadece biriyim. İnan ki seni çok özledim. Hiç arayıp sormadım ama seni hep merak ettim. Hiç unutmadım seni. Zaten sen unutulacak biri değilsin, biliyorsun. Çocukluk da hiç unutulmaz. Seninle geçen her günümü hatırlıyorum. Seni hep andım. Seni bırakıp gittiğim için çok üzgünüm."

Bunu söyleyince Kaan'ın parmağı kıpırdadı. Hande o parmağı usulca öptü. Soğuk elini yanağına götürdü.

"Elin üşümüş Kaan. Senin ellerin hep üşürdü. Annem sana eldiven örmüştü. Ben istemiştim. O günü hatırlıyor musun? Kar yağsın istemiştik. İzmir'e kar yağacak diye beklemiştik. Sonra

İstanbul'da kar yağarken sokağa fırlamıştık. Sende kalmıştım o gece. Ertesi gün kar tutmuştu. Kartopu oynamış, bir kardan adam bir de kardan kadın yapmıştık. Biri sen biri ben… Kardan adamı birlikte yapmıştık ve sen tek başına yapmıştın kardan kadını. Bakalım önce hangisi eriyecek demiştin. Ben sana tabii ki ikisi birlikte erir demiştim. Güneşi hesaba katmamıştım. Sen o kardan kadını nedense kardan adama uzak bir yere yapmıştın. Birlikte yaptığımız ağacın altındaydı. Senin yaptığın ortadaydı. Güneş çıkınca senin yaptığın kardan kadın erimişti. Kardan adam ağacın gölgesinde direnmişti. Biz ayrıldıktan sonra o kar günü, karlarda geçen ilk günümüz sık sık aklıma geldi. Ben çabuk eridim, çabuk tükendim, sen orada direndin. Ben seni terk edip gittim ama sen aşkımızı yaşatmak için direndin. Bensiz yaşamaktansa şu bileğini kesip ölmek istedin. Hepsinden haberim var. Sen intihara kalkıştığında yanına gelmediğim için bana ne kadar kırgın olduğunu biliyorum. Bunu beni yanına çekmek için yapmadığını da biliyorum; bunu o zaman da biliyordum. Gelmeyi çok istedim. Ama gelirsem seni bir daha bırakıp gidemezdim. Bileğine bakarak bir ömür geçirmek bana çok ağır gelirdi. Sen bileğini keserek aramıza aşılmaz bir çizgi çektin Kaan. Yanına gelsem ne yapacaktım, ne diyecektim? Aman yaşamana bak, beni unut desem, sözüme kulak asacak mıydın? Seni terk ederken intihar edeceğini bilemezdim, özür dilerim, bak yanına geldim ama yine gideceğim, seni bir daha bırakıp gideceğim desem, hem hayata hem ölüme küserdin, buna hakkım yoktu. Ben sadece dua ettim. Sadece senin mutluluğun için dua ettim. Lütfen benden iyisini nasip eyle dedim. Bunu bilmeni istedim. Bunu söylemek için geldim. Şimdi gitmek mi, yoksa kalmak mı istiyorsun, bilmiyorum. Gideceksen git Kaan, seni sevgiyle uğurlamaya geldim. Kalmak istersen de kal. Yanında olmamı istersen sonuna dek olurum, hiç bırakmam seni. Gitmek istiyorsan git ama bunu bilerek git. Kalmak istiyorsan kal ama yaralı yaşama bundan sonra. Açtığım yarayı sarmaya geldim."

Hande sanki bunları içini dökmek için değil, Kaan'ı hayata döndürecek sihirli kelimeyi bulmak için söylüyordu. Biraz soluklandı, gözyaşını sildi. Kaan'ın bileğindeki yarayı öptü. Ona ne diyeceğini bilemiyordu. Birlikte geçen güzel günlerini anlatmak istiyordu.

Tam bu sırada ezan sesi duyuldu. Günlerden cuma. Dışarıda insanlar Cuma namazı için camilere doğru yola çıkıyordu. Tam bu sırada, Kaan uykusunda Üsküdar yokuşundan aşağıya doğru yürüyerek namaza giden insan kalabalıklarını görüyordu. Yavaş yavaş gözlerini açtı ve ezanı dinlemeye başladı Kaan. Hande farkına varmamıştı. Açtığım yarayı sarmaya geldim deyip durdu. Kaan, hayal meyal görüyordu handeyi. Hande başucuna oturmuş, elini tutmuş, bileğindeki yarayı öpüyordu. Tekrar yumdu gözlerini. Konuşmak için ezanın bitmesini bekleyecekti.

Hande bir süre soluklandıktan sonra çocukluklarından başladı anlatmaya. Lisede aşka tutulmalarını, üniversite yıllarında yaşadıklarını anlattı. Bütün o güzel günleri hatırlattı. Kaan bunları yarı uykuda dinledi, onu işitiyor ve aynı anda rüya görüyordu. Hande'nin anlattıklarını rüyada görüyor, birlikte yaşadıkları bir rüyaya dönüşüyordu. Hande bilmeden yapıyordu bunu, bilmeden yarasını iyileştiriyordu. Geçmişte yaşananları acı bir hatıra olmaktan çıkarıp yeniden yaşandıkları hale dönüştürüyordu. Kaan, birlikte geçen yıllarını terk edildiği için acı çekerek hatırlıyordu ama Hande için tümü tatlı hatıralardı. Bunu ona aktarıyordu. Kaan'ın ölüm uykusunda geçmişi baştan aşağı değiştirmiş ve eski haline getirmişti. Sonunda ezan bitmişti. Kaan gözlerini tekrar açtı. Hande gerçekten yanındaydı. Rüyada gördükleri ve dinledikleri gerçek, kendisine çok acı gelen geçmişi de bir rüya kadar tatlıydı.

Kaan ölümle yaşam arasındaki bulutlu gökyüzünde terk edilmenin acısının tekrar kanatmaya değil, terk edilmeden önce yaşadıklarının hatırlanmaya, korunmaya değer olduğunu anlamıştı. Çok yanlış bir seçim yapmıştı. Kendine yazık etmişti. Bundan ötürü mutsuzdu. Bu yüzden acı çekiyordu. Terk edildiği, unutamadığı için değil, birlikte yaşadıkları günleri kendi güzellikleriyle hatırlamayarak kendine ihanet ettiği içindi. Birlikte yaşadıkları o güzelim sevgiye şükran duymadığı için vefasızlık ve haksızlık ediyordu. Hande terk edendi, Hande gidendi. Ama birlikte yaşadıkları her güne sahip çıkmış, şimdi ona hatırlatıyor, o duyguları kan uykusundaki Kaan'a bir rüya gibi hediye ediyor, geri veriyordu. Çoğul mutluluklar bu yüzden değerliydi, biri kaybetse öteki verir, kendisinden eksilmezdi. Tek başına yaşadıkların unutmanla solar giderdi.

***

Kaan gözünü açtığında hâlâ uykuda gibi, rüyada gibiydi. Bu durum hemen geçmedi. Usul usul döndü hayata. Gittiği gibi dönmüyordu. Bir şey değişmişti, belki her şey değişmişti. Kaza yapınca her şey donmuş ama Lavin'in yanında kalıp kalbini açması ve Hande'nin gelişiyle geçmişi de yaşadığı gün de değişmişti. Bir de onların gözünden bakmıştı bu sayede. Ne kadar değerli olduğunu, ne kadar çok sevildiğini hissetmişti. Yarası yanıltmıştı onu, eksik ve güdük bırakmıştı. Her şeye o yarının içinden, o yaranın gözünden bakıyordu; bir bakıma terk edilmiş ve kör olmuştu. Şimdi yeniden açılıyordu gözü. Kendini yarasından geçiriyordu. Kozasından kelebek olarak sıyrılan bir tırtıl gibi... Ezan bitmişti.

***

Hande onun gözlerini açtığını görünce sevinç gözyaşı döktü, konuşmadı bir süre. Sadece "Kaan" diyebildi.

"Kaan... Kaan... Kaan..."

"Hande."

Kaan bunu kendini zorlayarak ve gırtlağını yırtarcasına, bir fısıltı olarak çıkarabilmişti. Ama bunu sevgiyle söylemişti. Yıllardır acısıyla bastırdığı o sevgiyi yeniden çıkarmıştı sonunda. Sanki ruhu çıkıp gitmiş gibi oldu. İnsan korkusundan ölebildiği gibi, sevgisinden ölebilir. İntihar etmiş, kaza yapmıştı, ama ölmemişti. Acısından intihar etmiş, çaresizliğinden duvara vurmuş ama sevdiklerinin sevgisiyle ölmüş ve yeniden doğmuştu. Kapkara bir gölge çıkıp gitti içinden. Ruhu kurtuldu sonunda.

Sadece bir kelime yetti buna. Bunca zamandır Hande'nin adı dilinden düşmüyordu. Sürekli onu anlatıyordu ama ağzından bir kez bile sevgiyle çıkmamıştı bu isim. Çocukluk arkadaşı, gençlik aşkını bir kez bile sevgiyle yâd etmemişti. Yazık etmişti sevgisine. Hande'ye küsmüştü, kendine küsmüştü, aşka küsmüştü, hayata küsmüştü, geriye bir tek ölüm kalmıştı. Ancak, ölüm de ona kapısını kapatmıştı. Çünkü hayata borcu vardı, Hande'ye borcu vardı, kendisine borcu vardı, aşka bir borcu vardı. O da şükrandı.

Çocukluğundan itibaren sevmiş ve sevilmiş gencecik birinin bu dünyadan kahrederek değil, sonsuz bir şükranla ayrılması gerekirdi. Kaan'a yakışan buydu. Sevenlere başka türlüsü yaraşmazdı. Şükransız bir sevgi eksikti. Sevip sevilirken, sevdiğinin ve sevildiğinin farkında olmaksızın, değerini bilmeden, hakkını vermeden yaşamaktı. Tohumu ağaç sanmaktı. Bir tomurcuğu şefkatle açtırmak yerine, çiçek olmadığı için beğenmemek, şikâyet etmekti. Kendisine bir ömür boyu emek vererek büyütmek üzere hediye edilen tomurcuğun ne olduğunu bilmeden peşin hüküm vermek, kendisi hakkında, sevdiği hakkında, hayat ve aşk hakkında cahilce bir yargıya varmaktı. Tohuma şükretmek yerine, hazır bir ağaç verilmediği için kahretmekti.

Kaan gözlerini açtıktan sonra kendine geldikçe, yani dünyaya döndükçe, kendisindeki köklü değişimin farkına varıyor, bunu anlayamıyordu. Çünkü kendisine değil, Hande'ye bakıyordu. Onu dinliyor ve olduğu gibi görüyordu. Tıpkı bir çocuk gibi… Çok kırılgan olsa da hiç yargılamadan, çok kızgın olsa da, hiç suçlamadan…

"Nasılsın Kaan?"

"Bilmem. Ya sen?"

"Gözlerini açtın ya, bundan iyi olamam."

Kaan gülümsedi.

"İyi ki dönmüşüm" dedi.

Kaan eskiden de böyle ince espriler yapardı. Her koşulda. Ama okuldan mezun olduktan sonra iş ararken tadı kaçmış, gülmeyi unutmuştu. Hande onu ölüm döşeğinde böyle bulunca kalbinden bir kuş uçtu, çok mutlu oldu. O da ince bir espriyle karşılık verdi:

"Seni çok iyi gördüm."

Kaan, konuşmak, ona her şeyi anlatmak isterdi ama hali yoktu. Zaten hâlâ yarı uykudaydı, yarı ölüydü. Öte yandan belli belirsiz bir tebessüm, iki çift tatlı söz yetiyordu karşılıklı sevince.

"Çok şükür, bunu da gördüm."

"Neyi Kaan?"

Kaan soruya yanıt verebilmek için gücünü topladı. Hande zorlandığını anladı ve bekledi. Ona sevecen bir acıma duydu. Bir kelime söyleyebilmek için kendini zorluyor, acı çekiyor, buna rağmen tatlı bir söz söylüyordu.

"Seni hâlâ çok sevdiğimi… Ama çocukluğumuzdaki gibi…"

"Ben seni hep öyle sevdim Kaan. Sen hep benim çocuğum gibiydin."

"Anlıyorum. Galiba biraz geç oldu."

"Hiçbir şey için geç değildir Kaan. Ben seni anlıyorum. Ben yanındayım. Sen git demeden hiçbir yere gitmem. Lütfen şimdi yorma kendini."

Hande, bileğindeki yarayı tekrar öptü.

Kaan, "Biliyor musun Hande? Hiç acımadı" dedi.

"Peki, kendine acıdın mı hiç?"

Kaan başını hayır anlamında iki yana belli belirsiz kıpırdattı. Daha fazlasına gücü yoktu. Ama bu kadarı Hande'nin görmesine yetti.

"Bundan sonra benim için kendine merhamet et, olur mu Kaan?"

"Ettim ya. Döndüm işte."

"Nereye döndün Kaan?"

"Hayata."

"Daha önce neredeydin?"

"Cehennemin dibinde."

"Benim yüzümden mi?"

"Hayır."

"Neden peki?"

Kaan yine gücünü toplamak için kendini zorladı. Hande söylemesini bekledi. Bu arada onu daha fazla konuşturduğu için üzüldü. Kaan konuşmak için kendini zorladıkça içi yanıyor, bileğini öpüyordu bir daha.

"Can sıkıntısından."

Hande buna hüzünle gülümsedi. O kadar belirsiz kıvrılmıştı ki dudağı; gülümsedi mi, hüzünle mi kıvrıldı belirsizdi. Kaan'ın da dudağı kıvrıldı, gözleri bir an parladı. O halde hınzır bir bakış atabilmişti. Hande, lise çağındaki Kaan'ı hatırladı, o delikanlının hâlâ yaşadığını gördü. Burkulan yüreği ferahladı. Ona sadece şefkatle gülümsedi.

"Sen galiba dünyada dikene âşık tek bülbülsün Kaan."

"Sadece şairim" dedi, duraksadı, gücünü topladı. "Şiir dikendir" dedi, yine gücünü topladı. Zorlanırken incitmemek için gülümsemeye çalışıyordu.

"Aşk yaralar, şiir kanatır."

***

Kaan'ın gözünü açtığı haberi duyulunca, hastanede bayram sevinci yaşandı. Personel bile o kadar sevinmişti ki, haberi alanlar birbirine sarılıyordu. Kaan'ın annesi, babası ve kardeşi mutlu haberi alınca sevinçten neredeyse delirecekti. Üçü bir sevinç topu oluşturmuştu koridorda. Kaan'ın kardeşi, ayakta duracak dermanı kalmayan annesiyle babasının koltuk altlarından doladığı kollarıyla tutuyordu onları. Üçü sarmaş dolaş olmuş, kuruyan gözleriyle dua ediyor, Kaan'ın hayata dönmesine inanamıyorlar ve nasıl şükredeceklerini bilemiyorlardı.

Hande onu yormamak için daha fazla konuşmamış, kapıya çıkıp koridordaki hemşireye hastanın gözlerini açtığını haber vermiş, doktorlar koşarak gelmişti. Kaan onlara iyi olduğunu söylemiş, Lavin'i sormuştu. Onun da iyi olduğunu öğrenince "Çok şükür" demiş ve kısa bir süre sonra gözlerini yeniden yummuştu. Birkaç kere gözlerini açtı, yeniden yumdu. Doktorlar başında bekliyordu ve Kaan gözlerini açtıkça onu konuşturmaya çalışıyordu. Kaan konuşmakta zorlanıyor ama soruları anlıyor ve eğer gücü varsa yanıtlıyordu. Onu tepeden tırnağa muayene ettiler. Altı gün komada kalan bir hasta için durumu iyiydi, ama bacakları hissizdi.

Hande Kaan'ın annesini, babasını ve kardeşini bir sevinç

yumağı halinde görünce içi parçalandı. Halleri hem yürek burkacak kadar perişan, sevinçleri ağlatacak kadar dokunaklıydı. Adamla kadının tir tir titreyen elleri ve bacaklarından ayakta duramadıkları belli oluyordu. Ara sıra dizleri boşalıyordu ve çocukları onları daha sıkı tutuyordu. Üçünün de gözleri balon gibi şişmişti, annenin gözleri kapanmıştı. Ayakta kalacak dermanları yoktu ama ikisi de sevinçten yerinde duramıyordu.

Hande onlara bakınca, hayatı bir film şeridi gibi gözünün önünden geçti. Öz kızları gibi severlerdi onu. Bağırlarına basmışlardı. Sonra birden film kopmuştu, Hande koparmıştı. Onu görmemişlerdi, hiç kimseyi görecek halde değildiler. Hande gözlerinden yaşlar süzülerek uzaktan onları izledi. Onlar için dua etti. Allah başka acı vermesin... Yanlarından âdeta parmak uçlarına basarak sessizce geçti ve hava almak için bahçeye çıktı. Yüreği sıkışmıştı, biraz hava almaya çok ihtiyacı vardı.

Doktorlar Kaan'ın başındaydı. Anne, baba ve kardeş odanın önüne geldiler, hemşeriden izin alıp içeri girdiler ve biraz beklediler. Kaan gözlerini açıyor, tekrar kapıyordu. Bunun için bile yoğun bir güç harcıyordu. Doktorlar onlara, Kaan'ın kendine gelmek için çaba harcadığını ve bunun çok iyi olduğunu söyledi. Gözlerini açtığını görmek için beklediler.

Babası, "Acaba Kaan bizi bu halde görmese daha mı iyi" dedi.

Doktor, "Kalın, sizi görsün. Ona güç verir" dedi.

Kaan gözlerini açana kadar sessizce beklediler. Anne ve babayı sandalyeye oturtmuşlardı. Kaan gözünü açınca, babası, "Oğlum" dedi. Kardeşi "Ağabey" dedi. Anne, gözünü açtığını anladı, görmeden de olsa "Yavrum" dedi. Kaan bir süre gözlerini açık tuttu onlara bakarak, iki kere açıp kapadı bilerek, onlara selam verdi.

Babası selam verdiğini anladı, "Aleykümselam oğlum" dedi.

Annesi, "Açtı mı gözlerini" diye sordu.

Babası, "Evet, bize bakıyor" dedi.

Anne, "Yavrum, hoş geldin. Nasılsın" dedi.

Kaan yanıt veremedi. Bir süre sessiz kaldılar. Kaan tekrar gözlerini yumdu. Uykuya dalmıştı. Bir daha gözlerini açmasını beklediler.

Doktor "Galiba uykuya daldı. Siz şimdi çıkın, sonra yine alırız" dedi.

Kaan'ın babası "Peki, Allah sizden razı olsun. Haydi hanım, biz çıkalım. Kaan uyusun" dedi.

Annesi, "Benim gözlerim kapandı. Bari sesini duyayım da, inanayım" dedi.

***

Gerçekten de, Kaan'ın hayata geri döndüğüne inanamıyorlardı. Sonuna kadar direnmişler, ne çare, en sonunda ümidi kesmiş, kendilerini kara habere hazırlamışlardı. Belki annesi o gün görmemek için kapamıştı gözlerini. O gün ağlamamak için gözyaşlarını tüketmişti. Artık canlarından çok sevdikleri oğullarını toprağa vermek için beklerken, Kaan ansızın gözlerini açmıştı. Buna inanmaları gerçekten çok zordu. Babası ve kardeşi, Kaan gözlerini açıp onlara selam verene kadar inanamamışlardı. Şimdi bile tam olarak inanamıyorlardı. Biraz da bitkinliğin verdiği etkiyle hayal gibi geliyordu, inanması çok ve sevincini taşımayacakları kadar büyük bir hayal. Annesi de inanmak istiyordu.

Kaan'ın kardeşi dışarı çıktı, annesi ve babası kaldı. Nefeslerini tutmuş bekliyorlardı iki bitişik sandalyede. Kadın, kocasının elini sımsıkı tutmuştu, artık titremiyordu o eli, diğer eli titriyordu hâlâ. Yaklaşık on dakika sonra Kaan yine gözlerini açtı.

"Açtı" dediler. Kadın çok heyecanlandı.

Doktor, "Kaan, annen burada... Ona merhaba der misin? Sesini duysun" dedi.

Kaan gözlerini evet anlamında ağır ağır kapayıp açtı.

"Anne" dedi. Sesi bir nefes kadar inceydi.

Annesinin titremesi baştan aşağı durdu. Her şey durdu kadın için. Yorgunluğu son buldu. Hiç nefes almıyordu sanki. Bu yorgun sesi ömrünün sonuna kadar unutamazdı. Dünyaya gelişindeki ınga sesleri hâlâ kulaklarında çınlıyordu. Bu ses de ömür boyu çınlayacak, belki onun için kurulan sırat köprüsü bu ses olacaktı. Bir anne için hem çok büyük bahtiyarlık hem de ardında bıraktığı son acı olacaktı.

"Kaan'ım. Yavrum benim. Hoş geldin bebeğim" dedi.

Kaan yutkundu, dudaklarını araladı. Yine nefes kadar ince bir sesle, "Anne" dedi. "Cennet çok güzel."

Hiç kimse konuşmadı. Kaan tekrar uyudu. Annesi ve babası birlikte çıktı. Hâlâ çok yorgunlardı ama titremeleri geçmişti. Kaan yaşıyordu, geri dönmüştü. İkisi de buna hiç kuşkusuz inanmıştı şimdi. Doğduğundaki kadar büyük bir sevinç içindeydiler.

***

İşte o gün, o andan itibaren hastanede bayram başladı. Bu bayramı, Kaan ve Lavin ömürlerinin sonuna kadar sürdürdü. Hande bahçeye çıkar çıkmaz Lavin'i aramış, mutlu haberi vermişti. Lavin sevinçten yatağa düşmüş, uzun süre kalkamamıştı. Kalbi o kadar hızlı ve güçlü çarpıyordu ki, öleceğini bile sandı.

O gün mutlu haberi alanlar hastaneye koştu, ertesi gün ve sonraki gün ziyaretler devam etti. Kaan her gün biraz daha iyiydi, çabuk toparlıyordu. Gözleri daha uzun süre açık kalıyor, söyleneni anlıyor, onları yanıtlıyor ve az da olsa konuşuyordu.

Kaan'ın kardeşi, anne ve babasını eve götürdü. Yatağa yatırıp uyuttu. Yarım günden fazla uyudu ikisi. Kadının gözü biraz aralanmıştı. Günlerin yarısını evde, yarısını hastanede geçirdiler. Birkaç günde kadının gözleri tamamen açıldı yeniden. Kaan'ın yakın arkadaşları da her gün geliyordu. Hastanedeki hava tamamen değişmişti. Günden güne çöken umutsuzluk ve büyüyen acı şimdi yerini sevince, hatta coşkuya bırakmıştı.

Hande her gün geliyor, Kaan'ı görüyor, halini hatırını soruyor, biraz konuşuyor, sonra gidiyordu. Kaan'ın gözlerini Hande yanındayken açtığı duyulmuştu. Lavin'den haberi alan Hande sessizce gelmiş, kimseye görünmeden gitmişti. Kaan gözlerini yanında açtığı için ne kadar sevinçliyse, hastanede anne ve babasını gördükçe o kadar üzülüyor ve kendisinden utanıyordu. Onları görünce uzak kalıyor, hatta görünmemeye çalışıyordu. Fakat Kaan'ın annesi de babası da kardeşi de onun gelip gittiğini biliyordu. Kaan, o gelince gözlerini açtığı için Hande'ye dua ediyor, onu görmek, ona sarılmak, kucaklamak istiyorlardı. Üçüncü gün gözleri iyice açılan anne, onu gördü.

"Hande. Canım kızım. Gel buraya. Gel kaçma bizden. Sen bizim uğurumuzsun" dedi.

Bu sözler, bu içtenlik, bu bağışlayıcılık Hande'ye o kadar dokundu ki, yerinden kımıldayamadı bile. Orada koyuverdi kendini. Hüngür hüngür ağladı. Kaan'ın annesi onu sımsıkı sardı, tekrar tekrar kucakladı.

"Biz seni affettik kızım. Sen yine bizim kızımızsın. Sen hep bizim canımızsın" dedi.

Yıllar yılı Hande'nin yüreğini sıkıştıran ne kadar kirli kan varsa bir anda pompalandı, Hande bir kuş kadar hafifledi. Bunca yıl yüreğinde ne kadar ağır bir yükle yaşadığını o ana kadar fark edememişti.

ON ALTINCI BÖLÜM

O günün akşamı Lavin geldi. Kaan'ın annesi, babası ve kardeşiyle kucaklaştı. "Gözünüz aydın, bir daha geçmiş olsun" dedi. Onlarla birlikte dua etti. Sonra Kaan'ın yanına gitti. Odaya girer girmez gözleri doldu ama ağlamadı. Çok mutluydu Kaan yaşadığı için.

"Hoş geldin Lavin! Nerede kaldın?"

"Hoş bulduk Kaan. Geçmiş olsun. Asıl sen nerede kaldın?"

"Cennete gittim ama sensiz yapamadım. Sana döndüm."

"Sen bana dönmedin Kaan. İkimiz de bunu biliyoruz."

"Ne demek şimdi bu?"

"Sen sevenlerine döndün. Sevdiklerine, özlediklerine döndün."

"Sen de onlardan biri değil misin?"

"Yalnızca biriyim. Ne çok sevenin var Kaan. Ne kadar çok seviliyorsun. Bunu biliyor muydun?"

"Biliyordum ama eksik kalıyordu."

"Şimdi tamamlandı. Bir daha ölüme gittin ama bu kez Hande'yi geri getirmeyi başardın. Bak, o da seni geri getirdi. Ne olursa olsun, kalp kalbe karşı."

Lavin çantasından bir hediye paketi çıkardı. Kaan'a verdi.

"Al, bu senin. Hoş geldin hediyesi."

"Teşekkür ederim."

Kaan paketi aldı. Açmaya çalıştı.

"Yardım edeyim mi?"

"Lütfen."

Lavin paketi kendi açtı. Bir tablet bilgisayar almıştı.

"Sen boş duramazsın. Ara sıra yazarsın. Belki bana da arada bir merhaba dersin."

"Çok teşekkür ederim Lavin. Ben de isteyecektim."

"Sahi mi?"

"Evet. Sana yazmak için isteyecektim."

"Yaz işte. Ben daima parmaklarının ucunda olacağım."

"Parmaklarımın ucunda değil, daima kalbimdesin Lavin. Seni çok merak ettim. İyi olduğun için şükrediyorum. Sana bir cam parçası batsa dayanamazdım. Ölseydin yaşayamazdım. Çıldırırdım. İnan buna."

"İnanırım. Ama her şey geride kaldı."

"Öyle mi Lavin? Her şey geride mi kaldı?"

"Bir bakıma öyle bir bakıma değil. Benim için her şey geride kaldı. Kaza için kendini suçlama, o senin değil benim suçumdu. Senden özür dilemeye geldim. O gün seni çay içmeye davet etmediğim için bin pişmanım."

"Arabama bindiğin için değil misin?"

"Kesinlikle değilim... Tek tesellim, hayatta olmandır Kaan. Bir de, geride kalanın geri gelmesi."

"Hande'yi mi söylüyorsun?"

"Evet, ikiniz adına sevindim. Onu bağışladın, öyle değil mi?"

"Evet, bağışladım. Sen olsan bağışlamaz mısın?"

"Bin kere bağışlarım. Bir daha da bırakmam. Her şeye rağmen birbirinizi çok seviyorsunuz. Ben senin adına çok mutlu oldum."

"Ben de mutlu oldum. Kopup giden bir parçam geri geldi."

"Değişmişsin Kaan."

"Aslında değişmedim. Dedim ya, kopup giden bir parçam geri geldi. Ama hâlâ eksiğim. Ya sen Lavin?"

"Ben de bir parçamı koparıp attım. Yası bıraktım. Bunu sana borçluyum. Sen haklı çıktın. Biz yaşadıkça yaşananlardan yana olmalıyız."

"Artık kalbin açık mı? Başkasına yer var mı?"

"Yok."

"Neden Lavin?"

"Çünkü kalbim dolu. Yası bıraktım ama kalbim dopdolu."

"Neyle dolu Lavin? Acıyla mı?"

"Evet Kaan... Sana yalan söyleyemem. Lütfen bu konuyu kapatalım. Ölümden döndün, seninle bunları konuşmak istemem."

"Nasıl istersen Lavin? Elimi tutar mısın lütfen?"

Kaan elini uzattı. Lavin ister istemez bileğindeki yara izine baktı.

"Korkma, artık kanamaz."

Lavin, kendine açılan eli tuttu. Daha fazla konuşmadılar. Kaan onun gözlerinin içine bakıyordu. Dalıp gitti ve uyudu kaldı. Lavin, elini bırakmadı. Derin uykuya dalmasını bekledi.

"Ah Kaan. Sana nasıl âşık olduğumu bilemezsin" dedi.

Elini usulca göğsüne koydu ve parmak uçlarına basarak sessizce çıkıp gitti.

***

Lavin, hastanedeki bayramı kaçırmıştı ama bu bayramı tamama birlikte erdirdiler. Kaan'ı deliler gibi seviyordu, ona sırılsıklam âşıktı. Kalbinde başkasına yer yoktu. Ne var ki,

Kaan o gidene dek ölüm uykusunda kalmış, Hande yanına gelince gözlerini açmıştı.

Lavin için çare yoktu. Eski sevgilisi ölmüştü ve dönme-yecekti. Kaan da Hande'yi unutamamıştı ama Hande ha-yattaydı ve geri dönmüştü. Başkasına dokunduğunda yarası tekrar kanayan Kaan, onu geri getirmenin bedelini iki kez ölüme giderek ödemişti. Artık Lavin'e çekip gitmek ve uzak-ta kalmak düşerdi. Fakat Kaan böyle anlamıyordu. Lavin'in yası bıraksa da hayatında başka birini istemediğini, Kaan'ın aşkına karşılık vermediğini sanıyordu. Oysa Lavin, onun aşkına fazlasıyla karşılık vermişti ama Kaan'dan saklıyordu bunu. Çünkü aslında hâlâ Hande'ye âşık olduğuna inanı-yordu. Kendisine duyduğu sevgiden kuşkusu yoktu ama onu hak eden Hande'ydi, ancak onunla mutlu olabilirdi, çünkü bir tek o Kaan'ı ölümden geri getirebilmişti.

Başkasıyla ya yarasını tekrar kanatır ya da kendisiyle olduğu gibi bir daha ölüme giderdi. Böyle düşünüyordu. İçini yakan acı buydu. Kalbi Kaan'la ve bu acıyla dopdolu yaşıyordu şimdi. Düşündüğü buydu ama bunu açıkça söyle-yemezdi. Git ama gözün arkanda kalsın dese, bundan iyiy-di. Kaan ise söylediklerinden şunu anlamıştı: Yası bıraktı, demek bir daha mezar ziyaretine gitmeyecek ama sadece acısıyla dopdolu yaşayacak. Belki ölümden döndüğü, hasta yatağında olduğu için sadece nezaketinden böyle söylüyor-du, yani aşkına karşılık vermiyorum ama başka birine de yer vermeyeceğim diyerek ince bir teselli sunuyordu.

Kaan ölümden dönmeyebilirdi, tersine, Lavin'i öldürebi-lirdi o kazada. Bu yüzden kendini suçlu hissediyordu. Lavin ölse çıldırır, bir dakika bile yaşamazdı, bunu biliyordu. Lavin hayatta olduğu için, hiç yara almadığı için gece gündüz şük-rediyordu, kendisini çoktan geçmişti.

Lavin'in günlerce hastanede kaldığını, günlerini uykusuz geçirdiğini biliyor ve bunun için minnet duyuyordu. Hande gizlese de, ona haber verenin Lavin olduğunu biliyordu. Nitekim, Kaan'ın bilmediği bir şeyi biliyordu ya da sezinlemişti. Hande gelince gözlerini açması tesadüf değildi. Buna karşın, Kaan çocukken nasıl sevdiyse öyle seviyordu Hande'yi. Onu görünce gözlerinin içi gülüyordu. Bir kez daha bakmak için bir kere daha görmek için can atardı ama ona âşık değildi artık. Kendini tartıyor ve hep aynı sonuca varıyordu. Elini tutsa, bırakmazdı. Birlikte yürüseler, omuz verirdi. Tıpkı çocuklukları gibiydi. Ama şimdi büyümüştü, ilk aşkı onunla tatmıştı, terk edilmenin acısını onunla tatmıştı, ölümü de ölümden dönüşü de onunla yaşamıştı ve bütün bunlar geride kalmış, köprünün altından çok sular akmıştı. Şimdi Lavin'e âşık olduğu için gerçek aşkın ne olduğunu biliyordu, bir daha kanmazdı. Yarası kanamazdı.

Hande'ye duyduğu sevgi gerçekti, çocukluğu kadar masumdu, saklansa da yok olmazdı. Yeter ki içindeki çocuk ölmesin. Çünkü seven oydu. Büyüdükçe âşık olmuştu, en sevdiği kızdı, başkası olamazdı zaten. Ama daha büyüyecekti ve bir de kader vardı.

Terk edilince sadece kalbi kırılmıştı ve hayata gücenmişti. Hayatta terk edilmek de vardı ama bu basit gerçeği kabullenmek Kaan'a çok zor gelmişti. Madalyonun öteki yüzü de vardı. Bir aşkı yaşarken ne kadar mutluysan, o gittiğinde o kadar mutsuz olacaksın. Çare gidişine engel olmak mı? Neye yarar! Çünkü bir de ölüm var. Lavin'in sevgilisini ecel almıştı, hangisinin durumu daha acı, daha çaresizdi? İki aşk iki ayrı gidişle son bulmuştu. Lavin, asla dönmeyeceğini kabul etmişti ama bırakmıyordu. Kaan tam tersine, ölmek istemişti. Sanki asıl giden, asla dönmemek üzere giden olmak istemişti. Lavin unutarak, bırakan olmak istememişti. Sen sonsuza dek gitsen de ben seni bırakmayacağım, diyordu. Her ikisi de olanı olduğu gibi kabullenmiyordu. İkisi de geçmişe takılıp kalmıştı, bugünü olduğu gibi kabul etmiyor, yarını erteliyorlardı.

Hayat tek boyutlu değildi, hiç kimse tek boyutlu değildi, hele aşk hiç değildi. Bin bir yüzü vardı. Onlar aydınlık yanlarını istiyor, karanlık yanlarını reddediyorlardı. Dünyanın gecesi ve gündüzü vardı, birinden birini kabullenmek olmazdı, onlar bunu yapıyordu. İkisi de terk edilince aynısını bu kez ters yanından tekrarlıyordu. Bu kez kendilerini aşkın karanlık yanına gömmüş, aydınlığını hiçe saymışlardı. Geceleri uyuyan birinin uykularını gündüze devşirmesiydi bu olsa olsa. Yalnızca birini yaşıyor, diğerini görmekten bile kaçınıyorlardı. Fakat ikisi de kaçamadı bundan, birbirlerini buldular ama geçmişlerini bırakamadılar. Sonunda aynı duvara birlikte çarptılar.

Aşkın hayat boyutunda ikisi aynı duvara yan yana çarptılar; ama aslında hakikatin aşk boyutunda onlar aynı duvarın iki ayrı tarafına karşı yönlerden birbirlerine koşarak çarpmışlardı. Kaan için duvar başka biriyle aynı yere dönmekti. Kaan daha önce Hande ile yaşadığı aşkı başkasıyla tekrar etmek istiyordu. Yeniliğe açık olmadığından değil, o aşk yarım kaldığından başkasıyla tamamlamak istiyordu. Acemilik aşkının yarım kalmak olduğunu bilmiyor, onu yarım haliyle ardında bırakıp yenisine gitmiyordu. Aşkı Hande ile mırıldanmıştı, güftesini kendi yazacak, besteyi başkasıyla yapacaktı. Güfteyi yazıyordu ama aynı melodiyi mırıldanmakta ısrar ediyordu. Oysa yazdığı güfteye yetmezdi o, küçük gelirdi, güftesini tamamladığında yarısına ancak yetişirdi. Yani bir de zaman boyutu vardı, onu es geçiyordu. Hayatın daha neler göstereceğini, bir melodiyi mırıldandıktan sonra güftenin nasıl tamamlanacağını, sonraki kıtayı bilmiyordu. Nakaratta kalmıştı. Ne zaman ki güfte tamam olur, melodi de bestelenmeye hazırdır.

Başka başka mırıldanarak yeni melodiler bulmak, sonra bunları harmanlayıp düzenlemek, bütün detaylarını yerli yerine oturtmak gerek. Musiki, bir zaman sanatıdır; aşk da öyledir, hatta fazlasıdır. Kaan başka biriyle yan yana geleceğe giderek, geçmişteki aşkı yeniden yaşamak, nakaratı söyleyerek mırıldanmak istiyordu. Hepsi bu sanıyordu. Aradığı tümüyle yanlış değildi, ilk melodiyi unutmamak, sürekli mırıldanmak, terennüm etmek gerekirdi ki, besteyi kaçırmasın. Hatta çocukluğuna kadar geri gitmeliydi. Söylediği ilk şarkıyı, çaldığı ilk ıslığı ve en önemlisi dinlediği ninnileri hatırlaması gerekirdi. Musiki bir bütündür, bir şarkının son notası ilkine vefasız olamaz. Ardında kalan sevgiliye kahrederek yenisine varılmaz. Bir şarkının hiçbir noktası ötekileri yadırgamamalıdır. Uyum şarttır. Ayet kabilinden bir hükmü vardır.

Kaan, aşkın hayat boyutunda Lavin ile yan yana aynı duvarın aynı yüzüne çarptı ama hakikatin aşk boyutunda Lavin'e koşarken aradaki duvarın öteki yüzüne çarptı. Bu yüzden Lavin'e maddeten hiç etki etmedi. Kaan ise içten dışa, görünmezden görünüre akan yarasından, dıştaki tesirle içte kanayan, görünürden görünmeze kan döken bir yara açtı kendinde. Bir noktadan sonsuz doğru geçer, ancak iki noktadan yalnızca bir doğru geçer. Kaan yaralıydı ve yarasından sonsuz sevgili geçebilirdi; ancak Lavin de yaralıydı ve iki aşk yarasından ancak bir aşk geçerdi.

Kaan'ın manevi acısı bileğinde maddi bir yara açmıştı. Maneviyatından maddiyata bir kapı açma ihtiyacı duymuştu.

Bunun için ölümü göze almıştı. Öylesine güçlü bir zorunluluktu bu. Lavin'in de ilk kazada aldığı maddi hasar, onda manevi bir yara açmıştı. Birbirlerine aynaydı onlar. Birlikte kaza yaparak ikisi birbirini anladı. Kaan, kan uykusundayken Lavin kendisinin de kan uykusunda olduğunu fark etti. Zaten bunu başucunda açıkça itiraf etmişti. Mezarda yatanın yerine öldürmüştü kendini, başkalarıyla arasına bir duvar örmüştü ve o duvar kendisiyle arasında da vardı. Kaan kazadan sonra komaya girerek Lavin'e kan uykusunu tattırdı. Lavin'in söylediklerini işitiyor ama karşılık vermiyor, onunla konuşmuyordu. Lavin'i hissediyor ama o yokmuş gibi kan uykusunda yatıyordu.

Kaan da onu anlamıştı. O kazada Lavin ölseydi buna dayanamazdı. Ya intihar ederdi ya da onu yaşatmak isterken aldanarak bir mezar olurdu; çünkü bir ölü ancak bir mezarda barınır. Ölenin anıları son bulur, son bakışta donar. Oysa gittikleri yerde diridirler, başka bir hayat yaşamaktadırlar. Yurtları bir mezar değildir. Mezarları bu dünyadaki cümlelerine koydukları son noktadır sadece. Başka yerde, başka bir cümle kurmaktadırlar. Bambaşka bir şarkının güftesini yazmaktadırlar. Biz bu şarkıyı duyamayız; bıraktıkları cümleyi nakarat belleriz olsa olsa.

Kaan ve Lavin acılarını ortak saysa da, ayrı telden çalıyorlardı. Bir şarkıyı birlikte bestelemek için Lavin'e ölen sevgilisinden kalan cümle ve Kaan'ın ilk aşkında mırıldandığı melodi yetmezdi. Her ikisi de âlim olmak peşindeydi. Ama arif değillerdi. Yaralarına bakıyor ve kendilerini biliyorlardı, bu yüzden her ikisi ayrı telden çalıyorlardı. Âlim kendini, arif seni bilir. Musiki ilim değil, marifettir. Bir beste başta yoktur, başlayınca eksiktir, sonuna varana kadar eksik kalır, yoksa o sona varamaz ki... Marifet, yokluk ilmidir.

Her ikisi de eksikliklerine yanmak yerine, yoklukları için eski sevgililerine dua etmelidir. Bir beste çalınırken vardır, bir şarkı söylenirken vardır. Öncesi de sonrası da yokluktur. Bir ses ancak sessizlikten doğabilir ve ona göre dönecektir. Sessizlik bütün seslerin yatağıdır. Suskunluk bütün sözlerin barınağıdır. Sessizler bilerek susar. Ancak sustuklarında başka sesler gelir. Her beste sessizliğe serili, her aşk sonsuzluğa örtülüdür.

Kaan ve Lavin yaralarına âşıktı, susturmak bilmediler. Yarayı açan aşk, kanatan zulümdür; yarayı bilmek ilim, kapamak marifettir. İkisi de nasıl kapatacaklarını bilemediler; çünkü bilmek yaraya fayda getirmez. Marifet bilmemektir. Bu yüzden hakiki aşk ancak marifet makamında yaşanır, aşkı yaşayana aşkı bilmek gerekmez. Çünkü Aşk Yaradan'dır, yaratılmamıştır. Yaratılanlar yaşasın diye vardır sadece, bilsinler diye değil. Aşk yaralar… Şiir kanatır… Şarkılar sarar…

***

Kaan ve Lavin kendi yaralarına bakıyor ve kendilerini biliyorlardı. İkisi de eksikti. Kazadan sonra Kaan'ın bir gözü Lavin'e ait, Lavin'in bir gözü Kaan'a ait oldu. Birer gözlerini değiştiler ve kalp gözleri bir oldu. Bu kazayla kendilerinde kalarak birbirlerinin yerine geçmişlerdi. Kaan'ın yarısı Lavin ve Lavin'in yarısı Kaan'dı. Marifet makamına yücelmişlerdi. Artık birlikte şarkı söyleme vakti gelmişti iki âşık için. Meşk vakti gelmişti. Tek kusurları, makamdan makama geçişi bilmemekti. Musikide bir makamdan farklı bir makama geçiş için ara taksimi vardır. Bu ara taksimi kulağı bir önceki makamdan bir sonraki makama hazırlar. Bu hazırlık olmazsa kulak yeni makamı yadırgar, huysuzlanır… Geçiş makamını şarkıyı söyleyenler yapamaz. Arkadaki sazlardan birinin bu faslı geçmesi gerekir. Onlar marifet makamına erişmişler; lakin, Acemi Aşk Makamı'ndan Gerçek Aşk Makamı'na geçmek için birinin gelip ara taksimi yapmasını bekliyorlardı.

Bu yüzden Lavin yasına son vermiş, eski sevgilisini uğurlamıştı. Artık mezarda değil, kalbindeydi sadece. Olması gereken yerde. Ölenler mezarda değil, ancak kalpte yaşar. Çünkü toprak dünyaya aittir ve herkes topraktan aldığını geri vermek zorundadır. Kalp ise geldiğimiz ve döneceğimiz dünyaya aittir ki ölenler orada yaşar, yaşayanlar orada ölür.

Vefasızlık kalbi kurutur, çöle döndürür. Hande geldiğinde yüreği amansız bir çöle dönmüştü ki, Kaan'ın başucunda, boncuk boncuk gözyaşı dökerek suladı çölünü ve yeniden yeşertti... Kaan da artık Hande'yi uğurlamalıydı. Onu yarasından dökmek yerine kalbinde tutmalıydı.

***

Kaan'ın sağlık durumu iyiye gidiyordu, bacakları hissiz değildi artık ama uyuşuktu. Basamıyordu yere. Beyin kanamaları araz bırakırdı, Kaan hayata döndüğü için herkes çok mutluydu ama doktorlara göre bacakları böyle kalabilirdi. Bu yüzden sevenleri kaygılı ve üzüntülüydü. Hande, Kaan'ın annesi ve babasıyla dertleşirken, "Siz üzülmeyin, ben onu yürütürüm" dedi. Sonra Kaan'ın yanına gitti ve onunla bahçede konuşmak istediğini söyledi. Onu çok sevdiği ve yanında olmak istediği için ziyaretine geliyor ama onunla konuşmak için tümüyle iyileşmesini bekliyordu. Ne var ki, bunun için bacaklarının da tam olarak iyileşmesini beklemeyecekti.

"Seni bahçede bekliyorum. Benim için gel. Her nasılsan öyle gel" dedi ve odadan çıktı.

Kaan kendi başına yürüyemez, bahçeye inemezdi. Ya birinden yardım isteyecek ya da duvarlara tutunarak düşe kalka gidecekti. Tekerlekli sandalyeyle de gidebilirdi. Buna karar vermeden önce onun yanına gitmek isteyip istemediğini düşündü. Acaba ne konuşacaktı?

Aslında bu belliydi. Geçmişlerini açacak, kendisiyle yüzleşecek ve yeniden başlamak isteyecekti. Eğer bunları şimdi konuşmaz, bunu şimdi söylemezse, yani bacaklarının iyileşmesini beklerse, herhangi bir kusur kalıp kalmadığına baktıktan sonra söylediği için aşkına gölge düşürecek, kuşkuya baştan yer açmış olacaktı.

Hande'nin birazdan söyleyeceğini düşündü. "Engelli olarak yaşasan da ben seninle yaşamak istiyorum" diyecekti. Yoksa çok geç kalmış olabilirdi. O an hem hoşuna gitmiş hem de Hande ile gurur duymuştu. Onca yıl onu boşuna sevmemişti, o işte böyle biriydi. Kocasıyla mutsuz olup boşandığı için dönmediğini gösterecekti.

Öte yandan, belki yanılıyordu. Belki onun gelmesiyle gözünü açmasından etkilenmiş, kendisini sevenlerin ne kadar mutlu olduğunu görmüş, kerameti kendinde bilmiş ve buna mecbur hissetmişti. Eğer böyleyse, zaten gönlü razı olmazdı. Fakat daha önemlisi, kendisi ne hissediyordu ona karşı? Bu önemliydi. Hem ne hissettiğini tarttı hem de ona söyleyeceğini düşündü önce.

ON YEDİNCİ BÖLÜM

Hande'nin benim için çırpınıyor olması geçmişteki yanlışının affı için mi, yoksa gerçekten benim için miydi? Aslında kötü biri değildi. Sadece iyi insan olmaya yetecek cesareti yoktu o zamanlar. Bunun sorgulamasına hiç girmedim ama... Sadece izledim onu. Küçük, sempatik bir kız çocuğu gibiydi âdeta. Daha da ileri giderek, kızım gibiydi bile diyebilirim. Onu içimden sessizce affetmiştim. Ama affetmiş olmam, yaptığını unuttuğum anlamına gelmiyordu; bileğimdeki iz hâlâ dururken...

"E, peki şimdi ne olacak" sorusu dönüp duruyordu kafamda. Elbet iyileşip bu hastaneden çıkacaktım. Ya sonra? Hande, gözümü açtığımda yanımda olduğu için, iyileşmem adına gayret sarf ettiği için ona minnet duymamı bekleyecek miydi? Bu minnet duygusunun arkasında "belki bir ihtimal" ilişkiye tekrar başlama beklentisi var mıydı?

Bu soruları düşününce, bazılarının cevabı mantığım tarafından veriliyordu. Mesela onu tıpkı üniversite yıllarımızda olduğu gibi küçük bir kız şefkati duyarak sevdiğim için, asla bir aşka dönüşemeyecekti duygularım. Minnet beklentisini ise zaman gösterecekti.

Aklıma gelmiyor da değildi. Tuvalete gitmeme yardım ederken, çorbamı içirirken, her ziyaretçi akınından sonra, tıpkı ara sıra geldiği evimi topluyormuş gibi hastane odamı toplarken onu izliyor ve "Acaba her şey eskisi gibi olabilir mi? Yeniden başlayabilir mi" sorusu istemsiz olarak aklıma geliyordu. Ama o soru yine aklım tarafından anında yanıtlanıyor ve "Asla olmaz" deniyordu. Ve bu, "Asla olmaz"ın gerekçeleri bir bir açıklanıyordu mantığım aracılığı ile...

Çünkü hiçbir geçmiş, olduğu gibi taşınamıyor şimdiye... Hiç unutmam, yıllar sonra bir gün Bostanlı'da doğup büyüdüğüm sokaklarda yürürken bir eksiklik hissetmiştim. Sokaklar aynıydı. Adları bile değişmemişti. Her sokak yine adım gibi bildiğim öteki sokaklara bağlanıyordu. Ama sanki artık kısalmışlardı. Adımlamaya başladığım anda bitiveriyordu. İzmir'in kavurucu sıcaklarında adımlamaktan imtina ettiğim ve uzunluğuyla bir türlü bitmek bilmeyen o sokaklar, şimdi iki adımda bitiveriyordu. Baktığımda devasa gibi gelen, tırmanmakta zorlandığım duvarları gördüğümde, "Bu muymuş üzerine çıkmakta zorlandığım duvarlar" deyip gülüyordum.

Hayır! Ne sokaklar kısaldı ne duvarlar alçaldı. Hepsi de aynı çocukluğumdaki gibi kaldı. Sadece ben büyüdüm... Artık adımlarımı daha büyük atıyorum. Sokaklar daha çabuk bitiyor. Boyum uzadı, duvarlar daha alçak geliyor.

İşte cevap buydu. Aşk aynı sokaktı ama Hande de çok büyümüştü ben de. Asla sığamayacaktık o eski kaldırımlara, eski aşka... Onu hâlâ küçük bir çocuk gibi görüyor olmam da eski sokaklara ait olanı eski sokaklarda bırakma isteğimdendi aslında. Herkes ait olduğu yerde değerliydi. Herkes ait olduğu yere yakışır ve orayı tamamlardı. Ait olmadığın yere konursan, eğreti durursun.

Hande'yi orada, eskide bırakmıştım. Birbirine yakın yaşlardaydık, birlikte büyüdük ama o sadece irileşmiş, ama ben yaşlanmıştım sanki... Onu çoktan geçmiştim. Derdim, kendime yetişmeye çalışmaktı.

Şüphesiz ki o benim gibi düşünmüyordu. Büyük fotoğrafı görmüyordu. Yarım bırakılanın, yarım bırakıldığı yerden tamamlanabileceğini düşünüyordu. Belki tamamlanırdı ama eksilerek... Ama yitiklikle... Ben artık başkalaşmıştım çünkü. Özümü koruyarak başkalaşmıştım. Ve başka biri atıyordu göğüs çukurumda. Başkasına ait bir çukuru doldurarak kendi gölünü elde edemezdi. Kaçan bir uykuyu kovalayarak yakalayamazdı.

O belki de kendini iyileştirmek için iyileşmemi bekliyordu. Ama kimse kimseyi sadece kendisi için sevmemeliydi. Yoktu öyle acısı ayıklanmış bir hayat. Bu kadar kolay olmamalıydı... Kolay elde edilen insanlar hor kullanılırdı...

Ah! Hande... Ne sende olan aynı ne bende kalan... Vakit kaybı değildin hiçbir zaman ama belki biraz hayal kaybıydın benim için... Alamadığım hevesim olarak kalacaksın ve bunun eksikliğini çok da fazla hissetmeyeceğim büyük ihtimal. Aşkı aşk yapan onu tekrar bulmak değil, doğru zamanda doğru kişide bulmaktı... Yarımsın sen bende. Ve hiç tamamlanamayacaksın; çünkü içimdeki yarın diğer yarını sevmeme izin vermiyor.

Üzgünüm. Başkasının dokunduğu ellerinle bizim hikâyemizi tekrar yazamayacaksın.

Bunları düşünürken, birden Lavin geliyor gözümün önüne ve sıcak bir kış başlıyor içimde...

***

Odamdan, sandalyeyi baston gibi kullanarak çıktım. Koridorlarda duvara tutunarak yürüdüm. Asansöre bindim ve öyle indim bahçe katına. Yine duvarlara tutunarak ilerledim, bana yardım teklif edenler oldu, teşekkür ettim. Kendi ayaklarımın üstünde gidecektim Hande'nin yanına ve ben seninle tekrar birlikte olamam, buna vicdanım el vermez, diyecektim. Ama onu kırmadan, incitmeden... Onu bağışlamıştım ve başkasına âşıktım.

Masada oturuyordu, beni gördü ama kalkmadı, yardım etmek için yanıma gelmedi. Zaten ben de istemezdim bunu. Çünkü onsuz dönecektim odama. Masaya oturduğumda bacaklarım ağrıyordu. Bana patatesli börek ve kakaolu kek yapıp getirmişti. Üniversitede okurken her hafta sonu benim için yapardı bunları. Çok severdim, unutmamıştı. İki gazoz söyledik. Çocukken ikimiz evden börek ve kek getirir, bakkaldan gazoz alırdık. Börekleri yerken beni izliyor, gözleri dalıp gidiyordu. Ne konuşacağını tahmin ediyor, ne söyleyeceğimi biliyordum. Ona sevecen yaklaştım. Börekler ve kekler için teşekkür ettim. Lezzetlerini özlediğimi söyledim.

Sonra, "Herhalde bana bunları yedirmek için buraya kadar indirmedin. Seni dinliyorum Hande" dedim.

Önce iç geçirdi. Neler söyleyeceğini önceden düşünmüş, taşınmıştı. Onu tanıyordum, o böyle yapardı. Belki söze nereden gireceğini bilemiyor, belki bu ona zor geliyordu. Konuşması için bekledim hiç sesimi çıkarmadan.

"Kaan, kaza geçirdiğini ve komada olduğunu nasıl haber aldığımı sormadın, o yüzden ben de söylemedim. O an seni ne kadar sevdiğimi bir daha anladım ve koşarak geldim. Seni çok özlemiştim, bir daha göremeyebilirdim. Böyle bir anda her şey siliniyor. Geçmişte olanlar, söylenenler siliniyor, bir tek duygular kalıyor. Hani derler ya, birinin size ne hissettirdiğini asla unutamazsınız diye, doğruymuş. Ben seni hiç unutmadım. Senin bana hissettirdiklerin zamanla buğulandı ama meğer benim gözlerim buğulanmış. Haberi alınca, sonra yanına gelip seni görünce o buğu yok oldu. Seni hâlâ çok seviyorum, çocukluğumuzdaki saf duygular olduğu gibi duruyor. Birlikte geçen günlerimizin her birini özlüyorum. Ben mutluluğu sende tattım. Sonra çok mutsuz oldum. Şimdi mutluluğu da mutsuzluğu da biliyorum. Bunları daha sonra da konuşabilirdik ama şimdi konuşmak istedim. Çünkü henüz tümüyle iyileşmedin. Yürümekte zorlanıyorsun."

Bunu bile bile koluma girip götürmek yerine beni bahçeye çağırmasını, beni görünce bile gelip yardım etmemesine içerlediğimi söylemedim, yüzüne vurmadım. Söylediklerinden, tahmin ettiğim gibi, benimle yeniden birlikte olmak istediğini çıkarıyordum, bunu söylemek için çağırmıştı, cevabım hazırdı ama sözünü bitirmesini bekledim. Komadayken nasıl haberi olduğunu da tahmin edebiliyordum zaten ama o konuya da hiç girmedim.

"Kaan, ben aslında seni son kez görmek için geldim. Umutlu değildim ama bir mucize oldu ve gözünü açtın. Senin için yapabileceğim tek şey dua etmek olacak sanıyordum ama hayata döndün, iyileşiyorsun, senin için bir şey yapmak istedim."

"Gelmen yeterdi Hande. Hatta yetti de arttı bile. Börekler ve kekler de çeşnisi oldu. Ben sana çok teşekkür ederim. Benim için yapabileceğini yaptın. Bana çok güzel günler yaşattın. Gerisini sildim attım."

"Seninle şimdi konuşmak istememin nedeni, yürüyememen!"

Birden buz gibi oldum. Benimle şimdi konuşmak istemesinin nedeni belki hiç yürüyemeyecek olmamdı. Tümüyle iyileşirsem, yeniden benimle birlikte olmak istemesini söylemesi bende bir kuşku uyandırırdı. Şimdi bana yeniden birlikte olmak istediğini, hiç yürüyemeyecek olsam da ömür boyu yanımda olmak istediğini söyleyecekti. Böyle sandım.

"Kaan, iyileştin, hızla iyileştin ama yürüyemiyorsun.

Doktorlar belki böyle kalacağını söylüyor, ama bence yürüyeceksin. Şimdi yürüyemiyorsun, ne kadar zorlandığını ikimiz de gördük. Bence sen Lavin'e gitmek istediğin için yürüyemiyorsun."

Bunu duyunca başımdan aşağı kaynar sular döküldü. Az önce buz gibi olmuştum, bu kez tümü eridi gitti.

"Kaan, sen bana Lavin'den hiç söz etmedin ama ben onu biliyorum. Belki onu senden daha iyi tanıyorum. Bana o haber verdi, gelmemi o istedi. Hastaneye geldiğimde Lavin yanındaydı. Başucuna oturmuş, elini tutmuş, başını göğsüne koymuş, seninle konuşuyordu. Onu görünce içeriye girmedim, çıkmasını bekledim ama söylediklerini işittim. Ses tonu her kelimede kalbimi yaraladı. Seni ne kadar çok sevdiği sesinden bile belliydi. Keşke söylediklerini duyabilseydin. Ben seni hiç öyle sevemedim... Bir kadın olarak böyle âşık bir kadını hayal bile edemezdim. Lavin'e git Kaan. Hiç düşünme. Seni bu yüzden çağırdım. Yürümek istiyorsan Lavin'e git. Bacakların ancak seni ona götürmeye razı, yoksa yürümeyecekler. Ben seni terk edip gittim, başkasıyla evlendim. Büyük bir hata yaptım, çok pişman oldum ve bedelini ödedim. Ama ben asıl bunu sana söylemezsem sevgimize ihanet etmiş olurum. Lavin'e git, çünkü o seni hiç kimsenin sevemeyeceği kadar çok seviyor; benim bile..."

Duyduklarım karşısında birçok duyguyu aynı anda yaşadım. Şaşkınlık, mutluluk, burukluk, sevinç, hüzün... Tüm duygular bir anda üstüme çullandı. Ne yapacağımı, ne söyleyeceğimi şaşırdım. Keşke Lavin'in beni bu denli sevdiğini, onun ağzından duymuş olsaydım. Bunu Hande'den duymak esrik ve yarım hisler yaşattı bana. Hande'ye minnet duydum o an. Gözlerine çakılıp kaldım. O ise yüzünde hafif bir tebessümle bir şey söylememi bekliyor gibiydi.

Sadece, "Şeyy" diyebildim şaşkınlıktan. Bir şey söylemek istedim ama ağzımdan başka bir şey çıkmadı.

Hande elimi tuttu ve "Hadi git ona. Git ve geleceğinizi armağan et ona" dedi.

Ayağa kalkıp ona sımsıkı sarıldım. İkimizin de gözleri nemlendi. Titredik. Bir yanım bir süre daha böyle kalmak isterken, diğer yanım odama gidip, yatağımın üstünde duran tablete ulaşmak istiyordu. O tablet, beni Lavin'e götürecek bir köprüydü.

Gücümün yettiğince sıktım Hande'yi ve yavaş yavaş çözüldü ondan kollarım. Yüzüme baktı ve "Hadi şimdi yürü ve bırak aşkın gücünü ispat etsin" dedi. Yavaşça dönüp yürümeye başladım. Birkaç adım atıp tekrar geriye döndüm. Hande ağlıyordu. Ona son kez sarılmak için kollarımı açtım. Koştu ve bana tekrar sarıldı. Bu sarılış bana daha çok güç verdi. "Sen benim kendime bıraktığım emanetimsin Hande. Hoşça kal" dedim ve ağlayarak odama gittim. Bir an önce tabletime kavuşmak ve ona yazmak istiyordum.

***

Odamdan içeri girdiğimde, giderken zorlandığım yolu hiçbir zorluk çekmeden bitirdiğimi fark ettim. Aşk, gücünü kanıtlamıştı işte.

Lavin'e "Merhaba" yazarken ellerim titriyordu. Neyse ki hemen cevap geldi.

"Merhaba Kaan."

"Biliyor musun, sayende yürümeye başladım."

"Nasıl yani anlamadım?"

"Anlatırım. Ama önce bana bir randevu vermen gerekiyor."

"Ne randevusu bu Kaan?"

"Acil buluşmamız lazım. Seninle konuşacaklarım var. Ve çok önemli."

"Tamam, ben yarın hastaneye gelirim."

"Hayır hayır, yanlış anladın. Seni hasta ziyaretine çağırmadım. Randevu diyorum, bir yerde buluşalım."

"Kaan hastanedesin ve daha tam olarak iyileşmedin. İstersen bir daha düşün."

"Hayır ben çok iyiyim. Hatta kendimi kaza öncesinden bile daha iyi hissediyorum. Birazdan doktorlarla konuşacağım ve beni taburcu etmelerini isteyeceğim. Ve hastaneden çıkar çıkmaz senin yanına geleceğim. Lütfen beni kırma."

"Nasıl böyle birdenbire iyileştiğini bilmiyorum ama eğer yarın çıkarsan, seni o çay bahçesinde bekliyor olacağım. Hem o gün ısmarlayamadığım çayı da ısmarlamış olurum."

İçimi sonsuz bir mutluluk kaplamıştı. Buluşacağımız saati kararlaştırıp kapattık. Akşam vakti olsun istemiştim. Gün batımını birlikte izlemek istedim. Benim için çok uzun süren bir gün bitiyordu ve yeni bir gün başlayacak, yeni bir sayfa açılacaktı. Böyle hissediyordum. Tableti kapattıktan sonra elimle okşadım. Hastanedeki odamın huzurlu ve sevgi dolu olduğunu hissettim. Sevenlerim bana her gün kucak kucak sevgi getirmiş, odamı doldurmuştu. İnsan böylesi bir sevginin içinde kendini huzurlu hissediyordu. Belki de huzur, sevdiğini ve sevildiğini bilerek nefes almaktı. Sevmenin ve sevilmenin bir olduğu, kucaklaştığı, dengelendiği, kararını bulduğu bir toprakta kendiliğinden bitiyordu.

Odamda bir süre bunun tadını çıkardım. Bununla birlikte, içim içime sığmıyordu. Buradan bir an önce çıkıp gitmek istiyordum. Kendimi hastane koridorlarına attım. Herkes bana şaşkın gözlerle bakıyordu. Keyfim yerindeydi, şarkı söylüyordum. Karşıma çıkan tanıdıklarımı sarılıp öptüm. Annem, babam ve kardeşim mutluluktan ağladı. Annem boynuma sarıldıkça, babam "Bırak yürüsün" diyordu. Galiba gözlerine inanamamıştı.

Doktorlar bendeki ani iyileşmeyi şaşkınlıkla karşıladılar. Onlara hemen çıkmak istediğimi söyledim. Yapılacak birkaç tetkikten sonra ertesi gün çıkabileceğimi söylediler. O gece geçmek bilmedi.

**

Ertesi sabah çıkmak için hazırdım. Tetkik sonuçlarını öğleye kadar bekledik. Heyecandan içim içime sığmıyor, beni hastaneden çıkarmak için gelenler orada yatmaktan çok sıkıldığımı sanıyorlardı. Doğruydu bu, ama heyecanımın nedeni çıkacak olmam değildi. Nihayet doktorlar taburcu olacağımı söyledi ve hep birlikte sevindik. Annem ve babam beni eve götürmek istediler. Onlara biraz gezmek istediğimi söyledim. Tabii, hemen olmaz dediler. Beni bırakmak istemediler. "Siz gidin, ben akşama kadar gezip geleceğim" diyordum. Bir türlü anlamıyorlardı, ben de inadına söylemiyordum Lavin'le buluşacağımı. Sonunda kararlılığım karşısında pes etmek zorunda kaldılar. Üsküdar iskelesine gittik birlikte. Onları eve gönderdim. Eşyalarımı da götürdüler.

Onlardan ayrılır ayrılmaz Lavin'e haber verdim. Zaten taburcu olacağımı söylemiştim. Aile işlerini tahmin ettiğim için benden haber bekle demiştim. Lavin, zaten çay bahçesinde bekliyormuş beni. Taburcu olacağımı öğrenince evde duramamış, sahile inmiş, sahilde gezinmiş, sonra bizim çay bahçesine oturmuş.

İskeleden sahil boyunca çay bahçesine yürürken dikkatim bacaklarımdaydı. Çocukken yeni ayakkabılar alındığında, ilk gün gözlerim ayaklarıma kayar, yürürken onlara bakardım. Şimdi benzer bir duygu ile yürüyordum Lavin'e... Kaç kez yürüdüğüm o yolu ilk kez yürür gibiydim. Çay bahçesine kadar sahilden yürüdüm. Lavin bekliyordu. El salladım, o da el salladı, ayağa kalktı. Beni sapasağlam görünce sevinçten âdeta deliye döndü. Ben de ona koştum. Lavin'in kalbinden yükselen sevinç bana gelmiş, beni çekmiş, koşturmuştu. O da masadan kalkıp çay bahçesinin kapısına geldi. Orada sımsıkı sarıldık. Dakikalar sürdü. Sevinçten kollarımda ağlıyordu. Hiç konuşmadık, öylece kaldık ama her şey orada söylendi.

Birbirimize sımsıkı sarılmıştık. Başını omzuma gömmüş ağlıyordu. Saçlarını okşadım. "Geçti" dedim. O ağlıyordu, ben başını okşuyordum. Yaralı elimle onun yarasını okşadığımı fark ettim. İkisi de geçmişti. Ne benimki ne onunki kanıyordu. Bunu fark edince diğer elim gevşedi. Neler olduğunu hâlâ bilmiyordum. Hem ayrı ayrı hem birlikte yaşadıklarımız bir bilmece gibiydi. Yalnızca geçtiğini biliyor ve o yüzden sadece geçti diyebiliyordum. Lavin beni hâlâ sımsıkı tutuyordu. Artık durulmuş, titremiyor, sarsılmıyordu. Gözyaşları dinmişti ama beni bırakmıyordu. Sonra onun da kolları gevşedi. Başını ağır ağır kaldırdı. Yüzüne dökülen saçlarını elimle iki yana çektim. Yüzü açıldı. Yüzünde aşkı görüyordum. Aşk açıyordu yüzü.

Elini tuttum. "Haydi, gel oturalım" dedim.

Masaya el ele yürüdük. Karşılıklı oturduk. Artık ağlamıyordu, gözyaşları dinmişti ama hâlâ eliyle gözlerini siliyordu. Elini tuttum, diğer elimle ben de sildim gözlerini.

"Geçti" dedim son kez.

Bize iki çay söyledi. "O gün arabaya binmek yerine sana gel bir çay içelim deseydim bu kaza olmayacaktı. Aklımdan çıkmıyor. Dönüp dönüp bunu düşündüm" dedi.

"Çayları söyledin işte. Unut gitsin" dedim.

"Söylemesi kolay. Benim neler çektiğimi bilmiyorsun" dedi.

"Nereden bileyim Lavin! Komadaydım" dedim.

Ben gülünce, o da güldü. Fakat konuyu değiştirmedi. Aynı telden, kazadan ötürü duyduğu bu pişmanlığı dile getirmeye devam etti. Bense konuyu aşka getirmeye çalışıyordum.

"Çok şükür hayattasın. Çok şükür iyisin, sapasağlamsın ama ben hâlâ pişmanlık duyuyorum. O günden beri kendime gelemiyorum."

"Gelme! Şart mı? Niye zorluyorsun?"

"Nasıl anlamadım?"

"Kendine gelmen şart mı? Kendine gelemiyorsan, bana gel. Bak ben kendimi bıraktım ve sana geldim. Sen de kendini bırakıp bana gel."

"Kusura bakma Kaan. Sana tekrar kazayı hatırlatıyorum istemeden. Haklısın, bu konuyu artık geçelim."

"Hele şükür. Ben seninle kazayı konuşmak için gelmedim."

"Ama benim kazayla ilgili söylemek istediğim şeyler var."

"Sonra söylesen olmaz mı? Çocuk gibi unutacak mısın? Aklından çıkıp gidecek şeyler mi?"

"Hayır."

"E, sonra söyle öyleyse. Benim sana söyleyeceğim şeyi merak etmiyor musun Lavin?"

"Elbette ediyorum ama benim de çok merak ettiğim bir şey var. Ben de sana onu soracağım tamam mı?"

"Tamam Lavin, sor ama önce beni dinle lütfen."

"Peki Kaan."

"Gerçi benimki de kısmen kazayla ilgili ama sakın gülme."

"Ne olur ki gülersem?"

"Peki, gülersen gül ama sonuna kadar dinle lütfen."

"Peki peki."

"Kaza yüzünden arabada sana söyleyeceklerim yarım kaldı. İzin verirsen, şimdi tamamlamak istiyorum Lavin."

"Acaba hayatını buna borçlu olabilir miyiz Kaan? Lafın yarım kaldığı için yaşamakta inat etmiş olabilir misin?"

"Hiç kuşkun olmasın."

Gülmeye başladık. Gerçi konu dağıldı ama neşemizi bulduk. Kazanın kara bulutları dağıldı ve çaylarımızı yudumladık.

"Sana o mektubu yazmamalıydım. Daha doğrusu, o gece göndermemeliydim. Bir zamanlama hatası oldu galiba."

"Aynen öyle. Ama artık buna yanma."

"Yanmıyorum zaten. Komaya girdim, daha ne yanacağım! Sana neden yazdım, önce onu bil ki beni anla. Sen kötü bir gün geçirmiştin. Seninle iskelede ayrıldıktan sonra teknede yanıma bir kolunu kaybetmiş bir adam oturdu, benimle dertleşti. Kol gitti zaten, öyle büyük bir acı olamaz ama beteri de var, o da derdini anlatamamak dedi. Ben de sana duyduğum aşkı yazdım ve sen selamı sabahı kestin. Seninle konuşmayı sadece bu yüzden istemiştim, karşına sadece bunun için çıkmıştım. Çıldırabilirdim yoksa! Sana aşkımı anlatmak istedim ama kaza yapınca yarım kaldı."

Birden sözümü kesti Lavin:

"Bırak şimdi aşkı meşki. Sen o çocuğu nasıl gördün" diye sordu.

Şoke oldum! "Sen de gördün mü o çocuğu" diye sordum. "Evet, gördüm" dedi.

"Ben o çocuğu daha önce de gördüm. Hayal mi gerçek mi anlayamadım. Ondan hiç kimseye söz etmedim. Yaram ikinci kez kanadığında eve dönerken karşıma çıktı o. Aynı şekilde çıktı hem de. Önce bir ürperti hissettim, sonra gözlerim karardı. Deniz topu yola kaçtı, sonra o peşinden yola fırladı. Az kalsın ezecektim. Hemen arabadan indim, deniz topunu verdim. Bileğimdeki yarayı gördü. 'Bazı yaralar sardıkça kanar' dedi. Bu söz beni o kadar çok etkiledi ki, o gece Facebook sayfama yazdım. Hatırlıyor musun?"

"Hatırlamaz olur muyum? Ben de 'tıbbın dramı' yazdım."

"Evet, aslında her şey o sözle başladı. İkimizin de tekrar kanayan yarası olduğunu öğrendik. Her şey bir cümle ile başladı diyordum. O çocuğu saymıyordum, çünkü neyin nesi olduğunu bir türlü anlayamadım. Bir çocuğun öyle bir söz söylemesi zaten normal değildi. Önce Beşiktaş'ta sonra Üsküdar'da karşıma çıkması olacak şey değil. Benden başka kimse görmemiştir diye hiç söz etmedim. Belki de hayal gördüm dedim kendi kendime. Bana kaza nasıl oldu diye soranlara bir türlü söyleyemedim. Birden gözüm karardı dedim, o kadar. Gerçekten de iki sefer onu gördüm, ikisinde de önce gözüm karardı ve birden deniz topunu, sonra onu gördüm. Bu nedir, o çocuk kimdir, hiçbir fikrim yok. Hayatımın gizemi… Senin de görmene çok şaşırdım, o çocuk gerçek mi yani?"

"Evet gerçek. O çocuk benim kardeşim!"

"Kardeşin mi? Senin kardeşin mi var?"

"Evet, hiç söylemedim mi?"

"Yoo, hiç söylemedin."

"Allah Allah…"

"Bana arkadaşlarını, aileni, sen doğmadan ölen dayına bile anlattın, bir kardeşin olduğunu hiç söylemedin."

"Onun adı da Erdem. Rahmetli dayımın adını ona verdiler. Adıyla yaşasın, adını yaşatsın diye ama kardeşim öldü."

"Öldü mü?"

"Evet, on iki yaşında öldü. Odası olduğu gibi duruyor. Annem hâlâ yemekte onun tabağını da koyar. Onlar hiç görmedi ama ben görüyordum. Ama bu kazadan sonra hiç görmedim."

"Neden?"

"Bilmiyorum."

"Çok ilginç Lavin. Hâlâ şoktayım."

"Ben de öyleyim Kaan. Senin de onu görebileceğin hayatta aklıma gelmezdi."

"Ben de senin kardeşin olduğunu asla tahmin edemezdim. Acaba neden çıktı karşıma?"

"Bilmiyorum."

"Ben bu gece uyuyamam, Lavin."

"Ben de uyuyamam Kaan. Tüylerim ürperiyor."

"Beni onun mezarına götürür müsün?"

"Tabii götürürüm. Babamdan yerini öğreneyim, gideriz."

"Mezarını bilmiyor musun?"

"Bilmiyorum. Hiç gitmedim."

"Her ay ölen sevgilinin mezarına gidiyorsun, ölen kardeşinin mezarına bir kere bile gitmedin mi?"

"Ama o hep benim yanımdaydı zaten. Bu yüzden hiç mezarına gitmedim."

"Çok şaşırdım. Hâlâ inanamıyorum."

"Ben de öyle. Kazadan sonra çıldıracak gibiydim. Erdem yok olunca daha beter oldum."

"Söylemeye çekiniyorum ama kazaya o sebep oldu. Sana

hiçbir şey olmadı, ben de ucuz atlattım. Kazadan geriye bir iz bile kalmadı. Yanlış anlama diye söylüyorum bunları. Acaba bile bile mi çıktı karşımıza?"

"Ben de bilmiyorum. Görsem, soracaktım ama kayboldu gitti."

"Hâlâ şoktayım… Anlatsak, kimse inanmaz. Fakat en çok neye şaşırdım biliyor musun? Bana bir kardeşin olduğunu söylemediğine."

"Sen de kimseye söylememişsin."

"Doğru. Ben de söylemedim. Ne olduğunu anlayamadığım için söylemedim ama en azından sana söyleyebilirdim. Yani hiç değilse, söylediği sözden ve benim de duvarıma yazdığım o cümleden ötürü sana bunu söylemem gerekirdi."

"Ben de buna çok şaşardım, yani onu görüp de bana hiç söylememene onu iki kez görmenden daha çok şaşırdım. Ufaklık bir şeyler karıştırdı ama ne olduğunu anlamadım ben. Ah Kaan, birdenbire sen komaya girdin, Erdem ortadan kayboldu. Aklımı kaçıracaktım… Kardeşimi görmeyi çok istiyorum. Ben onsuz yaşayamam."

"Belki mezarda görürsün. Önümüz bayram. Bayramda gidelim mi?"

"Olur. İyi olur. Bayramda gidelim."

ON SEKİZİNCİ BÖLÜM

Şoke olmuştum. Zaten son dönemde duygularımın karmaşası ruhumu yormuştu, o çocuğun Lavin'in kardeşi olduğunu öğrendikten sonra aklım da tamamen karışmıştı. Özellikle güneşin batışını Lavin ile birlikte izlemek için akşam vakti buluşalım, demiştim. Benim için uzun bir günün bittiğini ve yeni bir günün başladığını düşünüyordum. Lavin ile güneşin batışını izledikten sonra birlikte iskeleye yürüdük, orada ayrıldık. Eve giderken, yepyeni bir güne başlamış gibi değil, başka bir dünyaya adım atmış gibi hissediyordum. Neyin nesiydi bu şimdi? Ne anlama geliyordu bütün bunlar? Ben Lavin'le sadece ortak bir yaramız olduğunu sanıyordum, acaba başka bir şey mi vardı?

Annem ben gelene kadar tencere tencere yemek yapmış, dolabı doldurmuş. Beni bir ziyafet bekliyordu. Kardeşimin dönmesi gerekiyordu, siz de dönün dedim ama beni bırakmıyorlardı. Benim tamamen iyileştiğimden emin olana kadar gitmeyeceklerdi. Anneme kalsa hiç gitmeyecek ya da beni alıp gidecekti. Kadıncağız haklıydı tabii. Bir intihar girişimi, bir de beyin kanamasıyla iki kez ölümden dönmüş, iki kez yüreğini ağzına getirmiş, gözleri kapanana kadar ağlatmıştım. Artık gözünün önünde olayım istiyordu.

İyi ki de hemen gitmemişler, çünkü onca misafiri ağırlayamazdım. Günlerce gelen giden eksik olmadı. Benim sayemde yeni dostluklar kurulmuş, bağları kopan arkadaşlarım yeniden buluşmuştu ve bir daha koparsak kim komaya girsin diye konuşuyorduk. Hayati tehlikem tümüyle geride kalmıştı; artık hiç kimse endişe etmiyor, tersine dalgasını geçiyordu. Tabii olayı Ayça da haber almıştı ve ikinci kez ölümden döndüğüm için bana bir lakap takmıştı: Mekik. Her gün mesaj atıyor ve neler olduğunu soruyordu. Neyi sorduğunu biliyordum ama bir yanıt veremiyordum. Çünkü arabada yarım kalan yine yarım kalmıştı. Lavin ile yeni eğlencemiz buydu. Daha doğrusu Lavin benimle bu yüzden kafa buluyor, bir başladı mı sıralıyordu:

"Acaba ne söyleyecektin?"

"Yalvarsan da söylemem artık."

"Söylemem değil söyleyemem de bari. Yine yarım kalır muhakkak."

"Sen dalga geç bakalım."

"Dalga geçen ben değilim. Olsa olsa başka biri kafa buluyor ama kimdir, nedir bilinmez. Bu bir efsane olma yolunda."

"Allah'ın hakkı üçtür derler. Üçüncüde, ne var ne yok hepsini söyleyeceğim."

"Büyük konuşma. Başımıza daha büyük kaza gelmesin. Mesela bana bunu teknede söylemeye kalkma, tekne batar."

"Deprem de olabilir. Açık alanda söylerim artık. Mesela Fethi Paşa Korusu'nda..."

"Ağaç dibinde olmasın, yıldırım düşer."

"Diline düşen yandı Lavin."

"Yıldırım düşmesinden iyidir."

"Aşkımız bir kazaydı sevgilim."

"Hastanede geçen zaman için kaza namazı kılmazsan yine başına gelir."

"Hiç değilse ben aşk orucumu trafik kazasıyla açmıyorum."

"Ben aşk orucumu açmadım. O gün açmaya niyetliydim ama sen iftar topunu erken patlattın. Aslen Rizeli misin yoksa?"

"İftar topu değildi, deniz topuydu."

"Bu konuyu bayrama kadar açmayacaktık hani."

"Tamam, siliyorum."

***

Annem ve babam bana çok iyi bakıyordu ama nerdeyse çocuk muamelesi görür olmuştum. Bir de annem muhallebimi eliyle yedirse tam olacaktı. Lavin ile bayrama kadar görüşmemeye karar vermiştik. Böylece o günü iple çekecektik. Ayrıca ben evdeki ziyaretçi akınlarına dayanabilecektim bu şekilde. Anne ve babamla da bayram için anlaştım. Bayramdan önce gideceklerdi. Bayramı tümüyle Lavin'e ayırmıştım.

Onunla birbirimizi görmeden, her gün ara ara, akşamları uzun uzadıya yazışıyorduk, tıpkı ilk günlerdeki gibi. Bu kez yazışmalarımız aşk kokan satırlarla başlıyor ve yine aynı şekilde sonlanıyordu. Arada eğleniyorduk. İkimiz de zorlu bir yolu katetmiş, hak ettiğimiz mutluluğu yakalamıştık.

Bir hafta sonra annemleri İzmir'e gönderdim. Bayram ve mezar ziyareti yaklaştıkça heyecanım daha da artıyordu. Her yazışmamızda bunu belli ediyordum.

"Bayrama az kaldı Lavin. Heyecanlı mısın?"

"Hem de nasıl. Ya sen?"

"Belli olmuyor mu halimden? Çocukluğumdan beri hiçbir bayramı böyle iple çekmedim. Dört gözle bekliyorum. Bu arada seni çok özlediğimi de söylemek isterim."

"Ben de seni özledim. Şu sıralar gecelerim hep seni düşünmekle geçiyor."

"Ne hissediyorsun düşünürken?"

"Seni düşününce, yüzüme mutlu bir gülümsemenin yayıldığını fark ediyorum. Senin omzunda uykuya dalacağım günlerin hayalini kurarken yakalıyorum kendimi. Sonra birden kendime geliyorum ama biliyorum ki, o uykular bir yerlerde beni bekliyor. Peki, sen neler düşünüyorsun?"

"Bazen seni kaybedeceğim korkusu yaşıyorum. Sana kavuşmak o kadar zaman aldı ki... Zaman da intikamını öyle aldı zaten. Bazen de gitmenden korkuyorum. Hayır, sana bir şey olmaz ama gidişin gelenlere zarar."

"Deli çocuk. Artık çok güçlüyüz unutma. Sen benim kaybetmekten korkmadığım son sınavımsın."

"Sana bakarken hayatın anlamına bakıyorum. Senden öncesi bir fragmanmış sanki. Hayatımın asıl filmi seninle başladı. Hayatımdaysan hayat yolunda demektir. Seni çok seviyorum."

"Ben de seni çok seviyorum. Bana kattığın değer için sana binlerce kez teşekkür ederim."

Böyle sürüp gitti yazışmalarımız. Birbirimize o kadar iyi geliyorduk ki... Onu yaşamak ne kadar huzurluysa anlatmak o kadar zordu.

***

Necdet ağabey eve ziyarete gelmiş ve çiçek getirmişti. Sanki nezle olmuşum gibi, nasılsın iyi misin dedi, görüşmeyeli ne var ne yok dedi. Çay içtik sonra. Önceki intihar girişiminden ve kazadan özellikle hiç söz açmadığını anladım.

Onu uğurlarken "Bayram namazına gidelim" dedi.

Ben de hemen, olur dedim. Lavin'le buluşacağımız aklıma gelmeden demiştim. Biz de Lavin'le sabahın köründe buluşmayacaktık zaten. Kendi kendime, iyi işte, Necdet ağabey ile namazdan sonra biraz sohbet ederiz, dedim. Ne zamandır konuşamıyorduk.

O an hemen olur dedim ama sonra biraz düşününce bunda bir bit yeniği olduğunu sezdim ki nitekim boşa çıkmadı bu. Ben kaza geçirdikten sonra ortalıkta görünmeyen Necdet ağabey pat diye gelip gitti, giderken de bayram namazına birlikte gidelim dedi. Bunca zaman aynı mahalledeyiz, daha önce hiç birlikte namaza gitmemiştik, hiç böyle bir teklifte bulunmamıştı.

Bunu o akşam Lavin'e yazdım. "Bayram sabahı Necdet ağabey ile namaza gideceğiz, onunla biraz sohbet ederim, ondan sonra gelirim yanına."

"Lafa dalıp beni unutma ha!"

"Belki unuturum diye şimdiden söylüyorum. Ararsın."

"Ararım ama sen de cep telefonunu açık tut. Namaza girerken kaparsan, kapalı unutursun sen."

"Kapatmam, titreşime alırım."

"Namazda çaldırayım da gör! Titreşimi hissedince melekler kucakladı sanırsın."

"Sen arıyorsan zaten öyledir."

"Çok tatlısın."

"Annem kundaklarımı şeker çuvalından yaparmış."

"Ben de diş çıkarırken babamın sakarin kutularını ısıra ısıra kaşırmışım. Ondan böyle inceyim. Diyet filan yok yani."

"O senin ruhunun inceliği Lavin. Bedenine yansımış."

"Yok be Kaan, kulağa şairane gelmiyor ama yeminle sakarinden."

"Ateşli kızlar kibrit kutusuyla, incelikli kızlar sakarin kutusuyla oynar bebekken… Nasıl, böyle de şairane oldu, değil mi?"

"Tebrik ederim şair bey, şiirimize yeni bir sözcük kattın. Rica etsem, titreşimi de ekler misiniz edebiyat dünyamıza?"

"Hay hay... Biraz bekle, ilham gelsin."

"Onu sen bekle. Ben şair değilim."

"Ya titre ve kendine gel ya da titreşime al ve kendinden geç. Nasıl?"

"Berbat. Keşke ilhamı bekleseydin."

"Göndersene. Başkasından gelemez."

"Klavyeyi öpüyorum."

"Öyle bir aşka tutuldum ki, bacaklarım bir tek sana yürür. Şair aşkı öyle olur ki, berbat yazsa bile klavyeyi öptürür."

"Süper ama titreşimi unuttun."

"Ömrümü sana adarım desem, eşim olur musun? Kalbini ulaşılamazken çaldırsam, titreşim olur musun?"

"Pes!"

"Sen istedin."

"Necdet ağabeyine selam söyle. Namazda sana göz kulak olsun."

"O niye?"

"Şiir yazarken bu kadar uçuyorsan, kimbilir bayram namazında neler olur? Ahreti birbirine katmadan gel."

"Yok be Lavin. O fasıl bitti. Sen burada oldukça ben de buradayım."

"Onu Ayça'ya söyle Mekik bey. 'Kaan'ın ayağı alıştı' yazmış Facebook'a. Gördün mü?"

"Gördüm tabii, ilk ben beğendim, onu görmedin mi?"

"Nasıl göreyim, beğeni rekoru kırmış. Bir saat güldüm."

"Beni de kopardı."

"Aman ha! Mevlânâ, gel gene gel, ne olursan ol, her nasılsan öyle gel, derken hayattaydı. Ben ahrete gidince kop da gel, demedi."

"Ah Ayça ah… Dillere düşürdü beni."

"Allah düşürmesin."

"Amiiiiin..."

"İyi geceler aşkım. Bayramda görüşmek üzere…"

"Sana da iyi geceler hayatım. Seni gördüğüm her gün ruhumun bayramıdır."

***

Bayram namazına Necdet ağabey ile birlikte gittik. Beni o gün hayretlere düşürdü. Yaramın bir başkasına dokunmakla yeniden kanamasına alışmam bile o kadar zor olmuştu ki, Lavin'in de aynı şekilde tekrar kanayan bir yarasının olması, sonra deniz topunun peşinde koşarken iki kez gördüğüm çocuğun Lavin'in ölen kardeşinin ruhu olduğunu öğrenmem üst üste gelmiş, her seferinde beni bundan daha çok şaşırtan bir şey olamaz demiştim.

Sabaha karşı apartmandan çıkınca, sokak lambasının altında gıcır gıcır bir '57 Chevrolet gördüm. Necdet ağabey, arabanın önünde beni bekliyordu. Elini kaldırıp selam verdi. Onu ilk kez böyle tiril tiril görüyordum. Tertemiz bir takım elbise giymişti. Eski bir takımdı bu. Araba kadar eski olmasa da, en az yirmi yıllık diyebilirdim. hiç giyilmemiş gibiydi.

"Günaydın Necdet ağabey. Yolda görsem tanıyamazdım. Bu ne şıklık böyle" dedim.

"Bayramdan bayrama böyle işte. Atla bakalım" dedi.

Arabaya bindik. Kontağı çevirirken, "Nerden çıktı bu araba Necdet ağabey? Yoksa senin mi" dedim.

"Benim. Benim evladiyelik. Araba evladiyelik ama evlat yok. Bayramdan bayrama garajdan çıkarıyorum. Ayda yılda bir gezdiriyorum" dedi.

"Ağabey, sende çok hikâyeler var o zaman" dedim.

"Boşver benim hikâyeleri şimdi. Asıl hikâyeler sende. Anlat bakalım."

"Neyi anlatayım Necdet ağabey?"

"Senin zorun ne bakayım öbür tarafla? İkidir gidip geliyorsun. Sen dünyada aradığını buldun mu ki, şu yaşta kalkıp kalkıp gidiyorsun?"

"Sen de mi dalga geçiyorsun be ağabey" dedim.

"Dalga geçtiğim yok evlat. Soruyorum işte. Sabahın şerri gecenin hayrından iyiymiş. Anlat bakalım."

"Namazdan sonra anlatayım Necdet ağabey. Yol yetmez."

"Ooo, uzun hikâye yani. Bilseydim, deveyle hacca gidelim derdim."

***

Eyüp Sultan Camii'nde namaz kıldıktan sonra bayramlaştık. Sahilde bir çay bahçesine oturduk. Necdet ağabey, "Şu Haliç'in dibinde ne batık aşklar vardır kimbilir? Anlatılsalar, orada durmazlardı bu aşklar. Sen birini bileğine yazdın, birini de duvara yapıştırdın. Bak yukarıda koskoca bir gökyüzü var be evlat, oraya yazmak gerekmez mi? Bu gökyüzü niye var?"

"Kaza oldu, ağabey."

"Nasıl oldu peki?"

"Lavin'e bir şeyler anlatıyordum. O sırada yola bir deniz topu düştü. Hemen frene bastım ama topun peşinden bir çocuk çıktı. Ben de onu ezmemek için direksiyonu kırdım."

Necdet ağabey hiçbir şey söylemedi. Devam etmem için bekledi. Bu kadar olmadığını bilir gibi bakıyordu.

"Ben o çocuğu daha önce de görmüştüm ağabey. Aynı

şekilde Beşiktaş'ta gördüm. Önce deniz topu düştü yola, sonra peşinden o çocuk çıktı."

Daha anlatacaktım ama "Onu görmeden önce gözlerin karardı mı" diye sordu.

Şaşırdım bu soruya.

"Evet" dedim.

"Tamam, anlaşıldı" dedi her şeyi bilir gibi.

"Ağabey, sen nereden biliyorsun çocuğu görmeden önce gözlerimin karardığını?"

"Bazı şeyler asla bilinemez. Yaşamakla sabittir. O tarafını sormayacaksın" dedi.

Ben de sustum. Belli ki o da böyle bir şey yaşamıştı ve anlatmak istemiyordu.

"Ben de bir tek bana oluyor sanmıştım" dedim.

"Aslında böyle şeyler sana yalnız olmadığını söylemek için olur."

"Ne bileyim ağabey? Ben tam tersini düşündüm."

"Asla yalnız değilsin evlat. Bir tek bana oluyor dediğin her şeyde oldurana bakacaksın. Yalnız olmadığını öyle anlarsın evvela. Kendine dönük yaşama."

Bu nasihate tamam anlamında baş salladım.

"Ee, kimmiş o çocuk" diye sordu.

"Lavin'in kardeşi çıktı. Benim bir kardeşi olduğundan bile haberim yoktu. Hiç söylemedi."

"Peki, nasıl ölmüş bu çocuk?"

"Bilmiyorum ağabey."

"Söylemedi mi sana?"

"Hayır söylemedi."

"Sen sormadın mı?"

"Hayır sormadım... Çocuğun öldüğünü nereden bildin, ağabey?"

"Böyle şeyler bilinmez, yaşamakla sabittir dedim ya."

"Ağabey şimdi hatırladım. O çocuğu ilk gördüğümde, 'Az kalsın seni ezecektim' demiştim, o da bana, 'Ben zaten boğuldum' demişti."

"Haaa… Sen bunu Lavin'e söyleme."

"Neden ağabey?"

"Söyleme işte. Belki sonra anlarsın. Sen şu hikâyeyi baştan sona bir anlat bakalım" dedi.

Bileğimdeki yaranın tekrar kanamasından başlayıp, çocuğun karşıma nasıl çıktığını, söylediği cümleyi Facebook duvarıma yazdıktan sonra Lavin'le tanışmamızı, hastanede gözümü açınca Hande'yi yanımda buluşumu, onun bana söylediklerini, en sonunda hastaneden çıkınca Lavin'le çay bahçesinde konuştuklarımıza kadar her şeyi bir bir anlattım ona.

"Bütün bunlar ne anlama geliyor, bir türlü anlayamadım Necdet ağabey" dedim.

"Maddenin eylemsizlik kuralını okulda öğrenmişsindir. Bir madde boşlukta duruyorsa sonsuza kadar durur. Hareket ediyorsa, sonsuza kadar hareket eder. Bunlar tamamen teslim olmuşlardır. Ulu bir mertebedir bu. İnsan özgür iradesi olduğu için tümüyle teslim olamaz. İnsan daima seçim yapmak zorundadır. Hareket etmeyi de durmayı da kendisi seçer. Kendisi gider, kendisi durur. Bir araba hangi hızda gidiyorsa, taşıdıkları da o hızla gider. Araba fren yapınca, içindekiler gitmeye devam eder, ileriye fırlamış gibi olurlar, halbuki sadece aynı hızla gitmeye devam etmektedirler. Sen de Lavin de hayatın katarına binmişsiniz ama bir katarın sizi götürdüğünü idrak edememişsiniz. Katar durunca siz de fren yapıp kendinizi durdurmamışsınız, aynı şekilde gitmeye devam etmişsiniz. O zaman ne olur? Katarın duvarına çarparsınız veya katardan uçar gidersiniz."

Sonra bana namazı anlattı. Hayatta makamlardan makamlara geçişler olduğunu, son makama varana dek bir makamda kalamayacağımızı, hayatın bizi dürteceğini, zorlayacağını, hayata direnirsek bizi tuzla buz edebileceğini söyledi: "Hayat bilinmez bir yoldur, evlat. Kısacık bir yoldur ama göreceğin çok şey vardır. Böyle kendini tavaf ederek bir yere varamazsın. Sana açılan kapılardan geçmelisin. Bir kapının dibinde bekleyerek ömür tüketilmez. Sonra tren kaçar, bütün kapılar yüzüne kapanır, geriye bir tek tövbe kapısı kalır. İki tür ayet vardır: Biri kutsal kitaplarda yazılıdır, diğeri hayatta her an olan biten her şeydir. Bunları okumayı öğrenmelisin, bildiğini okuma, kör cahil olursun."

"Ben kör cahilmişim Necdet ağabey."

"Çok gençsin Kaan. Göre göre öğreneceksin. O çocuğu görmeden önce neden gözlerin birden karardı sence?"

"Bilmiyorum ağabey, neden?"

"Kendi gözlerindeki karanlık perdeyi görmeden, ardındaki hakikati göremezsin. Hakikat senin hem içinde hem dışındadır. O perde ikisini de görmene engeldir. O kapkara bir perdedir ama sen onu bir sinema perdesi gibi görür, öyle sanırsın. Hakikat orada gördüklerin, hayatın orada cereyan ediyor sanırsın. Ne zaman ki, birden dünyan kararır, orada anlarsın gerçeği. Ancak ondan sonra görebilirsin kendi hakikatini."

"Benim hakikatim ne peki?"

"Onu kendin bileceksin. Başkası söyleyemez. Söylese de fayda etmez. Çünkü hakikat bilinecek değil, varılacak bir yerdir. Ben sana tarif etsem bile, sen gitmedikten sonra ne anlamı var? Çıktığın yer senin değil, benim hakikatim olur. Ayrıca, sana tarif etsem bile yolu karıştırabilir, kaybolup gidebilirsin. Arife tarif gerekmez, diye bir laf vardır. Kendi yolunu bulmak için önce arif olacaksın. Âlim ilim ehlidir, kendini bilir. Arif marifet ehlidir, seni bilir. Kendini geçmek marifettir. Aşkın açtığı yara bir kapıdır. Ben kapısından geçip sen diyarına gireceksin. Sen ben kalmayacak. Hakiki aşk orada yaşanır. Bunlar şimdi senin sandığın gibi ilahi şeyler değildir. Asıl ilahi olan vardığın yer değil, seni oraya çıkarandır. O zaten sende mevcuttur. Ses dalga dalga yayılır. Her ses, sessizlikten gelir ve ona döner ama içinde sessizliği de barındırır. Bir ses geldiği ve döneceği sessizliği bilmez, ama içindekini bilebilir. Varlığının aslını işte o zaman sezebilir. Yaşamak bir şarkıdır evlat. Musiki çok latiftir, yüce bir makamdır. Aşk, birlikte şarkı söylemektir. Ayrı tellerden çalanların yolları da ayrılır. Aynı dili konuşanlar er geç buluşur. Susma bir daha. Sen şarkını söyle."

***

Necdet ağabey ile sohbet etmek bana hep iyi gelirdi. Bunları dinlemek içimi ferahlattı. Başka bir lezzetle kalktım sohbet sofrasından. Otoparka yürürken çiçek satan bir kız önümüze çıktı. Elinde iki demet çiçek vardı.

"Alır mısınız?" diyerek birini uzattı.

"Alırım" dedim.

Kızın diğer elinde tuttuğu demetten iki gül düştü.

Necdet ağabey "Onu alma. Bunları al" dedi. Yere düşen iki gülü aldı, bana verdi. "Haydi, sen buradan git" dedi.

ON DOKUZUNCU BÖLÜM

Elimde iki gülle gittim Lavin'e. Necdet ağabey âşıklara mutlaka çiçek hediye ederdi, özellikle ilk buluşmada. O güne dek bana çiçek vermemişti. Zaman zaman aklıma düşmüştü bu. Acaba neden diyordum. Sırf bu yüzden Lavin'e aşkımdan kuşku duyduğum olmuştu. Şimdi onunla mezar ziyareti için buluşmaya giderken iki çiçeğin düşüvermesi bende güçlü bir tesir uyandırmış, beni aşkımıza biraz daha inandırmıştı.

Lavin benden önce gelmişti. Beni görür görmez yüzü aydınlandı. İkimiz de çok heyecanlıydık. Çiçeklerin birini uzattım. "Bu senin" dedim. Teşekkür etti. Gülü kokladı.

"Sen mi aldın? Yoksa Necdet ağabeyin mi gönderdi" diye sordu.

Ona anlattıklarımı unutmamıştı. Sesinden, bakışlarından anladım hemen.

"İkisi de değil. Kendi geldi" dedim.

Bunu duymak hoşuna gitmişti, zaten bunu duymayı bekliyordu.

"Ya, o kimin için" diye sordu.

"Söyleyemem" dedim ama anladı.

Bana sımsıkı sarıldı. "Bugün seni çok iyi gördüm, güzelliğim" dedi.

İçim eriyip gitti. "Asıl güzellik sende" dedim.

Yine çok güzel giyinmişti. Her zamanki gibi sade ve şıktı. Ona çok yakıştığını söylediğimde utanarak teşekkür etti.

"Sen olmasan kıyafetler ne işe yarar" dedim. "Asıl kıyafet seni giysin." Yine utandı. Yüzüne bakıp iç geçirdim.

"Neden daldın Kaan?"

"Yüzün tüm güzellikleri sürgün ediyor bu dünyadan."

"Yoksa sen özledin mi beni" dedi gülümseyerek.

"Seni özlemenin tadı da bir başka ama sen yine de özletme."

"Hımm. Yine güzel sözlerle beni şımartmaya çalışıyorsun. Bu kadar kısa sürede özleyip bana bu güzel cümleleri kurduğuna göre, uzun bir tatile çıksan kimbilir neler dökülürdü dilinden."

"Dudağının kıyısında bir şezlong, kalbimin tatil yeridir Lavin" dedim.

Gözleri doldu birden. "Gözlerim buğulandı bak" dedi. "O zaman ismimi yazabilirim içine" dedim.

Ona söylediğim her söz nefesini kesiyor gibiydi. Manzarası güzel bir masaya oturup çaylarımızı söyledik. İki çiçek masada yan yana duruyordu. Kendi çiçeğini kokladı. Çocuk gibi sevinmişti çiçek için. Önce beni sonra gülü öptü. Diğer güle baktı.

"Hâlâ söylemeyecek misin" dedi.

Gözlerine gülümseyerek, "Erdem için" dedim.

Gözleri dolu dolu oldu, bana baktı. Masada duran ellerine baktım. Titriyordu. Tutmak istedim. Gözlerim ellerine daldı.

"Ne oldu Kaan" diye sordu.

Bakışlarımı tutmak istediğim ellerinden çekip gözlerindeki derinliğe bıraktım.

"Biliyor musun? İlk kez birine dokunmaya kıyamıyorum. Bana bu korkaklığı yaşattığın için teşekkür ederim" dedim.

Elimi yavaşça eline aldı ve yüzüme doğru yaklaştı. "Korkularından öpüyorum" dedi.

Sarhoş olmuştum. Kendime gelmem birkaç dakika sürdü. Gözlerimizi birbirinden ayırmadan konuştuk.

"Gözlerinin içine yerleşmek ve orada yaşamak isterdim."

"Gözlerimde ne işin var Lavin? Sen benim başımın tacısın."

"Ya da sürüklesin beni peşinden o gözler."

"Kaybolursan peki?"

"Kaybolayım. Önemli değil. Gözlerinin peşinden gittikten sonra kaybolmanın ne önemi var?"

"Bakışırken sen bakışımı görüyorsun, ben bakışıma olan hayranlığını. Her bakış geçmişten izler taşır. O izlerde geçmiş yaşar. Bakmasını bilmek, o geçmişi okuyabilmektir aynı zamanda. Keşke biraz daha erken çıkabilseydim karşına. Keşke geçmişindeki en okunaklı an olabilseydim."

"Geçmişin telafisi için buradayım Kaan. Gecikmiş olmamı dert etme. Ayrıca bu sözlerini hak ettiğimi düşünmüyorum. Birine bu kadar anlam yüklersen hayatın anlamı eksilir bence."

"Herkesin bir hayatı vardır ama benim için hayat sensin."

"Öyle düşünme hayatım. Senin içinde yaşadığın hayattır kendi hayatın. Diğerini ortak kullanıyoruz zaten."

"Sebeb-i sebebimsin sen benim. Baktığım her yerde ve herkeste siluetini görüyorum. "

"Baktığın her yerde beni görüyorsan, herkese bakabilirsin" dedi. Gözlerimin içine içine baktı ve "Şaka yapıyorum aşkım" dedi. "Bakmayı bırak, görmezden gelsen bile senin için varım ama gözlerin bedenime değince değerim daha da artıyor tabii."

Bedenimi çiğnemeden ruhuma girmişti gözlerimden. Bir duanın içindeydim ve kabul olunmayı bekliyordum. Çaylarımızı içip kalktık masadan. Mezar ziyaretimiz aşkımızın huzura ereceği son nokta olacaktı. Bu sonu, sona bırakamazdım.

***

Konuşarak çıktık yola. Mezarlığa yaklaşınca Lavin sustu ve havası değişti. Gergin olduğunu hissediyordum. Çay bahçesinde gözlerimin içine bakan kız gitmiş, yerine kaçamak bakışlar atarak el ele yürüdüğüm ürkek bir kız gelmişti. Sanki onun değil, benim kardeşimin mezarına gidiyorduk. Olur ya, bir akrabanı ya da aile dostunu ziyarete gidersin ve yanındaki arkadaşın çekinir, acaba benim de gitmem münasip mi diye düşünür, öylesi bir hava vardı Lavin'de. Erdem hem kazaya sebep olmuştu hem de Lavin'in söylediğine göre kazadan sonra kaybolmuştu. Ürkekliğini buna bağlıyordum. Kaza yüzünden bana karşı mahcuptu sanırım. İçimden birkaç kere, "Kazaya senin kardeşin sebep olmadı. Böyle düşünme" demek geçti ama sessizliği bozmak istemedim. Şimdi mezarlığa giderken, kazadan konu açmak da kardeşini sebep olarak göstermek de uygun değildi. Lavin'in ürkek ve kaygılı havasını değiştirmek için iki çift laf edeyim dedim ama nedense içimden gelmedi.

Mezarlığa girince koluma girdi. Mezarın yerini ararken gittikçe bana daha çok yaklaştı, küçük adımlar atmaya başladı. "Galiba bu taraftan" derken sesi çok farklıydı, küçük bir kız gibiydi ve genzine bir şey tıkalıydı sanki. İçimden keşke yanımıza su alsaydık dedim. Lavin için herhangi bir mezar ziyareti değildi bu, on iki yaşında ölen kardeşini ilk kez ziyaret edecekti. Üstelik Erdem'in kaza sonrası aniden kaybolmasından ötürü çok üzgündü. Onu mezarlıkta görebileceğini umuyor, eğer burada göremezse bir daha hiç göremeyeceğini düşünüyordu. Ben de onu mezarlıkta görüp görmeyeceğimizi çok merak ediyordum.

İki kez karşıma çıkan çocuk Lavin'in kardeşiydi ve ölmüştü. Birisi bana ölüleri gördüğünü söylese bunu normal karşılamam. Hiç kimse için sıradan bir şey değildir bu.

Mezarda yatan bana ne kadar yakın olursa olsun, ziyaretine giderken onu görebileceğimi aklımdan bile geçirmem. Fakat her nasıl olduysa, onu iki kez görmüştüm ve Lavin onun kardeşi olduğunu söylüyordu. Erdem öldüğünden beri onu gördüğünü, onunla konuştuğunu, kazadan sonra kaybolduğunu söylüyordu. Ben buna tabii ki inanıyordum ama emin değildim. Yani bana gerçek gibi gelmiyordu hâlâ. İkimiz ortak bir yaramız var sanırken, yaralarımızın tekrar kanadığını öğrendiğimizde bu kadar şaşırmış kalmışken, ikimiz de ölüp gitmiş bir çocuğu görüyorduk. Erdem onun kardeşiydi, ben niye görmüştüm? El ele mezara giderken Lavin'in neler hissettiğini bilmiyordum ama ben böyle karmaşık düşünceler ve duygular içindeydim. Kimbilir o ne hissediyor, neler düşünüyordu?

Nerdeyse hiç konuşmadan, sadece buradan, galiba bu taraftan diyerek, sonunda o küçücük mezarı bulduk. İlk kez böyle küçük bir mezarı ziyaret ediyordum, bana çok dokundu. Mezar o kadar küçüktü ki, uzaktan görememiştik. Sanki birden karşımıza çıkmıştı. Yakınlarında dolanıp onu birden karşımızda bulunca ürperdim, bütün mezarlar birden bana çok büyük göründü. Koca koca mezarlar arasında nerdeyse beşik kadar bir mezarda yatıyordu. Onu öz kardeşim gibi, Erdem o an ölmüş gibi hissettim, baştan aşağı kavruldum. Lavin mezara bakakaldı. Hiç konuşmadan heykel gibi durdu uzun süre, sonra gözünden boncuk boncuk damlalar döküldü. Hiç ses çıkarmadan, hiç kıpırdamadan, iki gözünden yaşlar dökülüyor, yanağından süzülüyor, çenesinden boynuna akıyor, göğsüne damlıyor, yaprakların hışırtısından başka ses duyulmuyordu.

Lavin diz çöktü, ellerini açtı, dua etti. Ben ayaktaydım, ben de dua ediyordum. Fatiha'dan sonra bildiğim ne kadar sure, dua varsa hepsini okudum, baştan aldım, sonunda sustum, Lavin hiç kıpırdamadan devam etti uzun bir süre daha. Arkasında olduğum için yüzünü görmüyordum, belki hâlâ ağlıyordu. Hiç sesi çıkmıyordu, birden hıçkırdı, arka arkaya üç beş kez hıçkırdı, yana devrilecek sandım, son hıçkırıkta nerdeyse yerinden sıçradı, başını mezara dayadı ve hıçkıra hıçkıra ağlamaya başladı. İster istemez gözüm başına gidiyordu, yarası burada da kanayabilirdi.

Bir süre böyle hıçkıra hıçkıra ağladıktan sonra zorlanan sesiyle, "Nerdesin" demeye başladı. "Neredesin Erdem, neredesin kardeşim lütfen beni böyle bırakıp gitme." Bana o kadar dokundu ki, ben de onunla ağlamaya başladım. Onu görmemiştim, Lavin'in de göremediği belliydi. O kadar uzun süre hiç kıpırdamadan durunca, acaba onu görüyor, onunla konuşuyor mu demiştim. İkimiz de onu görmedik.

***

Lavin'le birlikte ağlarken gözlerimi küçücük mezardan alamıyor, tekrar tekrar mezar taşındaki tarihlere bakıyordum. Çünkü mezar taşında yazan tarihlere göre Erdem yedi yaşında ölmüştü. Halbuki Lavin bana on iki yaşında öldüğünü söylemişti. Yanlış hatırlamadığımdan emindim.

Lavin sonunda sustu. Bir elini havaya kaldırdı, bana uzattı. Elini tuttum, ayağa kaldırdım. Ona sarıldım. "Yok" dedi sadece. Ben sesimi çıkarmadım. Ne diyeceğimi bilemiyordum. "Kardeşim yok ve ben galiba bir daha onu göremeyeceğim. Hiç değilse vedalaşabilseydim" dedi, ağlamaya başladı yine. Ona sımsıkı sarıldım.

"Üzülme, zaten yıllarca yanında kalmış" dedim.

"Ama ben onsuz yapamıyorum, Kaan. Onu kazadan beri

görmedim, onu çok merak ediyorum. Onu çok özlüyorum. Veda etseydi, içim bu kadar yanmazdı" dedi.

Sonra "Erdem, kardeşim, lütfen gel, seni son kez göreyim" dedi.

Bunu tekrar tekrar söyledi. Hali perişandı. Ben de çok üzgündüm. Erdem'i kazadan sonra bir daha hiç göremediği için kendimi bunda pay sahibi olarak görüyordum. Üzüntüsünün bir nedeni de bendim, ister istemez böyle hissediyordum. Keşke Erdem ortaya çıksa ve ablasına görünse, bir daha görüşemeyeceklerse bile veda etseydi. Fakat insanın elinin kolunun bağlı olduğu yerdeydik, mezarlık böyle bir yerdi.

Mezarın başında bir saatten fazla zaman geçmişti, Lavin her dakika biraz daha çöküyordu ve artık onu götürmem gerekiyordu, yoksa oradan ayrılamazdı.

"Lavin, arama artık. Sonra yine geliriz. Sen şimdi kardeşinle vedalaş ve gidelim" dedim.

"Olmaz, bırakamam" dedi.

"Bırakmıyorsun Lavin. Yine geliriz. Mezarı öğrendin, ne zaman istersen gelirsin. Kardeşinle vedalaş, yine geliriz de ve gidelim. Kaldıkça daha fena oluyorsun. Kendine eziyet etme."

"Lütfen biraz daha kalalım, belki gelir. Belki buradadır ve ortaya çıkar. Lütfen Kaan, birazcık daha bekleyelim" dedi.

Sessizce bekledik ama boşunaydı. Artık ağlamıyordu fakat her geçen dakika daha çok üzgündü. Sonunda kolunu sıkıca tuttum.

"Gidelim Lavin. Sonra yine geliriz. İstersen yarın sabah geliriz. Bayram boyunca her gün gelir çiçek bırakırız" dedim.

"Peki" dedi.

Öyle söyledi ki, Lavin'in ağzından çıkan hiçbir söz bana

bu kadar dokunmadı. Çok acıklıydı. Çok umutsuzdu ve çok pişmandı. "Peki."

***

Mezarlıktan çıkana kadar hiç konuşmadık. Lavin için için ağladı. Mezarlık kapısında çocuklar su satıyordu, iki su aldım. Lavin ile yolun karşısına geçtik. Lavin'e suyu içirdim. Yanmış içi. Kana kana içtik. İki su daha aldım. Hemen gitmektense duvara oturup soluklandık. Lavin için buradan gitmek de zordu ve biraz konuşturup rahatlatmak istedim.

"Erdem kaç yaşında öldü?"

"On iki" dedi.

"Emin misin? Mezar taşındaki tarihe göre yedi çıkıyor" dedim.

"Eminim, on iki yaşında öldü. Yanlış görmüşsün."

"Yanlış görmedim. Emin olmak için kaç kere baktım. Yedi yaşında ölmüş ya da yanlış yazılmış."

Kafası karıştı, bana bakakaldı.

"Emin misin?"

"Eminim, mezar taşındaki tarihlere göre yedi yaşında ölmüş. Eğer on iki yaşında öldüyse, taşa yanlış yazılmış. İstersen gidip bakalım. Ona yeni bir taş yaptırır, doğrusunu yazdırırız" dedim.

"Peki, gidip bakalım" dedi.

Mezara dönerken "Erdem nasıl öldü" diye sordum.

"Bilmiyorum. Hatırlamıyorum. Çocukluğumu hiç hatırlamam" dedi.

Başka bir şey sormadım da söylemedim de. Mezara gittik, taşa birlikte baktık. Yanılmamıştım, tarihlere göre yedi yaşında ölmüştü.

"Bak gördün mü? Yedi" dedim.

Lavin hiçbir şey demedi, taşa uzun uzun baktı, sonra bana döndü. Hayretle bakıyordu. Birden ağzını açarak "Aaa... Ben on iki yaşındaydım" dedi. Sonra anlatmaya başladı:

"Ben on iki yaşındaydım, Erdem yedi yaşındaydı. Birbirimizi çok severdik. Ben kardeşime çok düşkündüm, Erdem de bana düşkündü. Annem hep onu bana emanet ederdi. Ben çok yaramazdım, Erdem çok usluydu. Kardeşimi bana emanet edince ben çok yaramazlık yapmazdım, ondan emanet ederlerdi. Şile'de yazlık evimiz vardı. Her yaz orada kalırdık, kışın gittiğimiz de olurdu. Biz kumsalda oynuyorduk, kumdan kale yapıyorduk. Annemler eve dönüyordu, ben oynuyoruz dedim, biraz daha kalalım, oynayalım, birlikte geliriz dedim. Ev sahile bakıyordu, çok yakındı. Erdem yolu biliyordu ama onu tek başına bırakmazlardı. Aslında yaramaz olan bendim, kardeşim çok usluydu, adı Erdem olduğu için tek başına bırakmıyorlardı onu, annem üstüne titrerdi, tırnağı taşa değse bağrı yanardı annemin, o kadar düşkündü Erdem'e. Rahmetli dayımı sana anlattım, o çok genç ölmüş, sülale yasa boğulmuş, ben o zaman yola çıkmışım. Herkes beni erkek beklemiş, adım belliymiş ama kız olmuşum. Beş sene sonra kardeşim doğdu. Adını Erdem koydular, adıyla yaşasın, uzun ömürlü olsun, rahmetli dayısının adını yaşatsın diyorlardı. Annem o yüzden üstüne titrerdi. Annemle rahmetli dayım nasılsa, Erdem ve ben de öyleydik. Zaten annem özellikle öyle olalım istiyordu. O gün annemle babam eve gitti, annem sakın geç kalmayın, yemeğe gelin dedi. Ben de olur dedim.

Kumdan kale yapıyorduk, yaptık bitti. Eve dönecektik, üstümüz başımız kum olduğu için ben denize girdim, kumları temizledim. Erdem benimle girmedi. Kollukları iskelede duruyordu, iskeleye gitti. İskele küçüktü, ben çocuk iskelesi diyordum, hiç derin değildi. Ucu bile boyuma geliyordu. Erdem'in kollukları yeniydi, onlarla yüzebiliyordu, kollukları alıp gelecekti, onlarla yüzmek istiyordu. Ben deniz topuyla oynuyordum. O sırada iki çocuk bir köpekle koşarak geçti, bizim kumdan kalenin üstüne bastılar. Ben de kızdım, bağırdım, bana güldüler, benimle alay ettiler. Ben de peşlerinden koştum. Çocukken çok kavgacıydım. Onlarla kavga etmeye gitmiştim. Beni köpekle korkutmak istediler. Ben daha çok üstlerine gittim, birine vurdum. Köpek beni gerçekten ısıracaktı. Oradan tanıyanlar koşup geldi, bizi ayırdı, bize nasihat ettiler. Bu sırada birileri bağırıp çağırdı. Ben daha arkama bakmadan buz gibi oldum, her yerimden buz gibi ter fışkırdı. Sonra denize baktım, deniz topu açığa gitmiş. Erdem'in kolluklarını ve ayaklarını gördüm, çığlık attım. Koşa koşa gittim, beni tuttular. Erdem iskelede kolluklarını ayak bileklerine takmış, kumda öyle koşuyordu, denize girerken koluna takıyorduk. Deniz topunun açığa gittiğini görünce kolluklar ayak bileklerindeyken suya atlamış. Kollukları ayak bileklerinde takılı olduğu için ayaklarını suyun altına itip gövdesini suyun üzerine çekememiş. Baş aşağı suyun içinde kalmış zavallı kardeşim.

Erdem çok açıkta değildi, birkaç kişi yüzerek gitti, hemen alıp geldiler. Kurtarmak istediler ama kurtaramadılar. Erdem boğuldu. O gün dilim tutuldu benim. Kaç gün konuşamadım, bilmiyorum. Belki birkaç haftaydı... Ben konuşamıyorum diye sağırmışım gibi yanımda gizlemeden her şeyi konuşmaya başladılar. Ben çok yaramazdım, akrabalardan komşulardan bazıları bana kızıyordu, çocuk değil artık, on iki yaşında kız, niye göz kulak olmamış diyorlardı. Ben on iki yaşındaydım, Erdem yedi yaşındaydı. Çok küçüktü daha, onu nasıl severdim, ne kadar çok severdim sana anlatamam, ben hiç kimseyi o kadar sevmedim. Nasıl öldüğünü unutmuştum, çocukluğumu hiç hatırlamıyordum, şimdi birden hatırlayıverdim."

Lavin çok şaşkındı ve bunları on iki yaşındaki bir kız çocuğu gibi anlatmıştı. Bambaşka biri gibi görmüştüm onu. Erdem bana "Ben zaten boğuldum" demişti, demek ki doğruydu. Erdem'le o zaman bu zamandır görüşürken bunları şimdi hatırlamış olması da bana tuhaf gelmişti. Bir şeyler söylemeye hazırlanıyordum ki, birden gözüm karardı. Sonra buğulanarak açıldı ve o küçücük mezarın üstünde Erdem'i gördüm. Lavin'in yüzü bana dönük olduğu için görmemişti.

"Lavin, Erdem burada" dedim.

Lavin başını çevirdi ve Erdem'i gördü.

"Hoş geldin abla. Geleceğini biliyordum."

"Erdem, canım kardeşim. Seni her yerde aradım, az kalsın deliriyordum. Neden kayboldun?"

"Hatırlaman için. Sen benim yerime kendini öldürdün. Sen de küçüktün, üstünden yıllar geçti ve her şeyi unuttun. Bu mezarda sen yatıyordun, o yüzden ben evdeydim, yanındaydım. Şimdi bunu anlıyor musun?"

"Anlıyorum."

"Hayır anlamıyorsun. Söylediğimi anladın o kadar. Bunun ne anlama geldiğini hiç bilmiyorsun. Beni o kadar çok seviyordun ki, yokluğumun acıma katlanamayacağını, bensiz yaşamayacağını sandın, o yüzden benim yerime kendini öldürdün. Benim ölümümden seni suçladılar, dilin tutulmuştu, onlara karşı kendini koruyamadın, sen de onlarla bir olup kendini suçladın. Yaşamayı hak etmiyorum, ölümü hak ediyorum dedin. Ben öleceğim ve Erdem'i yaşatacağım dedin. Beni bırakmak istemedin. Gitmeme izin vermedin, gönül koydun. Ben de seni bırakıp gidemedim. Ben çocuğum, günahsızım, arkamda bir tane bile kırık kalp bırakıp gidemezdim. Senin ikisine de hakkın yoktu ama sen de çocuktun, henüz on iki yaşındaydın ve bu senin kalbinin taşımayacağı kadar ağırdı. Bu yüzden sen hep on iki yaşımda öldüğümü düşündün. Halbuki o yaşta ölen sendin. Yaşarken ölmüştün.

Beni çok seviyordun ve ben öldüm. Sen de suçu kendine buldun, benim yüzümden öldü dedin, ondan sonra sende 'Seversem ölür' korkusu başladı ve sevmekten korktun. Kendini mezara gömdüğün için ölmekten korkmuyordun, sevmekten korkuyor ve sevmekten kaçıyordun. Ama büyüdün, genç kız oldun, aşktan kaçamadın, çünkü aşk Allah'ın emri.

Eski sevgilin seni buldu, gönlünü çeldi. Korkmak, korktuğunu çağırmaktır. Herkes korktuğuyla yüzleşir. Eski sevgilinin eceli zaten yaklaşmıştı, o bunu bilmeden sana geldi. O gerçekten hayat dolu biriydi ve sadece sevip sevilerek ölmek istiyordu. Onun ölümünde senin hiçbir suçun günahın yok. Kendini boş yere suçladın, boşuna yas tuttun. Nasıl yaşadığımız kadar nasıl öldüğümüz de önemlidir. O sevdiğiyle birlikteyken ölmeyi hak etmiş biriydi yaşamıyla. Sevgiden ve neşeden başkasına yer açmadı kalbinde. Fakat o da benim gibi gidemedi yoluna. Onu da bırakmadın. O da benim gibi ardında acı çeken sevgili ve kırık bir kalp bırakarak gitmek istemedi. Senin aşk orucunu bozmanı, iftarında hayatın ve sevmenin lezzetini tatmanı bekledik. Seninle en mutlu gününde vedalaşmak istedik. Fakat sen yasta ısrar ettin, her mezar ziyaretinde yaran tekrar tekrar kanadı, sen bunun yanlış yolda olduğunu gösteren bir işaret olduğunu anlamamakta ısrar ettin.

Seni hayata döndürmek için Kaan'ı ben buldum. Dünyadan gönül ferahlığıyla gidebilmek için onu ben yaklaştırdım sana. Çünkü zaten seni arıyordu. Nasıl ki senin 'Seversem ölür' korkun hem sevip sevileceğin hem de eceli yaklaşan eski sevgilini sana çekti... Sizin yaralarınız da birbirini çekiyordu. Ben Kaan'ın yoluna çıkmasam da karşılaşacaktınız ama birbirinizi hemen tanıyamazdınız. Siz birbirinizi ilk cümlede tanıdınız ama kabuğunuza çekilmekte kararlı olduğunuz için açılamıyordunuz. İkiniz de yazık ediyordunuz kendinize. Kaan, duygularından emin oldu ama sana doğru adım atmaktan çekiniyordu, o yüzden kolsuz bir adam geldi yanına. Daha ne söylenebilirdi? Kaan sana koştu ama sen sırt çevirdin ve yine kabuğuna çekildin. Kalbine değil, mezara sordun. Sana ben söyledim, bana da kulak asmadın. Bir kere bile bu mezarı ziyarete gelmedin, çünkü bu senin mezarındı. Bir kere bile kendine sormadın. Ben de size kaza yaptırdım. Başka çare kalmamıştı.

Denizde vurgun yiyenleri iyileşmesi için vurgun yedikleri yere indirirler. Derinlik arttıkça basınç da artar, ciğer uyum sağlamak için küçülür. O yüzden derine inenin yavaş yavaş çıkması gerekir ki, ciğer tekrar yavaş yavaş büyüsün. Hızla çıkarsa ciğer hızı yakalayamaz, küçük kalır ve vurgun olur. İşte bu yüzden onu vurgun yediği yere hemen geri indirirler. İkiniz de vurgun yemiştiniz. Sen, öldüğümde vurgun yedin. Bir daha oraya dönmedin, hatırından tamamen çıkardın ve kalbin on iki yaşında kaldı, hiç büyümedi. Kalbinin yeniden çarpması için bu mezara gelmeli ve benim boğulduğum günü hatırlamalıydın. O yaz akşamı senin değil, benim öldüğümü kabul etmeliydin. Sen benden sonra bir vurgun da eski sevgilinle kaza yaptığında yedin. Bana gelebilmen için önce ona inmeli, o günle yüzleşmeliydin. Kaan da Hande onu terk ettiğinde vurgun yemişti.

Kaza yapınca, sen ikinci kez vurgun yediğin yere indin. Kaan Araf'ta, bizim yanımızdaydı. Kaan komadayken, sen onun aşkına karşılık vermeyip mezara kapandığın için pişman oldun ve Kaan bizimle birlikte, sizin için derin uykudayken bunu ona söyledin. Böylece eski sevgilin kurtuldu, Kaan onun yolunu açtı ve o gitti. Senin mutluluğunu dileyerek gitti. Kaan'ın geri dönmesini biz istedik, bunu senin için istedik, çünkü sen ikinci vurgunu telafi etmiştin. Sonra Hande'yi çağırdın. Beni göremiyordun ama ben oradaydım. Ben senden saklanmadım, kaza senin gönlünü kararttı. Sen pişmanlıktan deliye döndün.

Kalpten sevdiğin, kalbinde durabilir. Onun sesini kendi sesinden ayırt edemezsin. Kaan için Hande'ye haber verip çağırmanı ben kulağına fısıldadım. Kaan gözünü o gelince açtı. Kaan senin için geri döndü ve gözünü vurgun yediği yerde açtı. Geçmişe saplanıp kalmakla hata ettiğini anladı. Onu bağışlaması gerekirdi. Hande'nin de hatasını telafi etmesi gerekirdi. Yolunu ayırmak hakkıydı, fakat bunu kalp kırmadan yapabilirdi. Kaan da onun kopan bir kol olmadığını anlamalıydı. Hande ayrı bir varlıktı, onun kolu değildi. Kopan bir kol çürür gider, geriye sadece kemikleri kalır. Hande yaşıyordu, hayatına devam ediyordu, değişmişti. Kaan da yaşamaya devam ediyordu, o da değişmişti. Geçmiş olduğu gibi duruyordu, değişen kendileriydi. Tekrar bir araya geldiklerinde, birbirlerini çocukluktaki gibi sevmeye devam ettiklerini, ama artık birbirlerine âşık olmadıklarını gördü Kaan. Bazen iki kişinin hayatını birleştirmesi hayat değil birlikte zaman geçirmek olur. Yaşamak dediğin şey o birlikteliğin içini doldurabilmektir. Oysa Hande bu gerçeği daha önce görmüştü ve o yüzden terk etmişti. İki kişiden öteye çoğalamayan hayat, hayatı öldürmektir. Kaan severken bile kendine dönüktü. Hande onu terk edince intihara kalkıştı, çünkü kendine dönüktü. Kaan bir şairdi ve duyguları onun için her şey demekti. Hande büyümek istiyordu, Kaan ise büyümeye direniyordu. Büyürse içindeki çocuğun ölmesinden, duygularını kaybetmiş insanlardan biri olmaktan korkuyordu. Oysa insan samimiyetini kaybetmedikçe içindeki çocuk yaşar ve büyüyüp olgunlaşır.

Kaan gözünü açtıktan sonra Hande'yi yeniden tanırken çocukluğu bırakıp büyümek istedi. Terk edildiği için sırt çevirse bile çocukluğunun olduğu gibi durduğunu görünce, aşk yoluna seninle devam etmek istediğinden emin oldu. Böylece vurgun yediği yere geri inip tekrar yavaş yavaş çıktı. Kendi yaşına oturdu ve Esma'sını buldu. Hande hatasını telafi etmiş, Kaan'ı hayata döndürmüştü ve kendi yoluna gidebilirdi ama Kaan'ın neden yürüyemediğini anlayınca sana gönderdi.

Hande bağışlanmıştı, bilmese de, bunu sana ve bana borçluydu. Kaan'ı sana göndererek, bize olan gönül borcunu da ödedi ve öyle gitti. Sonra Kaan seni bana getirdi. Çünkü o bana borçlu. Ben de artık senin mutluluğunu görüp kendi yoluma gitmek istiyorum abla. Başkalarının yaşamı ve ölümü adına karar vererek kendine yazık ettin. Ne kadar seversen sev, bir başkasının yerine kendini mezara koyarak yazık ettin. Siz birlikte kaza geçirmeseniz de sevgilin zaten ölecekti, ecelini kendine bağladın. Günaha girdin. Dönmekle, defterinden silinecek cinsten bir günahtır bu. Onu sevgi, minnet ve neşeyle uğurladın, hatadan döndün.

Ben ölmeseydim, annemle babam boşanacaktı. O günlerde ikisi sık sık tartışıyordu. Annemle babam kavga ettikçe sen kırılıyor, üzülüyordun. Ayrılsalardı, ikimiz de mutsuz olacaktık. Sen benden daha çok mutsuz olacaktın abla. Annemle babam da mutsuz olacaktı. Ben ölünce birbirlerine yeniden bağlandılar. Sana kol kanat gerdiler. Başkaları benim için ağlayıp sızlanırken, seni suçlarken, annemle babam sadece senin dilini çözmek için çabaladılar. Seni üzmemek için odamı korudular, her yemekte tabağımı senin için koydular. Erdem ölmedi, Erdem aramızda, senin suçun yok diyorlardı, anlamadın mı? Doğru söylüyorlardı, senin suçun yok, çocukların kalp kapısı açık olur, ruhumdan gelen sese kulak verdim, ölmeyi ben seçtim. Senin için öldüm ama sen kendini suçladın. Benim yerime kendini mezara koydun, benim de suçluluk duymama neden oldun. Seni böyle bırakıp kendi yoluma gidemedim.

Sen başkalarının yaşamı ve ölümü üstüne karar veremezsin. Kendin ve başkaları hakkında bir yargıya varamazsın. Ne buna bilgin yeter ne de hakkın var. Sen dünyaya yaşamak için geldin, öyleyse yaşa. Kendini yaşarken bir mezara koyup, başka bir mezara sadık kalacağına, kendine sadık ol ve fani dünyaya her ne için geldiysen onu yaşa.

Biz sonsuzluğun içinde yaşıyoruz. Bütün sınırlar hayalidir. Senle ben arasında sonsuzluk var. Birimiz yaşayıp birimiz ölse de, yollarımız ayrılsa da, daima aynı sonsuzluğun içindeyiz. Dünyadayken bu sonsuzluğu dilediğinle doldurursun. Kendini neyle doldurursan, o da onunla dolar. Sen sevmekten korktun ve korkuyla doldun. Kendi sonsuzunu korkuyla doldurdun, böylece korktuğun başına geldi ki hayat bardağını neyle doldurursan içeceğin de odur.

Kaan'la aranızda geçmiş vardı. İkiniz de geçmişe dönük yaşıyordunuz. Kaan kendine dönüktü, sen de kendine sırt çevirmiştin. Kaan geçmişinde boğuluyordu, sen de benim mezarımda sudan çıkmış balık gibi geçmişi inkâr ederek çırpınıyordun. Bu engelleri kaldırmak hiç kolay değildir, birbirinize aşkla bağlı olmasanız, birbirinizden güç almasanız, tek başınıza aşamazdınız bu engelleri. Sen buraya kendin gelemezdin. Kaan seni getirdi. O da Hande'yi çağırmaz, asla yoluna çıkmazdı. Vurgun yediğiniz yerlere inemezdiniz. Ama birlikte tek tek indiniz.

Aşk yarası bir kapıdır ve bir sınavdır. Yaraya değil, aşka bakmanız gerekir. Yaraya baktığınızda aşkı görünce ancak o kapıdan geçersiniz ve o kapı iki kişinin geçemeyeceği kadar dardır. Geçmişlerinizi de bırakmanız gerekir. Siz o kapılardan ayrı ayrı geçtiniz ve kapıların ardında buluştunuz.

Kalbinizi aşkla doldurdunuz, yaşadığınız sonsuz da aşkla dolacak. Artık aranızda aşktan başka hiçbir şey yok."

İkimiz de Erdem'i ürpererek dinlemiştik. Lavin ile el ele tutuşmuştuk. Erdem'in her sözünde iki el biraz daha sıkı tuttu birbirini. Asla ayrılmayacak iki eldi bizimki.

"Ne yazık ki, ne siz bana dokunabilirsiniz ne de ben size. İkinizi sevgimle kucaklıyorum. Benim de gitme vaktim geldi. Sizi önce Allah'a, sonra birbirinize emanet ediyorum. Kalpten sevilenin kalpte duracağını unutmayın. Beni bir daha görmeyeceksiniz ama sesimi işitirsiniz. Siz ne hissederseniz ben de onu hissedeceğim, o yüzden sevginiz daim, aşkınız mübarek olsun."

**

Onu sevgiyle uğurladık. Gözlerim karardı tekrar, açıldığında Erdem yoktu. Küçücük mezara bir de bu gözle baktım. Artık içim üzüntüyle yanmıyordu ama yakıcı bir sevgi bırakmıştı bize. Kendisinden başka her şeyi yakacak, yanında barındırmayacak kadar saf, güçlü bir sevgi. Lavin'le birbirimize sımsıkı sarıldık.

"Sana çok teşekkür ederim, Kaan. Seni çok seviyorum" dedi.

"Ben de seni çok seviyorum Lavin. Ben de sana çok teşekkür ederim. Şu günü asla unutmam. Her şeyi unuturum ama şu an hissettiğimi sonsuza kadar unutamam."

"Ben de öyle Kaan. Ürperiyorum, lütfen beni bırakma."

"Asla Lavin. Asla bırakmam. Beni sevmekten korkma."

"Artık birlikte yürüyeceğiz bu yolda. Seninle her türlü derde varım. Sende de o güç ve sevda var biliyorum."

"Var Lavin. Olmasaydı burada olmazdım. Hani Geylani diyor ya 'Bizim yolumuz dikenlidir, ayağını seven gelmesin' diye… İşte ben bu yolu tüm dikenlerine rağmen seninle yürümeye hazırım."

***

Bütün bayramı Lavin'e ayırmıştım ama o günden sonra birkaç gün sessiz kaldık. Hep Lavin'i ve Erdem'i düşündüm. Nedense, yaşadıklarımız bana normal geliyordu şimdi. Ölen bir çocukla konuşmuş gibi hissetmiyordum. Çok sevdiğim bir çocuğu ölene dek görmemek üzere uğurlamıştım. Kalbim sevgi doluydu. Başka bir şey yoktu, gerisi yalan gibiydi.

Bayramdan sonra Lavin gece yarısı bana yazdı.

"Kusura bakma, sanki yine dilimi yuttum. Sen de sessiz kaldın. Beni anladığın için çok teşekkür ederim. Sabah buluşalım mı? Seni çok özledim."

"Ben de seni çok özledim. Bence artık ikimiz de aynı hislerle doluyuz. Bana açıklamana gerek yok. Zaten kalbimdesin, sen ne hissediyorsan, ben de onu hissediyorum."

"Lafı ağzımdan aldın."

"Ağzından değil, elinden. Klavye başındasın. İstersen telefonla konuşalım. Sesini çok özledim."

"Sabaha saklayalım. Gözlerine bakayım, şimdi dilimden dökülmesin."

"Peki aşkım. Sabah görüşürüz."

O gece çok önemli bir karar verdim. Sabaha kadar uyuyamadım heyecandan. Ezan okunurken uyudum ve sekizde uyandım. Yatakta duramadım, hemen kalkıp hazırlandım. Buluşacağımız yere erkenden gittim ve çay üstüne çay içtim. Hayatımızın dönüm noktasıydı o gün. Artık vakit gelmişti. Nasıl söyleyeceğimi düşünmüştüm sabaha kadar ama hâlâ düşünmeye devam ediyordum. Sonunda Lavin kapıda göründü. Ayağa kalkıp sandalyesini çektim. Her zamankinden daha güzel görünüyordu. Baştan aşağı ışıldıyordu. O gün gülüşünde de bir farklılık vardı sanki. Başımı döndürüyordu.

"Gülüşün çok güzel, biliyor musun Lavin? Beni sarhoş ediyor âdeta; içine ne kattılarsa artık."

"Teşekkür ederim. Utandırıyorsun beni aşkım."

"Utanma yağmur dudaklım. Utanma. Ama şunu çok merak ediyorum. Gözlerine bakınca şaşırmıyor mu insanlar?"

"Neden şaşırsınlar ki?"

"Ne bileyim... Yani, cennete ait olan bir şeyi dünyada görmek..."

"Ama sen bana böyle iltifatlar edersen ben ezilirim Kaan."

"Tamam, seni daha fazla utandırmayacağım ama sen de bana söz ver."

"Ne sözü?"

"İnsanların gözlerine bakmayacaksın!"

"Neden ama?"

"Dünya buna hazır değil."

"Yaaaa!"

"Şaka yapıyorum kızma. Sana bakanların yüzündeki mutluluğu kıskanıyorum o kadar."

"Gördüğün tüm güzellikler, senin sana yansımasıdır

bal tanem. Gözlerim güzelse sana baktığı içindir. Çünkü sen benim gözlerimin gülen bebeğisin."

"Güzellik bir gün o güzelliğin sona ereceğini sana unutturuyorsa gerçek bir güzelliktir. Ben bunu yaşadım sende."

"Sana baktıkça güzelleşiyorum ben."

"Ah! Gözleri aşk kokanım. O kadar aşksın ki içimde, nasıl seveceğini şaşırıyor insan."

"Neden sevdik ki bu kadar?"

"Bana ne! Sen başlattın."

"Kanatlarımla sardım seni. Bir daha uçamayacağımı bilsem bile kimselere vermeyeceğim. Sonum da sensin sonsuzluğum da… Sen benim sonsuzluğumun başkentisin Lavin."

"Varsın ya, artık üzülmüyorum sensiz yıllara. Varlığın dünyanın bütün pisliklerini örtmeye yetiyor. Geçmişe rağmen geçmişi sevmeye de…"

"Adını atıyor kalbim. Merhaba adım."

"Merhaba kalbimin huzurlu gölgesi… Bana öğrettiklerinle yeniden tanışacağım, unuttuklarımla tekrar karşılaşacağım. Yeter ki hep ol sen."

"Sen oldukça ben hep olacağım ürkekliğim, dokunulmazlığım… Seni öyle bir seveceğim ki şeytan bile ayırmaya kıyamayacak bizi. Seninle imanı da büyüyor insanın, daha fazla yaşamak istiyor."

"Bulamam ki senden daha güzel seveni. En zararsız tiryakiliğimsin benim. Sabah aydınlığımsın. Günaydınımsın. En huzurlu uykularımın uyanışısın. Bense sana ancak incisiz bir istiridyeyim."

"Öyle deme pamukçuk kuşum. Ben o derin denizlere senin için daldım. Sırf kirpiklerinin altındaki nemde boğulmak için alt ettiğim bütün okyanuslardan vazgeçebilirim. İçindeki inci için boğuşmadım ben o sularla. Benim aradığım sendin. Dünyanın tüm incilerini toplayıp getirseler önüme, tırnağına değişmem senin. Senden sadece bir aşk isterken, nelerden vazgeçtiğimi bir bilsen..."

"Öyle güven veriyorsun ki geçmişteki hatalarım boyum kadar pişmanlıklar yaşatsa da, senin yanında yapacağım hatalar nedense hiç korkutmuyor beni. Bir dilek gibi tuttuysam seni bırakmamı kimse beklemesin. Sen benim kaderimsin, mucizemsin. Ben artık şunu bilir, şunu söylerim; yüzünde bir bahçe yokken güller açabiliyorsa, imkânsıza inanmak gerekir."

"Senden öncesini masal diye yutturmuşlar bana Lavin. Ben seninle başladım yaşamaya. Seni sevince bu şehrin çıkmazlarında bile kaybolmuyor insan. Ölümden önceki son çıkışsın sen. Seninle her şey çok güzel... Acı da, keder de... El ele yürümek bile çok güzel seninle. Kalbini tutuyormuş gibi oluyor insan..."

"Seni su gibi içip içimde saklamak istiyorum. Su gibisin, hayat gibisin bana. Aşkımın suyusun sen. Aşkıma kurulmuş son cümlesin. Seni sevmek pişmanlıksa ben bu pişmanlıktan onur duyarım."

O an gelmişti artık. "Gözlerine bakınca geçmişteki acıları değil, gelecekteki mutluluğu okumak istiyorum. Eksikliğini hissetmediğim günüm bana haram olsun" dedim ve cebimden küçücük bir kutu çıkarıp ona verdim.

Lavin çok heyecanlanmıştı. Kutuyu açtı ve içindeki yüzüğü gördü. Yüzü aşkla açıldı, sevinci bir ayet gibi indi kalbime. Lavin, yüzüğü çıkarıp bana baktı. Söyleyeceklerimi bekliyordu. Elini tuttum, diğer elimle yüzüğü aldım.

"Yıllardır tek başıma adımın arkasında sürüklemekten yorulduğum soyadımı benimle taşır mısın" dedim. "Rabb'im bunca zaman sol elimin yüzük parmağını senin için boş bırakmış. Benimle evlenir misin?"

Kaan ve Lavin, bir deniz kıyısında el ele oturmuş, deniz topuyla oynayan bir çocuğa bakıyordu mutlulukla. Çocuk topu bıraktı, yerden birkaç çakıl taşı aldı, yanlarına geldi, elindeki çakıl taşlarını tek tek renklerini söyleyerek gösterdi.

"Bu beyaz, bu kırmızı, bu yeşil… Güneş sarısı bir çakıl var mıdır?"

Kaan, "Vardır ama güneş sarısı bir çakıl taşı bulman çok zor bir ihtimal. Sen yine de aramaktan vazgeçme. Çünkü en zor ihtimal en güzelidir" dedi ve gülümsedi.

"Zor ve güzel ihtimal nedir?"

Kaan, "Yanımda duruyor… 'Erdem'dir" dedi ve Lavin'e dönüp göz kırptı. "Ne kadar güzel olduğunu görüyorsun, onunla yaşamanın ne kadar güzel olduğunu da biliyorsun. Ama bulmak benim için kolay olmadı. Bana göre çok zor bir ihtimaldi ama onu aramaktan asla vazgeçmedim ve sonunda buldum. O şimdi benim ihtimalden gerçeğe dönüşen aşkım. Anladın mı?"

"Evet anladım. Ona âşıksın."

"Çok güzel anladın Erdem. Haydi git, güneş gibi sarı bir çakıl taşı ara."

"Peki, ama siz de deniz topuma bakın, kaybolmasın."

"Sen merak etme. Gözümüz gibi bakarız."

Çocuk koşarak gitti, çakıl aramaya başladı. Kaan ve Lavin onu izliyordu. Lavin, başını Kaan'ın omzuna yaslayıp "Senin en güzel yanın, bana yanında senin için her şeyi yapabilecekmişim gibi hissettirmen. Geldin ve yaşamak için her şey hazır oldu. Hayat seninle yaşadığım kadar. Ne öncesi ne sonrası var. Kalbim bende atsa da hep senin. Çocukken, annem 'Allah her yerdedir' derdi. Sen de benim içimdeki her yerimdesin" dedi.

Kaan onu alnından öptü. "Evreni yaratanı, evrene sığdırmaya çalışma. Sığmaz. Ama senin içinde bir yerde o hep vardır. Ve hep olmalıdır" dedi. "Benim yerim O'nun bana layık gördüğü yer kadardır."

İşte orada o çakıl taşlarını toplayan çocuk bendim. Yedi yaşında boğularak ölen dayımı hiç görmedim. Onun ismini yaşatmam için annem ve babam benim adımı Erdem koymuş. Ne zaman sorsam, annem, dayımın kısacık hayatını uzun uzun anlatırdı. Annem de babam da ona çok şey borçlu olduğumuzu söylüyordu. Benim dünyaya gelmemde onun dokunuşu varmış. Ben annemle babamın büyük aşkının meyvesiyim. Bu aşk için onlara el veren kişi, hiç görmeden çok sevdiğim rahmetli Erdem dayım. O kadar sevilirmiş ki, beni de öyle sevdiler. Ardında öyle bir taht bırakmış ki, beni ona oturttular.

Annemle babam birbirini o kadar sever ki, herkes onlara imrenir hâlâ. Herkes büyük bir aşk yaşadıklarını bilir ama hiç kimse başından sonuna bilmez aşk hikâyelerini. Küçükken dayımı sorardım onlara, annem anlatırdı. Büyüdükçe aşk hikâyelerini de sormaya başladım. Her anlattıklarında başka bir şey çıktı. Ninem ve dedem, annemle babamın gizli gizli çok uzun bir aşk yaşadıklarını, trafik kazası geçirdikten sonra birdenbire evlendiklerini, babamın annemin aşkı için ölümden döndüğünü söylüyordu. Fakat annemle babam evlenmeden önce uzun yıllar aşk yaşamadıklarını, başkalarının öyle sandığını söyledi. Dayımı ne zaman sorsam iç geçirirler, nasıl evlendiklerini sorduğumda ise güler, başka başka şeyler anlatırlardı. Bana şaka yaptıklarını sanırdım. Sonra bunlar birleşmeye başladı ve şaka yapmadıklarını anladım.

Mesela babama nasıl âşık olduklarını sorduğumda, "Annenin başında bir yara vardı. Benim de bileğimde bir yara vardı. Biz de âşık olduk" diyor ve gülüyordu. Anneme soruyordum, "Evet, doğru" diyordu. Ama başkaları ya bilmiyor ya da sana şaka yapmışlar diyordu.

Anneme nasıl evlendiklerini sorduğumda, "Aslında bizi dayın evlendirdi" diyordu ve babam bunu her seferinde doğruluyordu. Başkalarına sorduğumda, "Dayın hayatta yoktu" diyordu. Dönüp annemle babama soruyordum:

"Siz evlenirken dayım hayatta mıydı?"

"Hayır."

"Peki, sizi nasıl evlendirdi."

"Çünkü o bir melekti."

Babama "Sen dayımı hiç gördün mü" diye soruyordum.

"Evet, üç kere gördüm" diyordu.

"E hani siz annemle uzun yıllar aşk yaşamamıştınız. Dayımı gördüysen, annemle sen çocukken birbirinizi tanıyormuşsunuz."

Bana gülüp, "Annene sor, o söylesin" diyordu.

Bütün bunlar bir bilmece miydi, bana şaka mı yapıyorlardı anlayamıyordum. Ne zaman bunu sorsam, ikisi de aynı şekilde gülüyor ve kısacık bir yanıt veriyordu. Beni meraktan öldüren gülüşleriydi, ben asıl o gülüşü merak ediyordum. Çünkü ikisi tıpatıp aynıydı ve onlardan başka böyle gülen yoktu.

Ergenlik çağına geldiğimde aşkı bilmek istiyor ve çok merak ediyordum. Doğal olarak annem ve babam gibi âşık olmak istiyordum. O zamana kadar hikâyeleri başından sonuna bilmiyor ve neden sakladıklarını anlayamıyordum. En azından bana yalan söylemediklerini, şaka yapmadıklarını, bile bile sakladıklarını anlamıştım.

"Siz neden saklıyorsunuz benden" dedim bir gün. "Ben de sizin gibi âşık olmak istiyorum ve ben sizin aşkınızın meyvesiysem, adım Erdem'se, bilmeye hakkım var!"

Babam, "Âşık ol gel, o zaman anlatırız" dedi.

Onların yüzünden aşkı aramaya başladım. Her hafta, "Âşık oldum" diyordum, "Anlat bakalım" diyorlardı. Ben de anlatıyordum. Bana gülüp "Bizi kandıramazsın, bu aşk değil" diyorlardı. En sonunda sinir oldum. "Bir daha anlatmayacağım. Size de sormayacağım" dedim. Gerçekten de, belki bir yıl hiç sormadım onlara. Bu arada, okuldaki bir kızdan hoşlanıyordum uzaktan uzağa. Sonra tanıştık ve her geçen gün ona biraz daha tutuldum. Dut yemiş bülbül gibiydim, kıza söylemeye çekiniyor, başkaları bilsin istemiyordum. Annem ve babam dahildi... Odamdan çıkmıyor, bütün gün müzik dinliyordum. Hayata ve derslere ilgim azalmıştı, yalnızca onu düşünüyordum.

Bir akşam yemeğinin sonunda babam, "Hangimiz önce anlatacak" diye sordu.

"Neyi" dedim.

"Aşk hikâyesini."

"Ne hikâyesi ya" dedim anlatmak istemeyerek.

Annem güldü. "Anlatmak istemediğin aşk hikâyesini Erdem" dedi. "Artık vakti geldi. Sen de anlatacaksın biz de anlatacağız. Hangimiz önce anlatsın?"

"Siz anlatın" dedim.

"Ama sonra sen de anlatacaksın. Söz mü?"

"Neden?"

"Çünkü gerçek bir aşk hikâyesi ancak başka bir gerçek aşk hikâyesi karşılığında anlatılır. Yoksa yazık olur."

"Peki, benim gerçekten âşık olduğumu nereden anladınız?"

"Arife tarif gerekmez Erdem. Biz aşkı da seni de biliyoruz."

"Peki, söz veriyorum. Önce siz anlatın, sonra ben anlatacağım" dedim.

Bana baştan sona anlattılar. Ağzım açık dinledim. Duyduklarıma inanamadım ve bana neden hepsini anlatmadıklarını anladım.

Bir aşk, anlatılamıyorsa gerçektir.

***

Dayımı bir daha hiç görmemişler ama zaman zaman sesini işittiklerini söylediler. Ayrıca beni çok sevdiğini, ben onu göremesem de, zaman zaman beni görmeye geldiğini ve geri döndüğünü her nasılsa biliyorlardı. Onu sık sık anarlardı ama bazen de "Galiba burada" derlerdi. Dayımı görmeseler bile, gelince hissediyorlardı. Dayımı mezarlıkta uğurladıktan sonra bir daha görmemişler ama başka türlü karşılarına çıkmış.

Mesela düğünlerine yanlışlıkla, "Erdem Nakliyat" yazılı bir çelenk gelmiş. Bir şirket açılışı için gönderilen çelengi yanlışlıkla düğün salonuna getirmişler. Mesela annem hamileyken bir çocuk gelip karnını okşamış, "Erkek olursa bebeğe benim adımı verin, olur mu" demiş. Annem "Adın ne" diye sormuş. Çocuk, "Erdem" demiş. Dayım gitmişti ama adı yaşıyordu.

Annem ve babam aşklarını şarkılara dökmem için müzisyen olmamı istemişlerdi. Büyüdüm ve iyi bir müzisyen oldum. Onları mahcup etmedim. Bana ilk notaları aile dostumuz Cem amcam öğretti. Annem ve babamın düğününde şarkı söylemiş. Bir gün kendi düğünümde birlikte çalıp söyleyeceğiz.

Şimdi iyi bir müzisyenim ama onların aşkı olmasa bu kadar duygulu çalamazdım. Zorlandığım tek şey geçiş taksimleriydi. Ne zaman ki, adını taşıdığım dayımın onların aşkı için yaptığını anladım, o zaman ara taksimlerini mükemmel şekilde yapar oldum. Onlar, Acemi Aşk Makamı'ndan Hakiki Aşk Makamı'na geçişte bir ara taksime ihtiyaç duyuyorlardı. Kulaklarını ve ruhlarını buna hazırlamaları için o geçiş şarttı. Aşkın iki ayrı makamı arasında bocalıyorlardı. Bir türlü ara taksimi yapamıyorlardı ve Erdem dayım onların bunu başarmalarını sağladı. Hayatın katmanları arasında uyumla geçmeyi öğretti. Yani o ara taksim dayım oldu. Şimdi onun aşk için yaptığını ben aşka yapıyorum. Çünkü aşk yaralar... Şiir kanatır... Şarkılar sarar...

Ben annemle babamın aşkını besteledim, hep onların aşkıyla şarkılar söyledim, sonra bu aşkı bir de yazmak istedim. Bu aşk küçük yaşta ölen dayım olmadan anlatılamazdı. Tüm bu okuduklarınız, annem ve babamın bana anlattıklarından ve anılarını yazdıkları günlüklerden derlendi.

Annemle babamın aşkını onları tanıyanlardan da dinlemiştim. Bunlardan bazıları toprak oldu. Mesela Necdet dede... Çiçekçi Necdet dedenin gaipten kimleri gördüğünü bir tek babam biliyordu ve bana asla söylemedi. Sorduğumdaysa, "Anlatılamaz bir hikâye; ancak anlatılamaz başka bir hikâye karşılığında anlatılır. Senin böyle bir hikâyen var mı" derdi, ben de susar kalırım. Meyvesi olduğum aşk hikâyesinden geriye sır olarak bir tek o kaldı. Çiçek almayanların çiçekçisi Necdet...

SON